Staread
星 文 文 化

U0449620

严禁造谣

春意夏 著

长江出版社

目录 CONTENTS

001　第一章　互联网挚友

033　第二章　叫七七的猫

067　第三章　你也觉得我唱歌难听？

096　第四章　触碰不到的月光

130　第五章　热心市民万先生

158　第六章　我也在等你

191　第七章　我们就是关系很好

224　第八章　公费度假开心吗？

257　第九章　伟大的友谊感天动地

292　第十章　我已经找到了

300　番外一　养猫日常

304　番外二　综艺观察合集

308　番外三　温馨舒坦的夜晚

312　番外四　任哥

317　番外五　如果他们在初中遇见

他们不会在那个时候相识，当时的他们都还有没能迈过去的坎，
除了眼前那道墙，他们看不到其他任何东西，注定要在那个狭窄的走廊上擦肩而过。

第一章
互联网挚友

01.

　　1月1日，某娱乐论坛。

　　主题帖：万初空、祁迹你们真的不考虑认识一下？

　　【1楼】感觉你们很能聊得来啊，"浓颜"大帅哥和清纯小漂亮，这两种类型谁看了不喜欢！

　　现在随机抽一位幸运观众和我一起回顾这两位的生平事迹，他们离互为知己就只差认识这一步了。

　　万初空（曾用名：应山）二十六岁，生日是1月1日，摩羯座，身高185cm，体重76kg。他参演的作品有《蝉时》《万里无云》《没入春野》等，作品太多了，我就不一一列举了，那些都无所谓，刚刚列的这几部作品是和下面的故事有关。

　　祁迹，二十四岁，生日是12月4日，射手座，官方身高182cm（这个存疑，据我观察他顶多180cm，他本人也说过自己没有182cm），体重59kg，是Lullaby6的成员。他的代表作有《昼》《夜》和 Spring。这里我直接说的专辑名，大家不必听，这里面的歌曲和他的团名一样让人打瞌睡，谁能想到一个男团发行的六首歌里有四首慢歌，还有两首沦为广场舞神曲呢？

　　如图，这个是《蝉时》里面小邱阳的扮相，万初空当时八岁，他小时候就已经很帅了，而且眼神也很灵动，我真的好喜欢这种长相！当然现在他的脸也没变丑，反而长得更好了。不过小时候他的双眼皮是内双，长大后变外双了，有人怀疑他割了双眼皮，我倒觉得只是内双长开了。

另外一张是祁迹小时候的照片，是他去年放在微博上的生日照，好像是六岁左右拍的。大眼睛水汪汪的，感觉小时候的眼睛比他现在还大一点，看得我心都要化了，就是衣服有点土，为什么给孩子穿粉碎花衣服啊？我百思不得其解。

我翻以前的报道，万初空是出演《蝉时》正式出道的，这部电影真的很经典，现在看也不落俗套，非常推荐。

万初空出道的时候祁迹刚上小学一年级，这不就是娱乐圈小师哥和天真懵懂的小后辈？这两人不认识一下真的很遗憾！

接下来这张照片是路人拍的，当时还上了热搜。万初空鼻梁上那颗痣简直长在我的喜好点上啊，很淡很淡若隐若现的，我被惊艳到了！就是拍戏的时候要遮起来，他本身活动又很少，很难见到。

这个好像是要去出席某晚会，衣服是赞助的，和他本人还挺搭的，在机场被路人抓拍，身材比例真的优越，这个大长腿这个宽肩窄腰，看到就是赚到。

然后这张是祁迹在《昼》里面的扮相，我真的没想到他接长发能这么好看，虽然头发只是到肩膀，但他本来就白，粉紫色和他好搭。

万葵传媒在吗？你们给艺人定"人设"的时候能别用脚趾盖想吗？我们的祁迹明明很适合走性感路线，可以靠脸蛋和身材惊艳众人，为什么要给他立一个安安静静、不争不抢的佛系人设啊？他的业务水平也不算差吧，作为舞者却永远只能在舞台边缘。

不过这个话题先暂停一下，还差《没入春野》和 Spring 的故事没有讲，有人看的话我改天写一写，要我说他俩真的有缘，"春野"和"春天"，标题这么相近，估计也是命运的安排。

众所周知祁迹十八岁在万葵当"练习生"，二十一岁才正式出道，出道也就三年的时间。"瞌睡团"虽然经常被嘲笑，但他们的知名度高这点是毋庸置疑的，祁迹本人在团里却没啥存在感，而且他的人气在团里也是最低的。

万初空，童星出身，家里一堆麻烦事，他初中好不容易摆脱那个"人渣"老爸，沉寂了好长一段时间，去年才又出现在人们的视野里。

这是什么？这就是救赎文里最典型的开头啊！一想到他俩不认识这件事我真是扼腕叹息！

包括他俩性格也很搭，万初空的采访比较少，我看他面对媒体时无论人家问什么都态度温和地回答，和电影里反差挺大的，私下里应该脾气挺好的吧，一看就是耐心有礼的类型；祁迹，开朗活泼小可爱，作为队内年纪最大的人，看起来却很显小，经常在成员说错话时及时补救，说话滴水不漏。

我掐指算过了，这两人一旦认识就肯定有说不完的话题可以聊。

然后就是两人的兴趣爱好高度重叠。祁迹在采访里说他平时喜欢待在家里打游戏、看动漫，这不就巧了吗，万初空也一样。

这里我必然要说一句了，你们两个人的脸就是用来造福大众的，少待在家里自我欣赏了！

给我努力工作起来！

还有祁迹说他喜欢猫，但是家里没有养，万初空没说喜不喜欢，但家里养了三只猫。祁迹，你不去万初空家逗猫合适吗？

对了，我还专门研究了一下他俩的星座……

综上所述，这两人真的很适合成为好朋友，不考虑认识一下让我开心开心吗？

【2楼】哇，好长的一篇帖子！

【3楼】我的手指一直往下划，感觉这个楼主说的话多到好像没有尽头似的。

【4楼】楼主是真情流露啊！

【5楼】不错，确实很合适当朋友，但是这两人也确实不认识。

【21楼】非要这个时候说这种话吗？非要在1月1号万初空生日这天发这种帖子吗？很难不怀疑是故意的。楼主你很快就会被万初空的粉丝围观的。

【24楼】前面的人把"睡6粉"当什么了？要围观也一定是他们家最先赶到。

【27楼】终究是高估了，20楼了"睡6粉"都没来，"睡6"是不是真的糊透了啊？

【30楼】所以"睡6"是？

【39楼】帮忙科普一下，"睡6"就是祁迹，他们团名叫Lullaby6（Lullaby是催眠曲的意思），"睡"是团队花名，祁迹在里面人气方面排第六，所以叫"睡6"。另外"瞌睡团"说的也是他们，出的歌有些听了让人想睡觉。

【105楼】有个疑问，万初空的性格真像楼主说的那样吗？我看过他小时候的采访，性格很活泼，看上去挺顽皮的，不过现在确实沉稳很多，但说不准是装的？

【151楼】装不至于，谁还没个人设了。

【152楼】完蛋，我和楼主有一样的感觉了！这两人明明完全没有交集，但我却觉得他们出奇地合拍，楼主好会写，他俩确实可以认识一下啊。

【153楼】实话实说，"睡6"的颜值真的不错，不过"瞌睡团"成员的外貌

都不差，他在里面不能算最出挑的。万葵虽然不怎么样，但挑人的眼光没的讲。

【245楼】要说最值得说的不该是万初空《没入春野》的角色和祁迹在《楹》里的造型吗？

《没入春野》是烂片，但是万初空在里面演的小混混又野又酷，最后黑化后也很"带感"，他当时好像才十四岁？真的天生吃这碗饭啊。

《楹》里面祁迹的造型也很美，很像不闻世事的小少爷，他一直很有少年感，拍MV时都二十三岁了，气质还是特别干净。他俩一个像是负责闯祸的混混，一个像是永远住在象牙塔里的少爷。还有最近万初空饰演《万里无云》里的精英和祁迹在《楹》里扮演堕天使的造型，也很适合凑到一块儿说。

而且公司给祁迹的人设早先其实是"元气"少年吧。他粉丝现在也这样讲，清纯人设是后来才有的。最开始是因为有人讽刺他讲话模棱两可，不管什么事都一碗水端平，总是说"大家都很好"，结果被嘲讽了，后来时间久了，他的风评才有所好转。

【246楼】上面提的作品有照片吗？

【247楼】求图！

【249楼】看这三张图片，前两张分别是《没入春野》和《万里无云》的截图，最后一张是《楹》的官网图。

【252楼】官网图还没随便截出来的好看，推荐大家直接去看MV。

【253楼】别看MV了，会被催眠到睡着的，"睡6"的镜头也很少，我发图给大家。

【343楼】楼主有人在微博讨论你的帖子了，你不再是一个人。

【356楼】你们到底在讲些什么，这楼的回复数好不正常。

【457楼】报告！这帖被营销号搬运到微博了，难道他们也觉得这两人应该认识一下？

【468楼】转发量好高，这是出名了吗？

【599楼】报！直接上热搜了，好缺德，今天还是万初空生日。他俩真知道对方是谁吗？

【745楼】哇，有人扒到他俩一个初中的哎！

【755楼】怎么这都能联系起来，想红的心未免太明显了吧？

【756楼】……一时间不知道楼上在说谁。

【757楼】谁想红不明显吗，万初空到目前为止有什么成绩？准备靠八百年前的电影吹一辈子吧。

【776楼】大家这是在干什么？学生时代是万初空本人的雷区吧，怎么还有

人敢在这上面做文章啊，他的粉丝很不喜欢被人说这些事啊。

【959楼】笑死了，好缺德好缺德，这帮人被骂得越狠造谣也越欢。

【1754楼】日常来看看陌生人是如何被造谣成对家的。

【1756楼】哈哈哈哈哈哈哈真的耶，我还说这两人根本不认识，粉丝怎么讨论得这么厉害，原来答案在这里！

【1757楼】粉丝是在异想天开吗，这都半年过去了，这两人同框过吗，有什么好讨论的？

【2101楼】他俩的粉丝到底为什么这么厉害？超话的活跃人数高到吓人，都过去这么久了还在暗自较劲。

【2111楼】甚至还有好多人真心实意想要他们俩认识一下……好缺德啊，这样见面真的不会尴尬到死吗？我不认识你，你也不认识我，但是我们是"互联网挚友"。

【2121楼】奇了怪了，万初空之前接受采访时发表的那些言论还没让这帮人清醒过来吗？

【2145楼】我不懂，但我尊重他们的言论。

【2190楼】所以他俩认识吗？

【2191楼】回楼上，他俩应该是连对方是谁都不知道。

8月19日，某娱乐论坛。

【2500楼】他们认识了。

【2501楼】他俩不仅认识了还一起吃饭了。

【3000楼】一直说他俩是朋友这件事是造谣，但我也不知道怎么回事，这两人真成朋友了。

02.

5月11日凌晨，华都郊区的某复式别墅内。

"小六哥！你和那个万初空又上热搜了！"客厅里侧躺在沙发上的人冲着楼上大声喊。

没过多久便得到回话："闭嘴。付霜，你提万初空的名字干什么，是提醒大家去看他俩的粉丝争论吗？"

被叫作付霜的青年立刻"噢噢"两声点头。

任斯听得头疼，从自己的房间冲了出来："你们两个都给我闭嘴，拍摄结束了吗就瞎叫唤?!"

付霜笑嘻嘻地倒在靠枕上，那张很年轻的脸上浮现出两个明显的酒窝："有什么关系啊，不能播出去的公司都会剪掉，再说有谁看到团综（团队综艺节目）里出现过咱们卸妆后的镜头吗？几乎很少吧。"

任斯不赞同地看了付霜一眼，随即对沙发上另外一个人说："你也少起哄，邱亦。"

邱亦耸了耸肩膀，对队长的警告习以为常。另外两个队员则压根没出自己的房间，在现场工作人员离开、麦克风从他们身上摘掉的那一刻，队员们就该干吗干吗去了，有一个还在不在这间公寓都未知。

而此刻众人口中议论的对象正蹲在卫生间，一只手拿着牙刷一只手滑动着手机屏幕，电动牙刷在手里嗡嗡作响，祁迹的心也跟着乱颤。怎么又上热搜了！但只是娱乐板块，还好还好。

早在付霜吼出那句话之前，祁迹就收获了朋友的亲切问候，微信内容大致如下："你亲爱的'互联网挚友'昨天出了新片预告，今天就有剪辑大师二次创作了，视频转发量高达两千，我看了，很精彩！快来看！（网页链接）"

祁迹一边给自己挤牙膏，一边面无表情地打字："您，真的这么闲，没有工作吗？"

朋友："当然有。"

朋友："但不妨碍关注娱乐八卦。"

祁迹："哦。"

牙刷停止振动，祁迹站起身吐掉口中的泡沫。镜子里的青年长了一张很好看的脸，一头浅黑色的短碎发，干净利落又层次分明，一看就是出自经验丰富的发型师之手。他的肤色很白，但不是常年晒不到太阳的惨白，而是天生的白，即便是素颜，皮肤状态也很好。水泼在脸上，额发贴在额角，眼睛灵动而有神，湿漉漉的惹人怜。

祁迹对着镜子扯出一个僵硬的笑脸，心里一再叹气。说起万初空，祁迹对他的印象还停留在他尚未改名的时候。

万初空出道很早，八岁拍电影，第一部就是顶尖的制作团队，他在里面饰演男主角小时候，后来这部电影获得了多项奖项，其中男主房东旭还荣获"最佳男主角"的称号。万初空也因为在电影里生动的演绎广受好评，甚至有人专门写影评给他，夸他多么有灵气，前途不可限量，结果万初空转头就接连拍了好几部烂片，当初不遗余力夸他的人也毫不留情地痛斥他。

那时候万初空还叫应山，祁迹第一次看他演的电影是在上小学，很清楚地记得自己是去舞蹈课的路上，被朋友拉着一块逃课去看的。结果朋友看到一半就睡着了，这样节奏缓慢的文艺片并不适合小孩子看，但祁迹却从头看到尾，看到万初空饰演的小男主站在空旷无人有风吹拂的原野上失控呐喊，不知为何他眼泪哗啦啦就落了下来。他甚至没完全理解电影的内容，眼睛里却不断淌出眼泪。

然后回家祁迹就被他妈追着满院子乱跑，那是他第一次逃课，也是最后一次。

祁迹向来胆子小，亲戚都说家里把他养得太文静了，他妈却生气地反驳："那你是没看到他犟的时候，八头驴都拽不回来！"

除了这部电影，祁迹对万初空的了解实在是少得可怜，甚至连他什么时候又回来演戏了都不知道，然而关于两个人的论坛帖却火到营销号疯狂转发，这不离谱吗？谁能想到超话排名前十、讨论度同样名列前茅的两个人，现实生活中压根没有交集！

不仅没有交集，还从未在同一画面中出现过。说来也奇怪，祁迹所在的团队挺火的，活动邀约不断，和万初空一同出席过不止一个活动，但每次都隔着十万八千里，以至于一张同框照片都没有。而想要他俩认识的网友只多不少，却只能化"悲愤"为动力——修更狠的图片，造更多的谣！

祁迹本以为这种热度只是一时的，毕竟他和万初空是真的不认识，顶多就是初中在一个学校上学，可要这么说，自己和朋友可是从小一起长大，就连他的粉丝都知道他有这么一个发小。他和发小不比他和万初空熟吗？

但是没人在乎，他们只在乎今天祁迹和万初空认识了吗？什么时候认识一下？不认识也没关系，等他们老了，孙子长大了，说不定两个人就认识了。

而另外一批人，也就是两个人的粉丝，却十分不愿意两个人碰面，巴不得他们老死不相往来，年轻的时候更别遇见。

付霜作为队里年纪最小、最没自控能力的人总是上网看各种言论，顺带也给祁迹看。某次活动现场，他在后台上来就是一句："哥，你的'互联网挚友'今天也在。"

祁迹无语。祁迹很想说，我不认识他啊，他应该也不认识我，我们会在网上被各种比较纯粹是网友们无聊啊。

现实里的话……最好这辈子都别碰面，祁迹这人本身就不善社交，能出道成为偶像完全是个意外。倒是他朋友，十几岁就立志出道当明星，结果在祁迹出道后没多久就放弃了这条路。按他自己的话来说就是："我就不是这块料，不是吃这碗饭的，早点认清现实早点回家继承家业也挺好。"

祁迹的发小兼好友苏勉超，是一个不折不扣的富二代，他家里有钱，小时候和祁迹在一个舞蹈室学习民族舞，两年后受不了苦跑去玩吉他，再两年又去学唱歌，刚考上高中他和祁迹讲："我要出道当明星！你和我一起不？咱俩结个伴去当练习生。"

祁迹这人没什么主见也没什么理想，迷迷糊糊就被苏勉超忽悠到万葵娱乐当练习生，这一当就是五年。他还以为朋友是真的喜欢这一行，不然也不会坚持这么久。可他出道没多久，苏勉超有天在电话里跟他讲："兄弟我不住公司了，已经跟万葵解约了，收拾东西回家了哈。"

祁迹整个人都蒙了。

后来过了很久，苏勉超才和他坦白："祁迹，你知道吗？我那天在公司楼下的大屏幕里看到你们那个舞台，我看见你了，闪闪发光，是我一直以来想成为的样子。"说这话时苏勉超笑着，手里拿一瓶啤酒，他已经不用身材管理，可以敞开吃敞开喝了。

他说："祁迹，你真的很适合当偶像，你连名字都合适得不行，不像我还要专门起个艺名。那天在屏幕里看见你，我站在那里突然就觉得，嗯，就到这里吧。我不想嫉妒你，可我那时候真的非常非常嫉妒你。"

祁迹看他低下头时眼里闪过的泪光，稍纵即逝，再抬头又是那副笑嘻嘻的模样。

"可不合适就是不合适，声音、样貌我都差了一大截。舞蹈，你坚持学了十几年，从不说苦说累，我佩服你。祁迹，我问你个事呗，能顺利出道，你开心吗？"

祁迹看着朋友那副认真的模样，忽然说不出任何话来。朋友却了然地看着他："我就知道，你连学了十几年的舞蹈都说不上喜欢还是不喜欢，没关系，你就是这样的人嘛，这没什么。"

苏勉超又说："但是祁迹，你真的很适合站在舞台上。听兄弟一句话，坚持下去，你肯定会火的。"

祁迹点头了。像很多年前妈妈领他去舞蹈教室，跟他说："祁迹，以后你就在这里跟老师学舞，可能会有点累，但你会坚持下去的对吗？"

年仅六岁的祁迹点头，在家人的期盼中走向那间三面都是镜子的教室。他很少说苦说累，因为疼痛会过去，疲惫也会消散，坚持下去没什么不好，他可以坚持下去。

祁迹也很少有喜欢的东西，仅有的假日他喜欢窝在房间里打电动游戏看电视，偶尔还会看看猫猫视频，生活可谓是单调无聊。他和苏勉超是朋友，但苏大少最喜欢开派对，苏勉超当练习生这几年唱跳不怎么样，朋友倒是交了不少。而祁迹却一点都不喜欢交际，不爱出没于人多的地方。

祁迹出道的这三年里，他的人气在团里一直垫底，也不是不努力，他很努力，彻夜练歌练舞，任劳任怨地跑活动录综艺，会在接受采访时为其他成员圆场，从不会黑脸，脾气好到经纪人都没脾气。她也总说祁迹这样不是不好，但实在太没有性格了。

他所有的努力都没有目标，能吃苦能受累，但也仅此而已了。祁迹很敬业，他把偶像当成一份职业，尽可能做到让人挑不出毛病，可大家都更喜欢鲜活生动的人，比如邱亦、付霜。

祁迹有段时间被网上的人骂，很多人说他假好人、装单纯，更难听的词也有。这些要是放在付霜身上，他一定难受得吃不下去饭。但祁迹没事，他很少关注网上言论，看见了也就看见了，继续练舞唱歌、跑活动。签售会上有粉丝跟他说不要看网上发的那些东西，祁迹笑着说好的。

他真不看，在他的世界里，一只橘猫都比那些明星八卦吸引人。他一直想养一只猫，却没时间养，怕没时间陪猫，猫咪会寂寞；也怕它会生病，自己会难过。他的共情能力强，看场电影都会哭得稀里哗啦。养猫对他来说有点难，经常看看就好了，在视频里看。

话又说回来，祁迹这么安静，在团里压根不起眼，这次和万初空在互联网上被网友造谣是挚友火了起来，按理说也应该会悄无声息地冷下去。

结果，谁能告诉他这都快半年过去了，怎么还有这么多人等着他俩碰面啊？！

祁迹整个人都不好了，他本来很少看娱乐板块，这半年里却多次点进超话，想要看看热度掉下去没有。

它怎么这么热啊！到底是谁在造谣！

祁迹简直不敢想自己和万初空真的遇见了会是什么样子。尴尬的人会是他，脚趾抓地想要跑的人也会是他。

千万！千万不要遇到万初空！祁迹在心里虔诚祈祷。

03.

团综录制结束后，祁迹终于得到两天宝贵假期。他的人气在团里是垫底，行程都和团队有关，个人资源很少，队员去拍代言做直播，他就在家里打电动游戏、刷猫猫视频……

作为发小，苏勉超一直对他这副状态恨铁不成钢，尤其是祁迹和万初空的论坛帖刚火起来的那阵子，他简直比祁迹还兴奋，说："你这是火的前兆！"可惜祁迹沉浸在自己的世界里不能自拔，前十几年他大部分时间都泡在舞蹈室，后来成团出道，时间又都献给舞台，仅有的一点空闲，他只想窝在自己的小屋里干自己喜欢做的事。

虽然他在团内人气低，但耐不住 Lullaby 这个团有名，万葵娱乐在营销这方面还是很厉害的。公司最初给祁迹的定位是清爽"元气"少年，而祁迹这三年下来勤勤恳恳工作也没让他真正充满活力，倒是被粉丝看出了他的人设有不少奇奇怪怪的地方。

反正祁迹本人与公司给他的人设不太符合，这就导致他每次面对镜头微笑的时候都在心里打鼓，总觉得哪天就会被戳穿。被人发现自己不开朗、不会说话，实际上的祁迹无趣至极。

苏勉超说："那你活跃起来啊！"

祁迹想，性格明明是刻在骨子里的东西，他倒是想活跃，怎么活跃得起来啊！

然后苏勉超继续说："那好办，你不要每次我一叫你出去你就拒绝，你得多接触接触人啊。"

祁迹思忖半晌，不太乐意。

苏勉超看出来了："你看看你看看，你这样遇到陌生人怎么可能不怯场！"

他那副痛心疾首的模样真的让祁迹感觉自己没救了。自此之后，假期里祁迹最怕接到的电话就是苏勉超打过来的，连经纪人的电话都没让他这么忐忑过。

苏勉超认识的人是真的多，人脉也是真的广，什么晚会、活动都能让他蹭进去，明明人都不是明星了，但到处都还有他活跃的身影。

今天也如此。祁迹的假期第一天是在自己漆黑一片的小屋里度过，第二天下午就接到苏勉超的电话。

他在心里做了几番斗争后还是接通了，电话那边是朋友欢快的声音："祁迹啊，晚上八点，亭云酒店见哈。"

祁迹问："又是谁过生日？"

"谁都不过生日。"

"那又是谁的喜酒？"

"……也没人结婚，你想不想来吧？"

苏勉超这句话虽然是问句，但祁迹知道自己要是不答应，他接下来会说得自己一边道歉一边答应，所以他也没问要去干什么，直接答应了下来。

这个晚上，祁迹永生难忘。

他后来回忆，自己哪怕问那么一下，知道聚会有谁，都不至于在见到万初空的那一刻，自己脑袋空白、嘴巴半张、一脸呆滞，这辈子的脸都丢尽了。

不过话又说回来，要是苏勉超真的告诉他聚会上有万初空，他八成磕头都不会去。

总之祁迹到达约定地点，在大厅与苏勉超碰面才想到问朋友："这不会是谁家孩子的满岁宴吧？"

电梯还没到楼下，苏勉超嘿嘿一笑，搭上祁迹的半边肩膀："就一些私底下关系不错的朋友出来聚一聚，这不是看你刚结束拍摄，想让你出来放松放松吗？"

祁迹抓住重点："'一些'，是哪些？"

电梯正好打开，苏勉超一边推着祁迹进宴会厅，一边讲："见了不就知道了。"

在娱乐圈摸爬滚打三年，祁迹不是一点交际礼仪不懂，团队还没有这么火的时候，他们也有应酬，被公司安排去各宴会活动喝喝酒聊聊天什么的。队长任斯是最会说话的，敬酒从来都是他开头。

祁迹不是不会讲话，只是不爱主动和陌生人讲话。

苏勉超吐槽，问这两者之间有什么差别。

祁迹认真回应："有，如果是对方主动和我说，我就完全没问题。"

"……瞎扯。"

半小时后的祁迹在心里默默反驳自己，自己当初说话就是瞎扯。

苏勉超他们算来得早的，进门很多面孔都很眼熟。

苏巧巧笑眯眯地走来，亲切地叫了苏勉超一声哥。

苏勉超也毫不含糊："哎，妹啊，半个月不见怎么又漂亮了？"

苏巧巧是个演员，专拍一些网剧，她和苏勉超没有血缘关系，只是同样姓苏，聚会上一来二去熟悉了就开玩笑这么叫了。

苏巧巧看见祁迹来了，眼睛一亮："祁迹你真来啊，我还以为……"剩下的话还没说出口就被苏勉超捂在口中，苏巧巧眼珠一转。

祁迹正在纠结自己要不要吃一块蛋糕，转头看到两个人神色各异。

"……巧巧，吃蛋糕吗？"祁迹指桌上香喷喷的小蛋糕，一副"你吃我就吃"的表情。

果然苏巧巧摆摆手："不吃了，我最近拍戏什么都不能吃。"

祁迹遗憾地"噢"了一声，那他也算了吧，最后再看蛋糕一眼，和蛋糕说拜拜。

苏巧巧说："今天陈胜航也来。"

祁迹知道这个人，和苏巧巧搭过戏，不过那时候人家是男一，苏巧巧演女主的丫鬟。

"怎么了？"祁迹问，这个时候他还没有察觉出不对。

圈子里陈胜航和万初空很熟。但他能想到这点吗？他一心只有蛋糕。

苏巧巧看他盯着桌上的食物："你别看了，你最近不也要控制饮食？"

祁迹点点头，恰巧这时进来了一拨人。祁迹的同行，也是个男团，三四个人一块结伴来的，看见祁迹便过来打招呼，祁迹和他们还算熟，熟练地扬起笑脸开启社交模式。

后面陆陆续续又有人来，苏勉超明显聊开心了，一转头祁迹人影都没了。苏巧巧凑上来问他："哥，你没和祁迹说今天万初空有可能来吗？"

"哎，说这个干什么，他来就来呗。再说了，每次都说他有可能来，真的来过吗？他就不是那种爱玩的人。"苏勉超拍拍自己干妹妹的肩膀，了然地说道。

"那祁迹也不是啊……"苏巧巧小声反驳。

祁迹从洗手间出来，发现酒店这层的人明显越来越多，好多陌生面孔，看上去不只有艺人。他脑子放空，手还湿漉漉没来得及擦干，心里就已经有了想回去的念头。

苏勉超却在这时突然出现在他面前，一脸不怀好意的笑容。

两个人差不多高，祁迹平视他，开口："我能……"我能回去了吗？蛋糕不能吃，摆在那里对他而言就是一种诱惑。而且他明天还有工作，今天想回去早睡。

祁迹已经想好了说辞，但是苏勉超都没让他说出口。

接下来，便是祁迹的"噩梦"开始。

苏勉超再一次搭上他的肩膀，这一次把他整个人揽住："陈胜航刚刚来了。"

祁迹有些茫然地点点头，关他什么事？只见苏勉超伸手那么一指，祁迹顺着他的目光看过去。

"万初空也来了。"

怎么说呢，虽然他没有近距离地见过万初空，但在超话里已经看过他足够多的照片和剪辑视频。

这次聚会这么多人，可就是这么多人，祁迹还是一眼就看到了万初空，脑袋一瞬间空白了。

而这一眼，需要他用一万年来治愈自己脆弱的心灵。

好巧不巧，对面那人同样在同伴的提醒下向这边看过来。

于是祁迹半张着嘴巴，一脸呆滞地和万初空对视了。

很想逃离这颗蓝色星球，不知道现在还来不来得及。

更损的还在后面，苏勉超揽着他往那边走去，边走边说："互联网上这么有话题度的两个人怎么能不认识一下，来来来这就介绍你们认识。"

祁迹整个人都蒙了。万初空为什么会来？他不是不爱出门吗？他家都有猫了他出什么门！

等他反应过来的时候，自己已经到了万初空面前。

男人长了一张十分吸睛的脸，不是一眼看去令人非常惊艳的长相，没有那么夸张，做演员不需要那种惊艳，需要耐看，要经得住屏幕的考验。

万初空很明显经得起考验，他今年二十六岁，这个年纪放在偶像里已经不年轻了，但在演员中却正是事业起步期。他的五官深邃，眉骨处的转折很锋利但并不突兀，眼瞳是亚洲人特有的深棕，山根高挺，鼻梁一侧有一颗淡褐色的痣，颜色不重，恰到好处地柔和了眉眼上的浓重。

祁迹欣赏这张脸，前提是这张脸出现在荧屏里而不是他面前。成年以后，他又把《蝉时》看了许多遍，是真的挺喜欢。要是没有论坛那档子事，他说不定还能和万初空聊聊天谈谈事……

现在他就只想大喊救命！但根深蒂固的职业操守令他下意识冲对方露出笑容。

万初空这边已经结束和同伴的交谈，也自然而然朝他露出微笑，甚至主动朝他伸出手来："你好。"

祁迹把手伸过去，脑袋开始出现幻觉，老旧电视机的黑白雪花哗哗出现在他眼前："你好，我叫祁迹……"

"其实不用自我介绍。"万初空眼里含笑说，"我见过你。"

祁迹脑袋持续发蒙："初中吗？那确实……"

万初空摇头，依旧好脾气地讲话："你和我有个很出名的论坛帖子，我在论坛里面见过你的照片。"

祁迹更加尴尬了，来人啊，谁来把他埋了！

04.

一小时前。

一辆银色轿车停在某小区楼下，随即一道人影走近打开车门坐了进来。

陈胜航看了后车镜一眼，男人已经把帽子摘掉，露出完整的一张脸。

"今天怎么想起来找我？平时怎么叫你都叫不出来。"陈胜航启动车子，"先说好啊，到了酒店认识的不认识的都有，你最好别中途就想跑。"

陈胜航话还没说完，万初空握在手里的手机就响了，低头看上面的名字，没有立刻接。

车厢里的气氛陷入一段诡异的寂静。又过了几秒，屏幕的光即将熄灭，后车座的人终于划开屏幕接通电话。电话那端说了些什么，万初空应了一声，随即道："我没有想和你吵。"

陈胜航再度抬眼瞄了瞄后视镜，万初空的脸色不太好，唇微微抿着，接连应了几声"好"，终于挂断电话，而后抬起眼皮："看热闹？"

陈胜航"哈哈"干笑了两声："我哪儿敢啊，你这是心情不好想要借酒消愁？那你直说啊，咱直接开酒吧去……"

"不用，不去。"万初空转过头看向窗外，"就是想出来透口气。"

"这就对了。"陈胜航同时松了口气，不敢惹这尊"大神"，忽然想到什么，在等红灯的时候扭头跟万初空说，"网上和你认识的那位今天也来，说不定你俩能碰见。"

万初空眉头微微皱起："哪位？"

陈胜航朝他挤眼睛，万初空瞬间领悟。

祁迹。这名字在他还没回国时就听说过，家里的外甥女不务正业追星，房间里堆满海报、小卡和手幅，她追的就是祁迹所在的那个男团。

但真正让万初空记住这个名字，还要多亏自己生日当天凭空蹿上热搜的那个论坛帖。

按理说在娱乐圈里火一点的明星都有三两好友或者成群结队的亲友团，这没什么稀奇，但要成为好友的大前提是两个人要认识，哪怕碰到过那么一面，打个招呼也好。可万初空和祁迹，一个是演员，一个是男团偶像，且不说发展方向完全不同，这两个人压根就没见过面！

陈胜航作为一个爱玩的人，除了拍戏接广告之外的大部分时间都献给了娱乐场所。万初空和祁迹莫名其妙在互联网上"认识"以后，万初空就常常在朋友嘴里听到祁迹的大名。

什么"祁迹今天也在，你不赏个脸去吗"，什么"酒吧有你的虚拟至交，速速前来"，什么"你那位根本没见过面的密友现在就坐在卡座上，哦……好像睡着了，也是厉害"。

万初空在不同人的口中听到祁迹的动向，无非就是聚会、酒吧和蹦迪。

他对于众人的调侃都免疫了，偶尔也有那么一瞬间会好奇自己这个被网友造谣是"莫逆之交"的人到底是什么样子，好像他和陈胜航一样爱玩，但是他偶尔在外甥女那里看到的团综里，祁迹都是一副好脾气的样子，被捉弄了也不生气。

但要说他对祁迹有多么好奇，也没有，起码没有到必须见其一面的地步。但是两个人的论坛帖到底火到什么程度呢？就连万初空新剧组里的场务人员都看过。万初空连续几天看到她午休时进超话签到，终于有天忍不住用那张全方位无死角的脸微笑问道："请问，这里面到底有什么东西这么吸引你？"

场务吓了一跳，手机差点甩飞出去，看清人后才松了口气。

万初空在剧组里是公认的好脾气，待人温和有礼貌，重点是长得帅演技好。

女生腼腆笑了下："您都看到了啊？"

"不好意思，我不是故意要看……"

"啊，没关系没关系。"女生连忙摆手，继而又是那副羞涩的模样，她直面万初空的时候都没这样过，扭扭捏捏的。

万初空保持微笑，完全不理解。

现在也是一样。

陈胜航一说"网上和你认识的那位"，他脸上迅速扬起笑容："再提一次试试看？"

陈胜航感受到威胁，立刻转身看向前方，准备专注开车，可惜红灯还没过。

过了一会儿，车子开动，陈胜航又嘴碎道："我说真的啊，他今天真的在。"

"我知道了。"万初空回应，"所以呢，我要主动跟他打个招呼，说一句'嗨，兄弟'？"

陈胜航干咳了两声："别了，我知道你不喜欢这样……哎，这也没办法嘛，是为了热度啊。"

万初空轻笑一声，听不出是嘲讽还是其他："我可没说不喜欢，我连帖子都看过。"

陈胜航张大嘴巴："你看那玩意干什么？"

"好奇。"万初空低头看了已经熄灭屏幕的手机一眼，嘴角扬起的弧度和之前一模一样，像精准测量出来的，"好奇网友到底都说了什么，就多看了两眼。"

时间回到酒店现场，祁迹伸出手和万初空相握的那一刻，脑子一片空白。

"我在论坛里面见过你"这几个字深入他的脑海。

直到万初空轻轻动了动手腕，祁迹才意识到自己握了对方好久，整个人从内里到表面都红得透透的，尴尬地再度忘记松开手。

万初空见状温声道："不用这么紧张，我开玩笑的，放轻松一点，我们其实算是同龄人，你还是我的前辈。"

祁迹胡乱点了下头，这下手终于松开了，才发现自己手心都出汗了。想逃离这颗星球已经不够形容他此刻的心情，让他直接消失在这片天空下吧，谁都不知道他曾经来过。

万初空仍是笑着，好像真的只是说句玩笑话，不明白祁迹为什么会这么窘迫。

万初空说他们算是同龄人，确实，两个人年龄相差不大。但祁迹却觉得两个人完全不同，是因为万初空的生日月份更大吗？一月份出生就会很成熟？祁迹想了想，或许是自己太幼稚了，他妈也常常说他幼稚，没有一点大人的样子。

明明做了偶像，应该是别人的榜样，却还没把自己活明白。

他呼出一口气，尽管脖子和耳朵已经红透了，还是露出笑容来，他笑起来更显得年纪小，一双眼睛水灵灵像是会说话。

"还是要介绍一下的，我叫祁迹，是 Lullaby6 的成员。"

万初空眼底的笑意稍淡一些："你好，我叫万初空，是名演员。"

好正式的自我介绍，祁迹又后悔了。为什么要自我介绍？为什么为什么……他为什么要出现在这次酒会上？他连蛋糕都不能吃，家里也没有猫，明天还要工作，为什么非要来这里见自己从未见过面的"知己朋友"？说到底为什么要这么正经地做自我介绍！好尴尬啊！

祁迹在脑子里疯狂刷着弹幕，万初空也在打量眼前的人。

万初空不了解男团，更不明白外甥女为什么会对此那么狂热，但不得不说这样近距离看到祁迹，他多少能明白小女孩所谓的"精致脆弱的感觉"是指什么了。

祁迹的肩背很薄，个子不矮，但是圈子里高个子的人太常见了，就把他衬得没有那么高挑，更何况是站在万初空面前。他很瘦，偶像为了上镜都会保持身材，当然演员也会，但演员是为了戏里的角色需要，偶像则是为了镜头对准他的每一个瞬间。他们的存在短暂而漫长，从出道开始到结束，镜头对准你，你就要尽可能呈现出最完美的状态。

祁迹的长相大部分随了妈妈，他妈妈年轻时是镇子上远近闻名的美人，双眼皮薄嘴唇，天生唇色浅。祁迹主要是白，整个人清清爽爽，脸也小，一只手能罩过来似的，睫毛一簇簇分开长，又是从小学舞蹈的，体态端正。

万初空不是没有见过男团的人，里面的人每一个都又高又瘦，祁迹也是其中的一个，但是有点不一样，和他预期里的不一样。他本来以为对方经常出入这种场合会很擅长交际，可实际上祁迹却有点笨拙，握住他的手竟然忘了放下。

万初空没那么自恋，觉得自己可以让一个偶像出身的人感到惊艳，大家在这个圈子见过太多好看的人，不管是美女还是帅哥，在圈子里一抓一大把，不足为奇。可祁迹紧张、脸红、不好意思，都太孩子气了。

万初空懒得思考他这套举动下有多少演的成分，适当开口解围："这里人太多了，我们要不要换个地方聊天？"

而祁迹想的却是：为什么要聊天，有什么好聊的？他想回家，但嘴里却说不出推辞的话，只能点头答应了。

祁迹转头想找发小，但苏勉超早就不知道哪里去了，说是介绍两个人认识，实际上他只是把祁迹推过来。

万初空和旁边的陈胜航低声说了句什么，花花少爷面露惊讶地点点头："行啊，那你俩……聊着？"他有些狐疑地看万初空，做着口型表示"你该不会是想跑吧"。

万初空点头示意："那我们先去那边了。"而后他的口型"是"。

陈胜航咂舌，他就知道这人没那么好心。

05.

苏巧巧被熟人拉去一旁说话，一抬头便见苏勉超一脸坏笑地走过来："哎，你不是说去找祁迹吗？他人呢？"

苏勉超朝自己身后指指："他在和万初空说话。"

苏巧巧顿时不知该说什么，外人可能不了解祁迹，但苏巧巧和他认识有一年半了。

认识祁迹之前，她对 Lullaby6 的印象仅仅停留在满大街都是这个团的歌，火是真的火，但火的门路有点歪，他们唱的歌是大爷大妈们最爱的广场舞类型。

直到苏巧巧见到祁迹本人，发现他和荧屏上是有一定差距的，褪去闪亮的妆容和舞台服，他更像个邻家男孩，干净清爽，看人的眼神有些飘忽，但不会让人觉得自己被忽视。后来熟悉了就发现他的说话时长是有限的，越往后越没话说。深夜才是大家在派对上狂欢的时刻，而祁迹往往到那时就彻底没劲了，窝在自己的一亩三分地上一句话都不愿意讲。

好像世界纷纷扰扰与他无关，五颜六色的灯光闪花眼，他却只想睡觉，看着怪可怜的。偏偏苏勉超常拉他出来参加这类型活动，导致不熟悉祁迹的人以为他很爱玩。

真正和祁迹搭上话，大家就会知道他这个人懒洋洋的感觉是从骨子里透出来的。他好像没有十分热爱的事物，当然也没有特别讨厌的东西，性格随和好说话，基本不会拒绝别人。这也是苏勉超十次里有八次能把他从他自己的小屋里拉出来的原因。

祁迹这个性格实在不适合娱乐圈，可祁迹的长相又分外适合站在舞台上。

苏巧巧知道苏勉超是什么心思，觉得他俩见一面挺好。祁迹和万初空两个人在网络上火真的可以算是出其不意，没人知道这帮网友怎么想，最初可能就是他们觉得好玩，把两个毫不相干的人凑在一块，慢慢也真情实意起来，期盼两个人真能见一面。

现在真的见上面了，当事人双方却各怀心思。

直到走出人群最外围，祁迹见两个人越走离会场越远，心里不禁有些许期盼——他是不是想跑？

他最好是，因为祁迹也是。

打从两个人对话开始，祁迹就察觉到周围好多道目光投过来，全世界的人民都热衷于八卦，连明星也不例外。

打从论坛帖火起来以后，祁迹就收到周遭各种人士的"关心"，许久不联系的初中同学甚至打语音电话给他："你跟我说实话，你们俩初中是不是就认识了！"

祁迹大喊冤枉："我和他都不是一个年级的，你是不是忘了咱们学校有多少人？"

"更可疑了！你怎么会记得自己和他不是一个年级，都这么久远的事了！"

"……如果非要这么说，我还记得你的名字和学号。"

果然同学下一句："你记我学号干什么，你是不是闲得慌？"

祁迹把电话挂了，他能怎么办？他就是单纯的记性好而已啊！

这半年里因为那个莫名其妙的论坛帖子，祁迹接收到不少莫名其妙的提问，被问到最多的一句就是——你们真的不认识？

以前他还能理直气壮地说不认识，那么今天过后呢？祁迹看向旁边的人，万初空始终保持一个速度，让祁迹能够不紧不慢地跟上。到达电梯口，祁迹松了口气。

万初空则转过头表示："抱歉，我还有点事想先走，你要是……"

"我也走。"祁迹这个时候满脑子都是"自由万岁"四个字，完全没听万初空言下之意是，咱们就在这里分开吧。

万初空微微一顿，点了下头："好，那你打算怎么走？"他是出于礼貌地问一句。

没想到祁迹很是正经地回答一句："坐地铁。"

当然是开玩笑的，但万初空却当真了。

他深呼一口气，露出一个微笑："我叫了我助理开车来，不然你和我们一起吧，捎你一程。"

"不用了，应该不顺路，就不麻烦了。"祁迹对于这套推辞还是很熟练的。

结果万初空接着说："没关系，毕竟是我拉你出来的，你这样拒绝我会过意不去。"

主要是不想明天的热搜是"现实中两人同框"，虽然很可能拍不到万初空，但"祁迹独自一人乘地铁回家"这样的标题未免太可怜了。

万初空倒也没那么不通人情，更何况就如他说的那样，自己是拿祁迹当借口逃离酒会的。

这下祁迹不知道怎么拒绝了，电梯门正好在这时打开，万初空率先迈步进去，令祁迹没了开口的机会，再想说就没有合适的时机，于是生生被拖到了停车场。

助理开了辆保姆车，灯闪两下，万初空稍一抬手，车子停在两个人眼前。

万初空把车门拉开，歪头看祁迹。祁迹头皮一麻，快速迈腿上去了，生怕耽误人家时间。

而助理早在看见祁迹的那一刻张大嘴巴，刚想说"哥你终于不藏了？你俩真的认识吧"，但一回头瞄到万初空那副笑里藏刀的表情，硬生生把话咽回去了。

"那个……您好您好，Lullaby久仰大名，我是您的粉丝，一会儿能给我签个名吗？"

祁迹动了动嘴巴，把那句"其实还有个6"给吞下去，只是点了点头，保持基本微笑，实际上尬得想要钻到车缝里。

"好好开你的车。"随着车门"咣当"一声关上，万初空神色看似和煦地提醒他，言外之意是：别说那些不该说的。

助理领命开车，紧接着听到车后座传来说话声。

"你不用那么拘束，你很怕我吗？刚刚说过了，论辈分你是我前辈。"

"没有，我比你出道晚很多，你小时候就……"

"以前那些不作数。"

"咦，为什么？你当时演得很好啊……"

助理觉得自己开的根本不是保姆车，这是过山车。他不明白祁迹是真不知道还是故意的，怎么总是提以前的事情，那可是万初空的重大雷区！

平常谁提谁死，现在也就是车开到路上了，要还在停车场，保不准万初空就要拎着祁迹的后衣领叫他有多远滚多远。

上天还是眷顾祁迹的，助理默默在心里点额头点肩膀，然后双手合十——阿门。

万初空的耐心要被磨没了，但祁迹那副自然流露的样子又让他觉得不是装出来的。祁迹有自己的社交距离，离人很远，和自己说话有些踌躇，万初空观察得出结论，暂且饶了他一命。

"你要去哪儿？"他开口，看到祁迹又在放空，觉得有些好笑。

实际上祁迹只是在想措辞，他家那一片还挺特殊的，有专门的别墅区，离楼房很远。

别墅区可是很贵的，他这三年没有攒下那么多钱，所以理所应当住在楼房。可每次他报地址，别人都误以为他住在别墅区，直接开到小区的另一个门，离他家有十几分钟路程。

走路，很累，不想走。

祁迹正在为他能少走一些弯路而努力着，最终报出一串地址，特意提了："麻烦在西门停。"

听到地址的那一刻，万初空微微抬了下眉，助理则直接把惊讶表现出来："哈哈哈好巧啊哈哈哈。"

祁迹侧过头："你家也住在那儿？"

助理："哈哈哈……不是。"

万初空则没说话。

过了一会儿，祁迹问："你家养猫吗？"

万初空想回答"不"，但是发现祁迹的视线落在自己身上，于是低头看看自己的衣服瞬间明白了，他的黑外套上沾了不少颜色深浅不一的猫毛。

但是他家不养猫。

万初空随意摘了摘自己身上的纤细绒毛："嗯。"

助理眼皮跳了跳。

紧接着万初空问："你家也养吗？"

祁迹摇摇头："没有，没什么时间。"

接下来车厢里恢复沉寂，他是话题终结者。

过了一会儿，万初空开口："猫不太好养。"

祁迹愣愣点点头："是吧……"

话题再次终结。

万初空突然抬手卷袖口，把手臂上的抓痕露给祁迹看："猫挠的。"

他的手臂颜色比祁迹深了几个色号，祁迹靠过来看的时候，两者的对比更加明显。

祁迹看看伤痕看看万初空，脑袋里努力想词："……那很痛吧。"

万初空笑了下："还行，它挠完就跑了，理直气壮也不心虚。"

祁迹想了想："它应该补偿过你吧。"

"什么补偿？"

"比如突然就跑过来蹭蹭你什么的。"

万初空思索一下："好像是有。"

祁迹终于露出这天晚上第一个真心实意的微笑："我就知道。"

这里要重申一遍，万初空无法把他划为同龄人，不太喜欢他单纯到近乎有些傻的微笑。"你最好是装的。"万初空在心里道。

随即万初空重新拾起笑容："这么一看，它还挺喜欢我的。"

祁迹跟着笑起来，笑容并不傻乎乎的，反而十分明媚。

他是做偶像的，懂得如何在众人面前展露最好看的笑容，即便在台下也非常耀眼，因为不知道什么时候镜头就对准他，一言一行都被记录在内。祁迹有时候分不清楚哪一个是真实的他，或许两者都是，或许两者都不是。

因为有了这个开头，说话就变得容易，祁迹继续："你打游戏吗？"论坛上说你打游戏也看动漫，要真是这样就好了。

万初空果真点点头。

祁迹眼睛亮起来："那动漫呢？"

"你是说动画吗？"万初空想了想，"嗯，会看。"

祁迹的同类雷达立刻响了起来。

助理则在前排思索自己老板什么时候打游戏，又是什么时候看动画……

06.

好在这样的对话没持续多久，因为接下来祁迹问："你看什么？"

万初空迅速回答："《海绵宝宝》《蜘蛛侠》。"

祁迹卡住了，他对欧美卡通了解甚少，一下接不上话。但尽管如此，他看万初空的眼神热切了许多，不像方才那样拘束。

苏勉超打电话来问他人呢，祁迹老老实实地回答："回家了。"

苏勉超痛心疾首："让你和万初空搞好关系，你倒是好自己先跑回家了，那他人呢？"

祁迹犹豫一下，小声："在我旁边。"

车上一共三个人，他再怎么小声，万初空还是能听见。

苏勉超惊讶道："你俩什么时候这么熟了？这友谊的进度也太突飞猛进了吧？"

祁迹直接把电话挂断了，捧着手机转头朝万初空笑，祈祷对方什么都没听见。

万初空也朝他笑。

两个人对着笑了几秒，终是祁迹先开口说："麻烦你绕远送我一趟。"

"没有绕远，正好顺路。"万初空手指在腿上敲了敲，侧过头很有礼貌的模样，"你最近没有工作吗？我看你们这行都挺忙的。"

"因为我们刚录完团综，有两天假期，明天要去拍摄杂志。"祁迹也熟悉这套，这叫没话找话。两个不熟悉的人能聊什么呢？总不能是别人的八卦，那就只有聊对方的工作和生活了。

万初空点点头，祁迹问道："那你呢？"

万初空把腿往前踩了下，回过头朝他说："就是拍电视剧，昨天刚刚杀青，今早的飞机，刚从A市回来。"

祁迹愣了下："那你没有休息吗？"

"本来是打算休息，但是没休息成，不过没关系，不差这一会儿。"车窗外夜色已深，隔着铅灰色的玻璃看，夜空更加暗淡了。万初空一面回答一面用手摸着手机略显锋利的边缘。他向来不用手机壳，手机常常被摔得面目全非。

"我有些问题很好奇，不知道直接问了会不会冒犯你。"万初空再一次笑着提问。

助理为身后的祁迹深深捏了一把汗，他老板都这么说了，那问的铁定不是什么好事。

"什么？"祁迹问。

"做偶像是不是真的不能谈恋爱？"

祁迹眨了下眼再眨一下眼，没给出正面回答，而是反过来问："你和谁谈恋爱了吗？"

气氛有那么几秒的凝固。

万初空："没有，就是好奇。"

祁迹说："是。"

"万一谈了呢？"

祁迹张了张口，除了万初空和女偶像谈恋爱了这个选项，想不到其他对方会提出这种问题的理由。

"那就承担后果。"他说。

万初空对这个回答好像很满意，轻声道："谢谢。"

祁迹一脸茫然："谢什么？"

万初空笑得无害，以前教他表演的老师夸过他可塑性强，不管是演好人还是反派，只要他愿意，只一个眼神的变化都能让他的气场截然不同。

车子开到小区门外，祁迹戴好帽子，万初空突然说："我们要不要加个微信？"

祁迹便把手机二维码调出来给他看，万初空看到他头像上的猫："你很喜欢猫吗？"

"嗯，喜欢。"祁迹大大方方承认，随即礼节性地挥手，"麻烦你送我回来。"然后转头又跟开车的助理讲，"谢谢，那个……你还要签名吗？"

助理看着自己老板的脸色，连忙道："还是下次吧，麻烦祁哥了。"祁迹点点头，转身下了车。

车门在他身后关上，这次关车门的声音小了许多。

祁迹刷了门禁卡走进小区，车子才慢慢启动开走。

助理战战兢兢地问："老板，咱去哪儿啊？"

万初空这才把手机的免提醒关掉，看着上面四通未接来电，半晌道："绕到南门停下吧。"

助理刚要松口气，又听见万初空的手机铃声响了起来。

他看到一串数字，没有犹豫直接接起来："喂，你好。"

电话那头的女声道："给你发消息你一直不回，电话倒是接得挺快。"

万初空垂下眼,眼睫又黑又密,搭配鼻梁一侧那颗不明显的小痣,也难怪他一回娱乐圈立刻吸引一大批粉丝关注。

"嗯,因为刚才特意询问了你的前辈,他亲口跟我说偶像不能谈恋爱,一旦谈恋爱就要承担相应的后果,所以为了你的未来考虑,能不能别给我打电话了?"

车厢寂静,电话那头也很寂静。

几秒过后,女声继续说:"不是,谁那么多管闲事啊?"

"是多管闲事吗?我倒是很感谢他。"万初空看着眼前的建筑一点点向后退,耳边的手机再次振动起来,他稍稍抬手看来电显示,不管,继续说,"而且你好像搞错了重点,重点是'别给我打电话'。"

女声瞬间冷却下来:"那你不会直说吗?"

"上一次我已经说过了,你当作没听懂,我觉得可能是自己的措辞不太委婉,这一次够礼貌了吗?"万初空说,"我们只是一起拍戏而已。"

这回电话挂得干脆利落,万初空掩去眼底那点倦意,抬起头又是一个完美的笑容:"你对我的处理方法有什么意见吗?"

助理大气不敢喘:"没……就是到地方了。"

万初空呼出一口气:"这么快?"

"是……是啊……"不就前后门的距离吗,还能远到哪里去。

"我突然改主意了。"万初空手机屏幕上多出一通未接来电,显示来自同一联系人,"还是回公寓吧。"

自从给万初空当了助理,助理开始频繁想念自己上一任耍大牌的艺人。万初空从不耍大牌,他是有病,一天到晚阴晴不定。

新的一周新的工作,在行程被排满的第五天,祁迹收到了万初空发来的消息。

当时他正在拍一个广告,团员六个人站成一排,一个接着一个把脑袋露出来念让人感到极其羞耻的广告词。祁迹把大脑放空调至静音模式,假装这个热情洋溢的声音不是自己发出来的,终于在第46条拍摄过后得以休息。

他回到休息室打开手机,在微信众多未读的消息里缓慢翻看,看到万初空发来的三条消息,面带疑惑地点开。

其中两条都是图片,还附带一段文字:"另外一只藏起来了不让照。"

祁迹惊讶地从椅子上滑下去,蹲下身放大照片看了又看,猫猫!是猫猫!

祁迹劳累的一上午被两只毛发厚实、体态丰盈的猫给治愈了,于是开心地回:好肥。

没开心多久,工作人员敲门进来:"祁迹啊……导演说不行,还得回去重拍一条。"

祁迹放下手机:"噢,好的,马上来。"

万初空没有回他，之后过了很多天也没有再发猫咪照片给他，那天的照片好像就是突然抽风发给祁迹的。

祁迹每天的工作消息、群消息很多，万初空发的消息自然而然被淹没在这片信息海洋中，祁迹也没有去在意。

他和万初空注定是两条平行的线，虽然在同一个圈子里，但没有交朋友的必要。不管网上那些人把他们的相遇写得多美好，但现实就是两个人即便打过招呼、说过话、互相加了微信，也还是陌生人。

所以……热度到底什么时候能掉下去！为什么超话排名还上升了？祁迹对着手机百思不得其解。

付霜倒是很热心："小六哥，我跟你说，你的知心好友……"

祁迹无奈叹息，无数次纠正："我跟他不熟。"

"叫顺口了，不好意思。"付霜这个熊孩子完全没有悔过之心，继续看手机屏幕，"他演新剧了你知道吧，那个女主角，你也认识的，上一次和咱们同台那个。"

祁迹在脑海里搜寻一圈："石夏蕊？"

付霜竖起大拇指："不愧是哥，连挚友的绯闻对象的名字都记得。"

祁迹："我记得只是因为我记性好。"

"这不重要。"付霜继续翻手机，终于翻到一张照片，挺模糊的，但是能看出来是一男一女，女生挎着男生的手臂。

祁迹一脸蒙："怎么了？这谁？"

"是你挚友和他的绯闻对象。"

祁迹顿时无语，付霜安慰他道："但是没关系的。哥，双方粉丝都澄清了，两个人穿的都是剧里的服装，是在拍戏。"

祁迹却忽然想到那天万初空问自己的话。

是她吗？万初空在和这个女生谈恋爱？

"压根跟我没关系。"祁迹说着，眼神不自觉游移开，他好像知道了什么不得了的秘密。

"哎，但是！你挚友的那批粉丝就不干了，更加发愤图强地画图、写小作文，还……把万初空新剧预告剪辑成民国片了，哥你看没？"

祁迹还沉浸在发现秘密的震惊中无法自拔，随便摇了摇头。

"那我发链接给你。"

这回祁迹听清楚了，按住付霜的手："别给我发，也别发群里！"

"啊？"付霜一脸遗憾，"你早说啊，我上午就分享到群里了，你没看见？"

祁迹更加无语了，他点开六个人的小群，群名：少说话才能少挨骂。

付霜:"视频链接在此。(网页链接)"
邱亦:"已阅。"
团三:"已阅。"
团五:"已阅。"
任斯:"瞎看什么!"
任斯:"我刚点开就被何姐抓到了,你们别老在群里发这种东西!"
团三:"队长没问问何姐的感受吗?"
任斯:"我不要命了?"
付霜:"何姐也看啊,她超话都10级了。"
团三:"什么?"
团五:"什么?"
邱亦:"什么?"
祁迹:"你们在说什么?"

祁迹看完聊天记录转过头:"你说何姐?"

付霜耸耸肩:"真的啊,她每天都签到发帖,但是你放心,她绝对没在里面爆料,咱们经纪人还是挺靠谱的。"

"没爆料的主要原因不是我和万初空压根就不认识吗?"

付霜一拍手:"对哦,我老是给忘了。"

"这有什么好忘的!"

07.

六月天气逐渐热起来,距离和万初空相遇已经过去一个月。

这一个月里祁迹每天都积极且认真地投入工作,结果还是出现了一些小插曲,比如某个采访里给队员圆场没圆好,反而引火上身。

当时给出的问题是:觉得自己和哪个队员关系最好?

这个"最"字很微妙,但好在公司早有安排,遇到这种事,从头推到尾总没有错。

邱亦说的是付霜,付霜本应该说队里的老三,结果这厮走神了,下意识道:"啊,我和祁迹哥比较有话聊。"

这下顺序乱了套,后面的人就都随心所欲地说了。最后轮到祁迹,他还在思考谁没有被说到,顺带铺垫了一句:"其实大家都挺好的……我选队长,队长平时很照顾我们。"

就因为这一句话,网上又讨论起来了。

为什么说"又讨论起来了",是因为之前也发生过类似的事情。

祁迹这句话算是口头禅一般的存在,但自从他挨骂以后就再也没说过。这次完全是没反应过来,顺嘴就说出口了。

采访一发出来,除去前排的粉丝,下面全部在讨论这件事:

"'其实大家都挺好的'可真会说,什么好话都被他说了,让之前单选的人怎么办?"

"我看邱亦最后都没怎么笑,也是被这句话尴尬到了吧。"

"那个……不就一句很普通的话吗?这也能讨论这么久?"

"这话不是他第一次说了,当初就挨过骂,现在还敢说,很难相信不是故意的。"

"故意让大家都不自在吧,反正我看了挺尴尬的。"

……

"少说话才能少挨骂"群里也在讨论这事。

付霜:"哥,我真没有失落也没惨兮兮,谢谢你给我圆场!"

邱亦:"申明一下,没甩脸色,只是在很普通地维持'高冷人设'。"

团三:"也别这么直白说出来,顺带一提,我没尴尬。"

任斯:"工作时间禁止上网聊天。"

付霜:"那队长你……"

任斯:"当然是为了抓你们现行!"

等祁迹看到群消息,已经是凌晨两点到家以后。

祁迹:"好的,我知道。"

如果发生什么事情觉得有必要解释就在群里直说,这是当初任斯定下的规矩,他们六个人走到第三个年头,其间有过不少摩擦和争吵,但身处一个团,每天抬头不见低头见,总要有所退让和理解。好在到目前为止大家都相安无事。

祁迹见他们这么说就知道自己一定是挨骂了,他对这种事情已然习惯,毕竟他总是在挨骂的路上。队内任何一个人都比他要火,这就导致他永远在挨骂。

直到今年一月,他和万初空的论坛帖横空出世,祁迹的粉丝一扫之前的颓势,和万初空的粉丝互动了无数次,这下他的人气算是红红火火地涨起来了。

互联网上不认识这两人的网友都看过那个著名论坛帖,因为后续的讨论帖比较分散,加上被两家粉丝追着骂,这帮人更是层出不穷地造谣,很多人半只脚都踏进来了才知道这两人根本不认识。

不是发小也不是挚友,没有久别重逢和一见如故的桥段,这两个人,完完全全是陌路人。

——更好编故事了怎么办?更别提两个人真的在一所初中上过学,认不认识暂且不说,起码给大家的空闲生活提供素材了。

但偏偏高中以前的经历是万初空本人最不愿提及的,为此万初空的粉丝更生气这帮缺德网友无中生有、凭空捏造。

可是网友哪会管你这些,越不让他们干什么就越要干什么,还要干得轰轰烈烈!

长期高强度的工作令祁迹到这个时间也没有很困,洗漱过后他随便浏览了下网页,发现队内人气常年第一的邱亦上热搜了,标题是"邱亦,黑脸"。

祁迹无语了,一点进去全是营销号发的截图,评论则是粉丝复制粘贴来的解释。

公司虽然会给他们买热搜,但这样的热搜很明显不是公司买的,况且营销号发的截图还都是粉丝截下来的,祁迹那句"其实大家都挺好"甚至特意加粗加大了。

祁迹往后翻了两条,热搜下面也有其他人单独发的微博。

"'睡1'好无辜啊,看了截图里面问题最大的明明是'睡6'吧?讲真他除了会和稀泥还会干什么?"

下面还有一群人的评论:

"舞跳得不咋地,歪心思挺多。"

"要我说团里有他没他一个样,不想干别干了吧,五个人刚刚好。"

"怎么每回都说邱亦黑脸,怎么不看看某人说了多让人无语的话?"

……

讨论还在继续,祁迹没有再翻下去。

他们六个人的账号由公司统一管理,就是怕他们控制不住去说什么要命的话。因此他们每个人都有小号。

祁迹的小号关注了很多萌宠博主,很快就把网上言论抛到脑后,专心致志地点赞了几个猫咪视频后睡觉了。

第二天没有工作,这足以令他开心很久。

但这份开心只持续了一个上午,因为第二天去超市采购,祁迹遇到了万初空。

庆幸的是,万初空没有认出他;纠结的是,他要不要主动打招呼,万一结账的时候被认出来就尴尬了。

祁迹所在的小区是高档小区，很多明星都住在这里，超市也开在里面，东西多种类齐全，完全不用特地出门一趟，这也是他当初选择这里的原因。

可他从没听说万初空也住在这里，难怪当时在车上助理那个反应。

祁迹犹豫着要不要打招呼，抬眼便看到万初空拿过一袋袋的零食，他看也不看地往购物车里丢。祁迹觉得很像囤货的自己，他也很喜欢买一堆东西回去，然后一个星期都不出门。当然祁迹现在的身份和工作强度不允许他一个星期大门不出，但囤零食，他喜欢。因此祁迹难得主动地走过去，把戴在脑袋上最普通不过的黑色帽子往上抬了抬，露出眼睛："好巧，你也住在这边。"

一句交际废话。

万初空愣了下，几秒后才不确定道："你是……祁迹？"

祁迹把帽子摘下来，露出完整的一张脸，脸很小，似乎一只手就能罩住，个子不矮，在他面前却不显，更别提祁迹鼻梁上还架着一副黑框眼镜，以及半袖短裤人字拖的打扮。

万初空一时间没认出来，略微惊讶过后便扬起了微笑："是很巧，我是第一次来这家超市，竟然能在这里碰到你。"

祁迹那副眼镜把他整个人装饰得更加天真。

万初空注视着青年的脸，他没有化妆，但仍然是好看的，只是更加清淡了，一双眼还偷偷瞄着自己的购物车。

万初空轻轻推了下购物车："你戴眼镜？"

"嗯。"祁迹说着重新把帽子戴上，"你都不乔装打扮的，不怕被拍到？"

"不会的。"万初空的态度温和，"这里不允许拍照。"

祁迹还是第一次听说这种事，那他以后是不是也不需要戴帽子？

万初空又道："况且我是演戏的，和你们不一样。"

他说着按住祁迹想要再次摘掉帽子的手，甚至好心地帮他往下压了压帽檐："你还是戴着吧。"

祁迹觉得自己被当作小孩子对待了。

"你近视吗？"万初空继续好奇。

祁迹老实地点点头："有一点。"他爱打游戏，尤其是把窗户拉上，周遭黑乎乎一片，只有面前的屏幕亮着，这让他很有安全感。但他的眼睛也因此近视了，度数不高，就是有散光，日常出门图方便会戴眼镜。

万初空突然盯着他的眼睛……

祁迹想：他们并没有这么熟稔。

"我还以为你戴了美瞳。"万初空笑着说上一句，"原来不是。"

"录节目确实会戴，但私下里不会。"祁迹没有计较，他每次戴隐形都被人怀疑是戴了美瞳，次数多了也懒得反驳，干脆一不做二不休，抛头露面的时候都戴美瞳。

万初空从头到脚打量他，附和道："嗯，看样子确实不会。"

祁迹没懂这句话的意思。

要是苏勉超在这里一定会替他答疑解惑，真实的祁迹本人实在有点不修边幅，平时在家里头发不梳，穿搭也很随便，他胜在是跳舞出身，身材气质都不错，比常人要赏心悦目。

"你很热吗？"万初空看上去心情不错，打趣了一句，"我请你吃冰糕。"

祁迹不明所以地摇摇头，紧接着令他惊异的一幕出现了。

万初空的身材很好，一看就是练过的，肩背宽阔、腰肢精瘦。一个小孩突然冲过来两只手齐上，抱住那令无数粉丝心动的腰，亲昵地用脑袋蹭了蹭。

万初空被撞了一下纹丝不动，甚至没有表露出惊讶。

男孩抬起头，祁迹看到他长相的那一刻呼吸一窒——那是一张和万初空有五六分相像的脸。

祁迹瞬间脑补出一场狗血大戏，迅速开口："我，什么都不会说的！"本来以为你只是和女偶像谈恋爱，没想到竟然连儿子都有了！救命救命，自己还有机会活着出这个超市吗？

08.

万初空挑眉："你在想什么？"

小男孩在这时说话了："哥。"

祁迹尴尬了——喂，航空公司吗？现在我想买一张飞往火星的票，可以马上办理吗？有点急，这地球实在待不下去了。

好在万初空没有追问，因为从货架后面冒出一名妇女，嘴里念叨："锐锐别乱跑，等等阿姨。"一抬头看见万初空便露出微笑，"原来是找哥哥来了。"

男孩主动松开万初空，用那双和万初空极其相似的眼睛看向祁迹："哥，你朋友？"

"嗯。"万初空说着竟然把推车推给自己弟弟，"自己去拿，别乱跑了。"

男孩看了祁迹两眼，乖乖把车推走了。他哥的朋友不多，这个看起来是新朋友，乔启锐甚至没看清戴帽子哥哥的样子。

等阿姨拉着小朋友走掉，祁迹仰头专心致志地对着那一整面的薯片墙，试图让刚才的乌龙事件随风淡去。

但没想到，万初空又问了一遍："你刚刚在想什么，什么叫'什么都不会说'？"

祁迹抬手拿薯片的动作一僵，万初空不知何时来到他的身后，伸手帮他把薯片拿下来，是芥末味。

祁迹抿了下嘴巴，还是接过去，说了声"谢谢"。

万初空说："不客气，所以你刚刚……"

"误会了。"祁迹发现自己不回答，万初空恐怕会一直追问下去，连忙说，"是我误会了。"

"误会什么了？"

祁迹颤巍巍地说："一定要问到底吗？"

这回万初空终于放过他："抱歉，我只是好奇。"就像当初好奇那些网友为什么一定要把他和祁迹凑在一起一样，论坛的帖子他从头看到尾，祁迹的生平事迹都知道得差不多了。几岁练舞、几岁当了练习生，参加过什么综艺和打歌节目……但是祁迹和他当初设想得完全不一样，他甚至不太了解自己。

祁迹的眼神飘忽一下："我以为是你外甥或者侄子之类的。"

万初空说："我只有一个外甥女，她今年十七了。"

祁迹点点头。

"刚刚那个是我弟弟，再过两个月就七岁，该上一年级了。"万初空继续说。

祁迹这才觉得不对，为什么要和他说这些？

"这些在网上都能查到。"万初空低下头，从货架上拿下一包薯片，还是黑绿色的袋子，芥末味，"你该不会不知道吧？"

祁迹不说话了，他就是不知道啊！

万初空倒没有为难他，很快退后一步，晃了晃手里的薯片，"哗啦哗啦"的声音很像祁迹现在七零八落的弱小心灵。

"你喜欢吃这个？好吃吗？"

如果说"不喜欢"就要解释自己刚才一直停留在这里迟迟不动弹的原因，祁迹果断选择睁眼说瞎话："喜欢……味道还挺奇特的。"

万初空点点头，接下来一路上都拿着那包薯片跟在祁迹身后。

祁迹整个人都自闭了。半路他们又碰到阿姨和弟弟了，弟弟特别独立地朝他哥挥挥手，然后跟着阿姨往相反的方向走去。

祁迹疑惑了，是他不能懂的兄弟情谊。

"你不用跟着你弟弟吗？"祁迹抬头问万初空。

"不用，有阿姨跟着，我不太会照顾小孩。"万初空垂下眼，手指稍稍触着下巴，模样像在思索，"我也不太清楚他为什么这么黏着我。"

祁迹认为这和猫咪黏人是一个道理，想也不想回答："因为喜欢哥哥啊。"

万初空抬眼看他，忽而笑起来，他说话做事都很成熟，笑起来让人如沐春风，心生亲切："你说得对，我也不讨厌他。"

就是回答有点奇怪。

祁迹是独生子女，以前在镇子上一起生活的还有二叔和姑姑家两个小孩，年纪比他大，都爱欺负他。他小时候一直期盼自己能凭空冒出一个哥哥或者姐姐，不过这样的想法持续到小学毕业就再没想过了。

万初空看着他，像在打量什么新品种。他记得论坛上祁迹的身高，现在看来真的没有182厘米那么高，身体也很单薄，哪里看着都纤细却不显女气，身材像少年，白皙而健康。

祁迹对万初空投来的视线没感到丝毫不适，做偶像就要扛得住闪光灯和镜头，侧颜角度他闭着眼睛都能找准。万初空只是看着他，对于这样的视线他并不太敏感，更别提不知不觉中自己的推车还落到万初空手中。

祁迹想拿回来，万初空说："你不是要挑东西吗，总是回头很麻烦，我手里是空的，可以帮你推。"

祁迹："谢谢。"

万初空对人的距离感很微妙，好像是随心情来的，愿意的时候甚至可以帮只见过两面的人推购物车。

结账时两个人在收银台等了弟弟一会儿，小男孩长得真的很像万初空，祁迹忍不住多看了几眼。

万初空立刻察觉到："你想说我们两个长得很像？"

祁迹点点头。

"但他姓乔。"万初空开口，"我们是同母异父的兄弟。"

祁迹愣住了，这个，论坛帖里可没有写。

万初空微笑："你好像很惊讶。"

祁迹再次点点头，这次显得他有些迟钝。

"明明网上都有写。"万初空略感遗憾地说道，手撑在推车的把手上，弯腰从下往上看他，"我们不是挚友吗？"

祁迹尴尬："那都是网友瞎编的。"

万初空点点头，不打算再逗他，手里的薯片忽然被祁迹拿走了。

"那个是我的。"万初空看着他把薯片放在自动收款机的台子上。

祁迹有些茫然地回头："嗯，我知道，一起结。"

万初空看了他几秒："多少钱？我转给你。"

"不用啊，只是包薯片。"祁迹见万初空很认真地翻出社交软件，连忙阻止道。

万初空停下动作，摸了摸手机一角的裂痕："嗯，那谢谢了。"

违和感，万初空身上有种违和的感觉，但具体是什么祁迹说不上来，他给人的感觉和他的言行不太一致。

"我给你发了猫的照片，你看见了吗？"万初空突然问。

祁迹点点头："看见了，它很可爱，我回了消息。"

万初空当着他的面拿着手机，一点点往下翻："是吗，不好意思，我好像没有看见你的回复。"

另一边阿姨领着弟弟从收银台走过来，万初空极其自然地接过阿姨手上一大包的东西。

弟弟一直看着祁迹，眼睛里充满了想和他说话的渴望。

祁迹主动把帽子摘下来，弯下腰说："你好，我叫祁迹，是……你哥哥的朋友。"最后几个字声音变小了。

两个人不算朋友，那算什么？总不能跟小孩子介绍：你好，我和你哥是被网友硬凑的挚友关系，实际上我俩根本不熟。

男孩说："我在电视上见过你，你和我哥哥一样是明星吗？"

祁迹点点头，现在的小孩子也会看他们吗？

祁迹直起身，万初空给他解答："我外甥女喜欢你们那个团，每次过节聚会都要拉着他们一帮小孩一起看。"

祁迹张了张嘴巴，一时间不知道说什么好："那……要不要签名？"

万初空看他："不要。"

祁迹把"自作多情"四个字刻在自己四分五裂的心上。

"我为什么要帮她求签名？她又没求我。"万初空的嘴角还挂着笑，温和而谦逊，好似只是一句玩笑。

祁迹眨眨眼："嗯。那拜拜。"

他朝万初空挥手，小男孩把手伸直朝他挥舞："拜拜。"祁迹第一次觉得人类幼崽很可爱。

而当他出门面对炎炎烈日，亲眼看见万初空把购物袋放进路虎的副驾时，再一次陷入沉默，难怪他们从来没遇到。

别墅区的有钱人，南门开车出去十分钟就有一家购物商场。

车上，乔启锐问前排的万初空："哥，你今天在家住吗？"

"不在。"万初空一边倒车一边回答。

乔启锐刚张口，万初空打断他："别把妈搬出来，我已经陪你出来买东西了。"

"可是妈妈说要一起吃晚饭……"男孩委屈得眼眶通红。

万初空抽空看了他一眼："你是真的想哭吗？"后面没了回答。

万初空看到外面祁迹拎着两大购物袋的东西慢吞吞往前面的楼房移动。

"晚上我有事，下午可以陪你看动画片。"万初空开口，"你乖一点。"

男孩立刻开心起来："好的！那回去我跟妈妈说你有事……"

"不用和她说。"万初空没有立刻掉头走，而是看着祁迹一步步下台阶，最后只剩下一个模糊的背影。

"哥，那是你的新朋友吗？"

万初空思索片刻，回答："他不是，他太笨了。"

"噢，我知道了，不能和笨蛋交朋友。"

阿姨一副欲言又止的模样，怎么能和小孩说这些呢？

当晚祁迹收到万初空发来的第三只猫咪的照片，和前面的两只猫咪不同，这只不是布偶也不是暹罗，是一只黑白色的小猫，正一脸戒备地盯着摄像头。

祁迹："它看起来有点怕你。"

这一次万初空不但回复了且回复的速度很快："有吗？"

紧接着又是一张照片，黑白相间的猫咪被万初空一只手按住。

祁迹无语了。

万初空："不怕我。"

第二章
叫七七的猫

01.01 ———————●———— 12.04

01.

6月29日，晚上7:05。

某论坛主题帖：或许今天他俩能认识一下子吗？

【1楼】懂的都懂。

【2楼】够呛吧，看了下座位，他俩隔得挺远的。

【3楼】没关系，我坚信他们在后台一定打过招呼了！

【4楼】有可能在一个休息室吗？

【5楼】怎么可能，演员和偶像一定会分开啊。

【6楼】天真了吧，在一个休息室就会说话？

【7楼】天真了吧，他俩什么交情啊？真知道对方名字吗？

【25楼】他们团今天上台吗？

【26楼】上啊，不是排了节目表吗？他们有节目。

【28楼】空子好好看祁迹在台上的表演啊，你哪怕看一眼，我今晚都有动力写6000字的文啊。

【29楼】等一个奇迹。

【30楼】等一个奇迹。

【51楼】等一个祁迹。

而此刻的颁奖典礼后台，祁迹真在走廊上碰到万初空了。

他本来在队尾走得好好的，突然被人拍了下肩膀。祁迹抬头，看到万初空那张分外英俊的脸，呼吸一滞。倒不是被美貌迷了眼，纯粹是为自己之后又要费一番口舌而担忧，他该如何向别人解释自己和万初空认识了但完全不像网上说的那样熟这件事？

两个人只是简单打了个招呼，万初空便走掉了，徒留祁迹一人绝望。

等进了化妆间，付霜那张没把门的嘴还没开口，祁迹就义正词严道："不要瞎说，我俩只是点头之交。"

就连队长都轻咳一声："真的吗？"

祁迹无奈："真的只是点头之交。"

"噢。"付霜摇头晃脑，伴随着敲门声低下头小声地说，"哥，你的点头之交来找你了。"

祁迹回头，看到万初空站在门外。好的，这下化妆师和造型师也知道他们认识了。

"我想找一下祁迹。"万初空今天身上的违和感不重，一身深灰色的西装看上去成熟又帅气，笑容展露得恰到好处。

一时间众人都看向祁迹。

祁迹在众目睽睽之下移步到门外："请问，有什么事吗？"

他自认为礼貌的问话中带了一丝僵硬。

万初空饶有兴趣地看着他："其实没什么事，你一会儿要上台演出对吧？"

祁迹不自觉地走到门外，顺带把门关上一半，挡住里面看过来的视线："是。"

"我会看的。"万初空说。

祁迹满脑子问号，想说你不看也可以。

两个人在超市偶遇后只在当晚有过交流，他以为万初空很喜欢猫，便挑了一些网上的猫咪视频发给万初空。

结果万初空问他："你嫌它不好看？"他知道此处的"它"是指那只黑白色的猫咪。

祁迹回："没有啊，它很可爱。"

万初空："那怎么还看别的猫？"

祁迹在那一瞬间真的愧疚了。对啊，自己怎么能看别的猫……可是为什么不能看啊？！

但祁迹还是好脾气地发了一张表情包过去。

那之后谁也没再找谁说过话，直到今天。

"因为接下来一部戏的角色是个明星，刚刚正好碰到你，我觉得你很合适，想找你帮我一个忙，让我观察一阵子。"万初空终于切入正题。

祁迹不太懂这之间的联系："可你不也是……"

"和我本人不太一样。"万初空看看他，"这个角色是一个很红的偶像，后来过气转行当了演员。"

少说点不吉利的话吧。

祁迹不太会拒绝人，犹豫一下问："但是要怎么观察？"

万初空似乎也在想，突然伸手按住他的肩膀，这让祁迹想到那天万初空拍的猫咪照片，也是用一只手按住，他脊背一麻。

万初空垂下眼，神色自然道："你的体态很好，背很薄，走路几乎没有声音。"

祁迹蒙了半天："嗯……谢谢夸奖？"

万初空这下真的笑起来："不客气，有需要我给你打电话好吗？"

祁迹稀里糊涂地点了点头。

"那么电话号码？"

"我微信发给你吧。"

"好的。"万初空应了一声，"你是不是还没化妆？"

"嗯……"

"那就不打扰你了，回头联系。"万初空说着用自己手机碰了碰祁迹的腕骨，很轻很轻，"台上见。"

　　主题帖：或许今天他俩能认识一下子吗？
　　……

【98楼】结束了。

【99楼】结束了。

【100楼】认识了吗？

【101楼】没。

【102楼】没。

【103楼】没有。

【104楼】不认识不熟不了解。

【110楼】不仅没认识，祁迹上去表演的时候万初空都不在自己位置上。

【111楼】去哪儿了？

【112楼】人有三急。

【124楼】我不听我不听，没准就是去后台专门看好兄弟了呢，哭泣。

晚上9：01。

万初空和几个工作人员一起站在幕后，这个位置只能看到祁迹的侧身，但距离足够近。舞台妆过于闪耀的亮片并没有让祁迹整个人有廉价感，反而显得万分耀眼，一整首歌曲下来，他每呼吸一下都仿佛有汗水落下。

下台时祁迹看到万初空明显愣了下："你怎么在这儿？"

"说了要看你的表演。"万初空仍是微微带笑的模样，跟祁迹说，"辛苦了。"

这种感觉很奇妙，以前开演唱会也会有工作人员在幕后等着递水递毛巾，可万初空不是那些人。

祁迹说："你一会儿不还要领奖？"说完他就意识到说错话，万初空现在只是被提名，奖项花落谁家还不一定。

"承你吉言。"万初空很自然地把话接过去。祁迹脸颊上、颈窝里全是汗，眼睛上覆着薄薄一层膜，是更浅的灰褐色，妆被晕染开了，嘴巴上有一层淡色的口红。

祁迹现在和私底下的样子完全不同，现在是闪闪发光的偶像，是被无数粉丝追捧的偶像。万初空觉得很奇妙。

"回头见。"

祁迹和成员已经走远，万初空也回到自己的座位。

陈胜航和别人换了位置，坐在万初空旁边："你去干什么了？你经纪人找了你好久。"

"去看素材了。"万初空回答。

陈胜航："什么？"而后反应过来，"你真接了那部戏？你要演？"

万初空没回答，手机被他拿在手里，屏幕忽然亮了起来。

"行吧，确实挺有挑战性的，但是争议也大。"

"嗯。"

陈胜航犹豫一下："你有电话。"

万初空头都不转，一本正经道："台上在颁奖，不要搞小动作。"

陈胜航深深叹口气，同时看向台中央。

像这样的庆典，奖项含金量都不是很高。没过多久万初空被主持人叫到名字，他从容上台，在台上讲话直至下台，脸上的微笑都一成不变。

他没有拿手机，把它留在了座位上。

陈胜航等他拍完合照回来，把手机递给他："恭喜获奖，这个奖就说是你要拿。不过你注意点，手机丢了怎么办？"

万初空把奖杯放在腿侧，接过手机，说："那不是更好。"

陈胜航不搭这茬，问："你真的找了那位做参考对象？"

"他有名字，叫祁迹。"

"你和他很熟吗？"

万初空这才转过头："其实我们两个初中开始就认识了，高中我去国外读书，他也默默支持我、给予我鼓励，让我决心重新回到娱乐圈的人也是他。"

陈胜航吓得坐直了身："……真的假的啊？"

万初空："网上都这么写。"

陈胜航不想理他了。

02.

晚些时候，祁迹还是给万初空发了一句"恭喜获奖"。

微信那边没有回复，他反倒松了口气，他现在有点不知道该怎么面对万初空。

祁迹的交友范围很窄，认识的人要么是初高中的同学，要么就是一个舞蹈室或者同公司的同事。

像万初空这样，两个人先是在互联网上认识对方，而后才在现实中见面的情况实属特殊。

但两个人的喜好相同，住的地方也很近，要是真能成为朋友，偶尔相约打打游戏聊聊天也不错。

祁迹对此既期待又害怕，对于新的人、事、物，他总要有一段适应时间，尤其这个人是万初空，两个人的粉丝在网上可是不太和谐。

祁迹的生活一直很简单，像他采访里说过的那样，喜欢猫，喜欢打游戏和看动漫。

做练习生的那五年很辛苦，每天为一个不知道能不能实现的目标而努力。苏勉超有很多次都说自己坚持不下去了，可祁迹却从来不说苦、不说累。公司真正敲定出道名单的时候，他好像也没有多兴奋，事情顺其自然发生了，他就顺其自然接受，只是需要一段时间适应。

第二天早上，祁迹和成员们已经坐在飞机上，万初空才发来一句："谢谢。"

这句"谢谢"又充满礼貌和疏离。祁迹搞不明白万初空，他比自己遇到的任何一个人都复杂，开飞行模式之前，他犹豫一下还是回了一个小猫表情包。

这次的工作地点是在一个气候宜人的城市，祁迹和成员们在酒店调整休息。

同房间的付霜倒头就睡，祁迹则翻来覆去睡不着，索性打开手机看视频，一只小猫、两只小猫、一窝橘猫……马上就要睡着了，手指下意识点了上去。

视频里加速的变音女声道："是一个人独居吗？会不会觉得孤单？家里没有养宠物吗？"

"你都说是一个人了，不是独居就该是恐怖片了。家里有养猫，有三只猫。"

祁迹一下睁开眼睛，看到视频里万初空的脸。

万初空脸上有小时候的影子，只是脸的轮廓更加深邃，下颌骨的线条也变得非常流畅，儿时眉眼间的稚气完全消散了，变成眼前这个人。他在屏幕内温和带笑，回答问题游刃有余，所展现出的模样很像两个人初见那次。

祁迹眨眨眼，平日里刷到明星视频他都会划过去，这次却鬼使神差停了下来。

那道女声继续问："那你平时在家都做些什么呢？会不会和猫玩？"

万初空稍作思索后回答："打游戏和看电视吧，猫怕人，有点怕我。"

原来他自己知道猫怕他，那之前为什么不承认？

"都看什么电视？会看自己演的电影吗？"

"电视上播什么就看什么，有时候会陪……会看一些动漫。"万初空回答得不紧不慢，"自己演的电影，你是指哪部？"

主持的女声说了几个名字后，这段视频又跳回到最开始，重新播放。

祁迹点开评论，第一条赫然写着："吓我一跳，还以为主持人会说《蝉时》。"

评论回复："不太可能吧，采访之前应该沟通过那个不能提。"

为什么不能提？祁迹的手指一顿，不小心点开另外一条评论："家里有猫猫啊，还是三只，好幸福！"

"猫为什么怕他？他虐猫吗？"

"能养三只就说明很喜欢啊，楼上是有什么毛病吗？"

紧接着一阵敲门声打断了祁迹的思考，他迟疑一下站起身走过去。

门外出现窸窸窣窣的说话声。

他站在门口等了一会儿，果然门又被敲响了，这一次声音更小，却把另外一张床上的付霜吵醒了。

少年迷迷糊糊地抬起头："哥？"

祁迹立刻比了个"嘘"的手势，付霜立刻明白过来，烦躁地抓过枕头把自己埋进去。

"付霜？付小霜你在里面吗？"女孩子嬉笑的声音传进来，不止一个。

又过去十几分钟，外面终于安静下来。

付霜起身，头发起了静电，炸开了，搭配他阴沉的表情，和平时一脸笑嘻嘻的模样截然不同："怎么跟到这里来了？"

"跟何姐说一声吧，换一间房。"祁迹说。

"有用吗？"付霜说着转过头，嘴巴张到一半看见什么，立刻转变成另一种态度，"哥，那个……万初空给你发消息了。"付霜指了指陷在被褥里的手机，"你要不要回他一个？"

话题被转移，祁迹也不想再说，叹了口气："要，我先看看他说了什么。"

万初空什么都没说，只是给祁迹发了三只猫咪成排吃饭的照片。

可爱，猫猫可爱，但猫为什么会怕他？

祁迹很想问，又怕这人把三只猫都按在爪下说：看，它们不怕我。觉得这真是他会干出来的事。

于是他回："好乖，它们都叫什么？"

万初空回："布偶、暹罗、七七。"

只有最后一只猫有名字。祁迹震惊，这个人给猫起名字的随意程度堪比叫人张三李四。

偏偏是有名字的那只猫最不待见万初空，吃饭的时候都要躲着他。

祁迹："那它为什么叫七七？"

万初空："捡它的时候有项圈，是被遗弃的。"

所以是取了"弃"的谐音？祁迹捧场道："噢噢，那好有意义！"

付霜支着下巴横躺在床上："小六哥。"

祁迹抬起头，付霜说："你们是不是真的好久之前就认识了啊？"

祁迹面无表情："我俩微信聊天不超过十五句话。"

"每天吗？那确实有点少。"

"是一共。"

付霜不相信。

祁迹斩钉截铁道："我俩真的不熟！"

而与他不熟的万初空在祁迹录制综艺的这段时间里给他打了三通电话。

晚上结束工作，祁迹并没有为手机上多出的未接来电而感到惊讶，因为经常有这种陌生电话打进来。

被陌生人敲门的事情跟经纪人说过之后，祁迹和付霜换了一间房。

祁迹刚洗完澡打开手机，发现万初空再次主动联系自己。

"你的电话打不通，在工作？"

祁迹回道："是，你电话号码是？"

万初空直接把电话打过来了，祁迹才发现那个号码是他的。

这时候门外又响起敲门声，付霜离得近率先起了身。

"喂？"万初空察觉到电话对面人的呼吸声不对，问道，"怎么了？"

祁迹回过神："没什么，稍等一下……"他不太放心付霜去开门。

付霜在门口问了句什么然后直接把门打开了，祁迹侧过头看清来人时松了口气，是队长和老五。

任斯道："看你们一个个紧张的，我和夏伍商量了一下，换个房间吧。霜儿你去和夏伍睡，我今晚留在这儿。"

他声音很大，连电话里的万初空都听见了，问："为什么要换房间睡？"

祁迹难以解释，最后还是说："我们被粉丝跟踪了，付霜年纪小，还不太能应付这种事。"

任斯这才发现祁迹在讲电话，惊奇地用气音道："他在和谁讲电话？"

付霜用正常音量答道："他的知己良友。"

祁迹尴尬，救救他，他们是不是怕万初空听不到！

电话那头没什么反应，只是说："那你也注意安全。"

"嗯……好。"祁迹手心里出了一层汗。

"等你回来有时间我们见一面？"万初空又说。

祁迹没来得及说话，万初空补充道："聊我的新戏。"

"啊……可以的，不然你直接来我家吧。"反正离得近。

"好。"万初空回答，再一次重复，"注意安全。"

电话挂断，任斯轻咳两声，一脸疑惑。

"是朋友，我和他是朋友，你们难道没有朋友吗？"祁迹诚恳发问。

"可你下午明明还说和万初空不熟。"付霜揭穿他，"你们是用了一中午的时间迅速回忆起过往，然后建立了深厚友谊吗？"

祁迹不想理他。

03.

粉丝跟踪的事情到底还是闹大了，"付霜黑脸破口大骂"的词条很快就排在热搜最显眼的位置。

祁迹在B市待了五天，返程的路上，苏勉超发消息评价："你们团也是有本事，邱亦黑完脸付霜黑，其实你们是个川剧团？专门表演变脸的？"

祁迹："你信不信？"

苏勉超："什么？"

祁迹："我现在就拉黑给你看。"

苏勉超："我错了。"

祁迹这个发小总是做一些普通男人不会做的事情，比如发恶心矫情的表情，再比如……发他和万初空的一切物料，包括视频。

苏勉超："降降火消消气，给你看个好东西，科幻大片，万初空和你领衔主演。"随即发来一个视频链接。

祁迹很少会点开苏勉超给他发的链接，尤其是某一次被强烈推荐过后点开了一条广告内容，他就再也不搭理苏勉超这一茬了。

可是今天，在和万初空认识了又不那么熟悉的今天，祁迹对这个视频冒出了那么一点好奇心，好奇心促使他点开了视频。

视频最开头是他某张专辑里的装扮，画面里他闭着眼躺在一片雪白的羽毛里，头发还是紫粉色，紧接着是他本人说过的一句话。

"其实大家都很好。"

祁迹都要对这句话过敏了，而后是万初空在《蝉时》里的扮相，那年他八岁。

声音却是现在的，非常有磁性的男声。

"那么我呢，我又算什么？"

祁迹知道有些粉丝的剪辑能力很厉害，从能变着花样把两个毫不相干的人剪在一个画面这点就能看出，他们是真的厉害。

视频播放到最后是悲剧结局。

祁迹被震撼到了，直到旁边的夏伍小声提醒："哥，哥。"

祁迹抬起头，一脸无辜："我用的是Wi-Fi（无线局域网），没有乱开网络。"

夏伍一时无语，又重新调整表情，眼神暗示："有粉丝在后面，你悠着点，手机别被拍到了。"

祁迹往后面瞄了眼，果然看到几个拼命探头的小粉丝，其中还有个男生，看着年纪都不大。

手机收起来之前，他义正词严地跟苏勉超说："别给我发这些了，影响不好！"

苏勉超回得也快："影响你什么了，给你机会你都不凑上去，你这辈子注定火不了！"

祁迹才不管这些。

下飞机走的是VIP（贵宾）通道，一路上畅通无阻，直到上了车，经纪人才开始千叮咛万嘱咐，让他们不要再惹出什么事。

付霜不服，到底是年轻，直接说："那这些人都跟到酒店了，一个门一个门地敲，多少人都投诉了，我说那些话有错吗？"

"你没错，是我错了行吗？"经纪人从善如流，"但你是公众人物，什么话该说什么不该说总知道吧，别骂脏话能不能做到？"

付霜虎着一张脸不说话，任斯踢了下他的腿，他才心不甘情不愿地说："我尽量吧。"

"什么叫尽量？是必须，学学你祁迹哥。"

祁迹不吱声。他在团里人气最低，从出道到现在，团里的一切瞬息万变，唯有他的人气没变过。所以经常被粉丝塞给其他成员的信和礼物，又因为他脾气好，很多粉丝喊话都愿意跟他喊，什么"替我告诉邱亦我爱他""弟弟今天没来是不是感冒了"等。

当然这只是一小部分人，更多的人还是愿意喊祁迹的名字，举他的灯牌。

付霜问："小六哥，你都不生气的吗？"

经纪人道："快让祁迹给你开导开导，你也是成年人了，哪来这么大脾气？"

祁迹思考了一下："其实吧……"

所有人都在听他讲话，包括司机。

"主要是没人会跟我，一般我都是被捎带的那个。"

车厢里沉默了，经纪人觉得应该安慰一下祁迹，可是无从开口。

没有被跟踪是好事。

嗯，是好事。

"也挺好的。"最后经纪人干巴巴留下这句话，转头又说，"哦对了，你和万初空……"

祁迹瞬间警惕起来，成员们都统一往窗外看，耳朵却竖了起来。

经纪人道："公司不限制你们交友，放宽心，就是提醒你一句，别什么都说，凡事留个心眼。"

团里人气前三的成员还有商务要跑，祁迹和其他两个成员已经可以回家休息了。

祁迹到家没多久就接到万初空的电话，有那么一瞬间，他甚至产生了怀疑——他俩真的不熟吗？

万初空好像算准了他这个时候有时间便专门打过来，祁迹接了电话，寒暄过后万初空果然问："你最近有时间吗？"

祁迹咽咽唾沫，有，但是想睡觉想打游戏，想和猫猫玩："有的，我已经回来了。"

万初空："嗯，我知道。"

祁迹下意识问："你怎么知道？"

"你后援会发了行程。"

祁迹一时不知该接着说什么。

"我周末去找你？"

"好的，我周末……有时间。"

一通电话过后，祁迹坐在床上沉思到底哪里不对劲，是万初空去他后援会的微博看行程这件事不对劲，还是他拒绝不了万初空这件事不对劲。

直到周末当天，祁迹都没有想明白。

他把自己简单收拾了一下，甚至勤劳地打扫了屋子，万初空却迟迟没有联系他。按理说，别墅区到这里步行也就十几分钟而已。

祁迹躺在床上对着手机一筹莫展，苏勉超倒是给他打电话了："走啊，玩去啊！"

往常祁迹都会很怕这句话，但今天不一样，今天他有了不去的理由。

祁迹充满底气地说："不了，已经和别人约好了。"

苏勉超觉得新奇："谁约你出去，除了我谁还能约动你？"

祁迹勇敢回答："万初空。"

电话那边沉默两秒："'臣'退了。"然后干脆利落地挂断，生怕晚一秒祁迹反悔似的。

祁迹从没这么感谢过自己和万初空相识。这半年里这个名字如同魔咒一样环绕他，没想到最终解救他的也是这个名字。

可是直到下午三点钟，万初空都没有联系他。祁迹这个人又不会主动联系别人，看了一整部电影顺带睡了一觉后，万初空终于打来电话："抱歉，这边临时有点事情，我现在就赶过去。"

祁迹其实不知道万初空要怎么观察他，或许只是简单聊聊天说说话。

可以的。只要有人提出请求，祁迹基本不会拒绝。

结果天色都暗下来，万初空仍迟迟未到。祁迹第一次对万初空居住的地方产生怀疑，难道他不住别墅区，难道那天他只是特意来买东西？可是这里的安保非常到位，不是住户根本进不来。

晚上六点整，万初空的电话打过来，祁迹下楼去接人。

祁迹今天特地注意了自己的形象，没有穿露腿的短裤而是换上一条宽松的格子长裤，拍杂志时头发染成了蓝色，月光下不细看和自然发色无异，两鬓的头发都留长了，一边就被夹在耳后。

而万初空明显是从某个晚会出来，一身正装，连头发都十分齐整，只几缕散落下来，落在眉梢和眼之间，衬得他有些许的不羁。

"是不是太晚了？"万初空开口的第一句。

祁迹想说，你说这话是不是太晚了，但他把想吐槽的话憋进肚子里，摇摇头问："你吃饭了吗？"

"吃了。"

可我还没吃。祁迹不敢说，只道："那先上楼吧。"

万初空跟着祁迹进了电梯，电梯往上升的过程中，他一直在看祁迹。祁迹回头看他，他才开口："抱歉，今天突然有事。"

"如果你很忙，改天见面也可以。"

电梯的四面映出两人被扭曲过的身形，万初空看着祁迹所在的地方："可你下半月的行程很满。"

祁迹无语，所以到底为什么要看他的行程表。

"而且我想找你聊聊。"万初空朝他露出微笑。

祁迹眨眨眼："是因为你新戏马上要开拍了吗？"

万初空的目光错开，低声说了一句。

祁迹没听清但也没再问，输入密码的时候，万初空说："不怕被我看到吗？"

祁迹只好向前一步挡住他的视线，万初空又笑："我不会看的。"

"我知道啊，而且密码每个月都会换一次，只是配合你。"祁迹一边说着一边开门，"家里有点乱，你随意一点就好。"

以往也不是没有朋友来过，但是和万初空成为朋友的情况太特殊了，尤其看到他脱下鞋子，把脚往自己的小鸭子拖鞋里塞的时候，祁迹愣住了。

"那个……那边有一次性的拖鞋，这个是我的。"

没发现鞋码不对吗？不要硬挤。

04.

万初空把鞋还给他，穿上适合自己的拖鞋又站在原地不动了。

"可以随意一点。"祁迹再次说道，万初空这才朝客厅移步，祁迹的家很整洁，是一看就特意打扫过的整洁。

万初空的目光不由自主落在祁迹身上，在日光灯的照耀下他那一头蓝发异常显眼。

"你不戴眼镜了？"万初空问他。

祁迹抬手挠了下脸颊，显得有些拘谨："今天没戴。"

"是为了见我才没戴吗？"

话不能这么说，但这么说也没什么不对。尤其是万初空的长相摆在那里，表情自然无比地问出这句话，好似只是闲聊一句家常。

祁迹支吾一下，准备好了说辞，对方却没给他说出口的机会。

"是我有求于你，而且让你等了很久，"万初空看着他，"你都不生气吗？"

祁迹眨了眨眼又摇摇头，没什么好生气的，每个人都很忙，每个人都有自己的事情，他们又没有提前定好时间。

所以没关系，他不生气。而且……祁迹不由得偷偷瞄了万初空一眼，他因为好奇去查了万初空这个人。

万初空是一个明星，随便在哪个浏览器上搜索都可以找到这人相应的信息。

"看来是不生气。"万初空又笑起来，他的笑容充满欺骗性，会让人以为他骨子里就是这样温和的人，"但我还是要道歉，抱歉让你等我这么久。"

"没有，也没有特意等。"祁迹说着话，一时间红色爬满脖颈和耳后。他很容易脸红，跳舞会、流汗会、不知所措时也会，但红得并不夸张，单薄的红色从脸上覆盖至脉搏跳动的地方，到喉结的右上方。

祁迹的长相很出众，这点毋庸置疑，不然也不能出道当偶像。可娱乐圈最不缺长相出众的人，长得好看性格有趣才能得到更多的关注。显然祁迹只占了前者，无论是在综艺里还是私底下，他都不是太会聊天的人。

"这里是你家你这么紧张做什么？还是说你还是害怕我？"万初空问他。

祁迹摇头否认，转移话题问他要喝什么。

两个人一块进了厨房，祁迹很喜欢囤东西，冰箱里满满当当什么都有，打开的一瞬间，他还特地侧过身展示给万初空看。

万初空明显愣了下，随后说："你和我弟弟很像。"乔启锐快七岁了，也很喜欢在家藏零食。

"你要喝什么？"祁迹盯着冰箱里的布丁看，他好饿。

万初空反过来问："你喜欢喝什么？"

祁迹从里面拿出白葡萄汁，万初空接过去说了句"谢谢"，然后问他："你是不是还没吃饭？"

祁迹整个人都精神起来，双眼发亮："还没吃，我想煮面，你要不要再吃点？"

万初空向来善于观察，祁迹的想法太好猜了，随即抿了下嘴角举起自己手里的玻璃瓶："不用了，我喝这个就好。"

祁迹在厨房开火，万初空半靠在门边看着他。

"祁迹。"

"嗯？"祁迹回过头。

"你为什么想做男团偶像？"

"最开始是朋友想，他拉着我一起。"祁迹把面条下进锅里，模样很认真，万初空却只顾着看他脚上的小鸭子拖鞋。

"朋友？是上次聚会和你一起的那个吗？"万初空隐约有印象，具体是谁不重要。

祁迹点点头。

"那你自己呢？"

祁迹一时间没反应过来，转头看向万初空。

他是在问自己想不想当偶像。祁迹微微愣了下，看着锅里的面条，层层热气升上来。

万初空在他的几秒犹豫里得到了回答："不想说可以不说，就当是随便聊天，不用什么都回答我。"

"可以吗？"

"为什么不可以？"万初空声音放轻，"是我找你帮忙做新戏的参考，你可以拒绝我。"

祁迹像松了口气，然后问万初空："你真的不吃吗？"

万初空摇头，祁迹说："那我就不放调料了。"

"为什么？"

"要控制体重，饮食最好不要重油重盐。"所以布丁也不能吃。

"你已经很瘦了。"万初空微微侧过头,祁迹一边头发被别在耳后,正是朝着万初空的这一面,露出完整的侧脸,睫毛一簇簇分开来,下颌的弧度顺畅,脖子也很纤细,隐约可见皮肤下青色的血管。

祁迹朝他笑一笑,是那种很自然的什么想法都没有的笑容。

面条上了桌,里面漂着几片青菜,看上去清汤寡水的,让人没什么食欲,祁迹却吃得很开心。

万初空看着他,知道参考对象找错了人——祁迹太普通了。

这里的"普通"并不是贬义。祁迹的生活普普通通,平淡而充实,没哪里不好,只是和他戏里的角色不搭。但他仍然觉得还好今天来了。

祁迹抬起头,那双漂亮眼睛被雾气笼罩,可即便看不清也不至于让人警惕,他太没有攻击性。

他适当客气地问:"你真的不吃点吗?"

"那你要分给我一半吗?"

是不是在开玩笑,祁迹分辨不出来。

"我开玩笑的。"对面的人说。

祁迹心安理得地吃起独食。

万初空耐心看他吃饭,像每次去喂七七一样,总要看它吃完了才肯离开。

"哥,就算你不看着它,它也不会跑丢了。"乔启锐之前再三保证,"我一定记得关门。"

万初空表面上说"知道了",下一次还是会守在猫旁边。至于另外两只猫吃不吃饭,他不管,只有抢占七七饭盆的时候,他才会用脚挡住猫咪。

弟弟观察了许久,搞不清楚他哥到底是喜欢猫还是不喜欢,说喜欢吧,没见他哥和猫特别亲近;说不喜欢吧,还那么护着七七。

但是吃到最后,祁迹突然起身把冰箱里的布丁拿出来。

"这个给你吃,我不能吃。"

万初空一时间没反应过来,直到祁迹问:"你不吃布丁吗?"

"谢谢。"万初空收下了。

"你的房间就这么敞着门没问题吗?"路过祁迹房间的时候,万初空终于忍不住问。

祁迹停下来:"没关系,房间里没什么……"

"那我可以问问那个是什么吗?"万初空指了指祁迹床上的等身抱枕,上面印着一个笑得十分开朗的橙发女孩,一看就是动漫人物,刚进屋时他就看到了,因此才在原地驻足。

祁迹忽然不好意思起来,但看向万初空的眼神分外坦诚,仿佛传达着对人类最基本的信任。

他说:"是我'女神'。"

万初空试图消化这句话，最后评价道："嗯……你'女神'长得很可爱。"

祁迹很开心："是吧，我也这么觉得。"

万初空甚至回应他："是的。"

乔启锐也把蜘蛛侠当偶像，家里摆了一柜子的蜘蛛侠手办，可以理解。再说他刚刚收到祁迹的"贿赂"，嘴里还有淡淡的奶味，完全不忍心打击对方的积极性。

祁迹把电视打开，有声音不会太尴尬，万初空却问他："有你要看的节目？"

"没有，就是……听个声。"

"平时不会看自己的节目吗？"

"……你会没事看自己演的电影吗？"

"我会。"万初空无比坦然。

祁迹沉默了一下："我不太看自己的节目。"

"为什么？"万初空抬起手，手指停在祁迹眼前的半空中，"不会想欣赏一下自己的脸吗？"

祁迹震惊过后又觉得十分合理，万初空长这么帅估计照镜子都要偷着乐吧。人家还只是看看自己的电影，已经很克制了！

但祁迹还是摇摇头："我不太喜欢在电视上看到自己。"

万初空微微挑眉，"为什么"三个字还没有问出口就先有电话打进来。

他看了眼联系人的名字，把手机翻扣过去却迟迟没有接。祁迹听电话响了许久，犹豫问道："电话不接吗？"

万初空抬眼看他，露出一个近乎完美的笑："要接的。"紧接着他当着祁迹的面接了电话。

电话那端似乎说了很长一段话，祁迹隐约听到声音，是个女声。他适当把注意力放到电视上，耳朵却不由得竖起来，终于明白成员们为什么那么喜欢偷听，这完全控制不住啊！

女声……女？祁迹恍然大悟，是不是和万初空谈恋爱的那个女偶像？他还记得女生的名字，是最近才出道的一个女团成员。

祁迹的眼睛控制不住斜过去，万初空本来在听电话里的内容，注意力一下被旁边吸引。

那道声音还在继续。

万初空回应："我以为那天我已经说得够明白了。"

祁迹拼命压抑自己的八卦欲望，怎么了怎么了这是吵架了？

那边又说了什么，万初空垂下眼看着祁迹不由自主倾斜过来的身子："嗯，所以我今天赴约了，不然你压根看不到我。"

原来今天是去和女偶像约会了？

那为什么还来找他？祁迹愣了下，紧接着听到万初空说："我也不想和你吵，我们都冷静一下，我先挂了。"

电话挂断，万初空对祁迹说："你要靠到我身上了。"

祁迹的脸又红了，是被抓包的窘迫，偷听失败。

祁迹为了表示自己的无害，目光首先探过去："你们在吵架吗？"

万初空似笑非笑："你不是都听到了吗？"

祁迹还在试图拯救自己："没事的，情侣吵架是常事……"

"等下。"万初空打断他，认认真真看他，"情侣？"

祁迹捂住嘴巴："我嘴很严的。"实在不放心，他还可以发誓。

"嗯，好，那就拜托你了，千万别让别人知道……"万初空面带微笑，"我和我妈在电话里吵起来了。"

祁迹想钻进地里，看来有必要提前给自己买一块墓碑，碑上要刻字：能活到二十四岁，纯粹是靠一些运气。

05.

"你以为我在给女朋友打电话？"万初空问。

祁迹疯狂摇头中。

"我目前没有交往对象。"万初空说。

祁迹点头如捣蒜：嗯嗯嗯是是是，您说得都对。

万初空仍是看着他："也对，我家的情况你不知道，你连我有个弟弟都不知道。"

祁迹越听越不安，忍不住说："还是知道一些的……"

"你知道什么？"万初空不信。

"我、我百度了。"祁迹老实交代。

万初空静了那么两秒："是吗？"

"嗯。"祁迹看着他。

"那查到什么了？"万初空问。

祁迹张了张嘴巴："你改过名字。"这是他本来就知道的，可他不知道该如何开口说自己在网上看到的其他一些事。

万初空以前叫作应山，八岁就进入娱乐圈，出道即巅峰，《蝉时》上映后迅速有了名气，自此出演多部电影、电视剧……

最初的采访里还可以看到一个很活泼甚至可以说是淘气的男孩，会徒手抓昆虫、上树，每天在山里拍戏把自己搞得脏兮兮也不觉得苦，面对媒体和记者的提问肆无忌惮发表自己的言论，还说自己能成为下一个房东旭，也要拿一个影帝。

再然后他就不接受采访了。

所有人都说他飘了，小孩子的心态放不正，以后不会再有什么出息，更何况他还演了那么多烂片。大家不再关注他，这股热潮褪去后他能接到的片约就更少了。但让人没想到的是，没有戏拍了他又当起模特，因为外形出众，很多需要童模的杂志、网商都愿意找他。

应山一面在娱乐圈继续活动一面上学，直到初三，他没有读完书就被万灵接走了。

祁迹和他一个中学，却不知道万初空是直接退学，还以为他只是中途转走了。那段时间他每天都泡在舞室里，对周围认知很淡薄。

"嗯，我以前姓应。现在跟我妈的姓，姓万。"万初空说，"除此之外呢？你没有看到其他的吗？"

祁迹想起自己在网上看到的一段文字，应该是万初空的粉丝写的："'初空'是一月的别称，象征着迎来新的一年、新的一天。但我更愿意把它当作他对自己的一个祝福，'初空'是新的开始，他再也不用被当作赚钱的工具，他可以迎来全新的生活。"

万灵和万初空的亲生父亲离婚后就去国外发展，当时两个人都很富有，万灵本来以为男人会照顾好儿子，但没想到这个人渣沉迷赌博，儿子成名后反而成了他的摇钱树。

万初空有一段相当黑暗的童年，他的少年时期几乎没有什么朋友，因为总是缺课连学校老师都对他颇有微词。

在祁迹艰难说完自己了解到的一些事后，万初空说："'初空'只是一月的意思，因为我生日是一月一日。"事实往往就是这么简单。

祁迹："……噢噢。"

也不用跟他说啊，不然发条微博告诉粉丝？粉丝会恼羞成怒吧。

万初空却在这时笑了，笑容和平时大不相同："你真的去查了。"

"骗你对我有什么好处吗？"

"没有。"万初空似乎对自己的过去全然不在意，甚至反问祁迹，"你不问我为什么当时不求救吗？我身处娱乐圈，随便找个记者说出去都可以让老家伙吃不了兜着走。"

此处的"老家伙"是指你的人渣爹吗？祁迹虽然很想问，但把话吞进肚子里。

见祁迹没有问下去的意思，万初空主动说："少年成名带给了我荣誉，但也堵住了我的嘴巴。"

他说这话时还在笑着。祁迹却充分理解了他的意思。

要他把痛苦展示给世人，要迎接大众评判的目光，要将光彩落败成唏嘘，最后只剩满地狼藉。少年不愿意。

万初空观察着祁迹的眼神变化，或许是没有戴眼镜的缘故，祁迹的神色比往常还多几分迷茫。

万初空问他："你能懂吗？"他问的时候就已经知道答案了。

祁迹回答他："能懂。"

"他们都不懂，他们觉得我该在最开始说出来。"万初空说，"后来我也不懂自己了，可能只有当初的我懂。"

祁迹太天真了，所以他能懂。任何成熟世故的人都不赞同这样的隐忍，可是少年懂什么，十几岁的时候，他的怯懦和天真应该被原谅。

可没人原谅，他们评判他。

天色渐晚，祁迹为了活跃突然低沉的气氛，拿出他珍藏多年的游戏卡带邀请万初空和他一起玩。

万初空接过游戏柄，开始他的"死亡之旅"。

他之前会陪乔启锐玩游戏，但是小孩子玩的游戏都很简单。他连续死了好几把，祁迹都分外有耐心地说："没关系，我救你，你等等。"

万初空看着一脸专注玩游戏的祁迹，也学着他直接坐到地板上。

祁迹以为他等着急了，转回头不由得挺直上半身，一边过关一边说："马上我就能救你了。"

"嗯，我等你救我。"万初空说。

三分钟后万初空复活，然后迅速死亡。

祁迹完全不生气，也没有抱怨万初空游戏玩得不好。对方安安静静不吵不闹的，输了游戏也不急躁，祁迹感觉这样就很好，两个人相处起来很舒服，他不需要特别厉害的同伴，只需要有人能陪他一起玩就行了。

费劲通过两关后，万初空终于开口："时间不早了，我该回去了。"

祁迹看了眼时间，不知不觉已经快十点了，玩游戏真的很耗时间。

祁迹胡乱点点头："那我送送你。"

"不用了，我开车来的。"

一共十几分钟的路程，不至于这么兴师动众吧。

祁迹也没强求："那我送你进电梯。"

万初空没有拒绝，祁迹跟他到走廊里等电梯，万初空说："你之后就很忙了吧？"

"嗯，但是还是会有休息时间的，我没有邱亦他们那么多工作。"电梯升上来，祁迹想了想说，"你今天好像只问了我几个问题，剩下的时间都在陪我玩游戏……"

"嗯？嗯，不用在意。"万初空踏进电梯转过头，手自然按在"打开"的按键上同祁迹说话，"戏的事情不必在意，比起这个，我对你本人比较好奇。"

祁迹愣了下，万初空却松开了按键。

"再见。"万初空说。

万初空打开车门坐在驾驶位，那通电话挂断后，他就特地调到了静音，现在把手机打开，一通通未接来电呈现在他眼前。

万初空首先拨通经纪人的电话，暴躁的男音立刻传进他耳朵："祖宗！你真是我'活祖宗'，你妈电话又打到我这里来了，行行好，我是经纪人不是你保姆，放过我好吗？"

万初空回答："好，那把之后的安排都推了吧。"

电话那头静了两秒，继而幽幽地说："'祖宗'，我错了。"

万初空"嗯"了一声，经纪人不放心，继续说："你大半夜跑哪儿去了？听你妈那个意思，晚宴参加到一半又跑了。能不能学学陈胜航？就算再不愿意，那种应酬你也应付应付，又不是让你马上就退出娱乐圈，表面笑一下把你妈妈的合伙人哄开心了，你妈也不至于找你碴啊。

"对了，你最近悠着点，别做什么出格的事被娱乐记者拍到了，他们这阵盯人盯得紧，你的剧又刚刚预热，你跟说我实话，你是不是谈朋友了……"

对面啰唆一大堆，万初空直接把手机放在副驾驶位上，启动车子。

几分钟后，对面察觉到了："万初空，你是不是根本没在听！"

万初空用一种温和的语气说着遭人恨的话："说完了吗？说完挂了，急着回家，挺远的。"

对面气急败坏地挂断电话。

一小时后，车库里"嘀嘀"两声，电梯上升而后开启。他打开门，屋里一片寂静，短暂的漆黑过后房子明亮起来。

齐整的桌椅摆在吧台前，地板干净无垢，没有迭声的猫叫，也没有四处翻飞的猫毛。

这里没有猫，什么都没有。

手机突然振动了一下，是祁迹发的消息："你还没到家吗？"

万初空这才看到祁迹好久前发来的消息："刚刚忘了说，到家告诉我一下！"

万初空回复："到了。"

祁迹那边很快回："收到！"

万初空想了想又打字："我不住在衡景。"

祁迹："什么？"

万初空:"那边是我妈和继父的房子,我自己一个人住。"

祁迹:"那抱歉拖你到那么晚。"

万初空:"没关系,只是解释一下。"

祁迹:"啊?"

万初空:"没有故意不回你消息。"

虽然前几次确实有这种嫌疑,他对很多事情都感兴趣、都好奇,但转眼就会忘记,很快就会失去兴趣。

祁迹:"好,其实不回也没关系,我只是习惯性问一下!"

祁迹是好脾气的人,从没因为他若即若离的态度生气。

万初空不喜欢别人主动靠近他,恰好祁迹永远是被动的那种。

万初空回复道:"那下次还要一起打游戏吗?"

祁迹:"好。"

现在可以更正一下,万初空看着手机屏幕上的猫猫表情,他有猫,养在衡景父母家中的猫也算是他的猫。

06.

7月29日。

某论坛主题帖:万初空、祁迹你们真的不考虑认识一下?

【1543楼】日常打卡。

【1544楼】嘀——210天过去了,他俩还是不认识,打卡。

【1545楼】这楼盖好高啊。

【1546楼】因为之前被两家粉丝追着骂了好久,楼盖了好多页,结果反而成了热门楼,路人见了都要进来看一眼,现在就变成大家闲聊打卡的地方了。

【1547楼】好牛啊!

【1550楼】这两个人真的有机会认识吗?

【1551楼】靠一些缘分吧,粉丝都不在乎,照样造谣造得很开心。

【1552楼】所以是在造谣什么,抠细节都无从下手。

【1553楼】但是有很多精品剪辑,光看剪辑就能看很久了。

【1560楼】主要还是两个人一直都有作品吧,万初空一直有戏拍,祁迹虽然人气不行,但在团体内一直有活动参加。

【1561楼】好羡慕,我追的明星什么时候能有活干,他在家闲很久了。

【1580楼】"瞌睡团"这阵子在干什么？

【1581楼】在准备新专辑。

【1582楼】哇，数字专辑吗？

【1583楼】那必然是。

【1584楼】在排舞吧，看最近粉丝拍的图，队员们都是很早去公司很晚才出来。

【1585楼】我们祁迹宝这次的部分能多点吗？

【1586楼】宝子的人气不太行，万蓉很会看人下菜碟，不如祈祷别做背景板。

【1590楼】那"one哥"呢？

【1591楼】好奇特的称呼，你万哥最近在休息吧，没听说进组，倒是某部剧快要播出了。

【1592楼】明明是部刑侦剧，为什么天天宣传男女主？无语。

【1593楼】也没毛病吧，本来就是主角为什么不能宣传？

【1594楼】可是这两个人根本没有感情线，石夏蕊甚至都不算女主，是一个受害人，开头就死了，然后作为线索贯穿整部剧。

【1600楼】这帖子不要讨论第三人哈，免得再吵起来。

【1601楼】我们的宗旨是和平，和平聊天，和平互动，以及平和地面对他们不熟的事实。

【1602楼】扎心了，但为什么要说不熟？明明就是压根不认识。

【1603楼】速速住口！

【1604楼】这里有人杀人诛心！

7月29日，晚上11:29。

出道以后的日子并没有比当练习生轻松，但即便如此还是有许许多多的人挤破脑袋想要站在台前，站在能被聚光灯照耀的地方。无数个汗水浸透的日日夜夜过后，仍要挥洒汗水。

祁迹把自己摊开躺在舞蹈室的地板上，门口付霜叫了他一声："哥？"

"你们先走吧，我想缓一下。"

付霜本来有点犹豫，看了看任斯还是"噢"了一声跟着队员走远。祁迹侧过身，脖子已经红了一片，脸也跟着泛红。他尽量控制自己的呼吸，接着闭了闭眼，有汗跟着挤进来，有些疼。

他躺了一会儿才坐起来，把发带从头上扯下，发型乱七八糟有点搞笑。他的头发染成浅金色，衬得肤色更白，脸上因热而泛起的红反倒成了修饰，修饰他白皙的皮肤，增添了些许红润。祁迹面对镜子顺了顺头发，又对着镜子笑了笑，而后缓慢起身走出练舞室。

应该先去洗澡，但是他们都太累了，统一决定去吃顿夜宵。长久以来的体重控制手段在这些天的消磨下都成了浮云，经纪人也没有限制他们，吃是可以吃的，毕竟排练很累，消耗的能量非常多。

祁迹已经饿过了劲，先去了洗浴房冲刷掉满身疲惫，吹头发的时候想要问问他们去哪里吃饭，结果看到群里的消息。

任斯："我们被跟车了。"

付霜："哥，要不然你自己去吃点？偷偷去，不会被粉丝跟踪，当然你来我们也相当欢迎。"

祁迹回复："你们那边没问题吗？"

任斯："没什么事，夏伍开车技术不错，甩掉那些人了，就是不知道一会儿跟不跟上来。"

祁迹："注意安全！"

任斯："好，那你还来吗？"

祁迹："不了，那我就先回去了。"

祁迹叫了一辆出租车，特意从后门出去，戴着帽子和口罩，发尾还有沐浴露的香气和些许潮气。坐下来后，司机频频望向后视镜，祁迹都察觉到了，想说自己是正常人，让司机放心。

结果司机先开口："小伙子，这是离家出走？"

祁迹扯了扯口罩，给自己留了一点缝隙呼吸："没有。"

"哎，你们现在的小年轻太叛逆啦。"司机却仿佛没听见，大概是瞅见他发尾那一抹金色，自顾自说起来，"这大半夜的跑出来，你家长能放心？"

祁迹装扮得很严实，只有一双眼睛露出来，透出一点困惑："我今年二十四了。"

司机不太信，仔细看看后视镜也没看出个所以然来："是吗？你看起来和我女儿差不多大。"

祁迹没有回话，因为他拿着手机往下翻记录的时候看到了万初空给他发的消息，已经是五个小时前了。

司机又说："我闺女刚刚高三毕业，马上就上大学，哎，小伙子你谈没谈朋友？"

祁迹一面点开对话，一面回司机："我谈……不是，我不谈朋友。"

万初空发了很多猫猫照片，一共九张，两张布偶两张暹罗，剩下的全都是奶牛小猫。

很明显的偏爱。

"噢？为什么啊，看你长得挺俊，应该招女孩喜欢吧？"

祁迹把图片一一点开，放大再缩小，看了又看，很喜欢，而后抬头回："还好，没有什么人喜欢我。"

"一看就是谦虚了。"

祁迹觉得出租车司机都是社交达人，无论什么话题都能聊一路，偏偏遇到他这个不会聊天的，只能配合司机师傅灿烂的笑容，不好意思地弯了弯眼睛，口罩下面是窘迫的笑脸。

他低头回了一句："七七好像长大了一点。"

这个时间段，对面出乎意料地回复了："嗯，长了几厘米。"

是怎么得出几厘米这样的答案，用尺子量的吗？

万初空："已经很晚了，你还在练习室？"

他们最近有断断续续聊天，聊的都是一些很琐碎的内容，不知不觉间也有小半个月。

祁迹："已经结束了，正在回去的路上。"

万初空："回家？"

祁迹："还没吃饭，准备先在附近找个地方吃饭！"

万初空："我也没吃。"

祁迹试图揣摩万初空的意思，回复："那你去吃饭？"

万初空："我在衡景。"

祁迹犹豫了，要不要邀请万初空一起吃？可万一对方没有那个意思，只是陈述事实呢？自己贸然邀请，万初空不好意思拒绝又不知道该怎么回复就难办了。

到时候尴尬的就会是他。

祁迹果断做出选择："是没有饭吗？那好可怜。"

万初空那边显示"正在输入中"，好久过后打来几个字："谢谢你可怜我。"

祁迹还在想要不要回一个"不客气"，那边又说："我就不能和你一起吃个饭吗？"

祁迹恍然大悟："当然可以！那我下车之后在西门等你可以吗？"

原来真的是想和他吃饭。

07.

祁迹下车后，万初空已经等在外面。

夜晚的风是温热的，甚至有点闷，万初空的身形太好认了，茫茫夜色里一眼就能望见。被粉丝吹上天的"神仙容颜"，没有一丁点遮掩地展露在人前。祁迹走过去，为了不显得自己格格不入，默默摘掉了脸上的口罩。

"晚上好。"万初空十分自然地跟他打招呼。

上一次见面还是去祁迹家里。

祁迹点点头，同样回了一句"晚上好"，已经过了夜里十二点，四周漆黑一片，零星车辆从大道上驶过的声音就是此时最大的声响。

两个人走在树荫下的那条小路上，这个时间段附近会开门的除了便利店就是街边摊。

"去个人少的地方行吗？咱们两个这样都不太方便。"万初空适时开口。

祁迹赞同地点头，可越走离小吃街越近，烧烤和海鲜的味道飘散而来，本来已经麻木的胃逐渐被唤醒，他好饿。

街巷里和外面完全是两个世界，连树上都绕着橙黄色的灯泡，氛围好像过节，露天的几桌围了好多人。

按照祁迹原本的计划，他应该是在便利店的空位上随便吃个饭团喝一杯甜橙汁，或许还会额外奖励自己一个布丁。可万初空一出现，他就完全被带着走了，虽然困惑两个人要去哪里，但踟蹰半天他还是没有开口问一句。

总不能把他拐跑了，跟着走就是了。

还没有走到地方，万初空先问祁迹："一直到下个月底你都会这么忙吗？"

祁迹思考一下："差不多吧，因为不只要排练舞蹈，还有活动要跑，队员时间上要有所协调。"

万初空跟着点点头："那挺辛苦的。"

祁迹连忙说："不辛苦不辛苦，大家都一样的。"

万初空饶有兴趣地看他："哪里一样？"

祁迹绞尽脑汁："你拍戏也要记台词记动作，进入角色情绪……"

万初空突然问他："你看过我演的电视剧？"

祁迹一顿，生怕自己说没有看过，对方再把自己灭口，于是说道："我只看过电影……"

"哪一部？"

祁迹又顿住了，说《蝉时》一定会被灭口。

祁迹支支吾吾，万初空声音放低，听上去很温和，说出的话却是："没看过就没看过，不用特意说谎，我不会介意。"

祁迹不由得心生愧疚，小声说了下名字。

万初空凑近一些："不好意思，我没听清。"

祁迹视死如归，用正常音量又重复了一遍。

万初空连眼都没眨一下，只是说："那已经是很久以前的了，不能算。"

咦？不是说这是雷区吗？万初空也没有爆炸啊。

"为什么不能算？"祁迹鼓起勇气问。

"以前是以前，现在是现在。"万初空回答完反而笑起来，"你又没说错，为什么不敢看我？"

祁迹随便扯谎："可能因为你太高了，让我有点压力。"

团里六个人，四个人都比他高。但是从没有人给他这样的感觉，明明对方什么都没做，态度也很温和，但祁迹就是不敢看。

"那我可以低一点。"万初空说着，抬了抬祁迹头上的帽子，"你今天有戴美瞳吗？"

祁迹缓过神，缓慢眨了下眼，睫毛似乎碰到万初空的指尖，又似乎是他的错觉："……没有。"

世界模糊一点也不全然是坏事。现在他的视野里是万初空那张英俊到几乎挑不出毛病的脸，连同鼻梁那颗淡色的小痣都清晰可见。有时候不得不感慨，上帝造人从来不公平，好看的人连脸上的痣都是点睛之笔。

万初空忽地站直，朝他身后指："转头，到了。"

祁迹还在发蒙，听从指令往后转头，入目是巷子里很普通的一家店面，里面的人也很多，他犹豫要不要进去，万初空直接拽住他的胳膊，把他往侧门带："是这边。"

到了后院，只见万初空掀开后厨的门帘朝里面打了声招呼，老板娘笑呵呵地走出来，脸圆圆的，很有福相。

祁迹站在一旁听两个人讲话，从两个人的对话中得知这人是万初空母亲的朋友，同时也是邻居。万初空朝老板娘介绍："我带朋友来吃饭。"

老板娘这才看见他身后的祁迹，祁迹戴了帽子，大半张脸都在阴影里看不见。

祁迹连忙把帽子摘下来，灯光照亮他的眼睛："你好。"

"呀。"老板娘连忙看了万初空一眼，"快进屋里坐，一看就和山儿一样是大明星！"

祁迹注意到女人对万初空的称呼，忍不住抬头看他。

万初空正好也在看他，两个人的视线撞上。

万初空冷静地问："看什么？"

祁迹立刻心虚："……对不起。"

"对不起什么？"

万初空总能一脸平静地问出别人回答不上来的问题。

祁迹显然不在"别人"的范畴内，因为他诚恳地回答了："不该看你。"

万初空迟疑片刻，才说："我没有说不能看。"

长相出众的人从小被看到大，万初空自然不会逮着每一个看他的人问你看什么，但他不肯放过祁迹。

后院很安静，两个人坐下来后，万初空问他："你很饿了吧？"

祁迹也不矜持了，重重点头。

万初空起身:"等一下,我去催催。"

身处不熟悉的地方,祁迹有点拘束,低下头嘴巴贴着杯壁小口喝水,不是因为渴,而是因为饿。

灯光落在他的头顶发旋上,万初空回来就看到他像小动物一样的行为。

"你的头发,"男人出声,祁迹立刻抬起头,万初空嘴角勾起弧度,"颜色比照片上看着还浅。"

"什么照片?"哪里的照片?

万初空一脸坦然:"忘记哪里看见的,可能是你后援会发的。"

祁迹这回彻底怔住,表情呈现出空白:"……为什么要关注我的后援会?"

"没有关注。"万初空说,"搜索时看到的。"

为什么要搜他啊?

但紧接着上菜的服务员来了,祁迹的注意力瞬间被转移。

好香好香。不知道是不是太饿了,祁迹觉得眼前这两道菜一定非常好吃。

万初空甚至朝他推了推盘子:"菜还没上齐,你先吃。"

"你不是也没吃饭吗?"祁迹抬起头,浅发色没办法搭配深色的眉毛,染发的时候发型师顺便给他染了眉毛,颜色比浅金色深一个度,衬得眼眸黝黑,仿佛有水含在瞳仁里。

万初空捻了下被盘底热度烫得微微泛红的手指:"嗯,我和你一起吃。"

菜都是平常的家常菜,祁迹夹了一块糖醋里脊放进嘴里,舌尖瞬间被热度包裹住,在嘴里来回倒腾了几下才开始吃。

祁迹说:"好好吃噢。"

万初空显然已经吃惯了这里的饭菜,没有显露出特别的神情。

因为距离近又有灯光照着,祁迹很快发现万初空身上粘着细小的绒毛,下意识伸出手去摘。

万初空也下意识躲了下,祁迹收回手:"有猫毛。"

万初空抿了下唇,眼睫落下去,落下一片阴影:"嗯,谢谢。"

这只是一个小插曲,祁迹很快将它抛到脑后。

长久以来的习惯让他吃到八分饱就放下筷子,万初空问他:"吃饱了?"

祁迹点头。

"吃得太少了。"

"这么晚吃太多不好。"祁迹随便说了一句。

万初空闻言放下筷子,祁迹连忙道:"哎,别……"

万初空抬起眼:"你想让我继续吃?"

祁迹试图组织语言……祁迹组织语言失败。

万初空不逗他了，跟他说："我吃饱了。"

祁迹这才松了口气，要是因为他的一句话就不吃了，那他的罪过可就太大了。

这家饭馆的家常菜做得确实很好，味道完全不输大酒店。

直到结账时祁迹看到万初空输入的数额，眼神凝滞，是他天真了。

外屋那帮喝得满脸通红、光膀子划拳、脑袋上没几根头发的中年男人应该都比他有钱。

反观他，只是一个平平无奇的男团偶像罢了，完全不值一提！

万初空见祁迹四处看，侧过头手掩在他耳边说："这里只接待熟人，不用担心被谁看到，他们不会注意我们。"

祁迹点点头，他没担心这个，随即道："钱我微信转给你可以吗？"

万初空盯着他："不用，这顿算我请你的，你要是实在介意下一次可以请回来。"

和老板娘道别后，两个人原路返回。此时已经凌晨一点，街巷仍是热闹一片，最外围的一家路边摊甚至多了两桌年轻人，几个女孩正在摆姿势自拍。祁迹微微拉低帽檐低下头，万初空见状挡在他身前。他的肩背宽阔，把祁迹遮了个七七八八。

走出那条街，周遭变得分外寂静，道路两边除了树木没一个人影。

万初空忽然问他："祁迹，你家里支持你进娱乐圈吗？"

"无所谓支不支持吧，我爸对我没什么要求，我妈会有点意见，她觉得做这行太久不能着家，但我要是坚持她也不反对我。"

这回答很平庸。

万初空点点头，祁迹看向他："你……"

"嗯？"万初空嘴角勾起笑意，似乎就在等这一刻。

可祁迹却说："没什么。"

万初空歪过头看他："为什么不问了？"

祁迹摇摇头，就像他回答的那样，无所谓支不支持，万初空都走到这里了，家里人不支持又能怎么样。他站在这里，就已经是答案了。

路过便利店，万初空忽然说要他等一下。

祁迹站在外面等了没几分钟，万初空从商店出来，手里只拿了一个布丁和一袋牛奶。

万初空把布丁递给他，祁迹条件反射性伸手接过去，刚刚眨了下眼，就听万初空一本正经地说："这算不算见证你我之间友谊的信物？"

祁迹无语。

万初空继续："相互交换过后就算许下约定了。"

这一回祁迹终于忍不住，失声道："你到底搜索什么关键词?!"

08.

雨下得好大，像两个人初遇那天。只不过这一次没有人把伞遮在他头顶，遮住漫天的雨，同样遮挡他的视线，让他眼里只剩下那个叫作祁迹的少年。

他在十四岁那年遇见的人，二十四岁这一年就与他走散了。

万初空后来总能想起两个人的第一次对话，想起少年被淋湿的半边肩膀，想他俏皮地朝自己笑，开玩笑似的说："这算不算见证你我之间友谊的信物啊?"

他只是承了他一把伞的情，却没想到此后的十年，是共同走过的十年。

不只撑一把伞，还分享同一个笔记本、同一本书。

那时候没来得及回答他的问题。

而现在万初空二十六岁，是没有祁迹陪伴的第二年。

——这算不算见证你我之间友谊的信物?

算。

当然算。

"相互交换过后就算许下约定了。"

——出自《信物》by 出其不意 only

这篇网络文章总字数两万五，从两个人的少年时期写到成名以后，结果最后两个人再无联系了，这是前面早有铺垫、顺理成章的结局。看过的人只能把苦涩往肚子里吞，执念较大的就在转发里哭一嗓子，结果评论越来越多。

这篇粉丝自己写的文章，好巧不巧在当晚被付霜看见了，付霜随即在舞室大声朗读。

祁迹本来都累得爬不起来，听到自己和万初空名字的那一刻突然跳起来去抢付霜的手机。

付霜活力四射，围着舞室跑了一圈又一圈，一边笑一边读完了引言部分，并且赞叹道："这个开头和结尾是相呼应的!"

祁迹恼羞成怒："你能不能别看那些乱七八糟的东西了!"

付霜无辜眨眼："可是小六哥……"

祁迹想起什么，下意识看了眼其他成员，错过了阻止付霜开口的最佳时机。

"你不是也看了?"

祁迹：世界毁灭吧。

要不就让他原地毁灭。

7月30日，凌晨1:45。
便利店门口，祁迹失声道："你到底搜索什么关键词?!"
万初空突然想看他此刻的表情，伸手抬了下他的帽子。
祁迹愣了下，理直气壮质问的气焰瞬间熄灭，一脸无辜。
"之前不是说过吗？我在论坛里见过你。"万初空说，"你以为我不会再看了吗？"
这是什么样的厚脸皮。祁迹光顾着惊讶，说话连底气都不足："那你别看了……"他还能说什么？毕竟连他自己都在关注着网上那帮人的动向，但他主要是想看粉丝这股热情什么时候会燃尽。
当初他和万初空压根就不认识，造的谣能这么火，属实让当事人双方都很尴尬。
现在祁迹严重怀疑，尴尬的只有他自己。而万初空用行动证明了——他不尴尬。
他说："为什么不能看？里面不是有我的名字吗？"
祁迹没听明白："什么？"
"万初空和祁迹。"
祁迹心想：好有道理，无法反驳。
"那每一个和你有关的话题你都会看吗？"祁迹问。
万初空看着他："不会。"
"对吧！"
"嗯。"
他不明白万初空在赞同什么，不对吧！既然不会每个话题都看，那为什么要看他们两个人的？
万初空似乎看出他心中所想，两个人边走边说。
"一开始是有人跟我说，我和你在网上很火，问我到底认不认识你。"
祁迹也遇到过，因为火得莫名其妙，周围人都在怀疑他们两个本身就认识。
"我说不认识，他们不信。"
祁迹不住点头，是的，他也是这样回答的。
万初空继续说："因为好奇，我就在网上搜了一下。"
祁迹还是点头，对……等下，他抬起头，有些茫然："你不是去看论坛那个帖子吗？"
"那个是看了，但最开始不该先知道对方是谁吗？"万初空朝他笑了笑，"原来你只看了帖子。"
祁迹诚实地点点头，没察觉气氛不对："因为我本身就知道你是谁……"虽然了解不够深，只有一些模糊的记忆。

万初空暂且不计较，放缓步子，道："我去搜了你。"

万初空不了解男团，在得知祁迹是外甥女喜欢的偶像团体的一员，陈胜航又经常说他出入酒吧夜店，对他的初印象便不是很好。视频里的青年穿开领的打歌服，跳跃间露出覆有薄薄肌肉的腰腹，怎么看都是很喜欢在外面玩的那类人。

直到半年后，万初空终于碰到本人，祁迹傻乎乎的，十分擅长踩他的雷区，不停地提他以前的生活。万初空怀疑他是故意的，可是模样不像，实在不像。

因为那张看起来乖巧清纯的脸，他没有把对方拎出保姆车。

幸好没扔。

"祁迹，在遇见我之前你觉得我是个怎样的人？"万初空问。

祁迹想了想，说："是个好人。"

万初空微笑："这不能算回答。"

"为什么？"祁迹嘀咕一声还是换了说法，"温和、好相处、有礼貌……你的粉丝都这么夸你。"

"那是面对采访，你对着镜头不会笑吗？"

"也对，但是你从没参加过什么综艺节目，我也不太清楚……现在知道了！"祁迹看万初空嘴角的笑意越来越淡，连忙补救。

万初空看他，祁迹用肯定语气："是个好人！"

万初空正回头半掩住脸，表情极其冷静："不好意思，我不该问你的。"

"真的啊。"祁迹还在为自己争取机会，"我后来仔细想过，打游戏和看动漫你其实都不喜欢吧，只是经常陪你弟弟。"

万初空这才勾了下嘴角："看来也不是特别笨。"

祁迹没有听得很清楚，抬头看他，继续自己的讲解："但是那天你去我家，对我的喜好没有表现出异议……"还夸他的"女神"可爱！

"万一我是装的呢？"万初空打断他。

祁迹的眼神很澄澈。

路灯照着两个人的身形，也照亮了他们的眼睛。

"可你也跟我玩游戏了。"言下之意，万初空是假装的也没关系。

万初空看着他，好脾气的人最容易吃亏，他不知道到目前为止祁迹为此吃过多少亏。

万初空低下头，剪影落在祁迹的眼里，终于蒙了一层灰色："嗯，那你就继续保持原状吧。"

"什么？"祁迹感觉到自己头上的帽子被摘下来，路灯下两道影子逐渐靠近又骤然停下。

"对我的印象，今后也不要变差。"

万初空不喜欢猫，他妈妈养了两只猫，毛又长又厚又爱掉，还常常对他夯毛，而七七是他在路边捡到的，就在影视城外面的马路一侧。

小猫受了伤躺在路边虚弱地叫，万初空看了半天才蹲下身，把手伸过去，小猫黄色的眼睛盯住他。万初空把它抓进手里，猫咪在不停的挣扎中将他手臂挠出好几道痕。

后来他带猫去看了病，养好了，而他一直在拍戏，没有时间去接，还是他妈妈载着乔启锐去医院领的猫。

小猫顺理成章成为乔家的一员，是万灵一直在养着。万初空回来过几次，小猫好像已经把他忘记了，总是躲着他。

那天他和万灵起了争执，临走前小猫忽然跑跑颠颠地过来冲他叫，他像之前一样把手伸过去，结果又被挠了，似乎是为了报复他之前那么粗鲁地对它。后来猫就不怕他了，偶尔还会扒拉他的裤腿，但还是躲着他不让碰。

给祁迹拍家里两只大肥猫的照片是万初空突发奇想，所以压根不关心对方会回他什么。

拍七七那一天则是他时隔一个半月再次碰到它，自此之后七七彻底不躲他了。

乔启锐观察许久实在憋不住问他哥："哥，你喜欢猫吗？"

万初空想也不想："不喜欢。"

弟弟换了个说法："那你喜欢七七吗？"

"……我不喜欢猫。"

"可是你护着七七。"还给它起名字，家里的猫明明都有名字，但是万初空从来不叫另外两只猫的名字。

万初空看着小猫一边吃猫粮一边"喵呜喵呜"地叫，看起来好傻。

"因为它是我捡到的。"他回答。因为是他发现的、他捡到的，所以会对这只猫照顾、偏心，特殊对待。

猫是猫，七七是七七，不一样的。

09.

和万初空吃饭已经是几天前的事情了，但祁迹还是常常能回想起那天路灯投影在脚下暗淡的白光和抬起头时万初空深棕色的瞳仁。

腰部传来阵阵疼痛，祁迹这才直起身把腿从把杆上放下。他放空时喜欢压腿，一边让思绪放飞一边将腿越压越低，低到疼痛时才回神。任斯提醒过他好几次把这个破习惯改掉，可他从十二岁开始就有这种行为，不是说改就能改的。

面前墙上的镜子映出祁迹微微汗湿的脸庞，因为晚上要参加平台晚会，头发临时被染回黑色，是那种很纯粹的黑，站在阳光底下不透光，但并没有死气沉沉。

祁迹换好衣服被经纪人通知上灰色的那辆车。

"出来的时候小心点，有粉丝在停车场等人。"

可要怎么小心，通往停车场的路只有侧门和电梯，他当然只能坐电梯下去。

女孩们显然已经等候多时，看见祁迹出来纷纷涌过来。

"祁迹！祁迹！"

"哥哥最近好晚下班，辛不辛苦啊？"

祁迹一边笑着应对一边艰难往前走，工作人员帮忙拦住："我们不能收礼物，信也不行，麻烦大家让一让，不要挤不要摔倒了，让一让！"

十分钟后，祁迹终于上了经纪人所说的那辆车，有些人还在不甘心地拍车门。

车里只有邱亦和夏伍，其他成员在另外一辆车上先走了。邱亦目光冷淡，一手支着下巴看向脸上写满狼狈的祁迹，发现他手里还有匆忙中被粉丝塞的信件和礼物。

"扔了吧。"他说，"他们本来就不该来停车场。"

前面的司机"哎哟"一声："我的'祖宗'啊，我这还没开出去呢，你可小点声，不想玻璃再碎一次吧。"

"噢。"邱亦应了一声，回头看祁迹，"你还打算留着？何姐会骂你的。"

祁迹摇摇头："一会儿交给何姐处理吧。"

路上堵车，到达会场迟了一小会儿，三个人一路小跑，到了地方连口水还没喝就被叫去彩排。

本来只是简简单单一句"我想喝水"，祁迹犹豫一下还是没有说。

彩排过后水也能喝。他是这么想，结果连着排了两遍都不满意，舞美要做调整，祁迹只好趁着没人注意，偷偷到台下想拿瓶水。

一般这种水是供给幕后的工作人员，谁渴了就去拿一瓶，没有谁会计较。

但是祁迹被人抓包了。

"你在干什么？"站在他面前的男人穿着笔直的西装裤，顺着往上看是一张英俊到无可挑剔的脸，鼻梁上还有一颗淡色的痣。

祁迹瞬间松了口气："我渴了，想拿水喝。"

万初空挑起一边眉："可以吗？"

本来是可以的，但是被万初空这么一问，祁迹不确定了："……不可以吗？"

"我不知道，所以问你。"

祁迹纠结了一下，很快听到不远处有人喊自己的名字，随即万初空递给他一瓶水：

"我的。"

祁迹连迟疑都没迟疑就接过去："谢谢。"然后转身跑了。

陈胜航在旁边目睹一切，凑过来："你欺负人家干什么？那水放那儿本来就是给人喝的。"

万初空看了他一眼，充满礼节性地问："你跟着我做什么？没有别的去处了吗？"

"我看看你来干吗啊，在上面坐着好好的突然起身，还以为你犯病了。"陈胜航摸着下巴，"说真的，你什么时候和祁迹那么熟了？之前不是还说你俩不认识没见过，对他不感兴趣吗？"

万初空没回答他的话，只是往台上看，祁迹已经把瓶盖拧开在喝水了。因为不是正式舞台，脸上只化了淡妆，唇很薄唇色也浅，接触到瓶子里的水，喉结滚动间水一点点滑下去，水不一会儿就见了底。

祁迹舔舔嘴角——没喝够。

万初空弯腰又拿了一瓶水放在台子上。

陈胜航看着看着，脸色忽然一变："我就是随便开玩笑，你俩关系怎么突然这么好？"

万初空迈开步子，这一次不是回观众席而是向后台走去："不是和你说过了，我们两个初中就认识……"

"少扯了。"陈胜航说到这里打住，深深叹口气，"反正大家平时就是闹着玩，你注意点吧，这也就是彩排，没几个人看着，人一多起来，我看你还是别和……别和祁迹接触太多。"

"为什么？"

"什么为什么？你俩都不是一个路子，这种热度对你自身一点好处都没，网上那些粉丝编故事归编故事，掀不起什么水花来。你俩要是像网上编排的那样真认识了，意义可就不一样了。"

万初空："晚了。"

"什么？"陈胜航问。

万初空继续说："我们两个已经认识了。"

陈胜航十分想把拳头揍在那张人人称赞的脸上，无奈他和这人一同留学归来，知道万初空的手段有多狠，架是不能打的，但是可以口头刺激他几句："看你最近心情不错，是伯母终于松口了？"

果然万初空看过来的眼神都变了，但仅仅是一瞬，很快神色恢复正常，甚至还扯起嘴角笑了笑。

陈胜航刚想退后逃跑，看到休息室来了另外一个人，瞬间松了口气，小声嘀咕："装，你就装。"

彩排结束后，祁迹往台下看了一圈都没找到万初空。

他对于万初空出现在这里毫不意外，男人刚得了奖，又是圈子里炙手可热的演员，平台想要热度，自然是谁火请谁来。只是不知道刚才那一幕又被多少人看见了，反正祁迹下台后看到不少人偷偷瞄着他小声讨论什么。

他当作看不见，低下头看自己脚尖，被谁撞了下肩膀，一抬头是邱亦。

"在想什么？看路。"

邱亦是他们团里年纪第二小的，上个月刚刚二十岁，为人处世却很成熟，会说话、敢说话，平时冷着一张脸，但该宣传的时候绝不扭捏，人气一直居高不下。

作为朋友，苏勉超一直说祁迹适合舞台，但舞台上站了那么多人，有人站在中央就有人站在边边角角，一不小心可能就要被挤掉。祁迹觉得自己也不是特别适合，只是运气比较好。

他正感慨，付霜突然从后面按住他的肩膀摇晃："小六哥！"

前面经纪人立刻回头给他使眼色，这个称呼私底下叫就行了，绝不能被台前其他人听到。

付霜立刻噤声，低头小声讲："哥，我刚刚看到万初空了，就在台下。"

祁迹难得没有反驳，随便"嗯"了一声。其实他满脑袋想的都是，何止在台下，连水都是对方帮忙递的。这叫他怎么说，还好老幺没看见，不然一定会化身大喇叭到处传。

付霜却愣住："你怎么不反驳我？"

祁迹没反应过来："反驳什么？"

付霜直接停下步子站在原地，因为距离远了，说话声音也就大了："你承认你俩不但认识，他还专门来台下看你了。"

众人的目光一瞬间聚焦在祁迹身上。

祁迹："……我没有！"

回到休息室，经纪人正在翻看那些礼物和信，看到他们几个进来才抬起头："下次不要收这种东西。"

祁迹点头，没有解释是硬塞给他的。

经纪人却皱着眉抿了下唇："祁迹你……"

"嗯？"

"你最近小心点吧，不然还是搬回公司住，之前追付霜的那几个粉丝，对你挺感兴趣的。"

"啊？哦，我会注意的。"祁迹倒不是特别担心，这样的提醒十天半月都有一次。

第三章
你也觉得我唱歌难听?

01.

事实上祁迹特意看过节目单，上面写了万初空要唱自己出演的电影主题曲《春野》。

他从来没听过万初空唱歌，所以真正听到的那一刻多少有些怔愣。上帝给了万初空一张好看的脸和演戏的天赋，却剥夺了他开口唱歌的本领。

祁迹听着万初空一个调到最后的歌声，终于缓慢地眨了下眼睛。

8月5日，晚上9：21。

主题帖：有人在看青蕉台吗？进来聊聊。

【1楼】求求了，赐我一对没有听过万初空唱歌的耳朵。

【2楼】哈哈哈哈哈哈哈我就知道是这个，首页出现了好几个吐槽帖了。

【3楼】也不是难听，就是听着很……有意境，起码声音是好听的，嗯。

【4楼】像在念诗。

【5楼】不要强行夸赞了，作为粉丝都听不下去呜呜呜呜。

【6楼】其实还好，是演员唱歌的平均水准，经历过大风大浪的我如是说。

【7楼】最让我憋不住笑的是镜头特意切给祁迹，他嘴巴都张大了。

【8楼】对对对！！笑死了，他是没听过万初空唱歌吗？

【9楼】是吧，毕竟两个人不熟，很多活动上万初空都不唱歌的，极少数情况下才……

【14楼】什么算极少数？

【15楼】就比如现在。

【21楼】为什么我看微博上有说他俩认识的？

【22楼】哈哈，淡定，只要他俩出现在同一场所总有人会这么说。

【25楼】所以他们到底认识吗？

【26楼】不认识。

【27楼】但是微博上好几个人说他俩彩排的时候说话了，好像万初空还给祁迹递水了。

【28楼】你打完这行字不觉得离谱吗？

【29楼】对不起，确实好离谱。

【31楼】空口无凭，有图没？没图我还说他俩今晚一块走的呢，万初空开的车。

【33楼】他们说是光顾着震惊没拍到。

【34楼】多少有点离谱了。

【38楼】不如换一个角度思考，你们哥哥的歌声肯定被祁迹记住了，说不定晚上做梦都能梦到。

【39楼】哈哈哈哈哈哈哈哈好缺德笑死我了。

【50楼】散了吧，微博都说送水太假了。

【53楼】我就奇了怪了，怎么总是盯着万初空不放？他是招谁惹谁了？这个帖子不是在讨论节目吗，怎么又拐到祁迹身上去了？说了八百遍别来沾边还当耳旁风。

【55楼】讲个笑话，万初空和祁迹认识了。

【56楼】去微博看了一眼，怎么连路人都在辟谣啊哈哈哈哈哈。

【58楼】什么？那我也去凑凑热闹。

【60楼】（截图）造谣！纯粹造谣！他俩还没认识呢！禁止造谣！

【62楼】这帮人之前不是还说两人初中就认识吗？

【63楼】听者心酸闻者落泪。

【67楼】不然就让这俩认识一下吧，都半年多了，这帮人居然还在等。

【69楼】今天已经有质的飞跃，因为万初空的一首歌，祁迹在台下丢失了表情管理。

Lullaby6作为正当红的团体偶像，节目被安排得靠后，祁迹他们表演完已经很晚了，后台变得空旷，很多艺人都提前走了。经纪人见这帮小子下场后都挺累的，叫助理通知司机准备出发,他们这边也跟着撤了,一想到那群精力旺盛的小姑娘,她就直捏眉心:"付霜和祁迹呢?又跑哪儿去了?"

任斯回答:"上厕所去了。"

"叫他们快点,趁着台上还没结束得赶紧走。"

任斯应了一声出去找人,正好看到走廊上祁迹和一个人在说话。一开始他还没看清是谁,看清了立刻噤声,准备从两个人身边默默走过。

祁迹见任斯像没看见他一般走过去,还疑惑地出声:"队长?"

任斯转过头,是一张非常标准的笑脸:"你们好,何姐让我出来找付霜。"

祁迹点点头,万初空正挡着他,他只能侧头看着任斯逐渐加快步伐走进卫生间。

祁迹慢吞吞补充自己还未说出口的话:"……那我呢?"

"你今天的工作结束了?"万初空问他。

祁迹点点头,万初空看他临时染的黑发,很衬他今天的穿搭。

"那要一起吗?我开了车,今天要回我妈那边。"

"方便吗?"祁迹问。

万初空反问:"不是住在同一个地方吗?有什么不方便?"

祁迹卡住了。当然要表现出不好意思继而才能顺理成章搭顺风车啊,这是最基本的客套!

"那我去问问何姐,应该没问题……"说着祁迹再一次侧过头,"你们俩等等我,和你们一块回去。"

准备神不知鬼不觉走掉的二人僵住。

万初空这才看向两个人,好像才发现这里有两个活人,适时露出微笑,简短地介绍自己是祁迹的朋友。

付霜鞠躬伸手:"久仰大名、久仰大名。"任斯打了他一下。

"那一会儿联系。"万初空朝祁迹说。

走到拐角处,付霜才敢出声:"小六哥,你'互联网挚友'的气场好强大。"

祁迹再也无法理直气壮地说他俩压根不熟,只好反驳:"你不要乱说,我俩真的……最近才认识。"

付霜"嗯嗯"点头,一副"我懂"的模样。

"你少上网少看粉丝发的那些东西!"

付霜才不可能听他的。这人可太大胆了。付霜刚出道时还很稚嫩,常常躲在哥哥的身后,现在可不一样了,无法无天。

一旁的任斯缓缓叹了口气,二十四岁的身躯下仿佛装了一颗四十二岁中年人的心:"你们两个谁也别说谁吧,祁迹你也注意一点。"

被牵连的祁迹表示不想说话。

回到休息室，祁迹和经纪人说了声。

女人明显愣住："你们什么时候那么熟了？不过也好，你们集中在一辆车上不安全。"说完看着祁迹，"晚上注意安全。"

因为怕被跟车，他们分成两拨走，祁迹被留在最后，主要是他不知道去哪里找万初空，还在等万初空给他回消息。

过了一会儿，祁迹接到电话，万初空让他从侧门绕过来，在对面的影楼下等他。

祁迹早就换好自己的常服，连衣帽往头上一扣，拉紧了帽绳只露眼睛，手揣在兜里往外走。

出了门果然看到有女生蹲在外面几棵树下等，等谁不得而知，今天这场晚会可不只有他们几个艺人参加。

因为队员已经走了，祁迹没那么警惕，走过马路就不再低头，看到万初空所说的车牌，在黑色玻璃前挥了挥手。

车门很快被打开，驾驶位上走出一个人，个子矮头发短。祁迹把帽绳拉得更紧，恨不得把自己整张脸埋起来："不好意思，我认错车了！"

助理久久无言。

从万初空让他把车开到这个莫名其妙的地方等了十分钟时，他就觉得事情不对。果不其然，等穿浅紫色帽衫的人一走近，万初空立刻说："你今天的工作结束了，现在就可以回家了。"

助理一脚踏进光源处，这一回祁迹能看清他的脸，记起这人是谁了。

正好这时万初空也开车门走出来："没认错，他工作结束我让他先回去了。"

祁迹连忙道："不好意思，天太黑了我没看清……"

助理扬起职业微笑："没事没事，那我就不打扰了。"

祁迹继续："嗯，那……你还需要签名吗？"

助理没想到他居然还记得，真是个好孩子，可惜遇到他老板这个神经病了："下次吧，哈哈。"他怕接下来耽搁的每一秒钟，都会让他之后在万初空手底下存活的时间减少。

这附近很好打到车，助理刚往马路边一站就有出租车停下来，导致祁迹刚上车看了眼窗外，就发现助理人影都没了。

旁边万初空提醒他系安全带，末了补了一句："会系吗？"

祁迹满脑袋问号，怎么可能不会系？

车子没有立刻启动，万初空看他低下头扣上安全带，头顶的帽子还没摘，挤出小簇的黑发，看上去有些滑稽。

"你喜欢这么戴帽子？"

"是怕被认出来，我没有戴口罩。"祁迹还在艰难地解帽绳。

"我刚出来看到有人在车库。"万初空看着他解，不知道这人怎么搞的，把帽绳系成了死扣。

"嗯……没关系，付霜他们已经走了。"队内人气高的几个成员最容易被粉丝跟踪，祁迹以前也有过，但是他太内向了，没有太多额外的工作，又经常待在家，小区安保还特别到位，久而久之就没人跟他了。

"但是你刚才的声音太大了，有人在看你。"万初空说着还是看不过去，上手帮他了。

祁迹把帽子褪下来一点，脸色红扑扑："我太热了……"

"嗯。"万初空低头继续解，绕开祁迹的手指，拨那根松动的绳。

祁迹的手指都比他细一圈，微微弯曲着横在半空。最后还是祁迹自己扯开的绳子，帽子脱下来那一刻整个人都得到了解脱。

他回过头看万初空，本来打理好的发型乱糟糟，像撒欢过后的猫儿。

"黑色很适合你。"万初空说。

祁迹笑了下说："这个是临时染的，洗一下就掉了。"

万初空本来也只是一句陈述，闻言点点头便启动了车子。

从正门过去时看到一群粉丝还在外面等，举着的灯牌在黑夜里五颜六色。

"这些也是？"万初空随口问了句。

"这些就是普通的粉丝，他们不会跟车的，只是想看自己喜欢的明星一眼。"祁迹解释道。其实看不到也无所谓，他们总是在等。

祁迹问："没人跟过你吗？"虽然万初空是演员，但复出后被大众快速认识的原因还是他惹眼的长相。

"有，我经纪人会解决。"

祁迹眨眨眼，想说这也太厉害了。万葵娱乐旗下的艺人太多了，他们团都算特殊待遇，有一个经纪人随时跟着，但也不是什么问题都能解决。

万初空补充道："就是话太多太密了，很烦。"

尽管对方没有任何调笑的语气，只是平淡叙述事实，可祁迹就是感觉到他的生动，好像第一次摸到万初空生活中真实的那一面，尽管只是小小的一角。

他对着车窗整理头发，万初空又说："你没有卸妆。"

"肯定要回家才能卸啊。"祁迹转过头，"你没化吗？"

"卸了。"他不喜欢脸上有东西。

祁迹趁机观察他。天生长得好就是不一样，连祁迹自己都忍不住感慨。

万初空看着前方车辆："你嘴巴上的口红晕开了。"

祁迹没当回事，反正现在又不是在台上，不用面对镜头，不用保持微笑，他非常放松："应该是刚才不小心蹭到了。"

02.

为了缓解这要命的尴尬，祁迹在车子重新启动后说："我刚才有听你唱歌。"

气氛比刚才更加沉默。祁迹小心翼翼地看向万初空，只听对方半真半假地说："嗯，都是为了生活。"

祁迹没想到能在万初空口中听到这番话，毕竟对方看起来完全不像缺钱的样子。

大概是他的目光太过明显，万初空主动说："我家里有钱不代表我有钱。"

祁迹似懂非懂，简单来说就是想靠自己？

"很难听吗？"

"什么？"祁迹一时没有反应过来，"啊，没有，就是……我第一次在现场听。"还是坐在嘉宾席，离那么近属实有被震撼到。

"你唱歌很好听。"万初空说。

祁迹眨了眨眼，手指指向自己："我？你说我吗？我唱歌不行。"

万初空弯了下嘴角："起码比我唱得好听。"

……这根本没有比较的必要吧，他好歹是偶像出身！

祁迹憋了半天憋不出话，眼睛瞥向万初空，发现他眼里藏着笑意，知道他是故意的。

"我们有专门的声乐课，只要照常上课，唱成我这样很容易。"祁迹还是给万初空解释道，"我没有什么唱歌天赋，我们团里邱亦唱歌最好听，他是主唱。"

"是吗？"万初空随口讲了一句。

"是啊，今天我们表演，啊，你没有看对吧，你那时候在后台……"祁迹想起来了，万初空的节目排在他们前面。

"看了。"万初空却回答，"开场你不是跪下去了吗？"

祁迹眨眨眼，没想到万初空真的看了。

万初空评价："你身体柔韧度很好。"

"毕竟学了十几年舞蹈，要是再跳不好不就完了吗哈哈哈……"祁迹干笑几声。

万初空抽空看了祁迹一眼，漫过唇边的口红已经被抹去了，只余下唇上那么一点淡粉色，亮晶晶的引人注目，使人回想起他在舞台上也是这么闪闪发光。

台上六个人，他只认识祁迹。

八月已经很热,祁迹把帽衫的袖子往上卷,露出白皙的两只胳膊,万初空顺手把空调调低了两度。

"还在玩游戏吗?"万初空问他。

祁迹闻言立刻转过头回答:"最近没什么时间玩,闲下来会玩。"

"之前我和你玩的那个游戏呢,已经通关了?"

"没有,那个是两个人一起玩的,一个人不行……"

"我和乔启锐玩了。"万初空说,"玩到第五关,一直过不去。"

和小朋友一起玩能过去五关已经很不错了,尤其考虑到万初空的操作,祁迹发自内心地说:"那挺厉害的!"

"嗯,有空再玩。"

过了一会儿,祁迹反应过来,特意说给他听是等着被夸吗,还是自己想多了?

直到后面万初空说:"芥末味的薯片很怪。"

祁迹一开始还没有反应过来,而后才想起那天在超市两个人一起结账的场景:"那个味道很多人都吃不习惯。"

"那你为什么喜欢吃?"

他不喜欢啊!但是解释很麻烦,祁迹闭着眼睛讲:"可能……我属于少数人吧。"

他一直看不透万初空,但并不觉得他危险。

两个人的年纪相仿又同是艺人,能聊的话题有许多。

"你之前说你要演的那个角色……有思路了吗?"祁迹主动说。

万初空忽然问他:"你会看网上的评价吗?别人对你的评价和对作品的评价。"

祁迹一下卡住了:"不会,很少……几乎很少看。"

"不会在意吗?"

祁迹侧过脸,防窥玻璃上映出他自己的脸:"嗯,刚出道的时候会,后来慢慢就少了。"

"已经有大概想法了,那个角色。"万初空这才回答他刚刚提出的问题。

祁迹点点头:"是吗?那就好,有需要我的地方可以随时说。"他不再抗拒,一旦把对方归为可结交的对象就马上放下防备。

一只手伸过来,落在祁迹的脑袋上揉了两下。万初空嘴边有笑意:"谢谢。"

祁迹回道:"不客气。"

他想起在不久前的某综艺里,队长笑着揉夏伍的脑袋。

那是个名场面。付霜把截图发到他们群里,顺带附上三个大拇指,被任斯追杀了整整三天。他们都懂得如何宣传,在人前,在镜头前,在媒体和粉丝面前,笑容只是最基本的礼仪,在那之上还有其他准则。

祁迹知道自己不太合格,光是维持开朗活泼的人设就耗尽了他大部分的力气。

除去工作时间，他更喜欢一个人待着，但并不代表他拒绝别人的关心。

车子在驶进大道后又拐弯走了小路，祁迹终于察觉到不对劲，侧头往后车镜看去。

"是有人跟车吗？"

万初空这才开口："嗯，绕一下，看能不能甩掉。"

祁迹说："不好意思……"

"万一是追我的怎么办？"万初空忽然停车掉转方向，与此同时侧过头，"还是把这句话收回比较好。"

万初空很帅，是经过多方认证的大帅哥。

祁迹目光错开，就算同为男人，他也不得不承认，他和万初空的帅气完全不是一个类型的。

可是当偶像要保持身材，想要练成万初空这样不仅要增肌，还要增重。那样的话，经纪人会杀了他们的。

祁迹很惆怅，忍不住多看万初空两眼，被追车的窘迫感都消失了一半。

只是后面的车子察觉到被人发现了，干脆明目张胆地贴近。万初空冷不丁按了下喇叭，贴近的车子降速了而后再次靠近。

"不能让他们知道你住在哪里吧？"万初空问了句。

"其实大家心知肚明，只是明面上不提。"祁迹想了下道，"不然停车吧，这样太危险了，我下去跟他们说一下。"

万初空没有回答，开了一段路把车子停在道边，这是条小路，周围寂静。

祁迹觉得还不如刚才就在大道上停下来说清楚，这黑灯瞎火的，真的起争执受伤的只会是他。

他按住车门把手，拧了两下没拧开，反而是万初空那边的车门开了，跟他说："在车上等我一下。"还没等他说话，车门先关上了。

祁迹打不开车门，只能头抵着车窗拼命往外看，只见万初空独自一人走到那辆黑车旁敲了敲玻璃。一开始还没动静，不知道他说了什么，对方的车窗降下去了。

过了好一会儿，万初空走回来："搞定了。"

"你说了什么？"

"再跟就报警了。"万初空简单粗暴，眼帘掀起来，"除了司机是男的，其他三个都是小女孩，和我外甥女差不多大。"

祁迹抬起脑袋："她们没有对你说什么不好的话吧？"

"什么算不好的话？"万初空反而歪头看向他，"那些不好的话她们对你说过吗？"

主题帖：霜糖这人是又发病了？

【1楼】如图所见,这位姐又在发什么疯?

【2楼】她发疯不是常态吗?

【3楼】她怎么还有脸出来啊,上次酒店的事还没解决,付霜都忍不了开骂了她还厚着脸皮置顶点人家名呢。

【4楼】付霜也太倒霉了,一个霜糖一个沉沉,都是跟私人行程跟得最厉害的,还都是他的粉丝……

【7楼】所以她这是脱粉了?那付霜的粉丝不得连夜抽奖庆祝?

【9楼】我看了她微博评论,好像不是,有人问了,她说是别人。

【10楼】谁?

【13楼】请看图。

【14楼】什么?

【15楼】同问。

【16楼】她在说谁啊?不说出来我今晚睡不着了!

【20楼】怎么还打哑谜,她最近在追谁有人知道吗?

夏夜的蝉鸣声震耳欲聋,万初空从车上下来,走到身后停下的那辆黑车跟前,敲了敲车窗没反应。

"是等着我砸开吗?"

车窗这才降下来,司机是个男人,后面坐的三个女孩才是最主要的。

最中间的女生明知故问:"你是谁啊?能不能把祁迹叫过来?"

"别跟了,祁迹不在车上。"万初空干脆利落地说。

"你骗人,我分明看到他上了这辆车……"

"你们看错了。"万初空打断她。

"你和祁迹什么关系啊?怎么这么多事,你叫他下来,我们就想跟他说句话!"女孩皱着眉将信将疑,气势却很足。

"真不知道我是谁吗?"万初空一副好脾气的样子,甚至还弯起嘴角笑了笑,"现在掏出手机百度一下,可以照我的脸扫一扫。"

女生没说话。

"再说一遍别跟了,我耐心有限。"

"那他为什么坐你的车?你们俩什么关系啊?他不知道自己是什么人吗?本来就没几个人喜欢他,这么晚还和团以外的人混在一起,他是想人气低一辈子是吧!"

万初空冷下脸来:"既然都这么闲,那就在这儿等着,等警察来了好好说一说。"

见万初空作势掏出手机,女生有些紧张地道:"你神经病吧,谁说我们跟你了?"

"不是最好。"万初空后退一步,看着车窗在眼前升起,后面几个人的脸逐渐被挡住。

夏夜的风太暖了,他打开车门,冷气扑面而来,望向祁迹的同时对方也在看他。

"搞定了。"他说完看着祁迹略显尴尬地把探到驾驶位一半的身子挪回去。

看着那双眼睛比平时还水润,万初空在祁迹开口前先对他提问:"那些不好的话她们对你说过吗?"

祁迹愣了愣随即道:"你听说过什么叫顺带骂骂吗?"

万初空一时无话。

祁迹甚至还在解释:"嗯,就是说她们虽然会骂我,但也只是随便骂骂,不太动真格,听听就好了,我不当真的。"

他不生气,他好像永远没有脾气。

03.

当天晚上的事情,祁迹思来想去还是和经纪人说了,但因为下车的人不是他,公司这边连声明都不好给,只能暂时搁置。

晚会过后,祁迹更加忙碌起来,专辑的MV正在紧锣密鼓地制作当中。其间他还飞了好几个地方,晕头转向整整一周,终于可以喘口气,再回到练舞室都有种重生的感觉。

等他终于有空翻一翻朋友圈才发现万初空的新剧已经播出了,万初空给自己的电视剧打广告都是复制公司给的文案。

祁迹按照以前的方式,礼貌地给万初空发了祝福语,无非就是祝新剧大火之类的官方话。

过了一会儿,万初空:"那你怎么没点赞?"

祁迹沉默片刻,跑去朋友圈点了个赞回来:"点了!"

万初空:"不是我说完之后才点的吗?"

是啊!怎么了,不行吗!祁迹只敢偷偷腹诽,表面上还是:"我没有点赞的习惯,下次会记得!"

过了半天,万初空没有回复他,初中同学先联系到他:"还说你们不认识?你都给万初空点赞了。"

祁迹:"你为什么会有万初空的微信?"

初中同学:"工作需要啊。"

祁迹这个同学是某娱乐期刊的记者,早几年负责明星访谈。

祁迹："他怎么没删你？"

初中同学："不要逃避问题，你们初中果然就认识吧！"

祁迹气馁："没，是最近才有接触的。"

初中同学："哦，之前同事跟我说你俩认识我还不信，原来是真的。"

初中同学："说真的，你是不是初中就和万初空认识了，向往成为和他一样耀眼的人才踏进这个圈子的？"

祁迹："听起来很像网络小说的开头。"

初中同学："呀！"

初中同学："变聪明了，怎么知道的？那我顺便给你推荐一下小说？"

祁迹："不要！考虑下我的感受！"

初中同学："你怎么懂得这么多，祁小迹？"

祁迹干脆放下手机，丧气地把脸埋在自己两手之间。

"哥？你怎么了？"练舞室外付霜的声音传进来。他抬起头，看着少年手里拿着一袋酸奶。

"没有。"祁迹站起身指了指他的手，"要溢出来了。"

付霜这才嗦了口酸奶："吓我一跳，还以为你偷偷搁这儿郁闷呢。"

"我为什么要郁闷啊？"祁迹感到莫名其妙。

付霜眨眨眼，嘿嘿一笑，走过来搭祁迹的肩膀："你知道的对不对？万初空那个新剧，网上好多营销号说他和石夏蕊是一对。"

祁迹更加莫名其妙："我不知道……这关我什么事？"

付霜捏了捏他的肩膀："你真不知道啊？哎，我这不是想，你俩好不容易认识了，本来指望他拉你一把，结果他转头要和那女的拍戏炒绯闻了。你平时不是最讨厌这些炒作吗？没事的小六哥，我永远站在你这边……嗷。"

祁迹没忍住用手肘打了他一下，就算再好的脾气也禁不住这般调侃。

他和万初空究竟算什么关系？说是朋友，但好像也没有那么熟；可若不是朋友，对方会在被跟车后率先出去帮自己说话吗？

……会的吧，祁迹有些心虚地想，最起码这些事情发生在队友身上很正常，但他们相处了三年，练习生时期也是抬头不见低头见。他和万初空……虽然在互联网上火了小半年，但实际认识只有两个月左右的时间。

祁迹不由得叹了口气，付霜这个人又开口："哥，你不要难过，你要相信自己，结识万初空只是锦上添花，你可以独自闪亮！"

祁迹不想理他了。

"石夏蕊是不是就之前追你的那个女生？"陈胜航坐在沙发上刷着手机。

万初空没有回答，正在专心致志往猫饭盆里倒猫粮，大门打开后，阿姨领着乔启锐进屋。

"胜航哥！"男孩惊喜地叫道，等换好了鞋飞奔过来，"哥，你陪我玩游戏吧！"

陈胜航闻言放下手机："咋不叫你亲哥陪你了？"

小孩委委屈屈："我哥老是让我和他玩另一个，太难了，我根本不会！"

陈胜航哑然："不是吧？他玩什么游戏啊？他主动玩的？"

万初空把猫粮放回架子上，看着暹罗一个箭步冲上去，立刻用脚拦住，把猫挡到一边。

暹罗看着他，陈胜航也看着他。

乔启锐已经习以为常，蹲下身找游戏卡带："太难了，根本不是我这个年纪玩的，我哥欺负人。"

"你的猫饿了。"万初空终于出声，眼看着奶牛小猫跑跑颠颠过去吃饭。

"哦。"乔启锐抬起头，把游戏卡带放在桌上去给另外两只猫添饭。

陈胜航无语："你怎么还区别待遇？顺手喂了不就好了？"

万初空侧过头，露出标准的微笑："不要。"

陈胜航咂舌，扭过头朝乔启锐说："那我陪你玩两把，之后我和你哥还有事要出去。"

小孩答应得很爽快："好！"

倒是万初空出声反驳："不去。"

陈胜航一阵头疼："就是去露个面，也不用你多说什么，伯母把这个艰巨的任务交给我，你总要给我个面子吧？"

"上次你也是这么说的。"万初空眼看着猫咪吃到一半突然凑过来蹭他的裤脚，但他只是看着，没有动。

陈胜航暗自擦了把汗："那我能有什么办法，伯母都这么说了，我还能拒绝？应酬而已，她也是想你未来多一条出路嘛……"

万初空抬眼："你真这么想？"

陈胜航不吭声了。

他和万初空不一样，家庭没这么复杂，会进娱乐圈，只是家里有这个条件，将来还是要接手父亲的事业。

万初空以前出过事，虽然不能怪罪整个行业，但从那之后，万灵对娱乐圈的印象就非常不好，自然是不想自己的儿子再往娱乐圈里钻，表面答应万初空在国外完成学业后就可以回国发展，实际上处处施压，想让他放弃复出的念头。

"要是真像你说的那样只是露个脸，我或许还会考虑，但每次都不止吧？"万初空弯下腰，摸了摸小猫的脑袋，"我不想和她吵。"

猫咪被摸了几下后就不耐烦地逃跑了，留下万初空一人还要抬脚拍掉它蹭在裤脚的猫毛。

陈胜航捏了捏鼻梁："那我回头怎么跟我爸还有伯母交代？"

"就说我有约，和朋友出去了。"屋子里没有开灯，窗外暗淡的天色让万初空也深陷其中。

陈胜航半是嘲讽地："你哪里来的朋友？"

万初空表现出的温柔体贴都是假象，也就骗骗没有和他深入接触过的工作人员。

复出以来，万初空很少上综艺，因为经纪人都怕他无意中搞出什么事，干脆拒绝所有节目的邀请。他的演技好这点毋庸置疑，影帝房东旭都会介绍资源给他，老一辈的演员都很实在，看中谁觉得谁可以，会毫不吝啬夸奖与偏爱。

但万初空还有很长一段路要走，就比如他面对媒体时展现出的形象和他私底下有很大反差，经纪人都在头疼要怎么度过这个阶段。现在没出状况，这也就是复出的时间短，喜欢上万初空的那帮小年轻还没反应过来。

之前有采访问他："和石夏蕊这样的美女合作有什么感觉？"

万初空一开始还很配合，说："是我的荣幸。"

"是不是被迷住了？有没有心动的感觉？"

万初空保持微笑："不如来聊一聊剧本身……"

"不要害羞，大胆一些，那你有没有理想型呢？"记者希望采访能更有爆点，显然剧本身的刑侦题材没有八卦吸引人。

万初空："喜欢长头发，安安静静不吵不闹的。"

记者眼睛都亮起来。

而在旁边和别人说话的助理内心大叫：我的"祖宗"啊。

果然视频一出网上一片喧哗，有人说他思想封建，有人说他一看就是大男子主义。

之后经纪人语重心长地问他："您，当时是怎么想的呢？"

"他故意把话题往我和石夏蕊身上引。"万初空回答。

"那你就随便应付两句，也不能说这么具体啊！"

"不可以吗？我说的这几点她哪一样都不占。"

"废话，谁会想到这里？别人只会觉得你说这么具体一定是谈恋爱了！"

万初空点头："知道了。"

"知道什么了？"经纪人颤巍巍问出口。

"下次不说长头发了。"经纪人无语。

可即便这样，互联网上关于他和石夏蕊的流言也只多不少，甚至有传拍摄期间石夏蕊拒绝了万初空的追求，男方记仇才特意在采访时说了和女方完全不同的类型。

万初空这边的粉丝澄清女方戏份不多，在剧组只待了一星期，根本不可能发生这么多事。

路人表示："他俩剧里是主角啊，说一下没关系吧，怎么防得这么严啊？"

粉丝都无奈了，回复："他俩在剧里不是情侣关系，没有任何感情线，女方扮演的是受害人，和男主根本不认识。你非要说他们认识也行，女主死了之后，男主确实在案发现场见过女主的尸体。"

路人："那祁迹和万初空也不认识啊，还不是被你们硬凑到一块。"

粉丝怒了："谁硬凑他们俩了？他俩就是不！认！识！"

以上发生的事情万初空和祁迹都不知道，在网上还在热烈讨论的时候，他俩一个在看剧本一个在拍摄MV，日子过得充实极了。

04.

陈胜航嘲讽完万初空没多久就接到电话拍屁股走人了，临走前还和乔启锐说："看好你哥，别让他出去祸害人了。"

"我一会儿真的要出去。"万初空颇为认真地讲。

等到客厅只剩下两个人，万初空看向自己弟弟："还要玩游戏吗？"

乔启锐疯狂摇头："我要去楼上写作业了。"

弟弟临走前顺了一把布偶的毛，猫咪在他的手下异常温顺："爸爸说晚上回来吃饭。"

万初空侧过头，神色如常："那不是很好吗？他陪你一起吃饭。"

男孩"嗯"了一声："那我上楼了，哥你明天还回来吗？"

"明天有工作。"万初空站起身，手停在半空中最终还是落在弟弟的脑袋上揉了揉，"下周吧，下周有时间带你出去玩。"

"真的？"

"假的。"

男孩装作听不到，伸出手和男人钩手指："哥你说话算数。"

晚上六点四十二分，祁迹一个人坐在食堂吃饭，惆怅地看着满盘子的青菜，万初空突然给他打电话问他要不要一起出来吃个饭。

祁迹果断答道："去！"随即补充一句，"吃完饭我可能还要回公司……"

万初空说："那就在你们公司附近吃吧。"

祁迹欲言又止："会有粉丝在门外。"

"那就开车去远点的地方，吃完饭我送你回来。"

"有可能会被拍到。"

"只是吃个饭，拍到会怎样？"

对方都把话说到这个份上，祁迹自然不好再说什么。今天邱亦和任斯都有活动，公司只剩他们四个人，经纪人没有特意留他们，夏伍更是接了一通电话后匆匆走了。

祁迹戴好帽子和口罩，从侧门出去后无法避免地遇到蹲点的粉丝，夜里灯光昏暗，有人把手电筒打开想看清他是谁，立刻有人劝阻不要开闪光灯。

祁迹迅速拉低帽檐快步往外走，按理说走出去就不该跟了，但还是有人锲而不舍地追上来。

祁迹绕了一段路还是没能全部甩掉，只好迈开腿跑了两步，看到万初空的车后，犹豫一下停下脚步转身后道："麻烦别跟了，就是出去吃个饭。"

那几个女孩还算听话，手里的相机却一直没停过，一直在拍。

祁迹趁机快速打开车门钻进车里，一侧头便看到万初空拿着一盒牛奶喝，见他上来便吸了口空盒，随手扔进垃圾袋。

祁迹眨了眨眼："你是不是很饿了？"

"还好。"万初空回答，把车子启动了随意看了眼窗外，"做你们这行每天都要这么辛苦吗？"

祁迹茫然一瞬："不，这个只是……嗯，有时候确实是体力劳动。"他放弃挣扎了。

出道后的每一天他都要面对镜头，节目镜头、媒体镜头还有粉丝镜头，无论说什么做什么都会有千万种解读。说实话他今天不该和万初空出来，尤其是从公司出去被粉丝跟踪的情况下。

"真的没关系吗？"祁迹转过头，"他们可能会拍到你。"

万初空则问他："去哪儿吃？有想去的地方吗？"

祁迹："……没有，都可以，只要不吃青菜白粥就好。"连吃三天已经吃出阴影了。

"好，那就去岸口吧，我知道有一家餐厅挺不错的。"

过了半天，祁迹反应过来："岸口不是在海边吗？"

万初空用理所应当的语气："是。"

"……会不会太远了？"

"你需要几点回去？"

祁迹望着窗外的夜色，想了想说："不回去也可以，我只是习惯待在练舞室。"

万初空侧过头看他，祁迹条件反射一般朝他笑一下。

他的头发已经恢复成浅金色，昨天刚补了发根，眼睛里一层淡淡的灰，颜色并不夸张，看上去像混血小猫的眼睛。

"你戴美瞳了。"万初空说,"是为了出来特意戴的吗?"

祁迹点点头:"嗯,算是吧。"

其实是经纪人让他们每个人录一段七夕祝福语才化的淡妆,说起来再过几天就是七夕了。

紧接着他问:"七夕你上哪个平台?"

万初空挑眉:"什么意思?"

"快要七夕了,没有平台邀请你做嘉宾吗?"

万初空静了一下:"不去。"

祁迹忍笑点点头。

万初空问他:"笑什么?也觉得我唱歌难听?"

祁迹立刻摇头以示清白:"没有!"

下了车,清凉的海风朝岸边吹来,祁迹深吸一口气又呼出来。万初空走在他身后,看他举起双臂又放下,难得的放松姿态。

夜晚的岸口灯光昏暗,来往的人群看不清彼此的脸,祁迹享受这短暂的惬意,直到被万初空的手一下扣住肩膀:"还想往哪里走?别往前了,向右转。"

"噢。"祁迹乖乖跟着掉头,怀疑万初空是故意的,为什么刚才不提醒他!

万初空连背影都是好看的,朦胧的月色下影子投映在他脚边,祁迹下意识迈步去踩,撞到人之后又迅速说"抱歉"。

"你在做什么?"万初空问他。

祁迹哈哈笑两声搪塞过去。

他低着头,浅金色的发尾盖在白皙的脖颈上,万初空看着他,问道:"在想什么,不进去吗?"

祁迹立刻忘记追究,在服务员把门打开后轻声说了句"谢谢"。

服务生把两个人带到靠窗的位置坐下,祁迹有些犹豫,但这里能看见远处的海景,实在很吸引人。他这些天虽然一直往外地跑,但都没有时间停下来欣赏风景。

祁迹是很慢热的人,连接触事物和人都一样,慢吞吞地伸出爪子试探,凑近了嗅一嗅闻一闻,逐渐熟悉气息后才会大胆起来。

他摘掉帽子和口罩,看了看四周的人,见没人关注他们,稍微安下心来。

"你好像很怕被拍到。"万初空出声吸引他的注意力。

祁迹正回头:"嗯,因为会被传不好的事情。"

"什么不好的事情?"万初空问。

祁迹张了张嘴巴却不知道怎么说,苏勉超和他从小一起长大,一起做练习生那么多年，最后和公司解约了还是会被骂，就因为和他走得近。

"就是……"祁迹面露纠结，一时不知该如何叙述，"和我在一块的人会比较倒霉，很多奇怪的传言吧，什么都有。"

万初空看着他："奇怪的传言是指什么？"

倒贴、废物、花瓶、装好人……那些词一个个冒出来，叫他不知道说哪一个好——真的要说吗？

万初空开口："比如你初中就注意到了我，偷偷崇拜我很多年，把我所有的杂志都收集起来，成功出道的那天在后台给我打电话哭着说你要追随我的脚步？"

刚把菜品端上的服务生顿住，祁迹也顿住。

万初空继续道："结果电话是陈胜航接的，我根本没有听到你的一番自我剖析。"

祁迹声音虚弱："你不要再逛那个论坛了。"

万初空笑起来："为什么不可以？他们写得还挺有趣的。"

祁迹哑然。

紧接着万初空开玩笑似的问："你准备什么时候说？"

祁迹心虚地移开视线，随口说："等我把你的杂志都收集齐了的时候吧。"

"所以你真的收集了？"

"没有！"祁迹慌忙澄清，"我初中就只是听过你的名字……"

万初空说："是吗？"

祁迹欲哭无泪，还想为自己辩解，但突然收声了，坐直身子看对面的万初空。

万初空回看他："怎么了？"

"没什么……"

他只是想起很久以前的事，发生在初中。

他已经学习舞蹈很久了，当时却遇到瓶颈，眼看比他年纪小的孩子都跳得比他好，自己难免有些急躁，结果越急越坏事，练习过程中把脚崴了，所幸不是很严重，只是有阵子不能练舞。

当时学校有两个楼梯可以走，一个在教学楼里，一个则在外面。外围基本都是高年级走，低年级的很少往那边凑。为了图方便少走几步路，祁迹第一次走外层楼梯，上了两层就后悔了，因为从上面往下看这个楼梯很高很陡，他的脚又崴了，生怕一脚踩空。

在那之前他就见过万初空，操场、走廊、学校的名人栏上也贴他的照片，只不过那时候照片下的名字还是"应山"。

只有那一次他们离得最近。

祁迹无奈地抬起头看上面，而少年低着头往下走，他们擦肩而过时祁迹瞥见他淡漠的神色。因为楼梯很窄，他特意侧过身避免和祁迹碰肩。

少年飞快走过去，祁迹觉得很尴尬，是他自己尴尬，这么狼狈地往上走，而对方潇洒而过。

餐厅明亮的灯光下，万初空脸上的笑容恰到好处。

祁迹突然想到初中同学对万初空的评价：他初中很少来上课，不爱说话也不和同学来往，冷冰冰的，很多人不敢靠近他……

祁迹那时候光顾着解释自己和万初空根本不熟，压根没注意同学说的话，现在却突然想起来。

05.

因为气氛合适，祁迹喝了一点酒，万初空没有喝，却一直给他倒酒。

祁迹一喝完他就满上，最开始祁迹还不好意思开口拒绝，第四次终于忍不住道："那个，不要倒了，我喝不了这么多。"

万初空像是才发现一般停下手，单手撑着下巴看他："抱歉，我还以为你很能喝。"

这是挑衅吧？祁迹最后决定认了："没有，我酒量很差。"他喝酒很容易上脸，喝不喝醉都会脸红。

万初空饶有兴趣地看他："那你喝醉了吗？"

"……倒也没有这么差。"

等双方都停下筷子，万初空问他："你还要回公司？"

祁迹摇摇头，现在这个状态肯定是没办法回去。

"既然不回去，那要在附近转一圈吗？"

祁迹有些担心："我们两个很显眼，有可能会被认出来。"

"你们是不能在非工作时间露脸吗？"

祁迹再度摇头，想说但咱俩不适合一起出现啊！他迄今为止的视频首页推荐都还是两个人的各种剪辑，都怪苏勉超总是分享给他！然而两个人的粉丝为此吵得不可开交，也算开辟先河——当事人双方还不认识，却已经在互联网上拥有了错综复杂的关系。

可天下没有不透风的墙，两个人既然认识了，被人发现是迟早的事。为了打消自己心里那些乱七八糟的念头，他改口坚定道："走吧，现在就下楼！"

万初空被他突如其来的热情搞得一愣："好，你帽子不要了？"

祁迹摸摸头发，返回身说："啊，要。"

万初空把帽子反扣在他头上。

海风带着咸腥味吹拂而过,三三两两结伴在岸边走的不是情侣就是大爷大妈,两个大男人显得格格不入。

尤其两个人的身高都很显眼,即便戴了帽子还是能从身形判断出是很不错的男性。

有女生频频侧目,搞得祁迹一阵紧张,凑到万初空身边说:"她会不会把我们认出来了?"

不等万初空回答,他又小声嘀咕:"要是看上你了,万一过来找你要微信怎么办?"

万初空有点跟不上他的思维,低头借着月光仔细看祁迹,青年脸上有散不去的红,但他没有说出来,只道:"不会。"

而一旁的女生连忙低头打字,发送至讨论组:"姐妹们,我旁边有两个男生看着好眼熟,有一个好像我最近看的一部剧的男主!"

下面一片回复:"醒醒,你撞大运了吗,怎么可能?"

"真的很像!"等她从朋友的打击中缓过神,两个人早就不见踪影。

此刻祁迹正在小摊的一侧蹲着,和一帮小朋友看摆摊大爷脚边来回跳动的发光小球。

万初空付款后,祁迹抬起头问:"是给弟弟买的吗?"

万初空把已经不再闪烁的小球拿在手里:"不是,他玩具很多,而且也不会玩这种东西。"

"那是……"祁迹觉得每个人都有那么点爱好。

"给七七。"万初空说。

祁迹一脸恍然,万初空问他:"你刚才在想什么?是觉得我是买给自己的?"

祁迹站起身,摇头摆手:"怎么会……但是七七会玩吗?"

万初空没有回答,眼睛望向他,从祁迹口中听到"七七"这个称呼总觉得很微妙。

万初空低头把手里的球重新掐亮了,五颜六色的光在脸上一闪而过:"不知道,反正我买了。"

祁迹斟酌语句:"它应该会喜欢的。"

万初空抬起头,再次笑起来:"如果你喜欢也可以送给你。"

他才不要,他又不是猫。祁迹这次选择大步往前走,走了几步后转身等万初空跟上。

万初空走过来突然往后看了一下,祁迹也想跟着看,却被万初空按住肩膀:"别看了,往前走。"

"嗯?哦。"

回到车上,万初空没有立刻启动车子而是等了一会儿。

他把小球放进储物盒里,车子往前开了一阵后,祁迹将它拿到手里晃了晃,小球重新闪烁起来。

万初空没有阻止他,祁迹独自玩了一会儿,终于抬起头讲话:"你……"

"下周末有什么安排吗?"万初空也在这时开口。

祁迹一下忘记自己想说的话:"周日?没有吧。"

"我也没有安排。"万初空说,"答应乔启锐带他出去玩。"

祁迹想到那个和万初空有五六分像的小孩:"那他应该挺开心吧。"

万初空一边看后视镜一边问:"那你呢?"

"不出意外会在家里,最近我都没什么时间休息。"

万初空不说话了。

过了半天,祁迹察觉到不对劲。

问他周日有没有安排是不是想邀请他一起出去……是这样吗?万一是他会错意呢?祁迹一面纠结一面观察万初空的神情。

"那个……"他好不容易鼓足勇气。

万初空道:"有人跟车。"

祁迹一下子泄了气。

"应该跟挺久了,看起来是专业的。"万初空说,"有可能是娱乐记者。"

祁迹有些担心:"是吗?"

万初空唇边隐隐有笑意:"嗯,我是不是该和你说声对不起?很有可能连累你。"

"没关系,大家都一样的。"

万初空笑了笑:"那就别垂头丧气的,我看一下能不能甩掉,甩不掉也没关系,快到地方了。"

祁迹这才想起来问:"你今天在这边住吗?"

万初空微笑着望着他。

祁迹顿住,换一种说法:"你不住在你妈妈家里吗?"

"嗯。"万初空先是应了一声,"不住。"

祁迹问:"那你住哪里?"

万初空报了个地址,具体到了门牌号,祁迹偷偷摸摸拿出手机看地图。

万初空耐心等他搜索完:"现在知道了?"

"离得挺远的。"祁迹老实回答。

"可能要在你家躲一会儿才能走,可以吗?"

"可以。"祁迹完全没异议。

后面的那辆黑车跟到中途突然减速不跟了,祁迹半边身子靠着车门,试图降低自己身体的温度:"是不是搞错了?"

万初空半晌出声："但愿。"

等到了家门口，祁迹突然顿住："你要不在外面等我十分钟？"

万初空问他："很乱吗？没关系，我可以帮忙一起打扫。"

"也不是……"就是衣服脱下来没叠，沙发和床铺上都有。

祁迹按住门把："等我五分钟！"

说着靠着门挪进去，但是没敢把门关严，迅速换上小鸭子拖鞋跑到房间，收了床上几件衣服，就听到万初空的声音。

"沙发上的衣服放在哪里？"

失策了！应该先收沙发上的！祁迹满脸通红伸出手："给我就好。"

万初空把衣服递给他："都是洗干净的。"

祁迹点头，只是从烘干机里拿出来后犯了懒。

等把一切收拾好，关上自己房间的门，祁迹才说："你怎么突然进来了？"

万初空笑眯眯："抱歉，我不太习惯被关在外面。"

祁迹缓慢眨了下眼："好的，我知道了。"

万初空接着问："你知道什么？"

"下次不会让你在外面等了。"

万初空嘴角的笑意渐渐淡去："好。"

祁迹去卫生间洗了手，把隐形眼镜摘下来，又去房间换了自己的上衣和短裤出来。

黄色的T恤和脚上的小黄鸭拖鞋很是般配。

万初空靠在沙发上看他前前后后折腾完，终于肯说："祁迹，你是不是喝醉了？"

祁迹点点头："好像是这样的。"他自己也感觉出来了，走到沙发边坐下来，双手掩住脸蹭了蹭脸上的热度。

"抱歉。"他很困也很累。

"没关系，为什么要和我说抱歉？"万初空侧过头，他第一次见他人醉酒是这个状态，况且祁迹真的没有喝多少。

祁迹忽然抬起头，两个人离得很近，能看到对方眼里彼此的模样。他说了一声"抱歉"，往后挪了一个位置。

万初空看着两人突然拉远的距离："这是做什么？"

"啊，"祁迹轻轻挠了下下颌，"我想你应该不习惯别人离你很近，我怕会碰到你……"

万初空继续问："为什么会这么认为？"

"因为……"祁迹回视他，"上次在饭店你就躲开了。"

万初空微微歪过头回想了一下，眼睛一开始看着墙壁，而后斜着看向他："怎么还记仇?"

"我没……"祁迹解释不清,不喜欢被人触碰的难道不是万初空吗?!

"没关系的。"万初空突然说。

06.

祁迹一觉睡到了天亮,闹铃还没响,他先起身掀开被子,随即开门从客厅绕到卫生间,再从卫生间绕回自己房里,打开衣柜仔仔细细检查过一番后,拽着衣柜里的衣服缓缓坐在床边。

完蛋,断片了。自己应该是没有酒后失态……吧!

祁迹侧过身去够枕边的手机,微信上许多消息,而他现在满脑子只有一个念头,手指快速往下滑动着,果然找到了万初空发来的消息。

万初空:"已经到家了。"

"睡着了?"

"那晚安。"

祁迹好想问他昨天晚上发生了什么事,但是会不会太刻意了一点?

祁迹呼出一口气,低头打字道:"抱歉,昨晚太困睡着了。"

发送成功后他重新站起身,踩着小鸭子拖鞋去洗漱。

接下来的几天风平浪静,其间万初空给祁迹发了一段七七像是凝固了般蹲坐在地板上,看着眼前那颗小球一边来回跳动一边发光的视频。

万初空:"它不喜欢。"

祁迹想说这何止不喜欢,压根就是不屑一顾吧,手里却打字回复道:"可能是被吓到了,等它适应一下吧!"

"哥,你最近总是在看手机。"付霜一手搭在他肩膀上,笑得两边酒窝都出来,"是在和万初空聊天吗?"

"你明明手机不离手怎么还好意思说我?"祁迹绕开付霜的胳膊,把手机放回到一边,重新站起来。

付霜抖了抖衣领,脸上的汗顺着额头往下落,看到祁迹又站在镜子前摆好姿势,还是没忍住说:"哥,你也别太拼了。"

祁迹转回身看他,淡淡一瞥,付霜却不敢出声了。

"我知道。"而他只是轻声回应,"不用担心。"

付霜干脆把衣服撩起来盖住脸，换了一个话题："明天就是七夕节了。"

祁迹丢给他一块毛巾："明天我们是不是要两头跑？"

"嗯，毕竟是节日嘛，有网络直播还有电视台的演出。"付霜看着天花板，太高了，令人眩晕，"最近夏伍哥心不在焉的，总是注意着电话。"

祁迹警惕："什么？"

付霜坐起来手撑着上半身："是真的，上次也是，我俩本来一块吃饭，他接了一通电话就被叫走了……"

祁迹不太明白，付霜抓了抓头发："哎算了，可能是我想多了。"

"你想什么了？"祁迹问。

付霜摇摇头，把毛巾重新盖在祁迹头上："我是来找哥吃饭的，别练了，我们先去吃饭吧。"

转眼到了七夕当天，祁迹他们下午到达演出场地，彩排结束后又转到另外一个地方。因为要跑两个不同的场地，一直忙到了晚上他们都没什么歇息时间。

电视台的演出刚结束，又要赶另外一个场，祁迹刚下台气还没喘匀，突然被经纪人叫过去。

何姐双手抱臂，蛮严肃地问："你跟我说实话，和万初空是什么关系？"

祁迹愣了愣："朋友。"

女人上下打量他："行了，你先回去吧。"

祁迹内心充满疑惑，紧接着更令他煎熬的事情发生了，候场时他发现很多工作人员都有意无意看向他，第一次产生了自己比邱亦的人气还高的错觉。

"他们为什么总是看这边？"最终祁迹没忍住问。

"有吗？"邱亦淡然道，"不是和平常一样吗？"

邱亦习惯了走到哪里都被人注目，祁迹却不同，他对眼神最基本的分辨能力还是有的，那些目光分明杂糅了好奇与探究，所以到底发生了什么事？

其实事情很简单，最起码被经纪人轰炸了无数通电话的万初空知道发生了什么事。

空荡的房间内，手机里的声音仿若有回响。

"'祖宗'！你什么时候和祁迹这么熟了？我看你助理是不想干了吧，这么重要的事也不通知我？！"

万初空仿佛认真在回答他的问题："可能是因为给他开工资的是我，而不是你？"

经纪人咆哮："重点是这个吗！重点是你俩为什么一起出去吃饭，他什么身份你什么身份你自己不清楚？现在祁迹在你旁边吗？"

"不在。"

经纪人一顿："什么？你俩不是在一块吃饭吗？"

"没有，想一想都不可能吧，他今天有演出。"

经纪人劝自己沉住气："你又为什么知道？"

"他公司发了行程。"

经纪人已经没力气吐槽："那刚刚发出来的那组照片是怎么回事？"

万初空一边点免提一边滑动手机看微博上的图片，点击，放大再放大，是他和祁迹。

有路灯下他摘掉祁迹帽子低头说话的照片，也有他在台前给祁迹递水的照片，以及那天他明显感觉被人跟着，两个人坐在窗前一块吃饭的照片。

这些照片无一例外都很模糊，而且打了满屏的水印，标题更是加粗"万初空与Lullaby6成员私下聚会"。

"是之前吃饭被拍到的。"没想到都被拍到了。

"行，那就行。"

万初空垂下眼，室内没有开灯，屏幕幽暗的光只掠过他眼睛："我们两个是不能认识吗？"

经纪人道："现在的问题根本不是这个，你又不是不知道你俩的粉丝在网上吵得有多厉害！

"我不管你们怎么认识的，要是不想挨骂，你最好还是别和那个祁迹接触过密。我也是奇了怪了，你之前不是很看不上那种小偶像吗？"

经纪人还在絮絮叨叨，万初空把手机放远了一点。

屏幕上方正不断闪烁出陈胜航发来的消息："哈喽，你又发疯？"

"你不会真的早就和他认识了吧？"

"还是你是故意这样气伯母的？伯母本来就不希望你和圈子里的人深交。"

"你放过人家也放过自己！"

8月19日，晚上10:21。

主题帖：万初空、祁迹你们真的不考虑认识一下？

【2613楼】我还在震惊，他们到底什么时候认识的？

【2624楼】我姐妹跟我说这两人认识了，我以为她在开玩笑。

【2626楼】我疯了我真的疯了，我看到照片的那一刻心里想：假的吧？确认是他们两个人的脸后，我心里想：照片是合成的吧？

【2627楼】是真的是真的，他们真的认识了。

【2629楼】居然真的认识，而且看起来关系还很好？

【2631楼】一起吃饭了，这里是哪里啊，看上去好有格调。

【2638楼】不合时宜地打断一下，"瞌睡团"今晚不是还有演出吗，"睡6"的应援站刚刚还出图了，他俩怎么可能在一起吃饭？

【2639楼】肯定不是今天拍的啊，十二张图有三套不一样的衣服……我估计都不是同一天拍的。

【2642楼】居然是不同时期拍的，那最少见过三次了，怎么办，我都怀疑这两人是不是真的先前就认识。

【2643楼】大胆一点，被拍到的都已经这样了，私底下肯定是很熟悉了。

【2644楼】我对着一堆像素不清的图片放大再放大，祁迹和万初空你俩还有什么是我们不知道的？

【2648楼】这个拍照的人也真厉害啊，这么多图是攒了多久才发出来……

【2651楼】更过分的是万初空还摘我们"7宝"的帽子，怎么了戴着帽子怕我们看不清脸是吗？不过确实是看不清，所以祁迹什么时候能再发自拍给我看看。

【2690楼】别聊了，能不能去微博上转一下澄清？根本就不是今天照的图啊，现在很多人在颠倒黑白……无语了。

【2695楼】确实影响不好，明明不是今天拍的，有人一直在往两家粉丝身上引，明摆着想让两边吵起来，这样对他俩都不太好，我去微博转转澄清的话。

【2710楼】我翻了这么久的楼，好像没人提台下的那张图？有谁记得之前有人在微博说万初空给祁迹递水，结果没一个人信……

【2711楼】对！我也记得，怎么都没人提啊，可急死我了。

【2717楼】我还是好奇他们怎么认识的，他俩可以当面给我们讲讲吗，或者开个直播？

【2720楼】他俩共同参加的活动也不少，总有一次能碰上吧。

【2721楼】我还是觉得在做梦，怎么就认识了呢？我都做好他俩一辈子都不认识的准备了。

【2810楼】虽然但是，付霜那个著名私生粉丝发微博了……

【2811楼】什么？

【2820楼】这女人什么意思啊，她在发什么疯？

【2823楼】如图。是霜糖不是糖霜说："我就知道迟早的事，人在做天在看。"

【2824楼】她和祁迹有什么关系？

【2825楼】有人扒出来她前阵子在追祁迹……

【2826楼】这个疯女人！

【2837楼】如图。是霜糖不是糖霜："说实话一点都不稀奇，早就知道了，你问问他那些粉丝不知道吗？知道就是不说罢了，他俩不止一次单独出去。真当自己什么身份，和一个演员捆绑炒作，想单飞直接退团别干了呗。"

【2840楼】隔着屏幕有种想给她一拳的冲动。

【2842楼】她能不能说人话啊，根本看不懂她想表达什么。

【2845楼】是在说祁迹和万初空吧，之前她跟车好像被骂了。祁迹的脾气我猜他不可能会骂她，骂她的必定是万初空了。

【2846楼】万初空这么直接？

【2911楼】去微博看了一下，他们的粉丝现在正在讨论见面的事。

【2921楼】毕竟之前连希望他们认识都是奢望，现在看来他俩应该还挺熟的。

【2970楼】我不明白，我大受震撼，这怎么就上热搜了？

【2971楼】以前就上过，这回是真的认识了，上个热搜不过分吧！

【2976楼】笑疯了，这个帖子真的很厉害。

【2977楼】确实。

【2878楼】确实。

07.

等到祁迹知道这件事，已经是在演出结束后返程的车上。

因为粉丝很热情，他们团队在场外停留了一段时间，上车后祁迹才算松了一口气。经纪人拎起一个很有分量的黑袋子，助理帮忙把里面的手机拿出来——还给他们。

紧接着何姐说："祁迹，你和万初空被拍了。"

祁迹刚打开一瓶水往嘴里送，闻言一下就被呛到了，低头直咳嗽。

何姐看他的反应："看来上台前收你们的手机很有必要。"

祁迹眼看成员们纷纷打开手机："我说你们……"

何姐说："你俩会不会接触过多了？"

祁迹茫然："什么？"

女人手指了指付霜："别光自己一个人看，给你哥也看看。"

付霜把手机放平，恭敬地摆在祁迹面前。祁迹满心忐忑地拿过去，还以为会看到什么他自己都不知道的大场面，结果每一张照片他都有印象。

"这不是很普通吗？我们两个住得挺近的，平时有空一起吃个饭……这样不行吗？"

"是没什么问题，但是我也说过了让你们小心点。"何姐拿过手机左右瞧瞧，"你们俩最近确实走得有些近了。"

祁迹一时间说不出话来。

连任斯都在旁边幽幽地说:"万初空对你的态度也不太一般。"

祁迹诧异地看过去:"队长?"

任斯望车顶,小声说:"我看人还是蛮准的。"

邱亦则一脸淡然,没什么表示。夏伍倒是帮祁迹说了一句:"哥在哪里都挺受欢迎的。"

气氛冷下去,祁迹拍了拍夏伍的肩膀:"不要说这么容易被拆穿的谎言。"

夏伍老老实实地说:"对不起,哥。"

何姐抬起眼镜,捏了捏鼻梁:"还是那句话,公司不会干涉你们私下交友,但凡事注意分寸。尤其是你们还是一个团的,做任何事都要考虑团体利益。"

没人把那些照片当回事,说到底不过是两个不认识的人认识了,恰巧半年前出过一个很火的论坛帖,所以网上传得沸沸扬扬。

等过了这段时间就好了,等到网上这帮粉丝的热情消退,路人凑热闹的心理逐渐淡去……

真的能等到那个时候吗?祁迹内心充满忐忑。他可是观察了这帮粉丝很长时间,连夸张无比的零食广告他们都能剪成快节奏的卡点短视频,他很怕今天发出来的这组照片这帮人能抠了水印用到视频里。

为了验证自己的想法,祁迹到宾馆连热搜都没点开看一眼,第一件事就是刷新自己的小号微博,结果入眼是满屏的抽奖活动。

付霜从浴室出来,见祁迹一脸认真地看着手机,像是在钻研什么。

"哥?小六哥?"付霜连叫了两声见人没反应,"哥,万初空来了。"

祁迹抬起头,付霜抽走他手里的手机:"你在看什么?抽奖?哥,你已经穷到这个地步了吗?"

"没有,快把手机还我。"祁迹有些无奈,队里只有付霜这么咋呼,大家都拿他没办法。

付霜把手机递回去:"也不要总是把钱寄给家里吧,哥,你给的钱已经足够多了,也为自己留一点。"

祁迹接过手机呼出一口气,还好付霜没有细看上面带的话题。

"我花销本来就不多,现在这样就足够了。"

付霜撇了撇嘴巴,小声嘟囔:"你家的亲戚也太多了,总不能都让你养吧,他们没有儿女吗?"

祁迹不是第一次回答这种问题,闻言熟练道:"我读书的时候每个寒暑假都会回去镇上，当时爷爷奶奶当家，大家都是住在一个院子里吃一家饭的。"

付霜还是太年轻，不明白老一辈的家族是怎么回事。在他的世界观里，大家各过各的互不干扰就挺好。

祁迹笑了笑，没指望老幺能明白，事实上他有时候也不太明白。只是他这个人最擅长把麻烦自己消化掉，他妈说过许多次，要是太辛苦太累就不要干了，回老家开个舞蹈班教小朋友跳舞也挺好的。

祁迹没办法解释这一行不是想进就能进、想退就能退的，很多人挤破脑袋都想要的名额被他占了，那他就要为此付出加倍的努力。

电话在手里响了一会儿祁迹才反应过来，低头看到屏幕上"万初空"这三个字心都颤抖了一下。

付霜去吹头发了，吹风机的"嗡嗡"声和他脑袋里的嗡鸣简直是一个频率。

祁迹把电话接通，电话那边讲："我看了你的表演，虽然没在现场，但看的是直播。"

"舞跳得很帅气。"

祁迹脑子一片空白，他被夸赞过太多次，但从没有一次让他这么束手无策。

万初空继续道："你现在在哪里？"

"已经回宾馆准备休息了。"祁迹如实回答。

"好吵。"

祁迹猜他指的是吹风机的声音，稍稍侧过身掩住嘴巴，以便声音能够更清晰地传过去："队友在吹头发。"

"他和你一个房间？"万初空问。

祁迹回答："啊，对的。"

"那你明天还有工作？"万初空继续问。

"嗯，但是后天晚上就没什么事情了。"

"好，那你早点睡觉，注意休息，不要太辛苦。"

直到电话挂断，祁迹都没缓过来，他本以为万初空会提照片的事，结果没有……那他给自己打电话的目的是什么？

回想两个人方才的对话，万初空随口提了一句"你没有回我消息，想着你是不是没有看到"。

祁迹了然。

第二天进录音棚，就连负责听音的老师都在祁迹出来后问："你和小万真的认识啊？"

祁迹礼貌地笑了笑，避免口头上的答复。

老师也跟着笑："小万这孩子什么都好，就是唱歌不行啊。"

祁迹这回是真的想笑。

因为昨天已经很累了,他没怎么看手机就睡下,中午休息时才有时间回手机上的消息。

苏勉超:"你终于开窍了?听哥一句话,单打独斗不会红!"

祁迹回复:"你都哪里来的歪理?不要再给我发文章链接了!"

苏巧巧:"祁迹,我就一句话,你和万初空是不是初中就认识?"

祁迹:"怎么连你都这样想?"

万初空发了三张照片过来。

祁迹看到这里才算松了口气,在一大票好友中,只有万初空是正常的,还会给自己发猫猫的照片!

他的手指点开图片一张张翻阅,翻到最后一张时,付霜正好凑过来要搭祁迹的肩膀,看到他屏幕上那张照片后,胳膊不由得停滞在了半空中。

付霜说:"哥,你还特意上网看万初空?"

祁迹寻思自己该怎么解释这张图是万初空发来的,并且是掺杂在众多猫猫图片中,令人猝不及防。

万初空为什么要发自己的机场图给他?祁迹深深叹了口气,半掩住脸:"你别问了。"

工作告一段落是两天后的事情,当然只是祁迹和夏伍的工作告一段落,其他成员还有活动要跑。

当天早上两个人一同到机场,发现来送机的人多了不止一倍,和他们同行的工作人员都很惊讶,只好拿起劲头来维持秩序。进了候机厅这种情况才总算好一点,夏伍凑到祁迹耳边小声说:"哥,我看他们都是奔着你来的。"

祁迹抿住嘴巴。他听到了,刚刚在大厅有人喊自己的名字,其中不乏凑热闹的路人,真就像苏勉超说的那样。他呼出一口气,摇摇头但没有说话,不知道接下来要怎么面对万初空。

这段关系开始变得不纯粹,不仅因为自己是获利的一方,还因为他开始在意别人的目光。

第四章
触碰不到的月光

01.01 ─────●───── 12.04

01.

回去之后祁迹躺了整整一天,最后是苏勉超冲到他家里把他捞起来,也预示着他的美好假期就此结束。

祁迹睡衣脱下一半,透过窗缝看外面已经漆黑的天色,感慨时间过得未免太快。

门外传来苏勉超的声音:"你收拾好没?咱妹可在外面等着呢,都多久没见了,大家出来聚一聚。"

祁迹道:"那在我家也可以聚……"

"你别给我整这一出,当初是谁说要社交的,你这样逃避是没有结果的……"

祁迹在苏勉超的唠叨声中换好了衣服。他的头发已经重新染回蓝黑色,不做造型,仅是乖顺地贴着耳朵,不过有些挡脸,他便随手拿了一字夹别住一侧的头发。

祁迹打开门,苏勉超推着他的肩膀把他推出去,边走边说:"你床上那个抱枕什么时候能扔了?"

"为什么要扔?"祁迹不解道。

"谁来你家都会吓一跳。"

苏勉超随意吐槽一句。他不能理解祁迹的爱好,但这些都没关系,只要一个人的脸长得足够好看,多奇葩的兴趣爱好都有人能够忍受。

车上除了苏巧巧还有一位男演员,祁迹不认识,有点局促,好在他坐在副驾驶,不用和那人多交流。

等到了地方，苏巧巧才凑过来："祁迹你……"

祁迹先发制人："你谈恋爱了？"

苏巧巧扭捏了一下，但只有一下下之后立刻说："是不是还挺帅？"

祁迹压根没看清那人的脸，迟疑了那么几秒，苏巧巧便说："我知道没有万初空帅。"

祁迹："……我没有比较他俩。"

那个男演员三步一回头，祁迹说："你不跟他走吗，我看他挺不放心你的。"

苏巧巧轻哼一声："你别管他，我和他昨天刚吵过一架，现在不想理他。不过你和万初空是怎么回事？上次聚会之后你就忙起来了，都没时间问。"那天她没看到万初空和祁迹交流，只知道这两个人提前走了。

"就是聚会上认识了，一来二去就熟了。"祁迹省略中间的过程。

苏巧巧将信将疑："是这样吗？就这么轻易？"

因为在她的印象中祁迹并不善谈，虽然笑容很美好，但他从来不会主动找话题和别人聊天，骨子里是个很内敛的人，交朋友的想法也很单纯，不会另有所图。这也是苏巧巧之前在一众人打趣祁迹时，坚定站在他这边的原因。

而现在连唯一偏向祁迹的人都倒戈了。

会场一旦过了晚上十点就分外热闹，七八个人自动凑成一拨，灯光调暗就是低配版的夜店。

苏勉超不会带祁迹和苏巧巧去乱七八糟的地方，他会玩也会带动气氛，现场他那一桌的气氛最好。

祁迹坐在最边上的位置默默喝胡萝卜汁，不熟悉的人看他的侧脸，还以为他在伤春悲秋，实际上他只是在想自己什么时候能走。他已经喝了两瓶果汁了，自从上次醉酒断片后就再也不敢相信自己的酒量，明明平时还可以，怎么那天喝了几杯就不行了……

祁迹在思考中得到了答案——那天那瓶酒是万初空点的，他根本没注意度数。

有人叫祁迹的名字，祁迹还没缓过神，突然听到有人说："万初空来了。"

祁迹条件反射般抬起头，就看到众人的眼神。

祁迹道："……你们好无聊。"

其中一个人说："祁迹，你都不和我们一起玩，一个人不无聊吗？你和万初空那么熟，不如把他叫过来？"

祁迹咬了咬舌尖，避开其中一个问题，笑着说道："你们玩你们的，不用管我。"

苏巧巧熟悉他脸上的笑容，知道如果起哄的人一多起来，祁迹就会招架不住。

结果旁边自己的男友开口："哎，既然出来就大家一起玩嘛，叫上万初空一起，我还没见过他真人呢。"

苏巧巧蹙眉打了一下男友，男友低下头，挑衅似的笑："我说得不对吗？你干吗护着他？"

"我之前说了和祁迹是朋友。"苏巧巧张口，"你……"

"万初空来了。"不知谁说了一句。

祁迹这回不上当，结果耳边这样的声音越来越多，抬起头刚想说不要闹了，结果真的看到了万初空。

他难得没有穿正装，休闲服也搭配得赏心悦目，脸上没有笑，以最平常的姿态出现在祁迹面前。

祁迹脑袋里同时冒出两个问题。

第一个：万初空为什么会出现在这里？

第二个：他自己为什么会出现在这里？为什么不好好窝在自己家里！

在所有人的屏息注目下，万初空朝祁迹走过来，语气平静地说："晚上好。"

祁迹愣住："……晚上好。"这很像他们第一次见面，谁都不熟悉谁，客套而有礼节。

万初空得到祁迹的回应后，转头看向其他人："不用太在意我，我就是过来找人，马上就走了，你们继续。"说完转回头继续问祁迹："玩得开心吗？"

祁迹心想："是开心……还是不开心呢？"感觉怎么回答都不对。

万初空抬起手，在祁迹的眼前比画了下，然后停住，手指的影子落在祁迹茶棕色的瞳孔上。

"你戴美瞳了？"

"没有。"祁迹不知道他为什么执着于这件事。

万初空擅自下了判断："那就不是特意出来的。"

祁迹心想，随你高兴好了，反正他们刚才是在娱乐，现在也是在娱乐，刚才是玩游戏唱歌，现在是拿我当消遣。

万初空低下头："那要走吗？"

在众目睽睽下走掉不是件好事，但现在不走，一会儿倒霉的还是他，祁迹果断点了头。

万初空这才露出微笑，拿走他手上的饮料放在桌子上："那走吧，要和你朋友打声招呼吗？"

祁迹下意识看向苏勉超，苏勉超立即朝他竖起大拇指，就差把"哥们儿上道"几个字刻在脸上。

祁迹深深叹了口气："不用了。"

万初空似乎很满意，朝另外一桌走去，祁迹这才看见陈胜航，陈胜航也在看他，神色颇为复杂。

两个人聊了些什么，祁迹见对方频频看向他，还在犹豫要不要过去打个招呼，好在万初空没有说两句就结束了。

出去后，祁迹问他："你是怎么过来的？"

"开车。"万初空回答。

祁迹有些郁闷，他想问的不是这个。

万初空似乎看出来了，只是故意逗他："我给你发消息你没有回，正好陈胜航在这边，他说你也在。"

祁迹说："我没看到，而且……"

他不该说"而且"，见万初空看过来，他还是硬着头皮继续往下说："每次都是你先不回我。"怎么还不允许他偶尔不回几次了？

万初空凑近一点，像是在观察他："你真的很记仇。"

还不等祁迹说话，他又说："有空出来玩，没空回我消息。"

祁迹终于知道万初空性格里的古怪像什么，像小孩子，还是那种会独自闹别扭又偷偷跟你和好的小孩。

这也没错，万初空只比他大两岁而已。所以祁迹笑起来，笑容在夜晚朦胧的灯光下漂亮得像黑暗里的一颗星，稍纵即逝。

万初空认真看着他。

祁迹刚想退后一步，就听见万初空说："你脸好红。"

祁迹感觉到自己脸上的热度："……可能是室内太热了。"

"是吗？"万初空轻声反问。

他认真端详一番后表示："很好，这次没有哭。"

祁迹愣住。

万初空看他："你不记得？上周在你家，你当着我的面哭了。"

祁迹顿住，上次还发生过这么丢脸的事吗？他忘得一干二净呢，突然一点都不想知道那晚发生了什么。

万初空见他的模样似乎真的不记得了，竟然开口说："你突然掉眼泪把我吓了一跳。"

祁迹抬起手，一时不知该捂自己的耳朵还是对方的嘴巴。

万初空露出笑来，笑容里多少有点使坏的意味："最后可怜巴巴地睡着了。"

祁迹想捂住万初空的嘴巴。

上周三晚上，祁迹家中。

在万初空说完那句"没关系的"后，祁迹不知道被触到了哪一根弦，眨巴两下眼睛，眼泪就从眼眶里涌出来。

万初空还没来得及反应，就被祁迹脸上的泪吓了一跳。

男人先是僵住，而后被呜咽声吸引，犹豫着说点什么，说出的话却不像安慰："你哭什么？我还没哭。"

祁迹嘟嘟囔囔说话，万初空压根听不清，只能把他捂着脸的手拉开，看到祁迹的脸时还是有些怔愣。

泪痕爬满了祁迹的整张脸。

"我太累了……"他小声呜咽，自己也擦眼泪，很粗鲁地用手腕蹭眼睛，被万初空阻止了，继续掉眼泪，"就是累，又困又累。"

万初空不太会哄人，但养猫培养了他的耐心。

"那就睡觉吧。"万初空说着把纸巾贴在祁迹的眼角，眼泪浸湿纸张，他还很笨拙，还没学会怎么做才是体贴。

"不可以……不可以休息，不能睡。"

祁迹又呢喃了几声，万初空这次听见了，有些别扭地撇开头："我不是你妈妈。"

"你还管我叫妈妈。"万初空面不改色说着，尽管嘴巴已经被祁迹捂住。

祁迹满脸通红，一面道歉一面让万初空不要再说了。等到万初空不说话，他才把手挪开，像猫一样警惕着万初空的一举一动。

"陈胜航说你在喝酒。"万初空还是直勾勾看着他，"我怕你喝醉了再抱着谁叫妈妈，所以过来看看。"

"……我才不会，而且我喝的是饮料。"

"嗯，我知道，你喝酒会脸红。"似乎只是为了验证自己的话，万初空认真地看着祁迹的脸。

"网上那些照片……"祁迹抬头看万初空，"你应该看到了吧？"

02.

"看到了。"万初空语气平静地答道，"你很在意那些照片？"

祁迹停顿一会儿："你不在意吗？网上说的那些……"

"说我们俩捆绑炒作，就算认识了也要为了热度瞒着。"

祁迹怀疑自己刚才喝的是饮料吗，不然现在怎么会有一脚踏空晕乎乎的感觉："……我们也没有瞒着吧。"

"嗯，所以还有什么问题吗？"万初空说得很轻易，只是脸上的笑容逐渐淡去，好像这才是他本来的面目，"还是你的经纪人跟你说了什么，她说让你少和我接触？所以你干脆不回我消息了？"

"没有。"祁迹蒙了，不明白万初空的思维怎么能跳跃到这种地步，"没回消息真的只是没看到……"现在到底是谁记仇，谁斤斤计较！

"哦？"万初空再一次凑近他，"真的吗？"

"真的。"祁迹快速点头，"那个，我们不要在这里待着了……很可能被拍到。"

"拍到又怎样？"万初空后退一步，正视祁迹，"你怕有人看到我们两个谈话？"

祁迹摇头。

"那拍到会怎样？"万初空继续问。

祁迹发现万初空会把一个问题重复好几遍，只为得到一个答案。

"拍到……影响不好吧。"祁迹艰难说道。

万初空轻轻挑了下眉："有什么影响？"

"你也不想看到有关于咱俩的传言越来越多吧？"

万初空再度扬起笑容，看上去分外无害："如果你讲的是网上那些说我们的人，他们只是开玩笑，难道你们那个团不让有其他朋友？"

祁迹："……当然不是。"

"那你在担心什么？"

祁迹一时语塞。

万初空把人逗够了，终于肯去取车，临走前还问祁迹："你在这里等，不会丢吧？"

祁迹不想理他，这人究竟把他当什么！

万初空才离开了一会儿，会场的电梯突然降到一楼，祁迹下意识躲进侧楼的阴影下。

他不擅长和人打交道，尤其是不熟悉的人，本来大家都要各回各家了，无奈看到对方又不能不说话，尴尬地说几句客套话再分别实属让人难受，他干脆直接躲起来。

结果出来的是苏巧巧和她的男友，祁迹愣了下刚想要走出来，就听见两个人隐约的吵架声。

他又迅速缩回阴影里。

好在两个人吵了没两句苏巧巧就转身快步走了，男人在原地喊了几句，最后也跟了过去。

祁迹重新回到之前的位置，还以为万初空没到，结果车灯亮起来的时候吓了他一跳。

万初空把车窗降下来看他："还是跑丢了。"

祁迹不好意思地笑了下，绕到另外一边将车门打开。

万初空问他："就这么喜欢看热闹？"

"没想到他们会吵架。"祁迹把手伸向储物盒，里面躺着那颗两个人一起去买的小球，"不是拿给七七了吗？"

"它不喜欢，碰都不碰一下。"

祁迹大概能想象万初空专心致志逗猫，猫却理都不理他的场面，不由得觉得好笑。

车子掉头启动以后，万初空状似随意地说起："你好像经常来这种地方？"

祁迹愣了下，转过头看他："也没有经常，苏勉超叫我我就去……"

"好玩吗？"万初空问。

祁迹没听懂："什么？"

"不好玩？很多人聚在一块喝酒唱歌。"万初空说，"不是因为喜欢那种氛围才去的吗？"

"大家确实都是奔着放松心情和结交朋友去的，但我还不能完全适应。"是他自己想要好好和人沟通，到头来格格不入的还是他。祁迹想，是不是该停止这种无谓的尝试，很多次想开口和苏勉超说，又怕扫了大家的兴致。

他本来在看车窗外匆匆而过的景，突然转头面向万初空："噢，对了，谢谢你今天来带我出去，不然可能要到很晚才能走。"

"不客气，我刚才说是特意来找你的。"万初空的食指轻轻敲在方向盘一侧，"你信吗？"

祁迹眼神乱晃一阵，颇有些束手无策："嗯……是信还是不信呢？"

"随你。"万初空反倒随意起来，"信不信都可以。"

气氛有些安静。

祁迹开口："是发生什么事突然需要出来，顺路来的吗？"

没有回应。祁迹很耐心地等，直到万初空说："嗯。"

祁迹释然地呼出一口气，万初空说："你好像很庆幸？"

"啊，没有。"祁迹连忙说，"但是说特意来找我……有点太夸张了。"

他们并不是网络上谣传的那样很久以前就认识，他们不过才认识短短几个月。

万初空又说："可网上说我们很熟。"

祁迹的呼吸一下又乱了："那都是他们乱说的啊！"他郑重强调，"咱俩没认识的时候那些人还说我们初中就认识，上高中后一直有联系呢！"

气氛有片刻宁静，但和之前的宁静截然不同。祁迹正在思考自己是否需要跳车，为什么每次尴尬的都是他。

"真的没可能吗？"万初空冷不丁开口，惊得祁迹一抖，"我们初中的时候应该见过面？"

这回祁迹连尴尬都忘了，直接转回缩起来的身子："你记得？"

万初空勾起嘴角："是你记得。"

祁迹一怔，他怀疑万初空在套他的话。

万初空说:"你不是说初中知道我吗?学校一共那么大,见过面很正常吧。"

祁迹明白过来,原来"见过面"是指他见过万初空。至于万初空见没见过他,那个时期的万初空显然不在意这种事,也不可能记住他。

祁迹忽然不想说实话,没有正面回答:"嗯,而且学校公告栏上贴了你的照片。"

万初空问:"你是说那张红底的寸头照?"

祁迹回忆了一下:"好像不是吧……你那个时候不是没有剪头发吗?"

一回头发现万初空的眼底有笑意,立刻知道自己不该接他的话。

果不其然,万初空道:"你观察得好仔细。"

祁迹试图找补:"因为就你一个人是例外……"万初空当时在做平面模特,发型轻易不能乱动。就连祁迹那时候都被剃了短短的头发,摸起来毛茸茸又扎手。大家凑在一起比谁的头圆,祁迹还取得了压倒性的胜利。

"你不承认自己关注我?"万初空说。

过一会儿,祁迹小声反驳:"因为本来就没有啊。"

他搞不清楚万初空的态度,他是个很简单的人,相对的万初空太过复杂。

网上说他们应该认识一下,说他们上高中后保持联系,大学后各奔东西,说他们在无人注意的时刻畅聊曾经的过往……

祁迹以前很在意这些不着调的说法,怕两个人真正遇到的时候会尴尬无比,可最尴尬的时候已经过去了,他和万初空也成为朋友,现在他为什么还是会这么在意?

祁迹思考过后得出结论:因为网上说的那些都是假的,他们没有在初中时相遇,没有可以畅谈的过去。

他们在那条狭窄的走廊上擦肩而过,注定没有交集。

进入小区以后祁迹忽然想起来:"你今晚住哪里?"

万初空朝前面指了指:"就住这边。"

祁迹呼出一口气:"那就好,都这么晚了……"

"祁迹。"万初空突然叫住他。

"嗯?"祁迹刚下车,车门还没有关上,闻言微微低下头看车内的万初空,他有一瞬间的错觉,感觉黑夜会把车里的人吞没,尽管车子里亮着灯,尽管他还能清晰看到万初空的面孔。

"晚安。"万初空忽然笑着说。

"嗯……晚安。"

车门关上,直到祁迹消失在夜色中,车子才重新启动。

别墅前的大门自动打开,四周静悄悄,花园里的植被不再是绿色,反而在泉水和灯光的映衬下变得幽蓝。

客厅里一片漆黑，关门声响起的那一刻，坐在沙发上的人出声："助理说你突然撇下他走了，是去哪里了？"

万初空不紧不慢地换了鞋子，走进偌大的客厅。

"喵。"七七从猫爬架上跳下来，快跑两步蹭到万初空的脚边。

"七七什么时候这么亲近你了？"女人伸出手，猫咪立刻抛下万初空跑向她身边。幽蓝的月光下，女人深棕色微卷的头发全部落在一边肩膀，一派淡然沉静的模样。

万灵抬起头："妈妈问你话，怎么不知道回答？去干什么了？"

"去找陈胜航。"万初空开口。

万灵把电脑放在茶几上，将猫抱起来："是吗？你平时不是最不喜欢去那种地方？少和那些人混在一块，胜航年轻不懂事，你还不懂吗？"

万初空静静听着。

万灵叹了口气："他爸不管他就算了，人家起码还知道将来要走哪条路，你呢？"她说着掀起眼皮，"不务正业也要有个限度。"

万初空看着她怀里的猫，黑白色的小猫在女人的抚摸下舒服地打着呼。

"听你弟弟说你最近经常回家，这就对了，再怎么说这里都是你的家，过些天你舅舅带着小颖来，到时候大家一起吃个饭……"

这一回万初空主动说："具体什么时候，有准确的时间吗？"

万灵蹙眉："你那个破工作就不能推了吗？"

万初空道："不能。"

万灵抬头看他："你真当我信了你的话？说什么去找陈胜航了，你会特意去找他？"

"妈，我不想再换助理了。"万初空看向自己的母亲，连表面的笑容都荡然无存，从他踏进家门的那一刻就没有了笑意。

万灵像是听到一个笑话："你威胁我？我这个做妈的想要知道自己儿子的近况有什么不对吗？你不愿意告诉我，我当然要问别人……"

万初空打断她："这个问题我们讨论过很多次，我已经不是小孩子了，也不想和你吵。"

万灵看着他："是，我也说过很多次了，我不放心你，你要是听话一点我也不至于这么操心！"

或许是两个人说话太大声，楼上传来门把转动的声音，乔启锐从房间里走出来："哥？妈妈？你们在做什么？"

万灵深深呼出一口气："没什么事，你先回房间吧。"

万初空二话不说绕开沙发就要走，万灵立刻道："我不是说你！"

万初空路过七七时稍作停顿，但小猫在女人的怀里丝毫没有要挪动的意思，他径直向楼上走去。

万初空回到房间才打开手机，看见陈胜航发的消息："你又没和你妈说一声就跑出来了？你是不是把手机静音了？能不能干点人事！伯母给我打两个电话了。"

他把手机扔在床上直接去洗澡，洗完澡再出浴室发现有人给他打语音电话。发梢上的水珠滴在屏幕上，万初空没能划开那通电话，界面自动退回到聊天框。

祁迹："虽然很近，但你到家了吗？"

"你不会骗我吧？你其实不住这边？"

万初空把电话回拨过去，对面却挂断了。

祁迹："到家就好，不用打过来啦。"

万初空继续按语音通话键，这次终于显示接听。

"喂？"祁迹的声音从话筒那边传来。

"喂。"万初空重复，然后就没说话了。

祁迹觉得很尴尬，直到万初空说："很晚了你还不睡吗？"

"正准备睡。"

"洗过澡了？"

"啊？嗯，嗯。"

"头发也吹了？"

祁迹回道："吹了的。"

万初空轻笑一声："嗯，晚安。"

03.

9月1日

主题帖：祁迹和万初空是真的认识了吗？

【1楼】做一次标题党。吃饭被拍后他俩怎么什么动静都没有了？现在半个月都过去了，倒是给我真正认识一下啊！我是说在屏幕里，看到两个会动会跑的真人，谁要对着几张模糊不清的破照片辨别这两人啊！祁迹、万初空，你们是不是看不起人！

【2楼】假的，他俩不认识。

【3楼】是真的！他们真的认识了！

【6楼】他俩这阵子都比较忙吧，"瞌睡团"新专辑在预热，万初空不是前

几天进组了吗？

【8楼】大家不要说得太绝对，要知道在照片出来之前我们都没指望他俩知道对方是谁。

【11楼】以前你们是靠什么活的？我很好奇。

【12楼】空气。

【17楼】靠想象。

【19楼】现在急需媒体去采访他俩其中一个，让我们知道知道他俩究竟怎么认识的！

【20楼】说不定真就初中认识呢？

【21楼】停！不要提这个，万初空的粉丝不喜欢提这个！

【22楼】名字都没提一下，她们有这么闲吗？

【23楼】有，她们就是这么闲。

【25楼】为什么？

【26楼】万初空的粉丝有多讨厌祁迹还有人不知道吗？

【27楼】非要这么说的话，祁迹那边的粉丝也一样，主要还是两个人之前毫无瓜葛，他没有因为自身的专业出名，却因为这个出名了，任何人见了都会气吧？他们自己群内都禁止提到"万初空"这三个字。

【28楼】"睡6粉"这么猛？

【29楼】好像是有原因的，"瞌睡团"也不是一开始就这么火，刚出道那半年他们出了不少事吧？

【30楼】噢，对。

【31楼】所以是什么事？

【32楼】不好说，真想知道自己去搜搜看吧，关键词"祁迹礼物"。

【41楼】什么？

【45楼】"睡6粉"吧，实属不可说，和提万初空的家事是一个级别的雷区。

【46楼】更好奇了怎么办？

9月5日Lullaby6的新专辑首发，成员们纷纷转发官方微博做宣传。

祁迹一开始还担心采访时被问到万初空怎么办，好在经纪人已经提前和负责人沟通过，接下来的几天里记者几乎没有问到团队和专辑以外的事情，一套流程下来还算顺利。

工作结束后回到公司，付霜搭着祁迹的肩膀摇摇晃晃："哥，今天别练舞了，陪我打游戏。"

祁迹拒绝："不要，你太菜了。"

第四章　触碰不到的月光

付霜捂住自己的心口，软弱无力地倒向任斯："队长，我受伤了。"

任斯微微笑道："我知道，是心伤对吧？快把手拿开，我给你一拳就好了。"

付霜立刻站直，邱亦路过时他特意侧开身，祁迹问："你和邱亦吵架了？"

"没啊。"付霜耸耸肩，"我俩不一直这样吗？"

"那怎么行？"林杉弯着那双细长的眼，一个跨步跟上几个人，"你们两个要是闹情绪，广大粉丝得多难过啊。"

"林杉，少说两句。"任斯警告道，"实在不满可以去群里说。"

林杉歪了下头："也没什么好说的，祁迹你是不是去舞室？我和你一起。"

任斯见付霜脸色沉下去，张了口还没等说话，林杉继续说道："反正邱亦和你一会儿还有事不是吗？我和祁迹临时搭个伴没问题吧？"任斯只好点头，把夯了毛的付霜拽走。

走廊上只剩下祁迹和林杉，祁迹问："你干吗激付霜？"

林杉说："看不惯傻人。"祁迹听了不想理他。

"不要总做老好人，你和任斯都是。"林杉一手插兜，"惯得那小子一身臭毛病。"

祁迹笑了笑，和林杉一块往练习室走去："因为付霜年纪最小嘛。"

"也不小了，也成年了。"林杉斜了他一眼，"三年前你护着他就算了，现在还是这么不着调，我怎么越看他越生气。"

祁迹"哈哈"干笑两声，干巴巴道："应该的，我比他大了六岁，是当哥哥。"

林杉捏捏鼻梁呼出一口气："算了，我难以和你们沟通。"

祁迹努力板住脸："我也比你大，你应该叫我哥。"

"那我和付霜一样叫你小六哥？"林杉一边说一边把鞋子脱下放进鞋柜，"全队就只有他这么叫你，他傻也就算了，你能不能给他一拳把他打醒？"

祁迹静了下，踩着白袜的脚踏在木地板上，正午的阳光顺着细窄的长方形的窗落在地面，也是长方形，慢慢说："他没有叫错，我本来就是队里最末尾的。"

林杉转头看他，很多时候他都觉得祁迹太好欺负太好摆布，就因为这样，队内的大多数矛盾都与他无关，但好像永远是他在受伤。

林杉动了动嘴巴："不会不甘心吗？"

祁迹愣了下："什么？"

林杉迅速转回头，可镜子清晰照出他和祁迹的身影，他看到祁迹脸上的表情，知道那句问话没有掺假，他已经给出了答案。

"没什么，反正你和任斯一样。"

祁迹直觉自己不该问下去，于是闭紧嘴巴。

但林杉还是说了，他说："都傻。"

祁迹终于恼道："一路上你说了好几次了，有完没完！"

林杉弯了弯那双像狐狸一样狭长的眼睛："对不起，祁迹哥。"

热身过后，林杉忽然问："对了，你和万初空怎么样了？"

祁迹一个跨步踩空落在地板上，维持那个姿势转过身："怎么你也……"

林杉杵着下巴笑眯眯："你们既然要捆绑宣传，借力借得多一点岂不是更好？加油，争取超过邱亦和付霜的人气。"

"……够了，你们有完没完！"

"有什么关系？最近老五的心思也不在这里。"林杉站起身，站姿略显随意，"反正咱们这个团马上就要完蛋了。"

这句话是任斯的口头语，他生气的时候经常这么说，但林杉的表情很放松，仿佛只是开个玩笑。

祁迹有些无力地道："你还说别人，你不是也直接叫排名？"

"是啊，所以我和付霜没两样，都是混蛋。"林杉把手机举起来晃了晃，"老实说你和万初空真的在此之前从没见过吗，那他怎么说和你初中认识？"

祁迹瞬间生起不好的预感，虽然他这边没有被问到什么古怪的问题，但是万初空呢？可他前几天不是刚进组拍戏了吗！祁迹怀揣着不安的心情打开手机，直接点开了微博。

@出其不意only："空仔"可以详细讲讲你和"7宝"是怎么认识的吗？什么时间认识的？是不是很久以前就注意到他了？说真的，你诚实得让我害怕。（视频链接）

祁迹一脸凝重地点开视频，镜头正对着万初空，前面的几个问题都没什么特别，直到主持人拿出几张偶像团体的照片又给了万初空几个选项，让他猜对应的名字。

祁迹看到万初空若有所思的表情，下意识把手机挪开一点，只听视频里万初空说："我知道祁迹在哪个团，说出来算不算答对？"

主持人愣了一下："嗯……算吧，没想到你和祁迹真的认识哈哈哈。"

万初空："我们初中在一个学校上学。"

主持人蒙了，祁迹也蒙了。

主持人："……所以两位是初中就认识吗？"

万初空稍作思索："他说他初中在公告栏上看到过我的照片。"

主持人接不上话，祁迹也成了哑巴，他默默退出去打开这条微博的评论。

评论（315条）：

·这人怎么还自爆！这几张图上分明没有"瞌睡团"！

・看完就是很想问：怎么？初中不是你的雷区吗？你怎么现在主动提起来啊！

・谁懂万初空的"脑回路"啊，反正我不懂。

・我也不懂。

・还有那句"公告栏上看过我"也让我很恍惚，空，这种丢脸的事也能说出口，这根本就是强行认识吧！

祁迹也很想问万初空究竟怎么想的，返回到消息界面，自认为铿锵有力地给万初空发了一条消息——"采访？"

晚上他才收到回复，当时他正和队员一块排练，付霜拿水的工夫，也把祁迹的手机拿起来："哥，你猜是谁的电话？"

压根不用想，付霜的表情根本是在明示。祁迹以最快的速度拿起手机挂断电话，刚刚跳完舞汗水顺着脖子滑进他的领口。祁迹发誓，过几天他们的新歌首秀都没有现在这个形势令他紧张。因为万初空真的是什么都说啊！

祁迹："不要打电话，现在没办法接……"

万初空："好。"

万初空："采访怎么了吗？"

祁迹已经过了上午震惊的劲儿，只回道："……没什么。"多一事不如少一事！

万初空："我们的关系有什么不能说的吗？"

祁迹盯着文字看，厌厌地回道："没有。"

万初空："不用担心，我只是挨了一通骂。"

祁迹："什么？"

万初空："我经纪人不让我提你。"

祁迹愣了下，想想也难怪，毕竟万初空是演员，不需要这种热度，只是接下来万初空发来的三个字，令他久久陷入沉思。

万初空："我偏要提。"

04.

由于万初空的叛逆行径，接下来的一周里祁迹在各种询问下逐渐麻木，连何姐见了他都冷不丁冒出一句："所以你们从小就认识？"

祁迹一脸沉重，要不是网友缺德瞎起哄，他和万初空也不能那么尴尬吧！不过最近祁迹接到的商务代言确实多了，甚至还有单独的综艺找上门，但无一例外都和万初空有点关系。

媒体的嗅觉很灵敏，之前就有不少项目拟邀嘉宾，把两个人的大名写上去。但当时只是网友凑热闹，所以也就是放放饵钓钓鱼。这次不一样，因为两个人的那组照片在互联网上反响热烈，万初空又丝毫不避讳此类话题，这一次很多人是真想请他们俩。

可不管怎么说都是不可能的事情，且不说万初空的不可控性，只说祁迹，Lullaby6的新专辑刚刚发售，在团队的宣传期面前，个人活动都要往后推。这也导致祁迹的粉丝很不满意，他的人气本来就常年垫底，好不容易有活动资源了，公司还给推了，更让人气愤的是，邱亦在这期间仍有个人活动。

万葵娱乐给出的解释是：这是之前就谈好的工作，没办法突然堆掉，对于缺席节目的录制，邱亦本人也深表遗憾。

微博末尾评论："嗯嗯，懂了，言下之意就是邱亦的粉丝惹不起，祁迹好欺负呗。"

付霜在后台刷到这条微博，见祁迹进来，连忙把手机扣过去仰起头。

祁迹刚从卫生间回来，看到付霜的举动，疑惑了一下："怎么了？"

付霜转了个方向扭过头看他，看他的神色和留在脖颈的水珠："没什么……就是今天和咱同台的，你知道是谁吧？"

祁迹奇怪了一下，说了另外一个团的名字，是今年才出道的女团，他们这算是第二次碰面，怎么可能不知道对方是谁。

付霜点点头："嗯！那里面有万初空的绯闻女友！"

祁迹抹了一把脖子上残留的水，朝付霜露出一个假笑。

付霜还不死心："是石夏蕊啊！石夏蕊！"

祁迹迅速说："知道了知道了，你小点声！"

付霜捂住自己的嘴巴，指了指他身后："晚了。"

祁迹一回头，任斯和林杉站在门外。

任斯只当听不到两个人的对话，开口问："夏伍呢，不是说去卫生间吗？我怎么没看见他人？"

祁迹回答任斯："我刚从那里回来，没看到他啊。"

林杉轻笑一声："他去打电话了吧。"

任斯皱了皱眉："这都什么时候了？我去把他叫回来……"

话还没说完就被林杉拉回来："应该马上就回来了，你别费那工夫了。"

因为邱亦不在，他们临时改了队形，彩排时还有点生疏，好在是综艺录制，只有出场那么一小段舞蹈。

录制时两个团基本没有接触，游戏环节祁迹和石夏蕊被分到一组，结果祁迹走独木桥落水了，现场尖叫声一片。

主持人还说："你是第一个走这个桥落水的嘉宾，知道为什么吗？因为它确实足够宽，没想到真能有人掉下去！"

祁迹爬上来艰难完成游戏任务，石夏蕊把毛巾递过去。付霜率先反应过来把毛巾接过去说了声"谢谢"，然后搭在祁迹脑袋上低头小声说："哥，你今天不在状态。"

祁迹觉得也是，而且脚滑掉下水好丢人，大家一定都在看他，那一刻他只想把自己埋进水里不出来，但他好歹会游泳，马上就漂上来了。

录制结束以后，几个人回酒店。因为邱亦不在，有一个人可以住单间，刚开房间的时候大家就一致把这个单间留给了祁迹。

祁迹问："为什么突然对我这么好？"

其他几个人异口同声："因为你今天落水了，值得同情。"

祁迹道："……倒也不必，但是我要单间。"

等真的住下后，祁迹发现，自己的确需要一个单间。因为万初空会给他打电话。

当然聊天内容也没有什么营养，就是随便讲讲自己一天的行程……祁迹后来思索了一下，两个人的交流是不是频繁了一点？反正他不会跟苏勉超说自己今天都干了什么，苏勉超倒是常常和他说话，经常给他分享视频和文章。

祁迹有一次还不小心转给了万初空，在他迅速撤回后，对方只轻描淡写留下两个字："看过。"

祁迹礼貌地回复："看过不用告诉我！"

万初空："那要偷偷地看？"

祁迹可怜巴巴："就不能不看吗？"

万初空："好，我不告诉你。"

和万初空接触得越久越会发现他这个人本质很顽劣，十分擅长把人惹得跳脚又让人毫无办法。

祁迹在经受了接二连三的重击后已经放弃反抗，洗完澡照例拿起手机，熟练地找到对方的号码打过去，反正他不打万初空也会给他打。

电话响了一会儿后没人接听，祁迹盯着手机等待一会儿，电话果然回拨过来。

万初空说："刚刚在电梯上。"

"不住在剧组那边吗？"

"明天有家庭聚会，赶回来了。"万初空那边传来关门声，"稍等一下，我换下鞋。"

"你进门再打回来就可以了，我没有什么要紧事。"

"嗯。"

万初空应着，但祁迹觉得他根本没听进去。

"工作结束了？"大概是进了卧室，万初空接着问。

"还没，但明天不用早起了。"

祁迹倒在床上，双脚撑着地面晃了晃，他觉得万初空的声音好听，沉稳而有磁性，有成熟男性的魅力；自己的声音则更偏向于少年。明明是差不多的年纪，样貌和声音乃至于阅历都截然不同，两个人走的是完全不一样的路线。

"你呢？"祁迹的本意是问他拍戏近况。

万初空回答："在换衣服。"

祁迹无语地用手掩住脸："我不是问你现在在干什么……"

"你和石夏蕊见面了？"万初空突然问。

祁迹眨了眨眼："你怎么知道？"

"不是录节目吗？"

不用再问了，这人一定是又看了他的行程表。

万初空问："她有没有跟你要电话号码？"

祁迹眨眨眼："没有。"

"是吗？"万初空坐在没开灯的客厅，月光落在脚边，漫过双腿，他眼底残存一点笑意，更多是冷静，"那就好，不要给她。"

"啊？"祁迹没能反应过来。

"我说电话号码不要给她。"

"她没跟我要。"

万初空停顿一下："反正不给她就对了。"

祁迹坚持："可是她也没有跟我要啊。"

万初空难得吃瘪："我是说如果。"

祁迹说："她不会跟我要的。"

这一次没等万初空说话，他继续："她喜欢的不是你吗？我跟你又不是一个类型。"

对面沉默了几秒，祁迹以为自己说错了话刚想要补救。

万初空开口："你是怎么知道的？"

"这不是很明显了吗，我们第一次见面你问过我偶像能不能谈恋爱，网上也说你们……现在你又特意提到她。"祁迹转了个身，像猫一样蜷缩在床上，乖乖地团成一团，"你放心好了，我嘴很严不会说出去的。"

万初空又是一顿："说什么？"

祁迹有些扭捏："嗯，就是你们两个……"

万初空打断道："祁迹，我不仅知道你们一起录节目，还知道游戏的时候你和她一组，她给你递毛巾。"

祁迹又是一个翻身:"这些不太可能写在行程里吧。"要不是祁迹昨天还看到万初空新剧造型的路透,他真的怀疑这男人今天是坐在观众席参加节目录制了。

万初空坦荡:"嗯,不能,是你的粉丝在微博说的。"

祁迹有些发蒙:"这些是不能提前透露的。"

"仅粉丝可见。"

"她很快就删除了,就说了这么一点,不用担心泄露节目内容,泄露了我会举报的。"万初空又补充道。

祁迹瞠目结舌,看了别人微博还要举报别人,未免太过心黑!

万初空声音微微上扬:"你不解释一下吗?毛巾?"

祁迹下意识道:"因为掉水里了,晚上天气很冷,所以……"

"掉水里?"万初空重复这句。

"嗯……"祁迹犹豫一下,"不小心踩空了,那个桥挺宽的,就我一个人掉下去了。"

"冷吗?"万初空问。

祁迹一面后悔自己说太多一面继续说:"还行,现在还不是特别冷,很快就去换衣服了。"

"洗热水澡了?"

"洗过了。"祁迹一边回答一边想不应该吧,自己不应该让别人的担心,不该被人呵护在手心里。

"头发也吹干了?"

祁迹不明白他怎么事无巨细地问自己,他好像很自然地接受了自己突如其来的牢骚和抱怨。

只是一件小事而已,他远没有任性的权利。

可是万初空的语调太令人舒适,他下意识答道:"吹完了,我已经躺下了。"

然后他听见万初空说:"嗯,好,那你盖好被子。"

祁迹捞起旁边的被子盖在身上。

紧接着万初空说:"我和石夏蕊现实里完全不熟,非要按照网上的说法,我和你认识得更久。"

"只是你上大学后再也没有跟我联系。"

祁迹猛地起身:"根本就没有的事!"万初空究竟都在网上看些什么!

万初空反问他:"嗯,根本没有的事,你为什么要信?"

祁迹卡住,发现自己也和网上那些人没什么两样,别人说什么就相信了,明明他和万初空之间可以有话直说,却还要擅自揣测他。

于是他低头认错,轻轻说:"我盖好被子了。"

05.

电话挂断以后，万初空并没有立刻动身去洗漱，手机上显示着几通未接来电，都是在他和祁迹通话的时候打过来的。屏幕在短暂熄灭后重新亮起来，他看着上方闪烁的联系人名字，指腹在手机的边缘摩挲两下。

难得一部手机在他手上坚持这么久都没坏，这是个好兆头。

而后他接起电话，电话那端没有问他为什么刚才不接听，仿佛对此习以为常，只是叮嘱一番让万初空早点睡。

"你明天早点过来，你舅舅他们已经到了。"

万初空回答："知道了，妈。"

翌日上午。

猫爬架的最顶端站着一只精致的布偶猫，男孩伸出手叫它的名字，猫咪甩着尾巴跳下来，相比之下躲在柜子下面的猫咪就胆小许多。

乔启锐低下头冲柜子下面叫了一声："七七。"

门外走进一个十六七岁的女生，手里拿着一袋薯片，边吃边吐舌头："乔启锐，你怎么爱吃这么难吃的东西？"

男孩眼看着刚露出一只爪的小猫又迅速缩回柜子底下，抬起头说："那个是之前去超市，我哥买回来的。"

女生把薯片随手放在茶几上，拿起苹果啃了一口，愤愤道："芥末味的薯片，肯定是故意的！"

乔启锐说："我哥喜欢吃。"

"他？"女生微微提高嗓音，而后摇摇头，"我不信，除非他当面吃给我看。"

乔启锐看着那袋薯片又看看坐在沙发上的女生，眼珠转了转："准确地说是你喜欢的那个明星推荐给我哥的。"

女生一下弹跳而起："你是说祁迹？！"

男孩眨了眨眼："嗯，他好像说过他叫祁迹。"

女生面无表情坐下，又伸手拿出一片薯片放进嘴巴里，嚼两下吞进去："乔启锐，你去外屋偷听一下我姥爷和你哥在说什么，什么时候才能结束。"

乔启锐瞥了她一眼："我不要，而且你应该管我叫舅舅。"

陈思颖不想说话，她把自己摊开成一个大字，深深叹出一口气。

过了一会儿，万初空走进客厅，看到外甥女顶着一张过分灿烂的笑脸出现在自己面前。

"做什么？"他问。

"亲爱的舅舅，"陈思颖半捧着自己的脸，刻意地眨巴眨巴眼睛，"人家想问你几个小小的问题。"

万初空看着她，突然说："你姥爷说你这学期成绩下滑了，正在考虑减少你的零花钱。"

陈思颖脸色大变："什么？不可能！"

"我说着玩的。"万初空微微一笑，绕过她往客厅走。

乔启锐指着柜子说："七七怕生，躲在下面了。"

万初空蹲下去朝柜子下面伸出手，但一句话都不说。

弟弟在一旁道："哥，你这样它是不会出来的。"

陈思颖则转过头："舅舅！"

客厅里相差二十岁的两兄弟同时看向她。

陈思颖再次将声音放轻："舅舅，你应该也知道我想问什么，我不是你可爱的外甥女了吗？"

"你平常不会这么和我说话。"

陈思颖彻底垮下脸："是啊，要不是为了知道我宝贝的消息，你以为我想这么和你说话吗？"

见猫咪确实不会出来，万初空直起身把手指抵在唇边，貌似好心地提醒道："小点声，被长辈听到了会说你没礼貌的。"

陈思颖双手合十："你不跟姥爷告状就谢天谢地了好吧。"

万初空看到茶几上被打开的薯片，问她："薯片好吃吗？"

陈思颖："你要听实话吗？不太好吃，但是一想到是我宝贝喜欢的口味，我就觉得可以接受。"

万初空挑起一边眉："你宝贝？"

陈思颖："对啊，祁迹是我宝贝，有什么问题吗？"

"我记得你不只喜欢他一个人吧。"

"女人多喜欢几个偶像有什么错吗？"陈思颖挺起腰板，随即又泄气了。

往日里万初空根本不会和她讨论这些，她追星的事情这一大家子没人不知道。现在的小孩子大都很叛逆，她追得光明正大，追得轰轰烈烈，再加上家里只有她这么一个女儿，成绩又一直不错就由着她去了。

但是万灵极其讨厌娱乐圈。当初万初空决定回娱乐圈发展，全家人都特别惊讶，陈思颖以为自己找到个能懂她的人，结果万初空直接和她说："我也不理解你为什么追星。"

陈思颖还记得祁迹和万初空的讨论帖刚刚火的时候，她跟网上的姐妹打赌，这两人铁定不会有任何联系。

开什么玩笑,那可是她的亲舅舅!她还不知道这个人?表面看着好说话,实际上最难相处,他对网上热议的东西非但不感兴趣,还很有可能故意无视掉。

结果现实啪啪打她的脸,两人不仅认识了,关系好像还很不错。要不是她远在南方上学,一定第一时间冲回来问万初空,为什么要招惹自己的小白菜!

"表姐最近还好吗?"万初空问她。

陈思颖愣了愣:"我妈挺好的啊,这次是有工作才没来……不对,你别转移话题,你不想告诉我是不是?舅舅你到底怎么和祁迹认识的啊?你之前还反对我追星。"

万初空听她絮絮叨叨到一半,刚想打断她就听女孩说:"你也知道队里我除了付霜最喜欢祁迹了。"

"那就不是'最喜欢'。"万初空说。

陈思颖愣住,一时间竟想不到如何反驳。

"所以你和祁迹关系真的很好……"陈思颖一副活在梦里的表情。

万初空率先声明:"我不会帮你要签名。"

"我自己有好吗,才不需要你帮我要!"

"也不会带你去见他本人。"

陈思颖撇撇嘴:"演唱会上我也是见过他真人的好吧,当然不可能有你那么近距离接触的机会……还有你把我当成什么人了,我才不会提这种要求!"

"是吗?那就好。"万初空随意说着,眼睛望向柜子,猫还是没出来。

陈思颖偷瞄他一眼:"那你告诉我,他真人是不是特别好看?"

"你不是见过吗?还要问我。"

万初空走近一点,离柜子又近了一些。

"问问怎么了,他肯定特别好看对不对?上次演唱会那个造型就很好看……他性格也很好又特别爱笑,我们从来没见过他发脾气,不被问到问题就不主动说话,会让人忍不住多关注他。"到底还是年纪小,陈思颖一提到自己喜欢的明星话就变多起来。

万初空的目光终于落在女孩身上。起初他不明白她那样的狂热,女孩子的房间里贴满了海报,堆放周边,为屏幕里永远触碰不到的偶像欢呼呐喊,从不掩饰自己的喜欢,即便没多少人能理解。

"舅舅你和他接触,觉得他是个什么样的人?"陈思颖的眼里有期待,眼神闪闪发光。

万初空以前也不理解这样的眼神,但是他在另外一个人身上看见过,很纯粹很真实。祁迹常常用那样一双眼睛看着他,对他笑,或者说一些令他意想不到的话。

"就和你说的一样,他很爱笑,脾气好,怎样都不会生气。"

陈思颖笑起来:"对吧,他真的很好。"

万初空看向她:"你好像很了解他?"

这话在陈思颖听来完全像是挑衅:"当然了解,好歹我是从他们刚出道就开始关注了!"

没想到万初空接下来说:"那你知道他平时出门是戴眼镜的吗?"

陈思颖愣住两秒,就这两秒里,万初空说:"他还喜欢吃布丁。"

这就是挑衅吧!自己可是追了Lullaby6三年!陈思颖一握拳:"祁迹以前更爱笑,现在变得内敛不少,说话也会斟酌,他还特别喜欢猫!"她竭力寻找万初空所不知道的关于祁迹的细节。

万初空好像可以在脑海里勾勒出一个模糊的轮廓,比现在更加年轻更加懵懂的祁迹。

他轻描淡写地说:"嗯,他跟我说过自己喜欢猫。"

陈思颖觉得自己这个三年老粉丝输得很彻底,倒没有细想她舅为什么要和她较这个真。

但气势上不能输!她继续说:"那你知道祁迹收礼物那件事吗?"

万初空问:"什么?"

06.

"队长,小六哥去哪儿了?"演出结束后,付霜到处找不到祁迹。

任斯示意他小点声,付霜总是这样咋呼,小声说:"可能在卫生间,你现在别去找他。"

付霜微微抿住嘴,任斯轻轻捶了一下他的胸口:"就当什么都没发生,知道吗?"

"知道,我知道。"付霜别开头,"但是这样真的可以吗?"

这一次任斯没有出声。

另一边祁迹站在卫生间的镜子前,镜子里的青年上身湿漉漉的,脸上、脖子上滚落下水珠。他看着镜子里的自己轻轻喘着气,一滴水珠落在平台上,他勾起嘴角扬起一个笑脸。

出来后祁迹发现成员都在等他,付霜率先说:"哥,外面挺多人的,一会儿你走我后面吧,保不准有代拍什么的。"

他表现得太明显了,任斯背过身去叹了口气。

祁迹愣了下:"啊,没关系,平时不也这样吗?"

付霜却很倔强:"总之你走我身后。"

最终祁迹还是被迫走在了付霜后面,保安站成一排负责维护秩序,相机"咔嚓""咔嚓"响个不停。

祁迹抬头看走在自己前面的人,付霜已经比三年前成长许多,以前还是常常躲在他和队长身后不敢说话的小孩，会偷偷哭着问别人是不是自己做得还不够好，但现在付霜已经可以独当一面了。

祁迹想到这里，脑海里闪现出的却是另外一个人的影子，忍不住拿他跟付霜比了比，发现还是那人更高一点，肩背更加宽阔，为人也更加沉稳可靠……

祁迹轻轻晃了晃脑袋，想把脑袋里那道人影晃出去，视线里忽然出现一双手，有人越过工作人员，把一捧用小熊做的花束递到他面前，花束里还夹着一封信。

比保安反应更激烈的是粉丝，有些甚至直接上手阻拦，道："不知道公司为什么不让收礼物吗！拿回去，他不收礼物！"

祁迹想说没关系，他还没有那么脆弱，在停车场的时候也被无数人的双手塞了礼物和信。当年那件事并没有给他带来那么深的阴影。但是大家的反应这么激烈，连付霜都伸手把他护在后面，他不知道如何开口说，害怕会辜负别人的好意，最后只能闭上嘴巴。

花园里的喷泉还在不断往外喷水，月色被镀上金光洒在池子里。

晚餐过后的谈话陈思颖没有参与，直到大家都回屋休息，她才悄悄从客房出来想要透口气，却见万初空一个人坐在空荡荡的客厅里。

她吓了一跳："舅舅？"

万初空回过头，手里拿着电话，对她比了个安静的手势。

陈思颖缩了缩脖子，摸黑往猫咪睡觉的地方走去。其中一只迅速支起耳朵蹿到柜子底下，她的脚步一顿，嘟囔一句："这猫怎么这么怕人？"

"是我捡回来的。"身后万初空突然开口说。

陈思颖还以为男人又在跟她较劲，连忙说："好好，我知道，那只猫是你捡的，是你的。"

万初空继续说道："在我拍戏的地方，它躺在路边看上去快要死了。"

陈思颖这才回过头，万初空不知何时已经把手机放在茶几上，看着猫咪钻下去的柜子。

"好可怜。"陈思颖的目光也寻着看过去，"它一定是被人故意弄伤的吧，所以才这么怕人？"

如果不是因为想要问祁迹的事情，陈思颖是不会跟着姥爷一块来乔家的。她不喜欢这里，也不怎么喜欢自己这个舅舅。尽管她追星，喜欢长相好看的人，万初空这两样都占了，但是第一个站出来反对她追星的人也是万初空。陈思颖作为晚辈自然不能当面反驳什么，背后却没少跟姐妹吐槽自己这个奇葩舅舅。

"舅舅，你现在还讨厌偶像吗？"陈思颖忽然问。她以前从来不和万初空讨论这些，他们几乎很少说话，因此她也并不了解他，只知道万初空这个人很怪，连和家人对话似乎都隔着一层，没人知道他真正在想什么。

可是今天他们说了很多，话题全部围绕着祁迹。

万初空回答:"我从来没有说过讨厌,只是不太理解你的某些行为。"

在大人眼里,他们的所有行为大概都不会被理解,但是万初空肯听她说,已经让她感到不可思议,毕竟这个家没人愿意听她讲话。

"你不需要理解我,不反对就可以了,我没有因为追星变得糟糕,也在积极努力地生活。"陈思颖看着柜子下忽然伸出的毛茸茸的白爪,想了想说,"我知道偶像不可能完美无缺,自己喜欢的很可能只是一个虚构出来的形象,但是这样就够了。祁迹是个什么样的人,在问舅舅之前我很害怕得到和我期待不符的答案,但那也只是我个人的期待……他就好比是水里不能触碰的月亮,如果我碰到,那道月影就会散,那么只要远远看着就好了。"

陈思颖都要把自己说感动了,万初空只回答三个字:"听不懂。"

她看着坐在沙发上无动于衷的万初空,深深呼出一口气。还是算了,她指望这个奇葩舅舅能懂什么呢,她今天已经说得够多,连礼物那种陈年旧事都翻出来说了。

"就是说舅舅你一定要对祁迹好一点,不要欺负他,他真的很不容易!"

柜子底下的猫咪终于肯出来,一边警惕着陌生人一边挪到食盆前喝水。它太胆小了,一点风吹草动都会惊到它。

万初空放轻声音:"用你说?"

陈思颖再也忍不住:"你不会真的和我宝贝好久前就认识了吧?!"

而此刻,电话另一端的祁迹不知该说什么,万初空到底为什么让他稍等一下,稍等就是听他外甥女的内心剖白吗?

只听万初空说:"你猜我刚刚在和谁打电话?"

那边沉默了两秒,传来女生倔强的声音:"我不想知道!"

万初空:"嗯,猜对了,是祁迹。"

祁迹无奈了,他到底该不该说话,但是万初空应该是开了免提他才能听得这么清楚……还是不说了。

祁迹倒在酒店的床上,再一次庆幸这是单人房,他摸了摸自己的胸膛,心脏跳动很平稳,只是腰侧有些许酸胀感。他把手机一直放在耳边,直到听见对方说:"我以为你会挂断。"

祁迹眨了眨眼:"你说了让我等一会儿。"他很听话的!

"她已经回房间了。"万初空说。

"嗯,被你气的吧。"祁迹诚实道。

紧接着他问:"七七原来是你捡回来的吗,它以前还受过伤,现在已经好了吧?"

"嗯。"万初空说着,拨弄了一下在陈思颖走后就跳到自己腿上的小家伙的爪子,"至少表面看没什么问题。"

"是吗?那就好。"祁迹松了一口气,万初空给他拍过那么多猫猫的照片,其中最多的就是七七，它还是那么小的一只，还没学会多少生存的本领，竟然就先被人类残忍地伤害了。

"祁迹。"万初空突然叫他的名字。

"嗯？"

万初空低头看已经不再对他伸爪子的小猫："那你呢？"

"什么？"祁迹没听明白。

万初空沉默一会儿："没什么，晚安，你早点睡，不要太累。"

"……好的，晚安，你也早点睡。"祁迹没有搞懂万初空为什么忽然结束对话，但他没有问，只是顺从地回应。

电话挂断以后，男人摸了摸小猫的头，七七发出"咕噜噜"的打呼声，完全不见之前警惕的模样。

"万葵娱乐以前是允许粉丝送礼物的，Lullaby6 刚出道时还没有多少人道，公司不限制他们收礼物。祁迹的脾气好，即便粉丝的礼物不是送给他的，只要到了他的手里，他都会帮忙转交。结果就有一些不怀好意的人给祁迹送了礼物，都是些很不好的东西，连续有好几次，最后被查出来是付霜的粉丝送的，在那之后公司就不让艺人收粉丝送的礼物了。"

陈思颖上午说的话回荡在耳边，万初空在电话里真正想问的其实是：那你呢？那么你的伤口愈合了吗？

暗淡的月色落在脚面，万初空想起外甥女奇怪的比喻。如果祁迹是旁人触碰不到的月影，他该如何保护祁迹？

祁迹在做梦，他清晰地知道这是一个梦，他已经很久没做过的梦，以前的事像走马灯一样从他脑海里一一闪过。

"废物。"

"丑人多作怪。"

"离付霜远点！"

那年祁迹二十一岁，收到人生中第一封恐吓信，铺满粉红色爱心的礼物盒下面是白色的信封，打开却是扭曲的文字，他一张张翻过去，最后一张照片认了好一会儿才看出来是被软件合成的鲜血淋漓的自己。

那些包装精致的礼物盒承载着巨大的恶意。

后来公司发了声明，网上什么声音都有，怜悯、嘲笑、冷眼旁观……

付霜以前很爱跟在哥哥们身后，那段时间却不敢和他站在一起，最常和祁迹说的一句话就是："对不起，哥"。

而每次祁迹都不知道该怎么回答，他只能说"没关系"。付霜没有做错什么，他不知道对方为什么跟他道歉。

结果付霜的远离反而让祁迹遭受到更激烈的谩骂。正巧那段时间他出了另外一档事，有整整半个月祁迹都没有出现在屏幕上，而回来以后付霜开始不避讳和他站在一块，甚至还会主动提到他。

年纪最小的老幺都长大了，祁迹却还是没有好，他开始害怕面对镜头，手背在身后会悄悄发抖，录制一结束立刻跑去厕所呕吐，连粉丝都看出他状态不好。

付霜一直觉得是自己软弱的错，因为总是躲在哥哥身后，祁迹才会变成这样。

祁迹强调过很多次不是，最后一次开口说了实话："不是因为这件事，至少不是因为这一件事。"祁迹不好意思地露出一个笑来，眼神依旧很清澈，没有要责怪谁的意思，就是因为这样才更让人于心不忍。

"从很久以前就开始了，因为害怕自己做得不够好。"是他自己的问题，他太害怕了。

刚出道的时候，苏勉超问他："祁迹，能够出道你高兴吗？"

祁迹没有回答，他害怕回答，好像不回答就可以不在意，不去关注就可以当作什么都没发生。因此他从不看明星的八卦，怕突然跳出来的页面上写着自己的名字，怕看到别人对他的评价，没人知道他在休息的半个月里在想什么。

等出现在大家面前，他还是和以前一样，体贴、爱笑、会圆场。只有熟悉他的人知道不是，至少以前祁迹不会那么害怕生人。他开始不社交，一个人闷在屋子里打游戏或者看电视，苏勉超希望把他从屋子里面拉出来，他自己也挺希望的，内心却又分外抗拒。

事情从什么时候开始得到好转——祁迹在那些闪烁而过的画面里看到了万初空的脸。

噩梦结束了，祁迹在只有自己一个人的房间里醒过来，他都不知道现在是几点钟，下意识抓起手机拨打一通电话。

电话很快被接通，祁迹怔了怔："你还没睡吗？"

"在等你的电话。"

祁迹眨眨眼，紧接着听见万初空用十分冷静的声音说："开玩笑的，我还没有睡。"

尽管这个笑话非常冷，但还是令祁迹笑了起来。因为万初空的话，他的胆子变大了："后天我去C市，我记得你是在C市拍戏？如果到时候你有时间，我们可不可以见一面？之前你在我家问我的问题，我现在可以回答了。"

"那都是多久以前的事了？"万初空半真半假地说道，"我戏都拍一半了。"

电话对面如果要是别人的话，祁迹一定会说"那就算了对不起打扰了"，可是这通电话是他主动打的，于是握紧手机："所以到底要不要见面？"

"要。"万初空想也不想地答道。

尽管他触碰不到月光，但月光会主动洒下来，落在他身上。

07.

九月末天气已经有了凉意，祁迹他们一行人到达C市没多久签售活动就开始了。

现场的人非常多，里三层外三层围着，但更多是来凑热闹的。台上祁迹坐在最末尾，偶尔抬头回应粉丝的话，脸上始终保持微笑，下面的相机不停在拍，他甚至对着镜头摆了几个姿势。

夏伍坐在他旁边，趁着空闲和祁迹说："今天好多人都是冲着你来的。"

其实早在半年前就有这种事情发生，当时他和万初空的帖子莫名其妙地在网络上火了，突然就多出很多人来关注他。只是两个人那时候完全不认识彼此，这帮人的热情来得快去得也快，渐渐地就不再跟他的线下活动了，留下来的则变成只喜欢祁迹一个人。

那么现在呢？祁迹思索一下，难道两个人就不能成为真正的朋友吗？他又想到和万初空的约定，下午活动结束后万初空让他直接去自己拍戏的地方。祁迹默默做好心理建设，随即摆正自己的坐姿，双手都放在桌面上，像个听课的小学生。

有粉丝把专辑和海报放在桌面上，捂着嘴巴克制自己激动的情绪，说道："祁迹你好可爱啊，真人比电视上好看一百倍！"

祁迹把自己的签名递上去，熟练地扬起笑脸："谢谢。"尽管他私底下不擅长与人交流，但在台前还是很敬业的。

活动结束后，祁迹的手腕一侧隐隐作痛，他本身又瘦又白，皮肤上有一点颜色都很明显，腕骨硌得通红，好在很快就缓过来了。回酒店的路上他和经纪人报备自己和朋友有约，一会儿要出去。

何姐看着他："你和夏伍都怎么回事？是不是你也不用助理跟着？"

祁迹略微疑惑了一下："我还什么都没说。"

何姐推了推鼻梁上的眼镜："你们现在出去被拍到的概率很大，你是去见谁？"

"……万初空。"祁迹还是诚实回答了。

何姐点点头，露出"我就知道"的表情。

祁迹在昨天就特意查过，万初空拍戏的地方离他们的活动场所不远，打车十几分钟就能到。但他不能立刻就走，不然很容易被粉丝看见。

夏伍的话他不是全然不在意，今天现场喊他名字的人变多了，祁迹知道是因为什么，这也是苏勉超最初想要他和万初空认识的原因。

队内一直是邱亦和付霜最出名，但付霜很不喜欢被提到这个话题，他有自己的脾气，希望向别人证明自己的人气是实打实的。这也是林杉一直嘲讽付霜的原因。小孩每天都很咋呼，想一出是一出，林杉就想压一压他的锐气。

团队队员之间有摩擦是很正常的事，刚出道的时候每个队员都有各自的心思，常常会为了一点小事争吵，无奈之下任斯才建了一个六人讨论组，让他们不要动不动就动手，实在憋不住就在群里说清楚。

祁迹和任斯作为林杉口中的老好人，永远都是圆场的人。任斯还有点脾气，实在劝不动他就不管了，爱咋咋地，祁迹属于一旦开口了就收不回的类型。

那句"大家都挺好的"，是他曾经说过最多的话，言下之意其实是——你们不要在屏幕前打起来啊！可惜没人领他的情，网上大部分人都说他最会多管闲事也最会伪装。

而礼物事件仅仅是其中一条导火索，祁迹出事以后大家都有所收敛。六人群很快变成了集体给祁迹认错道歉的群，每次祁迹一挨骂，他们都在里面反思自己，三年下来竟然也相处得还算和谐。

当然这样的和平是建立在某些人的牺牲上。

眼下祁迹终于在微微暗淡的天色下抵达拍摄现场。他还没有正儿八经地去过剧组，林杉的长相很符合古装，之前被邀请去演一个戏份很少的配角，结果演技太烂，被骂得狗血淋头。自那以后公司就对这类邀约很慎重，偶像和演员还是有差别，能扛得住舞台的镜头却不一定扛得住多角度的摄像。

祁迹回酒店特意换了一身和台前不一样的着装，衣服和裤子都很宽松，鞋则是橙色的帆布鞋，穿得像个还没踏入社会的学生。结果进场地之前就被拦住了，要他出示通行证。

祁迹给万初空发消息，说自己已经到了。

没过一会儿，万初空出现了。虽然他们几乎每天都有通话，但确实是很久没见，祁迹拉下口罩朝万初空露出笑容，伸手打招呼，他眼角还有没卸干净的亮片，眉目疏朗，连鼻尖都秀气。

万初空说："看见我很开心？"

祁迹的笑容一顿，没等回答万初空忽然伸手拉他的帽子，他下意识按住帽子："可能会被认出来。"

万初空微微挑眉："那先进来吧，里面禁止拍摄。"

祁迹就这么稀里糊涂跟着他进去了："我以为你这边已经结束了……"

"介意等我一会儿吗？今天还有最后一场。"

祁迹连忙摆手："当然不介意。"

万初空本来走得稍快一点，闻言停住脚步等他跟上然后问："你是不是又瘦了？"

祁迹抬起头，这一回帽子被万初空彻底拿下来，没有做造型的头发软塌塌的。

"没有吧，可能是这身衣服显的。"祁迹说着，万初空却完全没听他讲话。

"你太瘦了。"

祁迹反驳："我是标准体重。"

万初空看着他，他只好再次开口："……为了上镜嘛。"

他后面的头发被刻意留长了，从颈后向两侧分开，不透光的黑色把皮肤衬得更加白，连血管都清晰可见。

"太瘦了不好看，还是要长一点肉。"似乎是为了验证自己所说的话，万初空忽然捏了下祁迹的手腕。

祁迹连忙缩回手："我今天一下午都在签名……"他翻过手掌给万初空看自己被压得发红的指节，"手有一点点痛。"

但是只有一点点，他只是想给万初空说说。

等万初空把他带到剧组，祁迹看到来回忙碌的工作人员才想到什么，他应该在外面找个地方等着万初空，而不是就这样被领进剧组，太耽误大家了。

祁迹下意识压低帽檐，万初空侧过头："你躲什么？"

"我不应该这么空手来吧？"祁迹小声道。

万初空品他话里的意思："拍摄马上就要结束了，今天大部分是白天的戏，他们不会介意。"

祁迹摇头，连连退后。

万初空见状只好让步："那我让助理去买点东西分给大家。"

祁迹说："我付钱。"

万初空看祁迹很坚持，只好由着他。

万初空方才看了手机后匆匆走了，现在回来就带回了一个人，大家都不免好奇，但祁迹已经把帽子重新戴回去，还戴着口罩，他们看了一会儿都没猜出是谁。只有几个工作人员凑到一起小声说："我的天，该不会是祁迹吧？"

"应该不是吧……怎么可能？"另外一个人反驳，但目光还是频频看过去。

很快轮到万初空拍摄，祁迹这才反应过来他穿的是戏里的服装，一面对镜头，他的气场立刻变得不一样，不再是琢磨不透的一个人。他面上多了几分阴霾和焦躁，领带被随意扯向一边，面对女主的质问，一开始还有些语无伦次地回答着，而后忽然按住女主的肩膀把她整个人压到墙上，眼睛改变方向，目光冰冷地扫过来。

即使祁迹站在场外，那一刻也同样被震慑到，终于明白苏勉超所谓的"天生适合"是什么意思。

这条一共拍了三遍就过了，结束后大家有说有笑，祁迹见万初空身边有人就没过去。

助理跑腿回来，幽幽道："哥，东西买回来了。"

祁迹伸手去接："辛苦了。"

助理摇摇头,没让祁迹拿,反而说:"应该的哥,我不辛苦,你才辛苦。"他通过前两次接触已经知道祁迹是个很好说话的人,现在祁迹一脸单纯,他没忍住多说一嘴:"哥,和我老板相处起来很不容易吧?"

祁迹愣了愣,只能答道:"还、还行。"除了经常被牵着鼻子走以外,和万初空相处起来还是很轻松的。

助理却以为他是在勉强回答他,一脸同情。

正好这时万初空叫他:"祁迹,过来打声招呼。"

祁迹闻言把帽子和口罩都摘下来,和在组合里一样先是鞠躬而后介绍自己。

主题帖:我不懂我不懂,怎么会有这么离谱的两个人!

【1楼】说的就是你们,祁迹和万初空!两个月前我还不屑于论坛上的捕风捉影,不,那都不是捕风捉影,我当时觉得就是站在楼上喝西北风,都能比这帮网友幻想你俩认识来得体面。喝西北风起码还有风,这两个人连对方是谁都不知道!

而现在我只能眼泪汪汪地质问,怎么会!他俩怎么会这么熟!剧组探班啊!万初空拍摄结束后两个人一起走了……

【2楼】属实不懂。

【4楼】他俩到底怎么认识的?

【9楼】祁迹今天穿得还特别休闲,看上去年纪好小。

【10楼】原来有照片的吗?我怎么都没看到,给我看看给我看看。

【11楼】同求!

【15楼】照片还是别传了吧,是偷拍的。

【20楼】照片没什么好看的啊,拍得很模糊,根本看不出谁是谁。

【21楼】但还是有人认出来了。

【30楼】听说是万初空把祁迹带进去的,然后介绍的时候直接说"祁迹,过来打招呼"。好离谱啊,怀疑是编出来的消息。

【31楼】确实很像认识了很多年才有的熟稔语气呢,随意、亲昵。

【45楼】报告!他们一起去吃饭了,有人偶遇了!

【46楼】哇,那确实是很熟悉,真不是造谣了。

【47楼】他俩到底怎么认识的?如果我得不到答案,会抱憾终身!

【48楼】我也一样。

08.

除了团体活动和节目录制以外，祁迹几乎很少单独外出，这就导致他只能跟着万初空走，连"我们去哪儿"这种最基本的问题都没办法问出口，毕竟对方说了他也不知道去哪里。

助理把车停在分岔口，万初空朝他随意挥了下手，助理就知道自己的任务完成了。

两个人一块下了车，左拐走进车辆没办法开进去的一条路。越往里面走越宽敞，左右都是挨挤的小楼，隐约可见各式各样闪烁的灯牌，走近了才看清餐厅的全貌。

"这里好隐蔽。"祁迹说。

"嗯，之前和剧组的人来过一次。"万初空回应道。

进了餐厅以后，万初空说提前预订了位置，祁迹有些诧异，服务员面带微笑地将两个人引进二楼的包厢里。

房间不大，只容得下三四个人，但布置很用心，连筷子上都有雕刻的纹路，空气里一股木质香。

见祁迹还站着，万初空问他："不坐吗？"

祁迹"嗯"了一声坐下来，像熟悉陌生环境的猫，来回看了看才转回头。

万初空把菜单推给他，说："他们上菜有点慢，我提前点了一些，你看看还有什么要加的。"

祁迹随手翻了两下菜单，问对面："你都点了什么？"

万初空说了几个菜名，祁迹发现都是上次他们一块去吃的家常菜。他好像能猜到一点万初空的心思，特意预约了位置却在点菜上犯了难，只好原封不动照抄上次的菜式。

祁迹埋头点了几个不常见的菜，每点一样都要抬起头问："可以吗？"

万初空一直在点头，祁迹问："你就没有什么是不吃的吗？"

万初空："我不挑食。"

连站在一旁的服务员都忍不住拿菜单掩住下半张脸。他们这里经常有明星光顾，尽管她不追星，但眼下这两人的气质太好认了。

外形养眼的人即便进行再幼稚的对话都是赏心悦目的。服务员走后，祁迹才说："我刚刚看你拍的那场戏……你在那部戏里是男二吗？"

万初空把手机点开，确保是静音后才回答："按照戏份算的话，应该是男三。"

祁迹有点惊讶，但在片场就已经看出对方不是主角。万初空复出以后资源一直很好，人气和演技都扛得住剧，他本来以为对方不会轻易演配角。

万初空忽然说："你都不上网吗？"

"嗯？"祁迹愣了下，"上啊……"

"但是不关注我。"

祁迹低头道："对不起。"

"嗯，没事。"

这两个字无异于"我原谅你"，但他明明没做错什么啊！

祁迹干脆说道："我不怎么看和娱乐圈有关的东西……因为害怕看到关于自己的消息。"他今天本来就是要说这件事，关于他为什么要作为偶像团体出道，之前在自己家里万初空问过他，他却不知道该怎么回答，没有勇气，也觉得没有必要。

这时候伴随着一句轻柔的"打扰了"，服务员推门进来。

包厢里的吊灯恰到好处地投射在桌面上，把祁迹本就精致俊秀的长相衬得更加出色，连眼尾都像是有光。

万初空的手指微微一动，见他的目光已经被上桌的菜吸引，便压抑住继续的念头："先吃饭吧，等吃完饭再说也不迟。"

祁迹的确饿了，下飞机时已经很晚，中午拿饼干随便垫了一口就没有再吃过别的东西。倒是喝了不少水。

他拿起筷子，见万初空的目光始终跟随自己，连忙做了个请的手势："你先。"

万初空见他一副没开窍的模样，忽然发自内心地想要叹口气，要知道一般他才是让对方叹气的那个人。

这顿饭吃得很好，起码祁迹吃得心满意足，最近奔波得厉害，或许就像万初空说的那样，他确实瘦了一点。最后他连餐后甜品都多吃了一个，把万初空的那一份也给吃了。

祁迹再三确定："这可以吗？"

"可以，我不怎么吃甜食。"

"但是你喝牛奶。"

万初空眼睛都不眨一下："牛奶是甜食吗？"

所以果然是喜欢喝。祁迹一边摇头一边默默记下来，把糕点吃完后，擦了擦嘴巴调整坐姿。

万初空率先开口："接下来要讲很严肃的事吗？"

"啊，不是。"祁迹迅速松懈下来，两只手都落到大腿上。

万初空看着他："那就不用紧绷着，你说什么我都会听，当平常聊天就好了。"

尽管他们坐在彼此的对面，中间隔着一张桌子的距离，但祁迹从未觉得和谁离得这么近过。

房门紧闭，包厢里很安静，在开口之前祁迹先是笑了笑。他总是这样笑，但那不是怯懦，只是独属于他的温柔，他习惯那么无害地笑着。

"我从六岁开始学习舞蹈，练舞是妈妈让的，后来去当练习生也是朋友拉着去，好像没有哪一件事是我自己主动想要去做。"

"出道的时候朋友问我能够出道开不开心，我却回答不上来。"祁迹说着挠了挠脸颊，脑袋歪向一边，眼神跟着移动最后定在桌上，"我想我应该是开心的，只是说不出口。那个时候有很多反驳我的声音，他们不喜欢我，我也不确定自己是否真的能够做好，于是选择逃避，也说服自己这只是在工作……"

那段时间里他还什么都不懂，会搜索自己的名字，会看微博下每一条评论，从看到第一条谩骂他的评论开始，一切都变得不一样。好像他做什么都是错，说话是错，不说话也是错。

"之前你问我为什么想要进男团我没能回答，因为还是有点害怕，好像我不说自己努力，这些就可以轻描淡写地揭过去。但是前天晚上我做梦了，梦到刚出道的时候，我发现自己已经忘记很多，现在已经记不清楚那些事了。"

他在遗忘，伤口也在不知不觉间已经愈合。

祁迹说到这里看向万初空，这回他露出一个明媚灿烂的笑容来："虽然你戏都拍到一半了，但还是想说一说，没准能给你一点点灵感呢。"虽然只是一点点，但是他想跟万初空说。

"当初之所以选择成为偶像，是因为我想要站在更大的舞台上，我想我是喜欢舞台的。"

何止是舞台，跳舞他学了十几年，练习生当了整整五年，要不是喜欢他怎么会坚持这么久？但祁迹更习惯于被动，眼泪吞下去，苦和累都不说出口，以为把自己伪装成不在乎的模样就会活得轻松一些。

这是他的坏习惯。

"我知道。"万初空说，"当时看你的表情就知道答案了。"

祁迹愣了愣，眼睛直直看向万初空。

万初空声音放轻："因为我也是那么过来的。"

没有人会为了不热爱的事业把一盘没有味道的面条吃得津津有味，祁迹早就给过他答案。

祁迹却点头肯定道："嗯，你很喜欢演戏，也很有天赋……那个，虽然现在说好像不太合适，但我真的很喜欢《蝉时》，看过好多遍。"

万初空面对这样的祁迹突然说不出话来，他一直以为自己遇到了祁迹，就像遇到一只受伤的小猫，有义务照顾他，但其实猫咪已经把自己照顾得很好。

万初空忍不住开口："要是我们初中认识会变成什么样？"

像那些文章里写的那样，他们在十四五岁时相遇互相治愈彼此。

祁迹忽然一拍手："啊，对了！我们初中确实见过面，在楼梯上！"

"当时的舞蹈老师当面说我没有天赋,我不甘心,所以加大了练习量,结果把脚崴了,整整两周没能去舞室……"

万初空听着听着忽然起身靠近了一些,祁迹一下没了声音。

"怎么不继续说了?"万初空侧头看他,眉眼间充满耐心,他不再恶作剧,专心听祁迹讲自己的经历。

祁迹原本欢快的声音小了一点:"为了图方便,我走了高年级的楼梯,在楼梯上碰到过你……"

祁迹一句话把万初空拉回现实。他们不会在那个时候相识,当时的他们彼此都还有没能迈过去的坎,除了眼前那道墙,他们看不到其他任何东西,注定要在那个狭窄的走廊上擦肩而过。

两个人从包厢出来,大厅内忽然传来一声不小的惊呼。

祁迹下意识转头看,结果被万初空一只手挡住:"帽子都没戴,你现在不怕被拍了?"

祁迹一边戴帽子一边被万初空推着肩膀走出去。

好冷!到外面祁迹的第一反应就是停住,结果和后面的万初空撞上。

祁迹挪开,转头说:"抱歉。"

"你在为什么道歉?"万初空明知故问。

"不小心撞了你?"

他随口说的,没想到万初空回答他:"嗯。"停顿两秒,"我不介意。"

祁迹无话可说。

外面很冷,万初空也看出他很冷,提议把外套给他,祁迹诧异地道:"你里面穿的什么?"

"半袖。"

祁迹道:"按理说你应该比我冷。"

万初空说:"我自愿给你。"

旁边有路人路过,回头看了一眼两个人,祁迹一时间不知道该挡住自己的脸还是万初空的。

"真的不要吗?"万初空跟在祁迹后面走。

祁迹重重摇头,再次加快脚步以示回应。

打到车后,祁迹松了口气,终于肯转头和万初空说话:"车里暖和多了。"

祁迹临下车前,万初空跟他说:"不要把自己搞得太辛苦,注意休息,晚安。"

祁迹略显迟疑地回道:"好的,你也……晚安。"

万初空看出他的疑惑,给他答案:"我怕你又累得哭鼻子。"

"……不会的!"

第五章
热心市民万先生

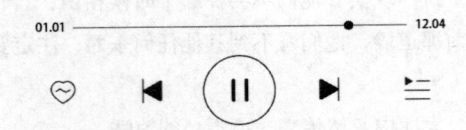

01.01 ———————●———— 12.04

01.

尽管祁迹早有准备，和万初空出行的事情必然会被人知晓，但没想到会引起这么热烈的讨论。

去剧组探班，晚上一起吃饭，连在路边等车都被人拍到了，仅仅是两道模糊的身影，引起互联网上一番疯狂讨论，希望两个人同台合作的人也越来越多。

祁迹却对现状有些茫然，之前的两年里他都没有受到过这么多关注，少有的几次舞台"出圈"都在两三天后归于平静。再加上苏勉超一个劲跟他说，这年头谁会在乎你的舞台表现力如何、哪个舞蹈动作超高难度，只要人设讨喜、性格有趣，火起来是分分钟的事。

明明前阵子他才和万初空说过自己是喜欢舞台的，现在又忍不住想东想西。再看自己的队友，不知为何，他们对于事不关己的事情尤其热衷，知道两个人单独出去，恨不得放鞭炮告诉所有人——瞧一瞧看一看我们家祁迹也不是"社交废物"！

祁迹不理解，祁迹不明白。

任斯对此的解释是："队里大家都这么熟悉了，你和万初空就不一样了。"继而拍了拍他的肩膀，"习惯就好，你俩不认识的时候不就有人觉得你俩很合适当朋友？"

之后祁迹越发像鸵鸟了，埋头于工作之中，等回过神连工作都已经告一段落，他只能窝在家里继续当鸵鸟。

但是窝还没焐热乎，万初空就给他打电话约他出来。

祁迹接到电话的那一刻从床上一跃而起，只听电话里万初空说："你应该已经回来了吧?"

祁迹当然不能撒谎。万葵娱乐什么都可能出错,唯独行程表从来没出过错,连艺人没活动的日子都会特别标注出来。

万初空也从不掩藏自己关注他的事实,他这般光明正大,祁迹都不好意思问为什么。

等祁迹挑好衣服下楼已经是半小时后的事情,万初空等在外面,旁边还站着一个和他神似的小豆丁。

乔启锐看到他,立刻扬起大大的笑脸:"祁迹哥哥!"

祁迹想到自己方才在电话里问万初空在外面干什么,对方一本正经回答"遛弟弟",也不知道弟弟本人听见没有。

祁迹没想到他还记得自己名字,连忙低下身打招呼:"你好啊。"

"哥哥好。"乔启锐用那张和万初空有几分相像的稚气小脸摆出分外灿烂的笑容。

祁迹抬头看了看万初空又看了看弟弟,好像还是缩小版的更可爱。

万初空似乎猜出他心中所想,横插进两个人中间,打断这场友好会面。

"不好意思,他突然说要去公园找朋友。"

祁迹闻言点了点头:"那好啊,我们现在过去?"

"公园在我住的地方。"

那岂不是很远?祁迹犹豫一下:"要现在过去吗?"

"你有时间吗?可能一天都要陪小孩。"万初空说着看了看旁边的弟弟,又转头看向他。

两个人有明显的身高差距,万初空垂着眼,眸色很深,比眼睛颜色还深的是睫毛,眼下出现一片不均衡的阴影。

祁迹当然边点头边回答:"我这几天都没有什么事做。"把自己的老底都抖出来了。

果然万初空露出一个恬淡的微笑:"那就好。"

乔启锐站在一旁安静地听两个人说话,眼睛不住往祁迹身上瞥。

等到了车上,乔启锐自然而然坐在车后座,不好让小孩子一个人坐着,祁迹也跟着坐到后面。

"哥哥不坐在前面吗?"乔启锐问。

祁迹问:"你自己一个人可以吗?"

乔启锐转头问万初空:"哥,你自己一个人可以吗?"

祁迹愣住,万初空则面色坦然地回答:"可以,你乖一点。"乔启锐再次朝祁迹露出笑容。

于是祁迹没有挪位置,只觉得兄弟俩的相处模式有些奇怪又说不出是哪里奇怪。

路上万初空说自己的戏份杀青了，接下来除了已经定下的活动和广告拍摄，十一月前都不会有什么事，转而问祁迹："你呢？"

祁迹老老实实回答："还是跟着团队的行程走，没什么太大变化。"心说你明明知道的，不然也不会抓我抓得这么准。说起来他到底为什么要陪着兄弟俩出来啊，他们是一家人，那他呢？祁迹后知后觉想到这个问题，但没纠结多久就睡着了。

他昨天中午到的家，回来第一件事不是补觉，而是把早就想看却没时间看的电影看完，导致今天有些睡眠不足。

祁迹睡觉很安静，头侧在一边随着车子轻轻晃动，好似完全不会突然惊醒。

乔启锐忽然朝着前面说："哥，你今晚在家里住吗？"

前面静了几秒钟，随即答道："嗯。"

乔启锐闻言又侧头看了看祁迹。乔启锐觉得他哥和这个人关系很好，而且不是普通的朋友。他哥的朋友很少，他哥不会特意给别人打电话询问对方忙不忙；也不会为了见一个普通朋友问他可不可以多一个人陪自己；更不会主动留在家里，除非是妈妈开口要求了。

车子快开到地方祁迹也醒了，转头往窗外看，这比自己住的地方还偏僻，远处山叠着山，是一眼望不到头的翠绿。

车子开进车库，祁迹下车了，乔启锐忽然和他哥说："哥，我想吃冰激凌。"

现在已经十月份了，外面天气不算暖和，万初空看着他，在男孩改口前说道："吃点别的。"

乔启锐仿佛习以为常："那吃巧克力。"

万初空再次拒绝他："妈不让你吃糖。"

一连说了三样，终于有一样得到万初空的同意。从停车场上去旁边正好有一家超市，祁迹和乔启锐在外面等，万初空一个人进去。

"哥哥，你和我哥关系好吗？"乔启锐忽然转头问他。

祁迹眨了眨眼："我和你哥哥是朋友。"

"那就是关系很好的朋友？"

祁迹停顿一下还是点点头，是吧？应该是吧。

他不知道如何定义两个人的关系，上一次面对小孩不敢确定是因为和万初空没有那么熟，这一次却是因为两个人熟络的速度过于迅速。

他还沉浸在自己的想法中，万初空已经从超市出来，一手提着袋子，另外一只手落在他头顶。

祁迹感觉出脑袋上有东西，伸手摸了摸，摸到万初空的手指后又摸到一个盒状物，拿下来看是布丁。

万初空说："不客气。"

祁迹："……谢谢。"顺序完全颠倒过来了。

转头见万初空把塑料袋递到自己弟弟手里："自己拿。"

"噢。"

到底是小孩子，进了小区立刻着急找朋友，一路连跑带走，甩了两个人好长一段距离。

祁迹问旁边的人："不追上去吗？"

万初空则回答："他丢不了。"

祁迹不知道该说什么。他是第一次来这里，离衡景真的很远，开车都要将近一小时，还比市里冷很多。

有乔启锐在前面带路，他们很快进了一个公园，说是公园不确切，简直是个小型游乐园，什么运动器材都有，还专门安置了防护栏。

乔启锐的朋友有好几个，显然已经等了有一会儿，一见到男孩就上前叫他的名字。几个小孩都认识万初空，一口一个"万哥"。

祁迹瞬间想到最初两人的论坛帖，里面说万初空很适合当大佬，现在看来真的很合适，连称呼都合适，他忍不住笑。

万初空问他笑什么，他笑够了，眼睛还弯着叫了一声："万哥。"

万初空微微一顿，似乎也想到什么，意有所指道："我倒是不介意你这么叫我。"

祁迹连忙摇头，不敢开玩笑了。

他今天特意找了一身搭配，是之前活动的造型，一侧的头发被夹子夹住了，露出精巧的侧脸。

万初空忽然说："你和我弟弟很像。"

"……哪里像？"他和一个七岁的小孩能有什么相像的地方！

"眼睛和耳朵。"万初空并没有说完整，祁迹的眼神像小孩子才会有的，总闪着澄澈的光，好像给他一颗糖他就会还给自己两颗，"他一说谎脸就会红，你好像也会脸红。"

祁迹也想知道为什么！但现在又没有镜子，无法验证对方说的话是真是假。

乔启锐一下子就跑没影儿了，万初空说："一直待在外面太冷了，先去我家坐坐吧？"

祁迹压根没想到这方面，实打实呆住了："那你弟弟怎么办？"

万初空用理所当然的语气说道："你认为他不知道我家在哪里吗？放心好了，他经常来，认识路。"

"不是说要陪你弟弟玩吗？"

万初空看着他，认真地说："我觉得他更喜欢和同龄人玩，你觉得呢？"

祁迹干巴巴地说道："我觉得也是。"所以到底为什么叫他出来啊！

02.

万初空住的地方装修风格偏中式，和祁迹想象中有很大差别，客厅的正中位置还挂着一幅山水画，沙发两边则做了镂空的隔断屏风。

祁迹面对新环境有些小心翼翼，刚进门时甚至忘记换鞋，踏进半步又缩回来。万初空则表示："没关系，乔启锐经常不换鞋就跑进来。"

祁迹怎么都想不明白自己为什么会和万初空七岁的弟弟画上等号。

男人从鞋柜里拿出一双拖鞋，绵绵的鞋面上是一只脸蛋粉粉的小鸭子。

连祁迹都察觉到不对，忍不住问："这是你平时会穿的拖鞋吗？"

"不是。"万初空说。

他猜也不是，拖鞋穿在脚上，万初空竟还看了看说："好像大了点？"

祁迹此刻很想问对方，不会是特意给自己准备的拖鞋吧，又怕万初空回答不是，那就太尴尬了。

"进来吧，到客厅坐，遥控器在茶几下面，想看可以自己拿。"万初空一边说着一边把饮水机的加热开关打开，然后又把手里的购物袋放在客厅茶几上，转身走进厨房。

祁迹看他打开冰箱，其中一层放着很多盒装牛奶，再下面竟然是之前在他家喝过的白葡萄汁。

"那个好喝吗？"祁迹忍不住指了指男人手上拿着的果汁。

万初空看了看手里的饮料又看看站在沙发一侧迟迟不肯坐下的祁迹，弯了下嘴角回答："好喝。"

祁迹果然笑起来，在旁人看来乖巧的笑容，在万初空眼里傻乎乎的。

因此万初空故意走过去把果汁递到他面前，贴到他手边问："有点凉，你要喝吗？"

祁迹接了过去，点点头。

万初空再度看他的眼睛说："你今天戴美瞳了。"

"嗯，因为你说要出去。"

祁迹回答完才后知后觉，是哦，他是戴了，特意找了一对不太明显的棕色隐形戴，结果还是被万初空发现了。

祁迹有些心虚，把视线移开，错过万初空眼底的探究。他把情绪完全写在脸上，只留最重要的部分隐匿；万初空则与他相反，大部分情绪都掩藏在温和的外表下，只有一小部分肯向人透露。

正好这时水烧开了，万初空去接水，转身和祁迹说："你不要一直站着，沙发是用来坐的。"

祁迹坐下来以后四处看了看客厅的装潢。

万初空说:"是不是看着很沉闷?是我妈喜欢的风格,衡景那边也是差不多的布置。"

祁迹说不上来,万初空也没有想要他的答案,接完水后径直走过来,和祁迹坐在同一侧。

"我妈和继父都很忙,家里只有保姆照顾弟弟,他很黏我,寒暑假会来这里住几天,我忙的时候他就去楼下玩,在这边交了几个朋友。"万初空说着喝了一口杯里的水。

祁迹自始至终都看着他,看他面不改色吞掉那口水忍不住开口:"要是烫的话,不如吐吐舌头吧?"

他提议的语气很诚恳,万初空把杯子平稳放在茶几上:"还好,没有很烫。"

祁迹觉得对方有时候真的很像小孩子,需要人哄着劝着,恰巧自己有的是耐心和好脾气。

"还是凉一凉再喝吧,我觉得还挺烫的,万一真的烫到就不好了。"

"你不问问我吗?"万初空说。

"嗯?什么?"

"拖鞋和果汁……"连薯片都是他特意买的,他早有准备的,祁迹却像什么都没看见一样。但是他还没说完话,祁迹的手机忽然响了。

万初空下意识伸手摸了摸自己已经静音的手机,祁迹说了声"抱歉"把电话接通了。

万初空终于肯把情绪显现在脸上,他现在很不愉快,通过祁迹的话,他能隐约猜到对方现在想约祁迹出去玩。

祁迹拒绝的话还没说出口,旁边万初空突然问:"是你那个发小吗?"

这下不仅祁迹顿住,连电话另一端的苏勉超都顿住。

苏勉超问:"你和万初空在一块?"

祁迹心里一惊,但阻止已经来不及了,苏勉超嘴快道:"行啊你,已经掌握住'流量密码'啦?那不打扰了,改天再约哈。"

祁迹不知道万初空听没听到又听到多少,电话挂断以后,万初空的表情还挺平静的。

几秒钟后,万初空做了一个匪夷所思的举动,他把购物袋里芥末味的薯片拿出来,拆开,递到祁迹面前。

这是对他的惩罚吗?

祁迹伸手拿了一片,在万初空的视线下咬碎一半,怕掉在沙发上,还特意用另外一只手接着。

万初空也从里面拿了一片吃,祁迹终于大胆猜测他心情似乎不是很好,但自己又没有做什么事情惹到他……该不会他是听到苏勉超的话了吧,那就难怪了,任谁被说成"流量密码"都不好受,况且万初空身为演员,本不需要和他有所牵扯。

祁迹想到这里再去看万初空:"对不起……"

"你真的没注意到吗?"

两个人同时开口又同时停下。房门在此刻被敲响,万初空起身去开门,并且和祁迹说:"一会儿再说。"

祁迹连忙点点头。

乔启锐站在门外,声音还挺大地说:"哥,我今天想在朋友家住!"

万初空看了客厅傻傻坐着等他的祁迹一眼:"不行,晚饭之前我们回去。"

乔启锐往屋子里面看,祁迹瞬间领会,站起身说:"一会儿我自己回去就好了,你们不要考虑我。"

万初空微微皱眉:"这怎么可以?"

"那哥哥今天也在这儿住呢?"乔启锐忽然道。

祁迹愣住了,想等万初空说点什么,谁料到万初空也突然看向他。

"嗯……还是不打扰你们,我自己就能回去。"

"我开车送你。"万初空开口。

乔启锐不解地看过去,万初空却对他说:"你和朋友说好了?那我送你过去。"随即转头跟祁迹说:"冰箱里有水果,你想吃什么就自己拿,我马上回来。"

电梯一点一点往下降,见万初空一句话不说,乔启锐憋不住了:"你不想要祁迹哥哥留下来吗?"

"乔启锐。"万初空叫弟弟的大名,随即道,"你乖一点。"

乔启锐抿了抿嘴巴:"把他留下来不好吗?房鸣想要我留下就会直接说。"

"房鸣是谁?"

乔启锐一副"你怎么这样"的表情:"我朋友啊,就那个胖胖的男孩。"

万初空说:"嗯,我知道了。"

乔启锐幽幽地道:"哥,你根本没想起来是谁吧?"

万初空没回答。

乔启锐低下头看自己脚尖,过一会儿说:"你不想把他留下来吗?"

万初空不明白这个同母异父的弟弟为什么会喜欢黏着自己,或者说他最开始是知道的。

万灵拴不住他,自从有了乔启锐后,她就常常向小孩灌输要跟紧你哥哥的思想,这就导致男孩有很长一段时间黏着他。

但是现在已经不需要了,他已经从那个家脱离出来。

"可是他不愿意。"

电梯门开了,万初空回答。

祁迹把万初空给他的布丁吃掉了，然后又拿了两片薯片。

他不喜欢芥末味，放在嘴巴里舌尖都辣辣呛呛的，但吃了几片后觉得还可以，也没有那么难以忍受。

万初空好像一直误以为他喜欢吃，归根究底是他嫌麻烦没有跟对方解释的错。

祁迹停下咀嚼，抬腿看了看自己脚上的鸭鸭拖鞋又看了看桌上的薯片，忽然非常想自作多情一下。

这些会不会是万初空特意给他准备的？祁迹为自己不切实际的想法不好意思地笑了笑，伸手把葡萄汁拿在手里，玻璃瓶冰冰凉凉的。他眨了眨眼，刻意忽略指尖的冰凉，蜷缩手指。

如果是真的，那万初空对自己未免太好了一点！

等万初空回来，祁迹已经把薯片吃得差不多，万初空问他："这么喜欢吃吗？明明味道怪怪的。"

祁迹看向他："味道怪的话为什么还要买？"

万初空抬起眼，直视他投来的目光："你不是喜欢吃吗？"

外面的天是淡蓝淡蓝的，星星还没高挂，月亮已经露脸。

两个人没有在万初空家里待多久，祁迹再三说可以自己回去，万初空只回他三个字："我送你。"

最后祁迹妥协，上车后还嘀嘀咕咕："来回要两个小时呢。"

"你是不是忘了自己本来就是被我拖出来的？"万初空看他扣上安全带，"你脾气会不会太好了点？"

祁迹扣好安全带，扭头面对车窗小声说："那也是我自愿的。"

万初空的动作一顿，忽然打开顶灯，橙黄色染上发梢，祁迹回过头，灯光把两个人的脸照得清晰。

"其实刚才喝水被烫到了。"他说着朝祁迹吐出舌头。

祁迹一下蒙了。

主题帖：有关祁迹、万初空，谁能告诉我发生了什么？

【1楼】怎么我睡醒一觉天都变了？！那帮造谣的粉丝怎么又在抽奖？还有他们口中的小男孩是谁啊？

【2楼】传下去，两个人初中就认识。

【3楼】传下去，高中一直保持联系。

【4楼】传下去，小男孩是万初空的弟弟。

【5楼】楼上不用这么诚实。

【7楼】更好奇楼主睡的是哪国的觉？这都晚上八点了才醒？

【11楼】首页关于这两人的消息过多。

【12楼】没办法，半年前那个论坛帖太火了，两家粉丝好不容易把风头压下去，现在又火起来了。

【15楼】所以那个打马赛克的小男孩到底是怎么回事？

【16楼】就是两个人又被拍到了，这次还连带着万初空的弟弟也被拍了。

【17楼】他俩真这么熟了啊，我还以为又是瞎说的呢。

【20楼】可是万初空的弟弟不是圈内人啊，就这么被拍了真的好吗？经过人家同意了吗？而且他俩最近互动过于频繁了……

【21楼】是不是公司为了热度刻意安排？

【30楼】前面那两位，能不能别乱猜？微博还不够你们讨论的吗？还要跑论坛来，让人觉得晦气。

【35楼】他俩怎么总是被拍到？

【36楼】因为有热度啊，白来的热度为什么不用，现在正是这帮凑热闹的网友最有热情的时候，盯他俩的人多得是。

【37楼】被前面的话伤了心。

【38楼】那说点更让人伤心的吧，这两人到现在还没有关注对方。

【39楼】真的吗？

【40楼】真的吗？

【41楼】特意去看了一眼，还真是。

【42楼】我又有点恍惚，他俩到底熟不熟？

【43楼】要真是配合公司宣传那也敬业一点吧，好歹关注一下对方啊！

【50楼】嗯，看了一圈下来更相信他俩关系很好了怎么办？照片虽然有马赛克，但很明显是在便利店门口，很生活化的一幕，就……好温馨啊，我要是有个朋友不嫌麻烦地和我一起陪弟弟妹妹玩，我会很开心的。

【51楼】楼上的姐妹好会讲话。

【52楼】不关注对方可能真就是无所谓网上怎么看吧，毕竟两个人碰面都是在私底下，除了万初空自己主动提到的那一次……

【54楼】我发现万初空这个人也蛮奇特的，杂志上说他温和有礼之类的在我看来都太假了，他在一些采访里其实很敢说话，我有点看不透他。

【55楼】对对，我也有这种感觉。而且祁迹也不傻，出道都三年了，谁对他好他心里不清楚吗？他能和万初空走那么近，一定是相处得很好。

【59楼】你们怎么都这么会说啊,教教我这个笨蛋吧。

【60楼】教教我!

03.

祁迹还不知道网络上正在热火朝天地议论他们两个人,万初空突如其来的举动令他没办法不在意。

祁迹经历了多梦的一个晚上,那些画面好不容易消失在脑海,经纪人一个电话打过来让他蓦然醒来。

天还未全亮,祁迹整个人昏昏沉沉的,接了电话后还以为临时有工作,经纪人却说:"你还在睡觉?"

祁迹把手机拿到眼前确认时间,早上六点十五分,这个时间不睡觉还能干什么?

"你昨天晚上没看到网上……哦,对了,忘记你不看那些东西,那就算了,你八成不知道。"经纪人在电话那边打哑谜,最后竟然说,"那没事了,你睡你的。"

祁迹问:"是出什么事了吗?"

经纪人直言:"嗯,夏伍昨天和人出去被拍到了。"

祁迹知道事情不可能这么简单,安静地等着下文。

"同行的是个女生。"经纪人的语气中听不出喜怒,"夏伍交朋友的事情你知道吗?"

电话挂断以后祁迹还有点蒙,经纪人所谓的"交朋友"肯定不只是字面意思,回想付霜和林杉跟自己说过的话,以及夏伍近期确实经常接打电话……

祁迹点开微博的那一刻心里也确认——夏伍谈恋爱了。

果然热搜上挂着夏伍的大名,紧跟在后的女生名字也很熟悉,正是石夏蕊那个团的成员。祁迹记得他们只见过两次面,第一次是某个打歌平台,第二次就是综艺里。两个人究竟是什么时候接触上的?

照片是凌晨爆出来的,已经被各大微博营销号转了个遍,祁迹随便点开一条就能看到全部的图片,以及下面的评论,谩骂之余还有人调侃,说这不是与祁迹和万初空一样的炒作模式吗?压根没交集的两个人实际上早就有所联系,只不过这对是情侣。

下方有人在评论区回复:

·这也能对标?

·粉丝没必要拉"睡6"共沉沦,本质还是不一样的,"睡6"只是认识个演员朋友而已,你哥哥姐姐可是真谈恋爱了啊。

一连几条评论看下来，祁迹迅速关掉了软件，切换到微信。群里一点动静都没有，夏伍没出来解释，成员们也没有问，上一条消息还是前天晚上付霜发的游戏链接。

因为已经没有困意，祁迹索性早早起床。

万葵娱乐在下午给出声明，声称夏伍和那个女生两个人只是朋友，评论区骂声一片，公司迫于压力最后以暂时暂停夏伍的全部活动告终。

偶像不可以谈恋爱。这一点在正式出道前祁迹就知道了。相比和他人产生亲密关系，祁迹更希望在练舞室多待一会儿。他这个人比较被动，就算是以前，还没有特别害怕生人的时候，也不会主动接触外界。

夏伍这是明知不可为而为之。

祁迹看着突然跳出的对话框，最终还是点开了。

万初空："七七变胖了。"

发来的图片上是翘着尾巴吃饭的奶牛猫，确实比之前胖了些。祁迹瞬间想到自己昨天去万初空的住所，那里没有猫，想必这只是和其他两只猫一起养在妈妈家里。

祁迹想回些什么，窝在沙发上好一会儿，直到对面再次发来几张图片。

祁迹："它圆滚滚的！"看着自己发过去的文字，他最终长长叹出一口气把头往手机上撞。

夏伍的事情大家心知肚明谁都没有提起，在他不能出席活动期间，队内的位置发生变化，祁迹最近的热度几乎和邱亦、付霜平齐，微博粉丝数更是狂涨。

林杉虽然和付霜三天一小吵，对祁迹却没什么意见，而且队内的秩序都是任斯和祁迹在维持，队员除了听任斯的话，还蛮听祁迹的话。除了邱亦。

邱亦这阵子常常独自参加活动，连公司都有点管控不住。经纪人直接在几个人面前提了这件事，邱亦说："好的，我会平衡好。"

林杉一副看热闹的模样，私下里还跟任斯说："我们团是不是要完蛋了？"

任斯让他闭上那张乌鸦嘴，但主要是怕经纪人听见。

夏伍出了这种事，群里再也没有人发过言，祁迹简直怀疑除了他，其他人都知道夏伍恋爱了。

在卫生间洗手时，他问旁边的邱亦："你和付霜在闹什么矛盾？"

邱亦回答："我和他之间没有矛盾。"

"连话都不说了还不算矛盾吗？"祁迹转过身，没想到邱亦在门外等他，顿时站住了。

邱亦几乎很少笑，这时候却勾起嘴角来："只是装笑装得有点累了。"

祁迹一下怔住。

邱亦又恢复面无表情："话还是会讲的，但是他和我本来就没有跟你那么熟。"

祁迹道："果然还是闹矛盾了吧？"

邱亦一哽，简直没办法和祁迹正常交流："没有。"

"倒是你，夏伍交女朋友的事很明显，稍微留心就会发现，只是没人会闲到出去乱说，你没注意到是不是注意力在别的地方？"邱亦只是随口说了一句，没想到祁迹一副"你怎么知道"的表情。

出来以后，祁迹走在前面，邱亦在他身后跟着，难免给对方打上"没长进"的标签，三年前祁迹是什么样子现在依旧什么样子，明明周围的大家都变了，只有祁迹没有变。

他对熟悉的人太没有防备，这样的性格不适合出现在娱乐圈，偏偏除了性格不合适，祁迹样样都适合站在舞台上。邱亦侧过头，看窗外枯叶已经落了满地，竟然还有几抹绿色固执地挂在树梢。

会和万初空出席一个活动是祁迹早就知道的，只是没想到万初空会特意来找他，而且是在下台之后立刻来找。

万初空丝毫不顾忌他人目光，但见祁迹躲躲藏藏，就把他引到鲜少有人经过的拐角处，并准确无误地讲出："你是故意很迟才回我消息吗？"

没想到对方这么开门见山，祁迹瞬间僵硬："没有啊，最近我都有工作。"这是实话，他的单人活动多了起来，连看猫猫视频的时间都骤然减半。

万初空说："是吗？"

祁迹心虚道："是啊。"

"那为什么总是'正在输入中'？"

祁迹一开始还没反应过来，眼睛胡乱眨了下，随后才说："……你不要盯着那个看，那个不准的，我可能是在回工作消息。"

"却不回我的消息。"

祁迹小声道："……对不起。"

"我吓到你了吗？"万初空忽然一改强硬的态度，轻声询问道。

大概是男人的语气变得柔和，祁迹忍不住抬眸看。他是知道万初空长得好看，不然不会单凭一张机场照片就吸引无数粉丝，只不过现在那张人人称赞英俊的脸就在自己眼前。最后祁迹还是心软道："我下次会按时回消息的。"

"我发过去就立刻回？"

"……我争取吧。"

"信你一回。"

04.

"晚上一起回去，我等你。"仿佛没看到祁迹手足无措的神情，万初空继续说着。

祁迹拒绝的话卡在喉咙里。

"回答呢？"万初空低下头询问，"可以还是不可以？"

祁迹胡乱点点头。

万初空指了指外面："那这次我在台下看你表演。"

祁迹还是点头，简直像是形成了刻板动作，只晓得点头。

万初空似乎对他的反应很满意，还特意勾起唇角冲他笑了笑。

祁迹这回真的是脑袋一团糨糊，完全不知道自己答应了什么，这又不是在本市，他和万初空根本没必要一起回去。主办方给参演人员订了酒店，他不和团里成员一起回去，却要和万初空一起，肯定会被粉丝说三道四。

音乐响起的那一刻，光芒落在舞台正中央，台下坐满了人，祁迹全身心投入在舞台当中。

直到灯光暗下去，汗水顺着颌骨缓缓下滑，他的气息还不匀，目光已经在四处搜寻，和成员下台的同时朝嘉宾席看去——他在找万初空。

两个人四目相对以后，万初空忽然低下头。祁迹看不到他的表情，神情有些疑惑，但也只能往台下走去。说好了要看他的，应该看了吧？自己刚才应该跳得还不错，唱歌也没有破音。

演出结束后，成员们都准备回酒店了，祁迹默默举起一只手："那个我……"

他话还没说出口，万初空已经出现在外面。这场活动总共要办两天，Lullaby6 两天都有演出，万初空只参加第一天的，按理说可以走人了，现在却在这里等祁迹。

经纪人咳嗽一声，无奈地说："注意时间，不要太晚回酒店。"

付霜一副有话讲的样子，却被任斯按住，邱亦则抬眸看了看站在不远处的万初空，又看祁迹。

得到经纪人的首肯，祁迹非但没松口气，反而更加提心吊胆。等其他人都走了以后，他才去找万初空，问万初空也和自己住同一个酒店吗，万初空点头说自己明天下午才走，而后问他："你在队里和谁关系最好？是那个叫付霜的吗？"

祁迹愣住。

万初空侧过头看他，神色一如既往地坦然："这次住酒店你和谁一间房？"

"……付霜。"

万初空一副若有所思的模样，祁迹忍不住问："你是怎么知道的？是又在网上看了什么吗？"

"没有。"万初空说,"我问了我外甥女。"

祁迹属实没想到。

"那上一次在电话里说我是你'互联网挚友'的也是他吗?"

"什、什么?哪一次?"

万初空为什么连那么久以前的事情都记得?原来当时他都听见了!祁迹双手双脚一起发麻,完全不敢直视万初空了。

更要命的是万初空认真解答:"就是第一次要到你电话号码,我为了试一试是不是真的是你,把电话打过去了。"

祁迹试图转移话题,慌乱中扯出个笑脸:"我都给你电话号码了,当然是我本人啊。"

"万一你嫌麻烦给了经纪人的电话怎么办?"

"谁会这么干啊……"祁迹吐槽到一半忽然抬起头,看着万初空分外坦荡的表情,"你该不会这么做过吧?"

万初空坦然承认:"嗯。"他不喜欢有人带着目的主动靠近他,或者说他认为所有主动靠近他的人都怀揣着某种目的。

万初空看着祁迹惊讶和胆怯混杂在一起的神情。

"刚才在台上你是在找我吗?"万初空又问。

祁迹支支吾吾说不出话,最后干脆闭着眼睛承认:"是啊。"

"为什么?"

"因为你说要看我表演的,我就想你到底有没有看……"祁迹说了真话,尽管舞台的灯光闪耀,很多人都为他们而来,都呼喊他们的名字,但在黑暗里他唯独想找到一抹身影,想得到那个身影的认可。

"我在看。"万初空回答他,"一直在看你。"

祁迹的身体瞬间松弛下来,不再紧绷着。

"我得向你坦白一件事!"他突然鼓起勇气说。

万初空有所准备般轻声回道:"嗯,什么?你说吧。"

祁迹说:"我的身高是谎报的,不是182也不是180!其实是179.7……"

久久没有回应。

万初空装不下去,第一次没绷住,说:"谁会在乎。"

05.

祁迹怀疑自己看错了,不然怎么会看到万初空脸上这么明显的无语的表情!

但万初空的表情又不像在作假，他只好小心翼翼继续说："公司都会让我们多报几厘米当作官方数据……"

万初空已经不知道该说什么好，他用手掌在祁迹的脑袋上使劲揉了揉，把他本来打理很好的发型搞得一团乱。

"你是不是故意的？"万初空连语气都变了，颇为用力地咬这几个字。

祁迹抬起头，眼眸依旧澄澈，闪着粼粼的光，真诚地道："我真不是故意隐瞒身高的，是公司让的！"

他在撒谎，刚才到底想和万初空说什么，他心里最清楚，却在临门一脚刹住车。祁迹默默祈祷自己不要被看穿。

万初空直勾勾盯了他几秒，随后说："算了。"

祁迹十分想追问什么算了，表面却只能装傻。

他很刻意地歪了下头："嗯？"

万初空看着他，突然笑了，换上和上一秒截然相反的表情："我是说这没什么，身高是小事，没人会介意那0.1厘米。"

祁迹纠正："是0.3……"

他见万初空本来弯着的嘴角瞬间下落，但很快又调整回最佳状态："总之没人会介意，你不用总想着这件事。"

见话题被自己成功转移，祁迹连连点头："好的。"

两个人抵达酒店，一同进入电梯。

祁迹和万初空在不同的楼层，万初空却不给他机会，直接说："时间还早，不如去我那里坐坐。"

祁迹一只手都伸出来了，听到这话，手臂停在半空中。

万初空看了看祁迹的表情，忽然改口道："我开玩笑的，时间不早了，你回去之后早点睡。"说着按了下祁迹的肩，竟是一个人踏出电梯，转过身目送祁迹。

电梯门在两人面前关闭。

祁迹回到房间，付霜听到开门声立刻弹跳起来，超大声地呼喊："哥！"

祁迹还沉浸在刚才发生的事当中，被付霜吼得吓了一跳。

"你这么激动干什么？"

"是你回来得太晚了。"付霜说着忙凑过来，"怎么样？"

祁迹奇怪道："什么怎么样？"

"你和万初空啊！"付霜一副理所当然的样子，"你俩关系比之前好了很多啊。"

祁迹张了张口，犹豫一下说道："本来一开始我和他见面是挺尴尬的，但接触下来发现他人很好，就是……很值得当朋友。"

付霜把被子当抱枕，全部塞在自己怀里靠着："哥，你们这算一见如故？"

祁迹扶额："算是吧。"

付霜抱紧自己身上那坨被子："哥，你自己有没有发现，你现在比以前开朗了好多？"

祁迹脑袋上冒出问号。付霜把自己埋进去被子里："我嘴笨，说不好，要不然也不会总挨骂了，队长骂我林杉也骂，有时还连累你被粉丝骂……"

祁迹最怕有人跟他认错，不知道如何答复对方，最后只能无奈地笑。

"不要认为我挨骂是你的错，不要把责任揽到自己身上。"祁迹只好说，"错不在你我。"

付霜看着他："你看，就是这样，这些话放在以前你是不会和我说的。"

祁迹小小地思索一下："不对吧？我以前也说过，而且说过很多遍了，是你每次都不肯听。"

付霜才不管这些："反正就是变得不一样了！"

自从遇到万初空，祁迹几乎每时每刻都在经历尴尬，尴尬的次数多了也就不那么尴尬了。

付霜非要这么说也没什么毛病，祁迹配合地点点头，付霜呼出一口气："所以我就想你要是能和万……"

他话还没说完，突然的敲门声就打断了两个人。

两个人对视一眼，祁迹率先站起身，把付霜按回去："忘了何姐说过什么吗？我去开门，你控制你的脾气。"

祁迹走过去询问了两声都没回应，直接打开门，走廊里空无一人。

他平静地回到房间里，付霜面色不豫道："下次我开门，保准他们不敢再敲第二次。"

"还要和之前一样跟他们对骂吗？"祁迹摇摇头，坐下来说，"哪一次管用过？"

付霜说："那不是因为你们都不让我开口吗？"

祁迹终于拿出一点哥哥的派头："老规矩，明天上报给何姐，你不要擅自做主。"

付霜撇了撇嘴，知道即使自己骂了那些人，也不会有任何好结果，只会让那帮跟来酒店的粉丝变本加厉。有的人就是你越搭理他，他越起劲，越觉得你在乎。冷处理是目前的最优法。

解决了这件事，祁迹躺在自己床上，不想再理任何事，结果付霜下一句话就令祁迹不得不理。

"还是给哥你提个醒吧，公司最近有意要你和万初空合作。"

祁迹一下从床上坐起来，付霜还在继续说："看何姐的态度就知道了，之前也有那个意思，但是万初空毕竟不是咱们队里的人，所以没有很明显地表现出来……"

队里人气最高的一直是邱亦和付霜，但最近两个人都没过多交流，邱亦又接了很多单人活动，公司有些管不住人了，就把主意打到近期热度很高的祁迹身上。祁迹作为曾经队内人气最低的存在，自然要比人气第一的人好操控多了。

付霜说："假如你不想这段友谊被公司利用，你俩最好还是疏远些吧。"

祁迹听懂了，付霜这是在提醒自己，他们已经被公司盯上了，愿不愿意配合要看祁迹自己的意愿。

万初空："醒了吗？"

祁迹清早一醒来盯着那三个字看了又看，最终回道："正要起床！"

那边短暂地显示"正在输入中"后再没消息发过来，祁迹这才意识到自己也会盯着那行字看。

没有得到回复，祁迹从床上爬起来。今天的演出要晚上才开始，只要下午到现场就可以，他们有充足的准备时间。

换好衣服把牙刷放进嘴里，祁迹刚起床没多久便听到外面一阵骚动。他一边刷牙一边从卫生间探出半截身子侧耳听，只听到模糊的几个词，语气挺激烈的，分别是"干什么"和"放开我"。

付霜被吵醒了，顶着一头鸡窝头问："外面在吵什么？"

祁迹叼着牙刷含混不清地回："不知道，我去看看……"

他本来只打算看一眼，门刚开一个缝却听到熟悉的声音："早安。"

祁迹看着眼前穿戴整齐的男人，一时间没能反应过来。

万初空半倚着门框，头也跟着靠在上面，微微侧头打量他："睡衣不是小鸭子的。"

祁迹眨了两下眼睛，下意识去扯自己的衣摆："这件穿着很舒服……"

不对！他为什么要解释这个！连忙改口道："你怎么在这里？"

"你不是说要起床吗？正好我还没吃早饭。"万初空说，"一起吃早饭。"

房内付霜问："哥，外面怎么了？"

祁迹这才想起来自己开门的目的，但现在这个已经不重要了！

"那你稍微等下，我还在洗漱……"祁迹意识到自己现在还蛮狼狈，连忙往门后面躲，万初空却已经探进半截肩膀。

"我刚看到有几个女生在你们门前鬼鬼祟祟。"万初空回答付霜的问题，表情平淡至极，仿佛只是叙述一件再正常不过的事情，"我就叫了保安过来，顺便报了警。"

付霜从床上爬起来竖起大拇指。

当晚的演出很精彩，但热搜也只到了第五的位置，万初空一个人的新闻就力压了他们。

点进去一看营销号的标题"知名粉丝被抓，是万初空报的警"评论里一堆人发"哈哈哈"和"热心市民万先生"。

06.

主题帖：那个和狂热粉丝有关的热搜……

【1楼】有一点小小的疑惑，那个霜糖不是追付霜的私生粉吗，怎么跑去追万初空了？这位姐的爱好这么广泛，跨度这么大吗？

【2楼】因为他们都参加了同一场活动住同一个酒店吧。

【3楼】霜糖最近不是喜欢新的偶像了吗？没听说她追哪个演员啊，这次真是活该。

【4楼】或许还有人记得她前阵子骂过和付霜同团的祁迹？会不会和他有关？

【6楼】又是祁迹？拜托这种事别乱说吧！

【7楼】楼上干吗这么凶，不都是猜测吗？

【8楼】霜糖不是第一次跟踪到酒店了，她被付霜骂过好像也被万初空骂过，脸皮是真厚，就这样还照样跟踪私人行程。

【9楼】对哦，她之前就被万初空警告过，当时就是因为她跟踪"睡6"的车吧？

【10楼】只是有人那么猜测，并没有坐实，不要乱说。

【12楼】去围观了下微博，果不其然这人在发疯了，还有说万初空是帮"睡6"报的警，好离谱。

【13楼】那么又该如何解释万初空这一举动？难道真像微博说的那样，他只是充当热心市民，为民除害了？虽然大快人心，但是我不信。

【14楼】我也不信。

【18楼】万初空也是真敢，不怕霜糖记仇发疯吗？她可是出了名的爱发疯。

【19楼】这话说出来都可笑，万初空好端端的为什么要怕一个擅自跟别人行程、打扰人家正常生活的神经病？

【22楼】他还真不怕，万初空家里很有钱的，网上搜索万初空他妈妈的名字都有百度词条，他们家开连锁酒店的，还只是他妈一个人，他继父干什么的不太清楚。

【23楼】他本人从来不提家事，这些都是媒体挖出来的，不一定准吧。

【24楼】准的，你搜下就知道，万初空长得和他妈还挺像的。

【25楼】换成我我也不愿意有人过多打扰我家人，差不多行了，专注作品不好吗？

【30楼】霜糖大姐发微博了！

【31楼】我看到了，真是楼上讲的那样？也太离谱了。

【32楼】估计是气疯了，别管她。

【36楼】我现在脑子里只有四个字，说出来可能会挨骂，我还是不说了吧。

【37楼】什么？

【39楼】友谊万岁？

狂热粉丝的事情，万葵娱乐也配合发了声明，严禁跟踪的行为。有没有用先不说，最起码警告了，这件事便这么过去了。

半个月后夏伍归队，队员们对发生的事闭口不提，反而是他自己提起来，跟他们说："已经分了。"

大家能明显感觉到夏伍回来之后不在状态，有些心不在焉的，但大家都以为过一阵就好了，直到有次排练他接连站错位置，任斯都发飙了，问他在干什么、心里怎么想的。

夏伍忽然把目光投向祁迹，祁迹愣住一瞬，紧接着夏伍态度良好地和大家认错，任斯冷冷看着他，什么都没说。

"对不起，我昨晚没睡好，脑袋确实疼。"夏伍继续说着，朝每个人都露出带着歉意的笑。

中午吃过午饭，祁迹接到家里打来的电话，他到走廊里接电话，还没等叫一声"妈"，对面先开口："你不要再往家里寄钱了！家里哪有那么大开销，你把你自己照顾好，我就烧高香了！"

祁迹已然习惯祁母的口吻，笑了笑说："我过节都没时间回去看你们，可能要年后才……"

"是是是，你这个大明星多忙呢，我是不懂你们那些。不过最近我看你们那个节目，你露脸的时间是不是变长了……"

祁迹："不是跟您说不要看吗？您怎么还是看了？"

"有什么不能看的，我看自己儿子不是天经地义的事吗？"

"可是我在里面很糗啊。"

"你从小不就那样？看着老实巴交的，谁都能欺负一下，实际犟得像头驴，我是拉不回来你。"

祁迹被自己亲妈数落着，不时应一声，再往角落里走走，忽然闻到一股烟味，祁母的话还在耳边响着："……你还是多注意身体，在那边好好照顾自己。"

"嗯，好，我会的。"祁迹又说了两句，直到对面挂断电话。

他看着蹲在地上抽烟的夏伍，夏伍也在看他。

"哥。"夏伍站起来叫了他一声，掸掉身上的烟灰，朝他微一点头。

祁迹说："你什么时候学会抽烟的？"

夏伍看着自己手里的烟头，有些自嘲地笑了一下："我一直就会。"

祁迹还是第一次知道这事。

夏伍看着他："哥，我这一回来好像什么都变了。"

他和祁迹擦肩而过，说："恭喜你啊。"

祁迹在原地站了一会儿，很快回去了。

训练室里的气氛比之前还差，祁迹看向付霜，付霜表示自己也不知道怎么了。他直接跳过邱亦去看林杉，被他忽略的邱亦反而说："夏伍跟经纪人请假了，说自己身体不太舒服。"

祁迹张了张嘴巴，没说自己碰见夏伍的事，只是点了下头。

十一月的天气已经很冷了，排练一结束，祁迹里三层外三层地裹着自己，光是帽子就戴了两顶，三年的老粉丝都很难第一时间把他认出来，祁迹就这么安然无恙地到家了。

万初空的消息在晚上九点钟准时发来，祁迹看他发来"到了"两个字，便自觉去走廊里接人。

万初空带着一身寒气从电梯里走出来，一次性拖鞋已经给他准备好，祁迹问他："你吃饭了吗？"

万初空点了点头，低头看自己的鞋，似乎不那么满意，但没有说什么。

祁迹今天已经很累了，没什么力气地趿拉着小鸭子拖鞋往客厅走，随手从桌上拿起眼镜戴上，打开电视机连接游戏，捣鼓了一会儿把手柄递给万初空。

万初空没有立刻接过去，坐在沙发上抬头和他说："你要是很累就不玩了。"

"可是就差一点点就能通关……"祁迹的手停在半空中，没有收回来的意思。

万初空接过游戏手柄。

游戏在一小时后通关，祁迹看着万初空放在茶几上亮起又熄灭的手机屏幕："不接真的没关系吗？"

这几天万初空一直来他家找他玩，起初祁迹还没有发现，昨天才看到万初空的手机上显示很多通未接来电，联系人只有一个字"妈"。

除了第一次来他家做客，万初空再没有当着他的面接过自己母亲的电话。

"说不定有什么重要的事？"祁迹猜测着。

万初空忽然把手机拿起来放在他耳边："那你来接吧。"

祁迹瞪大眼睛，吓得呼吸都要停止了。

万初空才露出一个微笑："我没接通。"

这阵子祁迹有点摸清万初空的坏心眼了，如果惹他不愉快，他会很快报复回来，但是如果……

"那还是不要接了。"祁迹说着小心翼翼地把男人的手推开，但如果顺着他的意思，他会很快原谅你。

万初空迅速放下手机，伸手去够茶几上的盒装牛奶，拿牛奶的姿势很像拿啤酒，酷酷的。

祁迹忍不住要笑，又怕万初空盯上他，只好偷偷压低嘴角。

"我看到了。"万初空很快出声，"要笑就笑，有什么好躲的？"

祁迹眼睫不安地颤了两下，道："已经很晚了，你要回去了吗？"

万初空狡黠一笑，说："我懂了，游戏通关就不需要我了。"

祁迹闻言连忙道："我没这么说，还有其他游戏想让你陪我玩……"

"那明天我陪你玩。"

祁迹先是点头，随即察觉到不对，听上去怎么那么像他求着万初空来自己家啊！

万初空喝空了那盒牛奶，吸管在底部发出"咝咝"的声响。祁迹又想是不是只有自己见过万初空的这一面，无论是电影还是电视剧，万初空都是在演别人，包括采访里好像都不是他真实的性格。

见祁迹盯着他看，万初空挪到祁迹身旁，两个人的肩膀挨着，他把牛奶的空盒扔进祁迹身边的垃圾桶。

"之前那部戏你为什么接了男三的角色？"祁迹忽然提到这件事。

"我记得和你说过，我在里面演一个过气偶像，是之前没尝试的角色，挺感兴趣的。"万初空回答他，"本来是要我演男主，我和经纪人说那就不接了。"

祁迹点了点头，表示明白。

万初空问："不觉得我很任性吗？"

"这算任性吗？"祁迹说，"只是演自己想演的角色，而且你也演得很好。"

他知道万初空喜欢演戏，从万初空小时候的表现就能看出，单单透过荧屏就可以感受到他演戏时流露出的灵气。

万初空用手机敲了下他的脑袋："你会不会把事情想得太简单了？"

"什么？"这回祁迹不解了。

万初空摇摇头，又坐了一会儿后说："我要走了，不送送我？"

祁迹马上起身，等电梯时，万初空再一次凑过来。

"祁迹。"

"嗯?"祁迹应道。

紧接着他听万初空说:"我也想要小鸭子。"

07.

祁迹默默低头看自己的拖鞋,艰难吐字:"……嗯,行。"

万初空闻言拍拍他:"我开玩笑的,小鸭子拖鞋更适合你。"

谢谢,完全没有被幽默到。

万初空踏进电梯时手里的手机还亮着,祁迹见他始终没有要接听的意思,电梯的门便在两人面前合上了。

第二天的单人采访中祁迹猝不及防被主持人问到和万初空是如何相识的,他下意识去看镜头外的经纪人,这一段在备采间可没有谁跟他提过。

但何姐没有给他任何提示,他只好实话实说:"我们是偶然在朋友聚会上认识的。"

主持人还想更深入地问一下,何姐这才有所动作,朝这边摇了摇头,示意不要说得太多。

主持人改口:"马上就要'双十一'了,不知道有没有机会看到二位在晚会上同台合作?"

她的语气是打趣的,祁迹只能随她笑了笑,礼貌地回答道:"有没有机会不太清楚,但是可以期待一下当晚我们 Lullaby6 的新歌首秀。"

这一段简短采访作为节目彩蛋,每个人都单独录制,被问到的问题也不一样。祁迹一共录了两次,第二遍的问题明显正常许多,问他这么喜欢猫,家里有没有养。

这个问题祁迹之前回答过许多次了,这一次也同样答道:"养猫需要耐心,要有充足的时间陪伴它,我目前还没有能力做到,所以暂时不打算养。"

回去的路上祁迹忍不住问经纪人:"何姐,刚才的采访……"

"你放心好了,不会真的播出来。"何姐说道,"那也太刻意了。"

"那为什么……"祁迹话还没问完,举着相机迎面而来的粉丝让他不得不把问题吞进肚子里。

付霜见他和经纪人说完话,立刻凑过来搭住祁迹的肩膀:"哥你要真想知道,回去我给你解释,现在先别问,万一被别人听到就糟了。"

但回去以后他们就被安排加紧排练,根本没工夫想其他事情。

晚上祁迹拖着疲惫的身体回到家,万初空照例出现在他家。祁迹一整天的精力都被消耗殆尽，万初空看出他的劳累，没有提游戏的事，两个人闲聊了一会儿。

祁迹想到上午采访时记者提出的问题，犹豫下问："下周'双十一'，晚会你也参加吗？"

很多电视台为了营造气氛，节日前一天才肯公布嘉宾名单。

万初空"嗯"了一声。

祁迹有些紧张："是哪个台的节目？"

万初空则问："你很想听我唱歌吗？"

祁迹迟疑了一下，点头违心，摇头大概会被记仇。

他的迟疑就是答案了，万初空看着他说："和你应该不在一个地方……你好像松了口气？"

"没，没有。"

万初空盯他几秒，露出一个微笑："你最好没有。"

他现在在祁迹面前都不怎么伪装自己的性格了，心情好的时候对祁迹笑，心情不好也笑，但是会变本加厉地恶作剧。

祁迹一下就厌了，可他不希望两个人之间的友谊掺杂利益关系，被公司捆绑炒作对万初空太不公平了，至少明面上他不想这样……

祁迹一不小心睡着了，就在沙发上，等他醒过来发现已经躺回自己的床上了，但他实在太困了，根本没办法思考自己是怎么移动过来的。第二天清晨被闹钟叫醒才恍然大悟，他又被万初空半扛半拖回卧室了！

祁迹一脸恍惚，有客人在，他怎么会睡着……

就是坐在保姆车上他都还在思索，直到任斯叫他："祁迹，祁迹！怎么连你都心不在焉的？"

祁迹抬起头，任斯说："叫你好几声了，你愣什么神？"

"嗯，没有。"祁迹掩住自己半边脸，手指弯在唇边，撇开头看窗外，"什么都没有。"

付霜凑到他旁边说："哥，你这样可不太正常。"

祁迹想要反驳又无力反驳，最后沉沉叹了口气，自暴自弃道："你不要管我了。"

等到那段采访播出来，果真如何姐所说片尾的彩蛋并没有采纳第一版内容，而是播了养猫那一段。还不等祁迹缓一口气，付霜捧着手机凑到他跟前："喏，你看就是这样。"

当时已经是晚上了，祁迹接过手机看到屏幕左上角那张模糊得不能再模糊的小图片，立刻认出论坛的版面。

"……你要我看什么？"如果是网络文章，那他已经看够了！

付霜指了指其中一条，祁迹这才看到上面的内容：朋友是实习记者，"瞌睡团"采访的时候她也在场，关于片尾的那个彩蛋，她跟我说采访"7宝"的时候明明问到万初空了，不知道为什么没放出来……

下面则是几张聊天记录的截图，大致说了主持人当时问的问题，还讲了祁迹的反应——他当时特别无措地看向镜头外，一下就慌了，估计也没想到主持人会突然提到万初空吧。

祁迹抬起头茫然地看着付霜，付霜点了下头："嗯，不用怀疑，是公司准备的。"

祁迹其实是知道这些套路的，公司花钱请人在各大平台发一些模棱两可的爆料，自然会有人闻声赶来。只是他这两年和谁都联系不到一起，没人在他身上费这个工夫，祁迹自然也就忘记还有这种操作。

果不其然，评论都是在问为什么不放出来，是生怕他们知道吗，劝万葵娱乐速速放弃挣扎。

付霜拍了拍祁迹的肩膀，一副过来人的模样："哥，你要习惯。"

祁迹难以形容自己此刻的心情。

这天照例排练到很晚，他不知道怎么面对万初空，对方那么关注网络，说不定已经看到了，这种路数只能骗骗圈外人，万初空一定一眼就能看出其中蹊跷。

祁迹干脆在聊天软件上和万初空说自己很忙很累，先提早休息了，发完还不忘补一个猫猫表情包。

结果他一语成谶，接下来几天都很忙碌，祁迹干脆连家都不回了。

一直到"双十一"购物节前一晚，网上那段采访被"泄露"了出来，在此之前采访的文字版已经传得满天飞，粉丝们当然是欢欢喜喜地喊话公司赶紧让两个人合作起来。如果说之前只是一小部分人在起哄，现在就是大部分人都心怀期待。

而更令祁迹绝望的是，他当天才在队友口中听说万初空和他们参加同一个电视台的晚会。

祁迹这几天都很忙，之前问万初空也得到了应该不会同台的答案，根本没留意这场晚会还有谁。

万初空这次作为嘉宾不需要上台唱歌，彩排没有露面，祁迹没有见到他，更不会想两个人遇到的可能。

任斯见祁迹听到万初空的名字后整个人都如遭了雷劈，试探地问了句："怎么？你俩闹掰了？"

林杉笑出声，一旁的夏伍闻言抬头看了祁迹一眼，神色有些复杂。

祁迹摇头说："没有，只是……"只是什么呢，他也说不出来。

"双十一"当天，祁迹在第二场彩排时看到在台下同陈胜航说话的万初空。他很久没见过陈胜航了，差点忘记万初空在娱乐圈还是有朋友的……

彩排结束后，祁迹气还没喘匀，万初空突然朝他招招手。

祁迹顿住。

陈胜航道："你逗狗呢？"

万初空瞥了陈胜航一眼，陈胜航噤声了。

祁迹向他们走过来，陈胜航自觉走远了一些，却还是转头看着两个人。

万初空仰头看祁迹，祁迹只能蹲下身："怎么了吗？"

话刚问出口，万初空递给他一瓶水。祁迹愣了愣："我不渴……"他一边说着一边瞄周围人的反应。

"看他们做什么？"万初空轻易识破了。

祁迹这下更不敢看了，忙道："我这边已经结束了，等到后面再……"

万初空上手要拽他，但祁迹反应更快一些，立刻站起来退后两步。

灯光都聚集在舞台上，边缘处笼罩的暗色更多，祁迹看万初空的神色微微变冷，瞬间什么都忘了，又走回原位，主动把手伸过去。

"这是做什么？我没有要跟你握手。"

虽然周围的人视线不在两个人身上，但明显耳朵都竖起来了。

万初空接着说："到后面去就能随便说话了？"

祁迹艰难道："好歹是艺人，还是注意下场合吧……"

万初空终于肯露出一点笑意："那我在我的休息室等你。"

祁迹回到后台，迎面碰到去卫生间的队长，任斯随口道："哟，解释清楚和好了？"

祁迹有些无奈，他只是不自在，大家都默认自己和万初空很熟悉了，公司想要对这个关系加以利用，这让两个人的友谊就变得没那么纯粹。

但他也不能很严肃地反驳，闹得好像他和万初空真有什么不可告人的秘密一样。

到了万初空所在的休息室，祁迹本来以为还有别人，结果只有万初空一个人。他左右看看，想问陈胜航去哪里了。

万初空似乎看出他的想法："我叫他没事就不要回来了。"

祁迹能感觉到万初空心情不好，不由得退后一步，万初空走过来他还有点紧张，但他只是路过，往门的方向走去。

祁迹愣了下，眼看着万初空把门关上。

08.

休息室里一片寂静，祁迹还没来得及说话，万初空直接把他拽了过去。

祁迹瞪大双眼看着万初空。

万初空与他对视，丝毫不觉得自己的行为有什么不对，甚至反问对方："怎么了吗？"

"公……公共场合……"祁迹一开口结结巴巴。万初空的长相十分英俊，不笑时表情就显得冷硬，鼻梁一侧那颗淡色的小痣稍稍中和了这份疏离。即便是没什么表情地看着人，这样近的距离，也牢牢捕获对方的视线。

万初空说："我看你队友都会搭你的肩膀，和你有说有笑。"

"你又是在哪里看到的……"祁迹瑟缩着肩膀像只露出飞机耳的猫。

十一月天气非常冷了，为了演出效果，他们都不能穿过厚的衣服，即便室内有空调祁迹的皮肤也红了，却不知道是因为冷还是因为热。

"你的后援会发了图。"万初空说着，"既然是你的后援会，不该只发你一个人吗？"

"有时候靠得太近很难把其他人P下去。"祁迹解释完发现还不如不解释。

"那你们的关系看起来不错嘛。"万初空说着竟是掏出手机，祁迹看到屏幕的一角已经裂出一条缝，显出蛛网一般的纹路。

万初空有微博小号这件事，祁迹一早就有猜测，但还是第一次真正看到，而且他看见首页全部是自己的照片，万初空还关注了他的个人应援站……

万初空给祁迹看后援会发的图，祁迹认出是那天采访后付霜搭着他的肩膀说话。

"因为当时录了两版，我想问何姐……问经纪人是怎么回事。付霜想给我解答，就顺便搭了下我肩膀……"

祁迹进门时万初空并没有开休息室的灯，只有化妆台前的补光灯亮得透彻，门一关上走廊的明亮被隔绝，屋子里只剩一层朦胧的光。

"你应该也看到那个采访了，我们公司有意想要我们合作，或者不合作也可以，只要有热度就好了。"祁迹说，"如果我们私下接触被人看到又会引起误会……"

"误会什么？"万初空却打断了他，他的耐心用尽了，头微微低下，发梢的阴影投映在脸上。

"误会我们不是最近才认识，还是初中就有所接触？"随即他说，"他们不是一直在误会吗？"

"没认识的时候他们就说你是我学弟了。"万初空轻描淡写地抛出一个雷，紧跟着又一个，"你朋友不也说我们注定要相遇成为朋友吗？"

祁迹没想到他还记得自己发小的缺德发言！

"对啊，就是因为一直在被乱传，公司插手后可能传得更离谱……你今后无论做什么都有可能和我捆绑在一起。"祁迹试图认真解释其中利害，万初空却完全没在听。

"嗯，所以呢？"

"所以我们不该，不该……"

"不该见面不该说话？"万初空问他。

"最起码不要在很多人面前……"

而万初空接下来的一句话直接把他整个人炸了个粉碎。

他说:"我不介意,误会就让他们误会。"

"你与其在意他们说的话,还不如多在意在意身边的人。"万初空的语气十分认真,"早知道会这样,那天在我家时应该和你说清楚。"

祁迹怔怔地望着他。

"我不知道你自己一个人在胡乱想些什么,我明明一点都不介意这些事。我见到过你狼狈的一面,那天晚上你喝醉了,还一边哭一边朝我吐苦水。如果只是点头之交,我才不会费时间听你说这些。"

祁迹试探性地问了一句:"那你会怎么做?"

万初空面不改色:"把你扔出去。"

祁迹用手盖住脸,心里默念自己喝醉了,自己喝醉了才会胡言乱语……

万初空看着他手足无措的模样,顶着那张完美无缺的笑脸,轻笑一声侧过头:"骗你的,你那时没说什么。"

"……"祁迹顾不得和万初空计较,"我们需要保持距离……"

"为什么需要?我都说了,我不介意。"

祁迹刚想说清楚其中的利害关系,"咚咚"两下敲门声差点把他的命直接送走,他瞬间站直了往门的方向看去。

万初空示意他不要说话,低声说:"别出声,你现在出去更不好解释。"

门外的人又叫了几声"老师"确认没人后走远了。

祁迹这才敢正常喘息,万初空瞧着有趣极了,很像他家里的小猫被吓坏了的模样。

是祁迹不好,总想着逃跑。

"祁迹,你看着我。"万初空突然说。

祁迹还心有余悸,闻言立刻捂住自己的嘴巴,一双眼朝上看他。

"就算是朋友,你也是独一无二的那个。"万初空说着,等待祁迹的回应,"你呢?你是怎么看我?"

"当然是和你一样的想法。"祁迹想也不想地回应,他最近也在纠结,自己和万初空明明认识没有多久,怎么就这样亲近了。和万初空相处起来让他放松,但很快他又闷闷道:"就是因为这样,我们更应该在外人面前保持距离。"

"为什么?"

"媒体会穷追不舍的,我们的相处也会被拿着放大镜看,我们之间的来往也会被人说是为了保持热度故意而为。"

"那在镜头前也不可以提到你吗?"

"不可以。"祁迹闷闷道。
"为什么?"
到底哪里来这么多的为什么,祁迹郁闷。
"因为我是偶像你是演员!"
"可以的,我批准了。"
……你谁啊!

第六章
我也在等你

01.

11月11日。

主题帖：欢迎大家来到大哥二弟的结拜现场。

【1楼】不用我多说，今晚二人的氛围有多适合现场结拜！如果不是有摄像跟着，我觉得他俩当场磕头结为异姓兄弟都有可能。万初空穿过嘉宾席去找祁迹这一幕简直"活久见"。感谢青蕉台的多机位拍摄，这两人终于同框了！

【2楼】你们怎么又在搞事情啊。

【3楼】原来他俩之前没同框过吗？

【4楼】如果被人偷拍的模糊照片不算、偶遇不算，那这确实是他俩第一次在荧屏上同框。

【5楼】怎么又开始了？你们被这两家粉丝骂了这么久还不忘初心，我被你们感动到了。

【6楼】万初空起身往祁迹那边走的时候，我的心路历程：他是要去哪儿？不会吧不会吧，他是去干什么？上厕所不应该往那边走啊！他真的去找祁迹了啊！

【7楼】楼上为什么偷窥我？

【11楼】微博已经刷屏了，为了纪念两个人第一次荧屏同框都在抽奖。

【14楼】谁能想到这两人在半年前还是完全不认识呢！

【15楼】真的不认识吗？我表示怀疑，是不是看网上讨论得太厉害，所以才这么说的啊？

【16楼】他俩也没料到帖子会火。

【17楼】万事皆有可能。

【18楼】主要这两个人也的确适合当朋友吧，他俩爱好相似度很高。而且万初空可是演员啊，实力和外貌都没的说，从没见他和谁这么亲近过，而且还这么主动。

【19楼】陈胜航表示：你们当我死的吗？

【21楼】还真别说，陈胜航和万初空可是一个大学毕业的，两人关系也挺好。

【25楼】哈哈哈哈可能是他俩一起出现的时候，是陈胜航更为主动。

【26楼】我想知道万初空和"7宝"说了什么，"7宝"怎么把眼睛睁那么圆？

【27楼】我会分享一些猫猫瞪眼图片。

【28楼】祁迹真的好好看，但这两人到底怎么认识的，除了网上传的聚会版本，还有其他的没？

【29楼】万哥，期待你下次采访主动说出来，我知道没有什么是你做不出来的。

【35楼】"瞌睡团"今天表现不太好，"睡5"连走位都错了，最后还是祁迹救的场。

【36楼】可能因为是新歌，还没磨合好？

【38楼】都上台了好歹敬业点，他是谈个恋爱把魂给谈飞了吗？

【42楼】"睡5"确实状态不对劲吧，好几次镜头拍到的时候他眼神都很不对。

【44楼】还是聊点别的吧，大家有没有觉得今天"7宝"在台上状态很好，我形容不出来，就是那种沉稳的感觉……有好几个镜头我都想暂停下来再看一眼，然后才反应过来这是直播。

【45楼】是真的！今天祁迹好漂亮，明明和上次演出一样的发色，只是造型变了，但眼神很不一样，对着镜头那一瞥太绝了！

【46楼】他真的很适合淡妆，而且是少有的不对着镜头刻意耍帅的爱豆，整个人清清爽爽刚刚好，今天又是另外一种状态，被狠狠惊艳了。

时间倒退回两小时前，万初空的休息室内。

万初空表现得很平常，只是稍稍侧开身子主动把门锁打开了，伴随"咔嗒"一声，但祁迹不知为何整颗心再次提了起来。

万初空说："你不允许我就什么也不会说。"

祁迹想了想迄今为止两个人的相处，瞬间又警惕起来，从对方嘴里说出的话都不能信。

万初空微微一笑，手搭上他的肩膀："我说真的。"

"演出完要一起回去吗？"

果然没听进去自己说的话，祁迹迅速摇头。

万初空说："好吧，那我在台下看你演出。"

祁迹又一副欲言又止的模样，万初空像是没看见："好了，我们出去吧。"

门被打开，走廊里有人经过，祁迹不由得退到暗处去。

万初空看着他："你这么躲会更让人误会。"

"误会什么？"祁迹问出口，发现他们是在重复不久前的对话。

万初空一副"上钩了"的表情："误会我们确实瞒着所有人私下交好。"

祁迹木着脑袋道："我们俩的身份不同……"

万初空面不改色："我们没有什么不同，都是靠脸吃饭。"

祁迹哽住："不……也不能这么说。"还是要有唱跳功底和演技的啊！

"嗯，知道了。"万初空回答。

这回换祁迹想问他知道什么了，可是还没问出口，有人小跑两步过来："老师！我找你半天了，你刚刚去哪里了？怎么不在房间？咦？是祁迹吗？祁迹也在。"

祁迹立刻住了口，朝工作人员礼貌地点了点头，迅速朝外走去。

回到原本的休息间，祁迹并没有冷静下来，反而想得更多了……

"哥？哥！小六哥！"付霜叫了他几声，他才回过神。

付霜有些担忧地看他："哥，你是不是又……"

"我没事。"祁迹立刻表明，顺便把脊背挺直，"上台我会百分百专注的，放心好了。"

付霜闻言反倒更加放心不下，连连看他。

一切准备就绪，上台前十分钟，祁迹重新调整自己的呼吸。主持人结束对话，他们上台、鞠躬、自我介绍，随后灯光暗下去，在密密麻麻的人海中，万初空坐在靠前偏左的位置，他的目光落在祁迹身上。

祁迹的呼吸再次错拍，舞蹈动作却干净利落，显然是排练过很多次形成了肌肉记忆，不用细想也知道接下来要怎么做。

祁迹做什么事都是按部就班，该练舞的时候练舞，该工作就工作，他从来不说苦不说累，汗水浸透衣服不断往下落时，他也觉得是应当如此。他按部就班地往前走，在路过那么多风景后终于想要停下来。

夏伍在不该他出现的地方停下了，祁迹轻巧转身与他错开，避免了冲撞，代替夏伍站在他应当站的位置。交替间他没有关注到队友的神情，视线扫过台下，在无数的灯牌下、无数的尖叫声中，祁迹的呼吸声在耳畔放大，心脏怦怦跳个不停。

看到万初空的那一刻，祁迹忽然安下心来。

下台后不久他们来到嘉宾席，演员和偶像分开坐，一拨人在左一拨人靠右。祁迹本想着演出结束后去找万初空，手里拿着瓜子，分神嗑了半天没嗑开，最后剥了一颗糖正要放进嘴里，便看见万初空朝这边走过来。

眼看着万初空越走越近，祁迹那颗糖迟迟没放进嘴里，直到男人绕开队友来到自己面前，祁迹才意识到他真的来找自己！

祁迹迅速仰起头看万初空，万初空微微低下身朝他说："还是不太想藏。"

02.

这是可以在公开场合说的话吗？祁迹瞬间睁大眼睛，但是万初空完全不给他反应的机会，说完便转身走了。这下队员一致看向他，祁迹缓了缓神终于把糖塞进嘴巴里，奶香味裹挟他整个口腔。

付霜离他最近，自然是听到万初空说了些什么，侧过头直接问："藏什么啊？"

祁迹僵直摇摇头，心虚道："我也不知道……"

嘉宾退场后，换衣间有人，祁迹等了会儿见夏伍从里面出来。

祁迹朝他点点头，对方擦肩而过，夏伍的目光躲闪开，不肯与他对视。直到祁迹关上门，门外忽然传来闷闷的一声："哥，对不起，我今天舞台状态不对，给你添麻烦了……"

祁迹盯着门板看了半天，不清楚对方走了没，只是道："不用对不起。"

祁迹换上便服从换衣室出来，夏伍早就不见人影，取而代之的是坐在转椅上盯着手机看的万初空。他退后一步撞上门把，万初空听到声响抬起头，仍是那副坦然的样子。

万初空说："你队友扔下你跑了。"祁迹无言以对。

见祁迹不搭话，万初空又说："骗你的，我跟他们说你和我顺路，可以捎你一程。"

那岂不是更不妙！

万初空把手机调成静音："你经纪人对我还挺热情的。"

祁迹张了张嘴巴，不知道说什么好。那是当然，两个人可是公司新的"流量密码"，万初空如果愿意配合，经纪人求之不得。

万初空把手机收回口袋，起身说："这边其实离我家更近。不过今天我需要回衡景。"

祁迹："……"那你为什么要说。

"要不要搭我的车？虽然之前你拒绝过，但现在你队友都走了，应该只能和我回去了吧?"以防万一,万初空还补充道,"这个时间地铁也没有了。"

祁迹点点头,顺势把外衣的帽子戴上了,棉衣上一圈毛茸茸的装饰,显得他脸更小了。

十一月快要过半,第一场雪下在深夜。

车子行驶了一段路程,纷纷扬扬的雪花落在车窗上,祁迹往窗外望,手里的手机"嗡嗡"振了几下。他先是瞄了一眼正在开车的男人才敢点开手机看。

苏勉超给他发来酒吧的照片,吧台上正趴着两人的共同好友苏巧巧。

苏勉超:"救命,这丫头喝多了,正在大唱《算什么男人》。"

苏勉超:"你那边什么时候结束啊?我们好久都没出来聚了。"

苏勉超:"有了新朋友忘了旧兄弟?"

祁迹的头越埋越低,生怕万初空看到什么,小心警惕地回:"已经很晚了,我明天还有工作。"

祁迹刚按下发送,帽子忽然被一只手拉了一下。他抬起头看万初空。

"我还以为你睡着了。"

"……没有。"祁迹说着把手机关掉。

"在和朋友聊天?"万初空问。

祁迹抿了抿嘴巴,不情不愿地说:"嗯。"

他没察觉到自己的语气有什么不合适,他对队友不会有这种态度,在朋友面前也鲜少这副模样,然而对着万初空却突然有了点小脾气,自己的情绪不再藏着掖着,只是半掩着等人来揭。

"你那个发小吗?你好像经常和他联系。"

"嗯……也没有经常吧,他偶尔会叫我出去,但最近我都没什么时间。"

"这么晚他找你出去是去哪里?"

祁迹忽然有一瞬的心虚,他虽然不是个爱玩的人,但娱乐场所也没少去。

他不说话,过了几秒万初空再次出声:"祁迹。"

"嗯,嗯……去酒吧之类的地方。"

"之类的?"

祁迹咽咽口水:"你应该知道吧……"

"我不知道,我又不经常去。"万初空说着抽空瞥了他一眼。祁迹立刻望过去,一双眼在漆黑的夜色下更亮了,好像在诉说自己很乖巧。

万初空问他:"你喜欢去那些地方?"

祁迹愣住,而后摇摇头:"不是,只是觉得自己需要社交……"

"谁规定的?"万初空说得很是轻巧,"不想去就别勉强自己,去了也不会开心,做你自己就好。"

祁迹有那么几秒钟被感动到，直到万初空说："下次要是还想去记得叫上我。"

祁迹表情僵硬。

万初空忽然露出笑脸，笑容在雪夜里好似让人如沐春风："不然就祈祷别被我逮到。"

祁迹瞬间什么都不敢了。

外面雪越下越大，雨刮器发出"哗啦哗啦"的声响，车子继续往前行驶着。

"你说现在会不会有狗仔跟着我们？"万初空突然出声。

祁迹果真往后望了望："应该，不会吧？"

"要是我们被拍到了，我经纪人又会发飙。"

祁迹沉默下来，万初空却继续说："不过没关系，他经常发飙，有时候没接到他电话他也会大喊大叫。"

不知为何，祁迹感觉万初空的经纪人有点可怜。

万初空继续："你考虑得怎么样？"

"嗯？"

万初空用很轻的声音提醒他："没什么好藏的。"

祁迹一下卡住了，没想到万初空会在这种时候突然提到这件事。

"因为你在台上用那种很真诚的眼神看我。"前面的车在红灯前停下，万初空也有机会侧过头，视线却忽然瞟向后面。

祁迹也往后看去，但只看到飘在空中白茫茫的雪和漆黑空荡的大道。

"你不用这么紧张，放松一点。"万初空提醒道，"我们正常相处就好了，你不用这么大心理负担。"

"我没……"祁迹还想狡辩，前面的车启动了，万初空才继续老老实实开车。

"后面没有人。"在祁迹又一次回头往后看时，万初空说，"我只是随便看一眼。"

祁迹："……"

雪还在持续地下着，眼看要到目的地了，祁迹的心情非但没有放松反而更加复杂。

车轮碾轧过地上薄薄的积雪，发出"咯吱咯吱"的声响，车子在花坛一侧停下。祁迹开了车门，瞬间感觉很冷，裹紧身上的衣服，顺便把兜帽戴上。

"那就晚安了？"他转过身对着车里的人说话。

万初空点开手机看了一眼，朝他点了下头，车门关上，隔绝了两个人。

祁迹慢吞吞往家的方向挪动，总觉得哪里不对……是哪里不对？

很快他就得到答案。

祁迹在楼道里等电梯，电梯卡在 19 楼迟迟不下来，好不容易开始往下走了，身后忽然有人拉了他一把。他抬头看到万初空，还没等说话，男人对他比了个"嘘"的手势，拉他到拐角处躲起来。

电梯门打开，里面走出一个人，嘀咕一句"真冷"快步往外走去。电梯门合上，声控灯也随之熄灭。

拐角处藏着两个人，祁迹把半张脸埋进毛茸茸的领子里，小声问："你怎么跟来了？"

万初空低头："来问你一些事。"

祁迹恍然，小幅度地仰起脸："你问吧。"

万初空低声说："会觉得我很任性吗？"

男人刚踏雪进来，身上带着寒气，发梢上的雪消融。

祁迹一双眼湿润且透亮："你是说突然来嘉宾席找我这件事吗？"

"嗯。"

"不会啊，本来就是我提出建议，你采不采纳都可以。"祁迹声音还是很轻，怕声控灯忽然亮起。

外面还下着雪，冰凉的雪花落在地上很快堆积成薄薄一层，走廊里一片漆黑。

"我听你的话，我们在镜头前保持距离。"万初空沉默一阵，最终还是妥协道。

祁迹又是紧张又是热，脸颊红扑扑的，但红得很均匀好看，神情像小猫一样。

万初空想起了七七。七七现在和万初空很是亲近，俨然已经把对方当作自己的主人，万初空让它做什么就做什么，怎么被揉肚皮都行，还会主动上前舔万初空的手指，舔完还要"喵喵"叫。

就是喂食时总是迫不及待，不等猫粮准备好，就着急得来回踱步摇尾巴。如果不立刻给它吃，它还会生闷气，扭头不理人。

看见从电梯里出来的人走远了，万初空和祁迹这才从拐角处出来，发现外面已经很冷了。

电梯抵达一楼，祁迹一看时间，原来才过去十五分钟，还以为在楼下交谈了好久。他进入电梯，万初空在外面，这瞬间和酒店里那一幕重合。

门即将要关上，祁迹抬头，只觉得万初空的眼神有点寂寞，于是抬起眼睛认真望向他，声音轻轻地讲："晚安。"

电梯门随着话音落下合上。

电梯直直往上升，留下万初空一人傻站在外面良久。直到手机在他另外一只手上亮起，万初空看了眼来电显示，按下接通。

对面有点意外："终于知道接我电话了？"

万初空转身朝外面走，电话里的女人继续说："不是说今天回家吗？都这么晚了，我问了你经纪人，你的工作应该早就结束了。"

"嗯。"万初空应了声，"很快就到，大概十几分钟。"

万灵闻言顿了下："你今天心情很好？"

"……很明显吗？"

万灵说："平时你可不会解释这么多。"

这场初冬的雪下得实在太大，雪花缀满万初空的头发，连眼睫都不放过，星星点点的莹白为他罩上一层冷漠的壳子，更显清冷。

回到乔家后，一身冷气消失殆尽，客厅黑漆漆，三只猫咪齐齐看向他，只有七七颠颠跑过去蹭他的裤脚。

万初空蹲下身摸了摸猫咪的脑袋，猫咪瞬间发出"咕噜咕噜"的声音。

他随即起身打开手机，看到祁迹发的消息。

祁迹："到家了记得说一声！"

万初空回复："到了。"

猫咪冲他"喵"地叫了一声，万初空又对着它拍了张照发给祁迹。

对方大概去洗澡了，等了一会儿没有回。

万初空抽空翻了前面的未读信息，发现外甥女一个小时前给他发过一条消息。

陈思颖："舅舅！你突然离席去找祁迹说什么了？"

万初空随手回："你想知道？"

陈思颖倒是很快回复："当然了，你说了什么把他吓成那样？懂不懂什么叫作不打扰偶像的私人空间！"

万初空已经换掉身上的衣服，半靠在自己卧室的桌前："不告诉你。"

陈思颖："什么？"

万初空："那是我俩的秘密。"

陈思颖："舅舅？！"

万初空："我和他一起回来的。"

陈思颖："舅舅！"

万初空心满意足地退出聊天界面。

03.

第二天平面拍摄，休息的空当，祁迹频频走神，一个人拿着一瓶矿泉水在座位上发呆。

付霜叫他好多次，他都没听到。直到祁迹抬起头看到对方一脸好奇地看他，被瞬间吓住，水都扬出来溅在手上。

"做什么？"祁迹问他。

付霜摸了摸下巴："这话应该我问你，小六哥，你心不在焉想什么呢？"

"什么都没想。"祁迹说，"就是昨天有点没睡好……"

付霜想起补妆时化妆师提到祁迹眼下有乌青，不由得说："哥你也别太累着自己，新歌反响不是挺好的吗……"

等拍摄工作结束，他们又赶到电台宣传新歌，两位主持人都十分能说会道，现场气氛很融洽。一直到晚间拍摄才算结束，几个人都饿得不行，商量找个地方吃饭，邱亦还有其他工作提前走了，夏伍看样子也不想多待，只是简单吃了点也说有事先回去了。

剩下四个人面面相觑，林杉眼里含笑往任斯身上靠："队长，我们团……"

任斯"啐"一声避开他，很是嫌弃地说："你别来这套，不然这顿饭你请。"

林杉还是靠上去："也不是不行。"

任斯道："滚滚滚！趁早解散！"

付霜还在吃，祁迹提醒道："今天何姐还说要你减重。"

付霜用手比了个"1"，然后说道："最后一口！"

四个人吃得差不多了，祁迹的电话也响了，看到来电显示时他下意识遮掩住，挪到窗边接电话。

"工作结束没？"电话那头传来万初空的声音。

祁迹道："嗯，嗯……"

"怎么这么不肯定？"

"结束了。"

"那要出来一起吃个饭吗？"

祁迹把百叶窗撩开看了眼外面的天色，看起来已经很暗了："我吃过晚饭了。"

电话那边停顿片刻："我还没吃。"

祁迹等了等，发现没有后话了，琢磨了下对方的意思，体贴地道："那你现在去吃饭？"

万初空不出声了，两秒后又重新说："我还没吃饭，你要不要出来陪我一起吃个晚饭？"

祁迹一下卡住："我这边一时半会儿走不掉……"

"你在哪里？"

祁迹说了地址："现在外面有粉丝，我们是偷偷溜出来的，被拍到不太好。"

"应该已经被拍到了吧？"

那倒是。"主要是怕引起骚动。"祁迹解释道。

万初空说:"知道了。"

"嗯,那你早点吃饭吧,时间不早了。"

"等我。"对面说完直接挂断了电话。

"什么?"

等他转回头,面对三双炯炯有神的眼睛。付霜十分没眼力见地说道:"是万初空吧?"

饭桌上寂静片刻,祁迹长长叹出一口气:"算我求你,等万初空来了,你们都表现得正常一点!"

之前在酒店,付霜就和万初空见过面说过几句话,付霜十分欣赏万初空勇于报警的行为。付霜闻言"嘿嘿"笑了两声,他对着祁迹没大没小惯了,在外人面前自然不会这么口无遮拦。林杉撑着下巴学付霜那两声傻笑,两个人又掐起来。

祁迹发消息给万初空让他不要来了,不然指不定又被拍到些什么。对方没有回,他往前翻了翻,万初空昨天给他发了不少小猫的照片,七七已经长大了,黄澄澄的眼睛对着镜头,唇边隐约可见白白的两道牙,怪可爱的。只要万初空一回到乔家,就会给他拍各种角度的猫猫照片。

粉丝蹲不到自己想见的明星是不会轻易走的,几个人横竖都要出去,只是想避开吃饭的高峰期,以免波及路人。

任斯说:"你最近和你那个发小没有经常见面了?"

"苏勉超吗?最近都没什么时间……我俩是很久没见面了,不过微信一直有联系。"

祁迹昨晚甚至边和万初空聊天,边听苏勉超诉苦。起因是苏巧巧和男朋友分手了,非要拉苏勉超出来喝酒,那男的不愿意苏巧巧和异性来往,还说做偶像的都是"花瓶",没有做演员的出色。

祁迹尽管不在现场,却莫名中枪了。最后苏巧巧一把抢过手机对着祁迹大喊:"演员没一个好东西!演技好怎么了,没交往的时候情话一套套,在一起之后装都懒得装,'我爱你'都是假的,是演出来的!!"

祁迹一阵耳鸣,缓了缓才说:"你不也是演员吗?"

苏巧巧理直气壮:"对啊!"

苏勉超抢过手机苦哈哈地说:"你知道我有多煎熬了吧?"

祁迹道:"嗯……"

正好当时万初空给他发消息:"睡着了?"

祁迹索性把手机放到床边,躺在床上装睡,但闭眼不到半分钟,他就翻滚起来回:"还没有,马上就睡了!"

还是回消息了，不应该回的不应该回的……可是不回多不礼貌啊，万初空都和自己说话了！祁迹一边纠结一边等对方消息。

万初空："那晚安了。"

祁迹回道："晚安。"

祁迹和付霜闲聊了一会儿，万初空的电话便打过来了，问他们在哪一间房。

祁迹说："你真的来了啊？"

"我都到了，不欢迎我吗？"

"当然不是……"祁迹自知说不过万初空，直接告诉他房间号。

很快万初空出现在几个人面前，其余三个人纷纷起身自我介绍。和万初空相处久了，祁迹都快要忘记对方是童星出身，出道比他们早了十几年，论资历更是他们的前辈。

万初空来都来了，祁迹暂且把担心的事情抛在脑后，问服务员要来菜单。

"你们都吃完了，我再来蹭饭会不会不太好？"万初空一边问一边看向众人，"这顿饭我来请吧。"

任斯连忙摆手，继而客套了一番。

祁迹怕他们不自在，见服务员拿了菜单出屋，便说："你们不是还有事吗？先撤吧，现在外面的人应该没有很多了。"

"我从正门进来的。"万初空说，"看到街道旁有几个女生拿着相机。"

祁迹一下哽住，转念想万初空一向不避讳这些，要是刻意走了侧门才奇怪。

　　主题帖：嗯嗯就是说万初空见到祁迹的队友们了！

　　【1楼】小道消息，Lullaby6和万初空在一个饭店，这不见一面不打个招呼说不过去吧？

　　【2楼】首页怎么都在打哑谜啊，这有什么不可说的？

　　【3楼】因为涉及"睡团"其他几个人了，他们是私下里吃饭，本来不应该跟拍的，所谓"偶遇"的人也太多了。

　　【4楼】微博上好多人都发图了，可以去微博看看。虽然两个人一张合照都没有。

　　【5楼】我没懂，"睡团"私下吃饭关万初空什么事？

　　【6楼】好像是"睡团"前脚去吃饭，万初空后脚也被拍到进了同一家饭店。

　　【15楼】所以并没拍到一起吃饭？

　　【16楼】没有，都是粉丝自己猜的。

　　【19楼】万一不是去找祁迹就尴尬了。

【20楼】这两人不认识的时候你们天天哥哥来弟弟去，怎么认识之后你们反而觉得两人不熟了？

【21楼】难道大家就喜欢他俩不认识的样子吗？

【25楼】啊……很明显就是一起吃饭了啊。既然有人质疑，那我就给你们顺一下。先是"睡团"一起去吃饭，邱亦有行程不在，夏伍中途走了（图片），而后万初空进了同一家店（图片），再然后付霜几人从店里出来（图片）。注意，这张图里没有祁迹，为了确认我没看错，特意去翻了好几个人拍的图看，确实没有祁迹。因此我猜测万初空是后去的，祁迹和他最熟，很可能还在店里陪他吃饭。

04.

付霜和任斯吃完就先回去了，偌大的包房里只剩下两个人，门关上后，万初空极其自然地和祁迹坐到一处去。

万初空观察他，忽然说："你紧张什么，她们又不会直接闯进屋子里。"

祁迹："……"

过了一会儿，服务员敲门进来。

其间万初空一直与祁迹聊天，待服务员上好菜把门带上，祁迹说道："这么晚了你还没吃饭肯定已经很饿了，快吃饭吧。"

万初空其实不太饿，下午四五点就在家里用过餐了。他和弟弟两个人，被三只猫围在脚边，听着它们不停地叫唤。乔启锐心软想给小猫喂饭，被万初空制止了，猫咪有专门的食物，人吃的食物它们吃多了对身体没什么益处。

乔启锐一边吃饭一边偷瞄他哥，万初空放下碗筷后对他说："有话就讲。"

"哥，你最近回来的次数变多了。"

万初空手指轻点在手机裂缝的边缘，淡淡"嗯"了声。

"那今天……"

与此同时，七七在桌子下面亲昵地蹭他的裤腿，万初空冷不丁问："猫要养到什么程度，才会主动黏过来？"

乔启锐一愣，眨巴下眼睛："应该……等它完全信任你就会了吧，七七现在不是很黏着哥吗？"

万初空低头看黑白色的奶牛猫咪，正睁着一双圆溜溜的眼睛看着他。他弯身把手伸过去，它便凑过来蹭了蹭。

乔启锐继续刚才没说完的话："那你今天也在家里住吗？"
　　"不在。"万初空摸摸猫咪的脑袋，在乔启锐失望的神色下又说，"但是会回来一趟。"

　　万初空没和祁迹说自己早就吃过饭，象征性地吃了一些后放下筷子，顺带去了趟卫生间。
　　回来时祁迹递来一块薄荷糖给他清口，万初空用还在滴水的手接过去，说："有奶味的吗？"
　　祁迹愣住："这是店里自带的……好像还有水蜜桃的，你那么喜欢牛奶吗？"
　　"喜欢昨天吃的那颗。"
　　祁迹还在找另一种口味的糖，听到他这么说，便说："那下次我给你带。"
　　他的糖还没递出去，万初空已经把手里那颗剥开放进嘴里。
　　"不要了吗？"祁迹问。
　　"要。"万初空接过他手里淡粉色的糖，撕开包装递到祁迹嘴边，"你吃。"嘴巴已经挨到糖果，祁迹没办法拒绝。
　　祁迹含了一会儿糖，和万初空讲了今天一天的琐碎事情，糖果融化在暖乎乎的嘴巴里，突然听到万初空问："好吃吗？"
　　祁迹用舌尖顶了顶小了一圈的糖果："就是水蜜桃味，刚才给你你又不要。"
　　"现在想尝尝。"
　　"那先把你嘴里那颗吃完啊……"他话音还没落，万初空已经把糖嚼碎了。
　　祁迹无话可说，万初空偶尔真的很像小孩子，但是不吵闹，还挺可爱的。
　　下一秒万初空便凑过来重新挑了一颗糖，是水蜜桃味的。
　　糖果含了一会儿，清凉的薄荷味和水蜜桃味混在一起。
　　祁迹随口问道："七七最近怎么样？"
　　"长胖了变淘气了，上蹿下跳。"万初空回应，顺带拿出手机存的视频给祁迹看。
　　祁迹看过之后回应："你这么对它，它肯定会跑啊……"
　　按理说要想获取小猫的信任，自然应该对它好一点。但是万初空一门心思地欺负七七，非要把它惹得竖起尾巴"嗷呜嗷呜"地叫才罢休。
　　"不闹你了。"视频里万初空按住小猫的脑袋揉了揉。
　　祁迹想到刚进门时任斯他们和万初空打招呼，都是叫万初空前辈。现在倒很有前辈的架势，方才却幼稚得不行。
　　人前是温和沉稳让人尊敬的演员，人后却像小孩子一般仗着对方心软得寸进尺。祁迹觉得这种性格也蛮有趣的。
　　视频还在继续播放，小猫试图用爪子钩住万初空的手腕。"这次是你招我的。"画面里万初空按着猫咪的肚皮把七七撂倒。

祁迹心想：是他高估万初空了。这哪里有半分成熟的样子！

"认不认输？让我摸摸。"七七尾巴都炸毛了，奈何整只猫都被男人压在手心底下动弹不得，只能不停地喵喵叫唤。

好可怜的一只猫。

视频里万初空说："是你先抓我的。"

祁迹干巴巴地为猫辩解："它也没有真的挠到你……"

万初空却说："不然它还想怎么挠，前些天差点挠到乔启锐，它太淘气了，需要管教。"

祁迹闭上嘴巴。

最后小猫挣扎无果，可怜兮兮地拉长声音叫唤，万初空这才松开手，小猫立刻翻身蹿进沙发底下。

"它和你闹情绪了。"祁迹指出。

"没有。"万初空睁眼说瞎话，"它晚上还出来吃饭了。"

那只是饿了吧，祁迹没有拆穿对方。

待两个人走出饭店已经是很久之后。祁迹在门前缓了口气才按住门把，打算推开门，拧了两下后发现打不开，整个人凝固住，随即转头看万初空。

万初空心情愉悦，笑容也是帅气得不得了："我刚刚出去，回来的时候顺便就锁上了。"

祁迹眨了眨眼。门早就锁上了，就算有人想进来也不可能进来。

那他刚才的担惊受怕算什么！而万初空看出了他的紧张，却一直在旁边看好戏！

祁迹这次终于硬气一回，气鼓鼓往前走不理身后的人，一时忘记外面还有人蹲自己，直接从正门出去了。

看到马路对面有人拿着相机对准他，他才顿住步子，不过为时已晚，随着女孩们的尖叫，万初空抵达他身后，搭住他一边肩膀，问："往哪边走？"

祁迹见对方面色如常，丝毫不怕被拍到同行，自暴自弃道："随便走吧。"

万初空说："那回家吧。"

05.

幸好冬天衣服穿得厚，祁迹出来前早早戴上口罩，被粉丝蹲到也仅是拍下他与万初空同行。

这一路上祁迹都绷直身子坐着，连口罩都不摘。

旁边的万初空侧过头想看他的表情，祁迹立刻转头，面向窗外。

正在开车的司机师傅见两个人的着装，笑呵呵问了句："你们是不是什么明星啊？"

祁迹一愣，下意识朝万初空看去。

万初空淡定回应道："您觉得我们像什么明星？"

司机说："我也不知道，只是刚才你俩上车的时候看到几个小姑娘追着你们拍。"

万初空笑了笑，司机也跟着笑了下，这个话题就算结束了。

祁迹松了一口气，见万初空看向自己，顿时抿住嘴……

出租车到达目的地。

昨夜的积雪还没化，清扫过的地面还有斑驳的雪痕。祁迹穿的鞋子不太防滑，刚下车就差点摔了一下，被万初空一只手扶住。

祁迹刚想说一声"谢谢"，但想起刚才的事，把道谢的话吞进肚子里，丢下万初空一个人在原地，自己走远了。

万初空跟在他身后叫了他名字两次，第三次还未脱口，祁迹站定转过头看他："叫我干什么？"

"叫你等等我。"万初空跟上他的步伐，看他那双就连闹情绪都明亮的眸子，"为什么生气了？"他明知故问。

祁迹有些郁闷，把口罩往鼻梁压了压，确认严丝合缝。

"我们出来又被拍到了。"祁迹小声嘟囔。

"是吗？"万初空歪了下头，伸手把他的口罩叠到下颔，"只是一起吃个饭也不行吗？况且还有你队友在。"

祁迹缓缓吐出一口气："那就当我过分紧张了吧。"

说着他迅速把口罩戴上，闷头往前走，万初空跟在他身后。快走到楼道口，祁迹忍不住转身："你家不是这个方向……"

"我还不至于连我妈家都找不到。"万初空说着又伸手想去摘祁迹的口罩，这一次却被祁迹躲开了。

"你把脸露出来，"万初空说，"让我确认一下你有没有消气。"

祁迹感觉有些好笑，但还是把口罩摘了下来。

万初空接着说："我怕你以后不和我玩了。"

"我不会！"祁迹觉得万初空实在有些幼稚。他说完就走进楼道，按了电梯键。

万初空看着祁迹的背影，心情十分愉悦，给祁迹发消息说："你还没跟我说晚安。"

过一会儿祁迹回他："晚安！到家跟我说一声喔！"

万初空回到乔家，好心情没有持续多久。乔启锐已经回房间睡觉，万灵还醒着，昨晚万初空回来得太晚,母子二人没空交流,现下正是好时候。

万灵喜欢猫也很会养猫,比起万初空,七七甚至更黏她一些。

听到玄关处的响动,万灵便从书房出来,三只猫咪都奔向她,她蹲下身抱起其中一只,一边抚摸猫背,一边朝万初空走来。

"你今天应该没有工作吧,出去做什么了?"

"和朋友一起吃个饭。"万初空答道。

"你交朋友我不拦你,但不要交娱乐圈里那些不正经的人,最起码也要顾着家里一点,给你打多少通电话都不接。"万灵半是责备地说,"没事的时候也去公司帮帮忙,当初给你选的专业不是让你白学的,难道真要演一辈子戏?"

万初空默不作声伸出手,七七蹭着女人的小腿,朝他走来。

"应山,我跟你说话你听见没?"

"我要说没听到呢?"万初空双手碰到猫,和万灵一样把猫抱进怀里,但远没有万灵那般温柔,更像是把它拎起来了。虽然他尽可能温柔,七七还是被他抱得不太舒服,接连叫了几声。

万灵早习惯了大儿子的古怪脾气,缓缓吐出一口气。她已经不年轻了,二十多岁的年纪为了爱情生下万初空,往后的几年里越发觉得爱情不是生活的全部,之后她离开了父子俩,去找寻属于自己的更广阔的天地。

她神色复杂地看自己的儿子,以前个子才到她腰的小男孩长大了,长得比她高出许多,要她抬头才能看清脸;而她却老了,总是一长出白头发就去把它染了,但眼角的皱纹却遮掩不了她正在衰老的事实。

"你没事抓猫干什么?"静默良久,万灵让步道。

万初空在角落里寻着什么,拎出来放在客厅地板上,把猫放了进去,转头说:"把七七带到我那边住几天。"

万灵疑惑道:"你不是说自己养不了吗?"

"嗯,养不了。"万初空说,"所以只带回去住几天。"

万灵无语,继而说道:"你最近越来越肆无忌惮了,下次能不能接我的电话?"

万初空把猫包的拉链拉上,七七歪着脑袋,一只爪子搭在透明罩上,印出粉嫩的猫爪印。

它变得乖巧了,不再时刻警惕周围的动静,更不会害怕万初空。

"看情况我会接的。"万初空又去拿猫粮,在客厅里来回走动。

万灵问他:"什么叫作看情况?我是担心你才给你打电话!"

"不需要一天三通地打,我不会突然就死掉,就算真的死了,"万初空越过万灵,"你在电视新闻上也能看到。"

"有你这么跟妈妈说话的吗?!"万灵转过身,见儿子看都不看她一眼,忍不住说,"我知道你还怪我……"

"我没有。"万初空终于肯停下,"我早就说过了我没有怪你,是你自己不愿意信。"

万灵点点头:"对啊,我不信。应山,你扪心自问,这些年我对你怎么样?我亏待你了吗?"

"你没有亏待我。"万初空回应,"所以我还在这个家里,所以我每周还会回来。"

"你心里就是怪我!"万灵情绪激动起来,引得一间屋子的门打开,里面出来一位两鬓斑白、气质儒雅的中年男人。

"你又在和儿子闹什么?"男人的声音不大,却恰到好处地熄灭了这场无谓的争执。

万灵撇开头,一脸疲乏道:"吵到你睡觉了?"

"本来也没睡,在房间里看书。"

万初空对着楼梯上的人叫了声"叔叔",中年人点了点头:"早点歇下吧,别管你妈妈,她最近工作不是很顺……"

"你少胡扯,根本没有的事。"万灵打断他,看万初空收拾得差不多,"你是想今晚就走?"

万初空点了头:"我明天还有工作……"

他话还没说完,万灵便道:"你那也算正经工作?一连半个月都联系不上人,什么工作忙到连通电话都不给家里打……"

"那是去山里拍戏,当地村子没有信号,我回来就解释过了。"万初空的语气里听不出太大的情绪起伏,那已经是半年前的事了,自己之所以会答应陈胜航去聚会散心,也是因为当时刚拍完戏回来就和母亲吵了一架。

万灵看着他,像看一个还不懂事的孩子,尽管万初空已经二十六岁,早就从这个家独立出去,但她仍觉得他需要家人的照看:"我不管那些,我要你电话时刻保持开机,我随时能联系到你。"

楼梯上的中年人叫了她一声,她不应,只是牢牢盯着万初空。

半响后,万初空开口:"知道了。"

祁迹早该想到的,尽管昨天他全副武装,万初空却是口罩帽子一个没戴地出现在外面。

一大清早刷微博,两人一起吃饭回家的消息就已经刷屏了。祁迹整个人一震,从床上翻滚起来,忽然想起自己的微博号是公司管着,现在用的是小号,瞬间安心了不少。

祁迹迅速浏览了一下微博首页,连可爱猫猫都顾不得看,只见超话里有几张模糊得不能再模糊的照片,粉丝们从各个角度分析……

祁迹一头扎进被子里，颇为郁闷，转头打开微信，看到聊天界面还停留在和万初空的对话上，原来互道晚安后，万初空又和他说话了。

万初空："七七要在我家住几天。"

万初空："你有时间要来看猫吗？"

06.

祁迹有一点心动，但没有立刻答应下来，一来是怕自己又被逗；二来他的确需要趁这次休假好好歇息一番，不然身体很有可能扛不住。不能亲自去看猫有点遗憾，祁迹让万初空多拍几张照片给他，午休时间才收到万初空的回复："不要。"

祁迹盯着那两个字揣摩对方的意思，要是旁的人这样明晃晃地拒绝他，他一定会想东想西想一大堆有的没的，但是对面是万初空。

祁迹只当他耍小孩子脾气，不甘示弱地回："小气！"

之后的几天里，万初空当真不给他看猫咪，只用文字叙述它在做什么。

祁迹忙的时候根本没时间回消息，工作结束后打开微信就会发现万初空断断续续给他发了一堆消息。他一条条翻过后，一抬头见屋子里所有人都看着自己。

祁迹收起手机，力图镇静："怎么了？"

付霜正在做造型，头上还夹着卷发筒的模样有些滑稽："小六哥，你在给谁发消息？"

祁迹眼都不眨："朋友。"

付霜："万初空吗？"

祁迹顿住。

他随即表情严肃地给万初空发："已！阅！"

万初空回得很快："好敷衍。"

祁迹没再看手机，他看向镜子里的自己，换了发型后整个人清爽不少，也看到邱亦坐在沙发上看着他。

祁迹转过头去，邱亦则相当淡定地朝他微微一点头。

祁迹近期的人气居高不下，和邱亦有一拼。光是新歌首秀的救场视频就有几万人转发，人一旦火起来，以前的一些舞台视频也一并被人挖出来观看。

祁迹在舞蹈方面还是蛮有自信的，以前挨骂常常是因为说话触到粉丝的雷区，那些质疑他舞蹈能力的人多半是在胡说，这些人可能连广场舞都跳不利索，批评起人却头头是道，个个都像专家。

他的热度刚起来，没有邱亦那么难管束，公司怕重蹈覆辙，和他有关的商务活动筛选得很严。祁迹本人没什么特别的想法，比起接商务活动，他更喜欢站在舞台上，他还是不擅长和人打交道。之前寄回老家的钱已经足够多，他一个人养着一大家子，没人敢对他提要求，更别提祁迹还有一个很强势且护犊子的妈。

虽然年幼时是她亲手把祁迹送进舞蹈室，但是祁迹出道的这几年里她一直在说："当初就应该让你学画画，学小提琴也好。"祁迹听了只是笑笑不反驳。

祁母觉得只要不是学跳舞，他就不会受苦，那怎么可能呢，不管学了什么今后都要苦的。这么一想祁迹又会感谢当初的坚持。

今天他们在一个镇子上录制综艺节目，有任务需要到户外完成，祁迹前前后后跑了好几次，觉得完全没必要做几小时的造型，反正都要被吹乱。风太大了，把祁迹的脸冻得通红，摄影师步伐稳健地跟着他。任务好不容易做完了，他却被粉丝和看热闹的路人堵住，费了一番功夫才回到室内。

近几年的冬天特别冷，零下十几摄氏度的天他们几个人还要穿得好看，不然在镜头里会显得臃肿。祁迹一进屋双腿双手都发麻，有点担心自己会感冒，却不是很愿意喝姜汤。

其他成员们早早回来了，祁迹还没脱外套，常驻嘉宾积极招呼他："祁迹，快来一起看电视。"

祁迹走近了，发现电视上播放着万初空演的电视剧。他转头看了眼镜头外，经纪人不在，只有摄像对着他，在拍他的表情。

祁迹缓缓呼出一口气，怪冷的，外面是真的冷。

"这都演到一半了，前面讲的是什么有没有人能给我讲讲？"他一边说一边放下外套，和常驻嘉宾打了个招呼。

嘉宾朝他笑，意有所指地问："你没看过这部剧吗？前阵子可火了。"

祁迹摇摇头："我不太看电视剧……"

他不算说谎，比起电影和动漫，他看的电视剧确实少，更何况这部剧播出时他已经和万初空认识了，看熟人的电视剧还蛮奇怪的……不过这也只是当时一个模糊的想法，干他们这一行真正忙起来就没空闲时间可言了，更别提追剧。

他们大概看了半小时电视剧，其间付霜给祁迹讲了剧情。祁迹不是第一次在荧屏里看到万初空，他演技好，即便他们经常见面，祁迹沉下心看电视时都不会感到出戏。就像之前祁迹在剧组看到的那样，戏里戏外万初空可以分割成完全不同的两个人，他在演戏方面有着招人妒忌的天赋。

因为是生活类综艺，他们要在这里睡一晚上，一直到第二天下午才算结束。

晚间录制完毕摘麦后，何姐特意来找他说了电视那一段，对他的回答不太满意。

祁迹说："可我确实没看过……"

何姐看了他一眼："我知道你和万初空关系好，他不介意这些，那你有没有想过观众怎么想？"祁迹老老实实地听着。

等何姐叫他回屋休息，夏伍就在门口抽烟，祁迹见到他这样的时候心里有些诧异："你小心别被拍到。"

夏伍又抽了一口，烟扔在地上用脚踩灭了，而后抬头问祁迹："你是不是故意那么说的？"

祁迹怔住，随即明白他听见了自己和经纪人的对话："也没有故意……"

"那就是了，"夏伍推开门，"搞不懂你。"

祁迹一个人在原地站了会儿，最后挠了挠下颌，无奈笑了下，神色却有些茫然。他自然明白大家都很乐意看他和万初空在镜头前互动。通常情况下，营业双方是互利互惠的关系，但他和万初空很明显不是。

祁迹忽然想起万初空说的那句"我不介意"，然而他始终认为两人的友谊不应该摆在台前展现，更不该掺杂利益，虽然这在最初就是不可能的事。

第二天祁迹果真感冒了，好在不是很严重，吃了感冒药睡一觉差不多就好了。

这周过得很快，转眼就到了节目播出的日子。

祁迹本以为七七早就被送回乔家，万初空却说它还在自己家里。

"你什么时候来看它？"电话里万初空问祁迹。

祁迹犹豫一下："你还养着它，它什么时候回去？"

万初空回答得随意："等你来了之后吧。"

"那我要是一直不去看它呢？"祁迹问。

万初空却把话题拐到别处去："它把沙发挠了，还用屏风磨爪子……"

"你再不来，它就要把我家拆了。"万初空的声音刻意放低，"你不来看猫吗？七七等你好久了。"

  主题帖：祁迹和万初空到底咋回事？

【1楼】祁迹连万初空的电视剧都没看过，他俩真的很熟吗？看那个样子真的不太熟悉。预告出来的时候还有不少人期待，正片一播恐怕大家都傻眼了吧。

【2楼】同感，看了《镇》的片段，感觉"睡6"好不耐烦的样子。

【3楼】就是不想提万初空吧，那个常驻还硬提，真是让人看得尴尬死了。

【8楼】最近总是刷到祁迹，看都看烦了，一眼就能看出是公司刻意炒作。

【25楼】看了视频，我感觉还蛮正常的，就是没看过电视剧说实话而已，他们怎么就不熟了？

【26楼】粉丝别来，首页你们开的帖子还不够多吗？是见不得"不熟"这两个字？

【30楼】他俩频繁出现在我首页的时候我就觉得关系好是刻意营造出来的……私下出行回回都能被拍到，说没有公司操作我是不信的。

【33楼】本来就是假的啊，"睡6"蹭得还不明显吗？他现在的热度基本都是两家粉丝贡献出来的。

【34楼】怎么就是蹭了？据我所知，祁迹只提过万初空一次，还是采访时记者主动问他才说的，反倒是万初空上赶着提过好几次祁迹了，到底谁倒贴谁？

【35楼】"睡6"不是因为《春眠》的视频才"出圈"的吗？

【38楼】查无此人真不至于，好歹他们的团队很火……

07.

猫钻进电视柜的下面，匍匐着身体打量坐在沙发上的外来者。

而外来者也拘谨地挺直脊背把头转向别处，过了好一会儿，直到这间屋子的主人走进客厅，他才把视线收回来，歪过脑袋试图看清电视柜的下方。

"七七躲起来了。"祁迹说。

这是祁迹第二次来万初空家。工作刚一结束，他便绕道过来了。

万初空进了客厅，见祁迹歪着脑袋找猫："它有点怕生，等稍微熟悉一下可能就好了。"

祁迹点点头。

"你要看电视吗？"万初空说着从茶几下面的抽屉拿出遥控器，按了启动开关，再把遥控器递到祁迹手里。

祁迹不好拒绝，随便切换着频道。他正好切到青蕉台，万初空的脸出现在屏幕正中。

他下意识看了眼万初空，万初空面不改色地继续喝自己杯里的水。祁迹本来以为那是水，直到看到万初空用手抹去嘴边的乳白色，才意识到他刚才是去厨房热牛奶了。

祁迹忍不住多瞄了瞄，被万初空迅速捕捉到："又偷看我？"

祁迹不吭声了，总不能说觉得对方可爱吧。喜欢万初空外貌的粉丝很多，把他的样貌夸得天花乱坠，但从没有人讲他可爱。这也难怪，这个词好像和他本人就不搭边，在大众眼里他成熟稳重，虽然偶尔语出惊人，但多数时候他都是待人礼貌不失风度。

茶几上摆着和上次来时一样的零食，芥末味薯片特有的绿色包装袋，一放就是三包，还有一个布丁摆在桌边，靠近祁迹的位置。

"这些是给我准备的吗？"刚进门时，祁迹就注意到了，这一次终于大着胆子问出口。

"你觉得是还是不是？"万初空却反问他。

祁迹再次拘束起来："到底是不是呢？"

万初空把牛奶放下来，放在桌边，靠着他坐下："为什么不敢肯定？"

"你也没有很肯定。"祁迹小声地反驳道。

万初空便笑起来。

"我在好好玩游戏，薯片也吃了，布丁是新买的，叫你来玩你却总不来。"万初空说。

祁迹抿了抿嘴巴，忽然觉得很愧疚。

柜子底下的猫咪这时忽然"喵"了一声钻出脑袋。七七歪着脑袋看两个人，见万初空对这个外来者态度良好，它也放松了警惕，跳上茶几开始舔爪洗脸。

祁迹虽然在节目里抱过小猫，但七七更为特殊。这几个月里他一直通过万初空发的照片看猫咪，却从没有真正见过它，今天是和它见的第一面。

万初空叫了一声"七七"，猫咪听到自己的名字后，迅速凑过去蹭了蹭万初空伸出的手。

"熟悉之后，它就很黏人。"万初空一边说一边看向祁迹，祁迹点点头。

万初空随意拍了拍猫头，收起手后仍然看着他。

祁迹好像从万初空的眼神里读出些什么，迅速转开脸学着万初空叫七七，猫咪迟疑了一下，凑上鼻子嗅了嗅，然后很给面子地蹭了蹭他的手指。

祁迹一脸惊喜，眼神亮了亮，跟万初空分享："我碰到它了。"

祁迹试着把它抱进怀里，七七也很听话，转头朝万初空叫了一声便被祁迹的脸蹭住后背，像是两只猫猫互相靠近。

再转头看电视时，上面播放的电视剧已经不是万初空出演的戏了，而是祁迹上周录制的综艺预告。

祁迹想找遥控器换台却被万初空按住："就看这个吧。"

祁迹整个人一僵："还是不要了吧？"

万初空却说："可是我想看。"

祁迹说不出拒绝的话，最后挣扎一下："也没什么好看的。"

"我想在电视上看综艺不可以吗？"

"……那当然是可以。"

万初空把遥控器拿远了，放在沙发另一边："七七。"

猫咪和祁迹同时抬起头，七七甚至很给面子地"喵"了一声。

祁迹纠结两秒钟，最终还是问："你到底在叫谁？"

万初空似笑非笑："当然是在叫猫了。"

祁迹嘴角抽搐，认命了，万初空就是在耍自己。

过了一会儿，电视上播到祁迹说自己没有看万初空的电视剧，空气中小小安静一下，主要是祁迹安静了下来，万初空问他吃不吃布丁，不吃要被猫吃掉了。

祁迹才开口："我看了。"

"什么？"万初空把七七的猫头推开，以免它碰到布丁。

"你演的电视剧我看了，16集都看了。"祁迹声音不太大，但是很认真。

万初空看向他，祁迹又心虚地移开目光："这周刚看完的。"

万初空反应过来，对祁迹说："我不会介意这种事，你是怕我介意才去看的吗？"

祁迹点头又摇头："你演得很好，剧情也很好，我不知不觉就看完了。"他这周活动很满，都是趁休息时间抽空看的，为此还被队友调侃了。

"那你觉得电视里的我帅还是真人更帅？"万初空问。

祁迹脑袋空白一瞬，见万初空好似随口问一句，干脆分析道："电视剧里有人设加持，那部剧里你的人设是……"

万初空早知道拐弯抹角行不通，不等他讲完就说："你应该说真人更帅。"

祁迹眨眨眼，学舌道："真人更帅。"

万初空满意了，又问："录制那天应该很冷，你在外面跑了多久，脸冻得那么红？"

祁迹有些记不清了："是很冷，手都不敢伸在外面，但我不想喝姜汤……"

"讨厌吃姜？"

祁迹点头。那天真的很冷，第二天他还感冒了，吃了药很困却仍然打起精神赶活动。

他垂下眼睛，小声讲："就是很冷……"

"最近降温穿厚一点，多贴几个暖贴在身上。"万初空说着伸手点了下七七的脑袋，猫咪站在茶几上歪头"喵"一声。

祁迹便眼看着小猫抱住万初空的两条胳膊，张口咬下去。

祁迹愣住，他见万初空的面色如常，忍不住问："你没事吧？"

"它在跟我玩，没有真的使劲。"

万初空说着，手臂上挂着的小猫发出小声呜咽，松开口"喵呜"一声，把小脑袋埋下去。

"七七害羞了。"万初空说。

08.

万初空邀请祁迹来自己家里看猫，现在他自己却和猫咪十分亲近。万初空伸手戳了戳七七的耳朵，那柔软的猫耳便折了下去，小猫的尾巴却竖起来。

万初空笑了笑。

祁迹道："……我觉得它是不想让你碰。"

但是七七并没有躲，还是老老实实端坐在茶几上，任由万初空的手掌从头顺到尾巴尖，一双黄澄澄的眼瞳盯准两个人，似乎是在打量揣测旁边人和自己主人的关系，随即它又歪歪自己的小脑袋。

整个房间都是暖的，电视上播放着什么没人在意，万初空终于停下动作，看着被自己折腾得猫毛乱飞的奶牛猫，忽然转头问祁迹："你不摸摸它吗？"

"我感觉它有点怕我。"祁迹说着尝试伸出手去碰猫咪，七七果然躲开了，一下跳上沙发，蹿到两个人之间后又跳到万初空的膝盖上。

"喵"，七七叫了一声，竟用自己的脑袋去蹭祁迹垂下来的手，祁迹略带惊讶地任由猫咪拱着自己的手心。

"它知道我们认识。"万初空说着把猫抱起来放进祁迹怀里，沉甸甸的重量压在祁迹的大腿上，七七没有挣脱，只是伸爪在祁迹的腿上踩了踩。

"它好乖啊。"祁迹用指尖轻轻拢着猫咪的皮毛，隐隐约约听到它发出的呼噜声，看着它站立的姿势改成趴卧，连换了两个姿势才舒舒服服趴下来。

祁迹侧头想要看看猫咪的表情，低头间却瞥见万初空嘴角带笑的模样。

"你笑什么？"他问。

万初空伸出手指，分别指向一人一猫："你们的名字有点像。"

祁迹表示不想理他。

逗弄小猫是有代价的，祁迹用粘毛器从头到脚清理了一遍，身上还是有猫毛。

万初空走到他身后问："要不要我帮你？"

祁迹疑惑道："身后也有吗？"

万初空打量一番："有，可能是沙发上沾到的。"

"那麻烦帮我……"他话还没说完，万初空已经行动了。

祁迹腰窄腿长，做偶像不能只有一张脸好看，身材管理也很重要，专辑里会有一些需要半露上身的场景，不管后期再怎么修图，最终还是要明星本身底子好才能呈现出好看的身材画面。祁迹的身体线条流畅，该瘦的地方瘦，该有肉的地方也并不干瘪。粘毛器的滚筒压着揉皱的布料牢牢贴在身上，又是从头到脚地滚了一遍。祁迹刚想转头道谢，万初空冷不丁地贴着他的肋骨向下滑动一下，祁迹瞬间想笑，随即闭上嘴巴抬起一双眼看着万初空。

万初空道："帮你粘猫毛，不用谢我。"

我信你个鬼！肋骨附近本来就有痒痒肉，祁迹却不好计较什么，接过粘毛器打算以其人之道还治其人之身，伺机报复回来："那我也帮你……"

"不用了。"万初空抿了一下嘴角，手指触到鼻尖，"这身衣服不粘毛。"
　　别以为他没有看见万初空的偷笑！

　　第二天早上，祁迹醒来的时候整个人呈放空状态，脚边压着一团沉甸甸的东西，缓了好一会儿支起身看，猫咪瞬间起身跳下床。他突然想起自己是来看猫的，实际上只抱了七七一小会儿。
　　昨晚忽然下雨，而且下得特别大，电闪雷鸣，风雨交加，等了好久都不见雨势小下来，自己便在万初空家住了一晚。
　　"醒了？"万初空的声音从房间外面响起，祁迹下意识拽过被子蒙在自己头顶，想要像之前骗经纪人一样，营造出自己还在睡的假象骗过万初空，而他也确实没有睡够，脑袋昏昏沉沉的。
　　头顶的被子被掀开，万初空就站在床头俯视自己："昨天就想说，你的头发剪短了？"
　　祁迹只好坐起来点点头："剪短了一点。"他们的发型轻易不会做过大的变动，发型师也只是微微修饰了一下，没想到万初空看出来了。

　　"原来你会做饭。"祁迹看到摆上餐桌的早餐，万初空把喝汤的勺子递给他。
　　"你是真的一点也不关注我，我在访谈里说过会自己做饭吃。"
　　祁迹接东西的手一僵，试图找借口："你的采访有很多啊，我不可能每一个都看过……"
　　"你的采访也很多。"万初空随意道，"我每一个都看了。"
　　祁迹无话可说。
　　吃过早饭后，祁迹又困了，万初空让他回房间睡觉，祁迹说："我看我还是回家吧……"
　　"吃过午饭再走？你安心睡一觉。"
　　万初空都这么说了，祁迹只好点头应下来。
　　祁迹睡了一觉，午饭过后万初空果然又留他吃晚饭。
　　他义正词严地拒绝了："我明天还有活动要跑，你最近都这么闲吗？"他终于问出了犹豫好久都没敢问的问题。
　　"我最近在看剧本，十二月会进组，到时候有好几个月见不到。"
　　祁迹忍不住抬头问："真的完全见不到吗？过年也不放假？"他说完见万初空笑起来，知道自己又被逗了。
　　可是万一万初空去拍戏真的几个月不能见，那实在太久了，他刚和七七建立了感情基础，几个月不见恐怕七七会忘了他。于是祁迹想问清楚又开口："所以见不见得到啊？"

祁迹的眼神有些好懂，毕竟他不是演员，在万初空面前像小猫一样温驯，把情绪写得一清二楚，很难不令观察者察觉。

于是万初空回应他："只要你想见，当然见得到。"

09.

隔天下午，造型师还在尝试和祁迹沟通给他来一个完全不一样的发型，付霜捧着手机颠颠地凑过来："哥，你知道万初空家有只猫叫七七吗？"

祁迹看见手机屏幕里万初空发的猫咪照片，配文只有简简单单的两个字："七七。"

祁迹陷入沉默，他不仅知道，他还抱过。

祁迹临上场前给万初空发消息："你为什么突然发微博？"

万初空回："我家的猫，不能发吗？"

祁迹在手机上敲敲打打一番又删掉："可以，但是……"

要是想晒猫之前有那么多机会，偏偏挑在这种时候，祁迹很难不多想，怀疑万初空是故意的，又怕说出来傻乎乎跳进对方的陷阱里，他实在吃亏太多次。

万初空："你微博关注我了。"

祁迹愣住，随即道："你知道我账号叫什么吗？"

不可能吧！万初空应该不会无聊到翻自己的粉丝页面，况且他小号伪装得很好，用的是动漫人物当头像，还把年龄调到了三十五岁，表面看像是"宅男"，除了每天都点赞猫猫视频以外。

万初空："原来你小号也关注我了。"

祁迹终于察觉到不对劲："什么叫'也关注'？"

万初空给他发了一张截屏，上面显示"Lullaby6 成员祁迹"关注了他。

祁迹心情颇为复杂："这个账号是公司在管。"

万初空："知道了，那我关注一下？"

祁迹想都没想："不要！"

紧接着轮到他们上场，祁迹把手机递给旁边助理。付霜顺手压上祁迹的肩膀，林杉在一旁半开玩笑地说："注意形象注意距离，有人有了新朋友就要抛弃我们这些老朋友了。"

祁迹往前走的步子一顿，林杉仍是笑着朝他眨巴眨巴眼睛，被任斯拍了下后脑勺。

"马上就要上台了，都稳重点。"任斯意有所指地看向林杉。

林杉比了个缝嘴巴的手势，眼睛依旧带笑意。

祁迹有一些忐忑，怀疑林杉看出点什么却不敢肯定。毕竟半年多以前他和万初空还不认识，那时候的调侃比现在还大胆，两个人真正认识后，成员反而极少将他们两个拎出来说。

表演结束后祁迹拿回自己的手机，见万初空给自己发的消息："好。"

"我这么听话，是不是应该奖励我一个礼物？"

"要奖励。"

祁迹盯着最后那三个字，仿佛能想象到万初空说这话时的神情。虽然他一直给人温润有礼的假象，但私底下很爱恶作剧，令人捉磨不透的同时又有点可爱。

付霜忽然说："哥……"

祁迹猛地抬起头，眨巴两下眼装傻道："是我妈发消息过来，让我最近多穿点。"

林杉在一旁喝水，这下把水都喷出来了，一边咳嗽一边笑。任斯充满嫌弃地讲："你离我远点。"

邱亦始终在回手机上的消息，夏伍则心不在焉地转手里的笔。经纪人一进门看他们这副懒懒散散的模样，深深叹了口气："车已经在外面等了。"

祁迹留在最后想问问经纪人微博关注又是怎么一回事。

何姐先祁迹一步讲话："知道你想问什么，"她意味深长地看了祁迹一眼，"你也在圈里待这么久了，不是小孩子了。你觉得对方会白白给你赚流量，让你把好处都捞了吗？"

祁迹张了张嘴巴想否认，万初空并不是会计较这些的人，相反是因为自己，对方的麻烦事才变多了。何姐却拍了拍他的肩膀讲："你们要是真的关系好，其他人自然也会挖到，与其让别家拿话题当热度，还不如留给自家，祁迹你说呢？"

祁迹有很多话想讲，一时又什么都讲不出口。

他知道这个行业里有许多潜在规则，苏勉超跟他强调过很多次，他虽然明白却不能完全按照那套"标准"走，自己人气低迷也是意料之中的事情。可现在不同了，他被更多人看到，在绝大多数人眼里，他和万初空就变成了看准热度联合起来炒作的关系。

回到酒店后，祁迹给万初空打了个电话，开头第一句便问："你为什么发那张照片啊？"

他想问清楚，所以才第二次提问，万初空却回答他："因为那张七七很可爱。"

祁迹手挨在洗漱池的边缘，低着头深深叹口气，万初空问："怎么了？"

祁迹瞬间什么都忘了，否认道："没什么。"

"是吗？"万初空说，"你和队友关系都很好哦，我看你还扶着夏伍。"

祁迹不明所以，他认真回想今天一天所发生的事，最后找到落点："那是夏伍不小心崴脚，我在后面帮忙扶一下而已。"

万初空"嗯"了一声，计较道："那下次我也要你扶。"

祁迹问："你也穿增高垫吗？"

万初空沉默两秒，只吐出一个字："不。"

祁迹认真地道："那应该不会崴脚吧。"

万初空无言，随即说："我的礼物呢？"

正好这时付霜在外面喊，声音很大："小六哥！你在卫生间半小时了，没什么事吧？"

祁迹连忙应了一声，急急忙忙对着手机讲："那你要什么奖励？"

万初空道："都说是奖励了，应该你自己想。"

祁迹愣住："那我想一想……暂时先欠着。"

"好。"

电话挂断后他顺带洗了把脸才出去，义正词严地跟付霜说："刚才我妈突然给我打电话。"

付霜咬着薯片："那阿姨还挺关心哥的。"

祁迹道："哈哈哈是啊……"

他在心里疯狂道歉，妈妈对不起！

而另一边万初空挂断以后，陈胜航脸色极其精彩："你非要当着我的面打这通电话吗？"

万初空指出："电话是他打给我的，我是接电话那个人。"

陈胜航问："有什么区别？"

万初空一副"你不懂吗"的表情看他。

从和万初空相处这几年的经验来看，陈胜航真的猜出了对方的意思。

"好，我懂了，区别在于这通电话是他主动打给你的。"

万初空微一点头："对的。"

陈胜航试图组织语言："你还真和祁迹混在一起了？"

万初空面色如常："多个朋友多条路，不可以吗？"

陈胜航有点崩溃："那你干吗非要我知道！"

万初空适当弯了下嘴角，然后各啬地收回笑容："分享一下。"

陈胜航真的很想对着对面那张俊脸狠狠揍一拳："你还特意发微博了，真好啊，你和祁迹交好这件事是不是恨不得全世界都知道？"

万初空表示："那怎么了？微博营销号不是更开心了？"

陈胜航无语，他烦得要死："伯母要是知道了怎么办？"

"她管不到我。"

陈胜航神色复杂："你应该知道她只是说不动你才退了一步，她本来就不希望你和娱乐圈里的人交往过密。祁迹还是个唱跳歌手，和演员不一样，你认为她知道了会是什么反应?"

万初空像是才开始思考这件事。

陈胜航很想给他跪下:"我算明白你经纪人为什么管你叫'祖宗'了!"

万初空淡淡扫他一眼:"知道了。"

"你知道什么啊你知道。平时看着挺有脑子,怎么一到这种事上你就不上心了?"陈胜航一顿吐槽后突然想起这人性格缺陷很大。

万初空对人的态度实在古怪,好脸色竟都给了一些并不会深入了解的人,真正和他接触之后才会发现他的脾气乖戾又多变。

陈胜航冷静下来:"好吧,姑且当你俩能相处得很好,但你俩的粉丝呢?你也不是不知道……你们除了是被按头的挚友,也是著名的'互联网对家'。这个称呼可不是白叫的,你的经纪团队不想你走流量这条路,到时候搞得一片狼藉,无法收场。

"我只是提醒你一下别太张扬!"

"张扬吗?"万初空问。

陈胜航语塞,撇开头缓缓叹口气:"放在别人身上不算,但是你又不是不知道你俩在网上多热闹……"他说到一半忽然反应过来,抬头看向万初空的神色一变,"你不会是故意的吧?"

"什么?"万初空明知故问,随即回答,"没有。"

接下来的几天祁迹都很忙碌,他的生日快到了,粉丝自发地换上了统一的庆生头像,公司也准备开一个小型的直播回馈粉丝。万初空正在为新戏做体能训练,两个人在微信上聊天比较多,欠下的礼物还没想好要送什么,万初空每天都提醒他。

祁迹表示:"我记着呢!我在日历上标注了!"

万初空:"原来你这么想送我礼物。"

祁迹拿着手机,一时想不出反驳的话,于是发了个"小猫打滚"的表情包。

而网络上的网友们还在每日数着天数,盼望着万初空能尽快关注祁迹。

　　@出其不意only:空子,你发了猫的照片以后就再也不上微博了吗?你二弟关注你了哎!

评论(201条):
· 空空,给你个机会,今晚速速关注祁迹,我就当你们认识了。
· 二弟这个称呼是不是太土了?
· 短短几天里,目睹"only姐"已经发了十几条类似的微博。

· 我合理怀疑他俩正在背着我们聊天吃饭，只有我们如此在意微博互相关注。

10.

祁迹生日当天的直播流程非常简单，就是在屏幕前聊聊天玩玩游戏，顺便回答几个粉丝提出的问题。公司为此专门找了个主持人，起初祁迹以为对方是负责热场子的，没想到是来挖坑给他跳的，最后临时加了一项流程里没有的场外连线。

"队友不能算噢，他们都知道你今天生日。"主持人努力活跃气氛。

要不是对着镜头，祁迹简直想要直接问对方，你确定吗？

思来想去他还是给自己发小打过去，并在心里祈祷苏勉超不要语出惊人。为了能更好收音，祁迹把手机开了免提斜斜地拿在手里，等电话一接通就立刻问："你记得今天是什么日子吗？"

苏勉超道："什么日子能劳您大驾主动给我打电话？"

祁迹咳嗽两声，苏勉超丝毫没察觉，继续讲："每次给你打电话你都和……"

祁迹迅速提高声音："你真不记得了吗？再好好想想！"

苏勉超收声，迟疑道："你录节目呢吗？"

祁迹呼出一口气："在直播。"

苏勉超道："那你等会儿我看看。"说着竟是没声了，祁迹随意扫了眼弹幕，发现有人问苏勉超被打断的后半句话想说什么。

这个环节本身就很尴尬，苏勉超回来得很快："噢，今天你生日，我说呢。"

· 真的是发小吗？怎么连"7宝"生日都不记得。

· 是去微博搜了一下吗哈哈哈哈。

弹幕刷得很快，为了尽快结束这场尴尬的连线，祁迹迅速说："今天我生日，我想要句祝福。"

苏勉超道："行，祝福你。"

祁迹无奈。主持人给他的要求是让对方说出"生日快乐"四个字，其实很简单，他组织下语言继续引导："这就没有了吗？再说点别的。"

手机忽然振动一声，祁迹拿起手机看了眼弹窗，竟然是万初空发给他的。

万初空："可以打给我。"

祁迹瞬间把手机歪向自己，以免被摄像头扫到。

苏勉超道："祝你福如东海寿比南山。"

祁迹无奈："……就没有正常点的吗？"

万初空："不给我打吗？我知道说什么。"

祁迹默默把手机收到自己胸前，主持人友好提醒道："来，祁迹，我们把手机拿前面一点，不然粉丝们可能听不到对面说话喔。"

祁迹表面保持微笑，内心分外麻木地把手往前伸了伸："好。"

直播只有两个小时，前一个半小时直播间的气氛轻松愉悦，后半个小时祁迹度日如年。苏勉超终于说出那句"生日快乐"，还没等他松一口气，对面又说："其实这个电话你应该给万初空打，他肯定规规矩矩祝你生日快乐……"

电话挂断后，他与主持人脸对着脸，面上均是恬静的笑。

主持人说："要不要听取你朋友的意见呢？"

祁迹艰难摇了摇头："还是不要了吧，我觉得……他应该在忙。"

事后苏勉超还给他发消息说不用谢自己，既然要炒作，那就应该大胆一点。

而现在祁迹只想这场直播早点结束，却不知道自己的屏幕截图早就传得全网满天飞，直播画面虽然像素不高，但耐不住有人锐化再锐化，勉强还是看到了微信弹窗上出现了万初空的名字。

@出其不意only：给大家介绍两部刚刚看过的"经典文学"，名字叫作《可以给我打》《在忙》。

评论（31条）：

· 不要调侃我们"7宝"了，孩子都这么努力了哈哈哈。

· 拜托"7宝"听听你发小说的，那可是你发小啊，他还能害你吗？

直播结束后祁迹还没松一口气，推开门便看见坐在会议室外沙发上的万初空。

万初空见他出来，把手机收起来站起身，坦然自若道："都说了给我打电话，我知道答案。"

祁迹这才反应过来，走上前去："你怎么来了？"

晚上十点刚过，夜漆黑又寒冷，公司里大多数人都下班了。万初空显然来了有一段时间，他面前的桌上摆着空了的纸杯和没怎么被碰过的苹果。

周边的人从他们身边走过去，但眼下祁迹更好奇的是突然出现在他们公司的万初空。

"生日快乐。"万初空说。

因为摄像头很吃妆，直播前化妆师特意给祁迹的嘴巴上涂了层润润的唇彩，他弯起嘴角笑就会有一抹很明显的亮色。

他们并不是很久未见，但在明亮灯光的照耀下都觉得对方有点陌生，而下一秒笑容传达进眼底又是彼此所熟悉的模样。

车子开了一段路，万初空说："本来想给你买蛋糕，你队友说你上午已经吃过了。"

祁迹点头，一五一十地汇报："是吃过了，不过蛋糕有一大半都扣在付霜脑袋上了。"经纪人也不让他们毫无节制地吃，一人一块解解馋，拍个团综素材就足够了。

"还想吃？"

祁迹摇摇头，过了一会儿才后知后觉："是哪个队友？他什么时候跟你说的？他为什么会跟你说？"

"问题太多了，一个个问。"万初空嘴上说着，稍微回忆了一下，"叫什么我忘记了，应该是姓林？有点狐狸眼那个，我来你们公司的时候他还在，简单聊了几句。"

"他叫林杉。"

万初空不怎么在意地"嗯"了一声，祁迹问："你们聊什么了？"

"聊你的一些事。"

祁迹张了张嘴又闭上，不想自己一直问问题。

万初空却看出他的忍耐，主动挑了一些说。林杉聊的都是祁迹训练时发生的事。

"他说你很努力，只是之前差点运气。"

中途万初空的手机响了，他难得没有无视，接起来只说了句"在开车"便直接挂断。

从车上下来以后，万初空照例跟祁迹走进楼道，这一次他却没有立刻走，而是跟进电梯。

"我今天特意赶回来给你过生日，不挽留一下我吗？"万初空刻意说道。

祁迹想了下，忽然一拍手："对了！之前说的礼物我还没给你！"

万初空没想到还有这一茬，祁迹说着等一等，开门进屋，随即想起什么。

"你之前说不习惯被关在外面……那能先等在客厅吗？"

万初空看着祁迹，自然没有不答应的道理。

祁迹回到自己房间，拿出事先准备好的礼物，他也是咨询了队友和苏勉超之后才决心送这件礼物的。

"虽然现在送是有点早……"祁迹不好意思地挠了挠下颌，"但是我觉得很适合你，提前当作生日礼物送给你，会不会太唐突了？"

他和万初空的生日相差一个月，祁迹一想到自己过生日，自然而然就想到万初空了。

万初空很是惊讶，接过装礼物的袋子，认真地看着祁迹："今天是你过生日。"

祁迹笑了笑，眼睛亮晶晶："我知道啊，但和我想送你礼物不冲突，而且我本来就答应过要给你的。"

万初空看了祁迹一眼，随即和他拥抱了一下，趁祁迹不注意，把什么东西放进了他的口袋里："生日快乐，祁迹。"

祁迹立刻笑眯眯应道："嗯，谢谢。"

而后又问："你明天几点的飞机？"

"明早五点。"万初空回答。

祁迹没想到会这么早："那……"

万初空笑了笑："不跟我说晚安吗？"

"晚安。"

第七章
我们就是关系很好

01.01 ──────────●────── 12.04

♡   ⏮   ⏸   ⏭   ☰

01.

主题帖:"睡6"是不是谈恋爱了?

【1楼】让我看看是谁点进来了!我真的服气,这种莫须有的事都有人信?造谣的人没安好心吧,且不说团队不可能让他谈恋爱,就单看这帮人扒出来的料:什么上个月粉丝拍的上班图,人比之前爱笑多了;这个月生日第二天祁迹戴了新耳钉,粉丝全网搜索查不到牌子,一个圈外富婆跳出来说是高级定制,出自业内知名设计师之手……前者我都不想说啥,太多值得吐槽的地方了,我一时不知从何说起。但耳钉还是可以一说,且不说是不是品牌合作,那个耳钉他只戴了那一次就没戴过吧?这就被人怀疑上了……你们不觉得离谱吗!

【2楼】对啊,对啊,不要造谣!

【3楼】真的,怎么会有人这么闲,是没过过生日没朋友送礼物吗?

【6楼】首页突然出现那么多说他谈恋爱的帖子我都蒙了……点进去一看,就这?

【7楼】祁迹现在已然不是当年默默无闻的小明星了,这么大规模的"黑料",很难不让人想是哪个对家搞的鬼!

【8楼】人变开朗了也不行吗?……互联网的网友们这么严格的吗?

【11楼】1楼的那点心思太急迫了吧。耳钉确实没什么好讨论的,那天讨论了好久大家都没讨论出个所以然。我记得"睡6"一直是那种小心翼翼不惹事的

性格。

【19楼】不是说耳钉是万初空送的吗？

【20楼】不会真的有人信吧？那是讨论了好久都找不到同款，网友随口说的！别信！

【21楼】笑死了怎么真的有人信啊。

【34楼】不是说祁迹生日那天万初空特意去万蓁娱乐找他了吗？

【35楼】没影儿的事，是有人讲却没照片，没人敢拍，公司这方面管得挺严的，当笑话听听就行了，这两人稀奇古怪的传言多了去了，总不能把故事当现实吧。

【36楼】稀奇古怪的传言是指？

【37楼】说他们从小就认识……

【87楼】万初空的热度就这么大吗，这楼不是在讨论"睡6"有没有谈恋爱？

【88楼】楼上好好看帖子，楼主"标题党"，一门心思想给"睡6"解释呢。

【89楼】因为没有证据吧，除了耳钉也没什么了，这届网友太严格了。

【91楼】他这几年真没出过什么特别大的事，两件比较大的事都赶在一块发生了，礼物事件后休息了半个月，之后就没什么了。

【92楼】相比起团里其他几个人他算安分的，尤其是"睡5"恋情曝光之后……

【93楼】想说"瞌睡团"的歌越来越难听了，之前还有几首还不错的，这次专辑里都没有能记住名字的歌，他们还有什么拿得出手的吗？

【94楼】"睡6"的舞台视频火了，算吗？

【97楼】有点审美疲劳了，他们团的歌年年都是广场舞风格＋慢歌，没一点新颖的东西。

【99楼】夏伍谈个恋爱把脑袋也谈丢了是不是，敷衍得不要太明显，不管怎样表面功夫要做足吧，祁迹就算谈恋爱最起码在舞台方面没有出过什么纰漏。

【100楼】一时分不清楼上的立场。

【109楼】人缘好也值得你们专门发个帖讨论？过生日送礼物有什么大惊小怪的，是没过过生日还是没收到过礼物，扑面而来一股酸味。

"你的生日礼物我放在你衣服口袋里了，睡醒起来记得看。"祁迹生日那天，万初空走后过了许久发来这么一条消息。

祁迹第二天要出门时才看到，赶忙回去摸了摸昨天的衣服，果然摸到一个正方形的小盒子，但已经没有时间拿出来看，只好先塞进自己新衣服的口袋。

上午的商务拍摄结束后,他又收到万初空发的消息:"礼物看到了吗?怎么没戴?"

祁迹摸出那个方形小盒,打开后发现里面赫然是一对精致小巧的耳钉,不是特别烦琐的样式,很适合日常戴,因为盒子里连个标签都没有,他只当是小工艺品。可即便如此,能收到礼物他依旧非常开心。

祁迹:"看到了,很喜欢!"

下午工作结束祁迹便把耳钉戴上了,林杉随口说了句好看,晚上付霜和他说网上很多人在讨论他那对耳钉的来历。祁迹觉得不太妙,正准备打开微博,这时林杉似笑非笑走过来讲:"祁迹,你耳钉要不要摘一下,是不是太张扬了点?"

祁迹看着他,神色有些茫然,林杉也跟着愣了,连玩笑都不开了,开始正经讲话:"我们知道你和万初空关系好,他家也不缺这点钱,这种消费水准你我也都有能力,但还是……"

祁迹下意识摸了摸自己的耳朵:"是很贵吗?"

"他没和你说?"林杉这回是真的惊讶,随即掩住嘴巴思索片刻,"不是贵不贵的问题,是那个设计师一般人就算有钱也难请到……"

祁迹闻言把耳钉摘掉了,顺带跟万初空说了一下:"耳钉!不能戴!太贵了。"

万初空:"不是说很喜欢吗?"

祁迹:"有机会我再戴。"

"万初空,你犯病了吗?"陈胜航得知此事,第一时间打电话给万初空,"是不是生怕伯母发现不了,送什么不好,偏要送高定?"

万初空在电话另一边问:"你怎么知道?"

"稍微上网搜一下就看到了,那家店我爸经常光顾,你后爹不也是常客吗?我用脚后跟都能想到是你送的!"

"哦。"

"哦?"

"你不用这么操心的。"万初空说。

陈胜航立刻夯毛:"我警告你别犯病,那个圈子的水很深,你这种想和小偶像套近乎的行为是在玩火!"

万初空不说话了。

陈胜航敲了敲桌面,心想造孽啊,早知道半年前就不拿祁迹调侃万初空了,当时他只当两个人不会有交集,万初空这种古怪性格一辈子交不到朋友都不足为奇,谁知道会出现现在这种局面。

"你送他耳钉什么意思？"

"昨天是他生日。"

陈胜航无力道："你是生怕你经纪人太闲了是吧，你们两家粉丝对骂有多难看，你又不是不知道……是生怕他们发现不了，骂不起来？"

万初空垂下眼，睫毛漆黑，鼻梁侧那颗痣更是点睛之笔，把他漠然的神情拖出几分惹人怜爱的味道来："交个朋友怎么了？我已经做得不错了。"

02.

由于万初空进剧组拍戏，他和祁迹两人没有时间见面，打电话发消息的频率自然就提高了。祁迹的队友对此司空见惯，以为两人是想炒作宣传，打算做戏要做全套，只有林杉若有所思。

某天下午练习室只剩下他们两个人，林杉忽然跟他说："哥，你最近和万初空联系得太频繁了。"

音乐还未停止，祁迹先停下了动作，额头上都是汗，脸也很红，眼里好似带着雾气，把他的神色衬得更明亮，神色里是懵懂的茫然。

林杉努努嘴巴笑着说："我就随便讲讲，你不用放在心上。"

祁迹却抹了一把下颌的汗，缓缓站直了身。

林杉眨眨眼："其实就算你有单飞的打算，也不用和万初空绑得那么紧，反正咱们团也快完蛋了。"

祁迹很难讲自己听到这句话的感受，但是他想，按照最近队内的出错频率来看，这个团确实很像要散伙了。

"只是，"林杉勾了勾手指，"你的电话打得未免太勤了点。"

其实最近祁迹也有所察觉，万初空还常常在一些小事上关注到他，包括但不限于在网上看他当天的行程和粉丝拍的照片。

"最好还是不要让夏伍知道吧，那小子嫉妒心有点强。"林杉还在念叨，"不过也没什么大碍，大家都不坏……嗯，也不能这么说。"

祁迹表面看上去非常冷静，实际整个人已神游天外。

林杉与他擦肩而过时拍了拍他的肩膀："安心啦，就算你真的在打自己的小算盘又有什么关系，不管你和万初空到底私交如何，大家都只会把你们两个当作互蹭热度的关系，这个圈子就是这样，不会有人真的相信你们关系要好，是真正交心的朋友。"

祁迹转过头，就见林杉已经大步走出练习室，张开双臂大喊："队长来抱一个。"

门外挺远的地方传来任斯惊恐的声音:"你给我离远点,别过来!"

祁迹晚上没有工作,万初空又不在本市,苏勉超终于把他拉出来一次,让祁迹和自己一起参加失恋女人的谈心大会。

苏巧巧已经和前男友分手有段时日了,却还是生动形象地跟祁迹描述了分手经过,并且越讲越激动。

"祁迹,我以过来人的经验告诉你,不管是找对象还是交朋友千万不能找演员,演员实在太能装了!前一秒还'宝贝''亲爱的'叫个不停,挎着你的手臂和你好兄弟好姐妹,下一秒就否认你们的关系,还特别喜欢强调自己的存在感……"

苏巧巧说完,就又把矛头转向前男友。

"……最让我不能忍的是前任还常常发表很傻的言论,还要我给他介绍资源,我都还没有演过女主,他就想和女主搭戏了?!"

祁迹艰难转过头,小声询问发小:"她不是分手很久了吗?"

苏勉超微微笑道:"本来事情都过去了,她一听说你要来,非要酝酿情绪,提前喝了几杯。"

祁迹无话可说。而苏巧巧还在继续:"甜言蜜语都是骗人的,他最后终于露出狐狸尾巴……"

祁迹老老实实听着,直到万初空的电话打过来,他才惊觉已经这么晚了。

"我出去接个电话。"祁迹说着顺手戴上帽子,他和苏勉超碰面的地点是一家清吧,实在没什么好躲的,但不知出于什么心理,祁迹还是出去,找了个僻静的角落接通电话。

"你在哪里?"万初空问得很直接。

祁迹眨巴眨巴眼睛:"和苏勉超在外面。"

"喝酒?"

"喝了,一点点。"

万初空在电话那端停顿半秒钟:"你什么时候回去?"

祁迹说了个大概时间,那边又是两秒钟停顿:"到家跟我说一声。"

祁迹想到两个人的聊天内容,忍不住问:"我们现在算是真的朋友吗?"

"你说呢?"万初空反问他。

祁迹垂下眼,不敢说什么。他忽然害怕未知的答案。现在这样也没什么不好,他不能贪心要更多了,尤其是做他们这行,真情实意很有可能被人坑得很惨。

外面天太冷,呼出的白雾又扑面融进皮肉,呼出去的那口气是热的,迎面接受的风是冷的,他忍不住打了个喷嚏,万初空问他:"你没在酒吧里面?"

这回轮到祁迹反问:"你怎么知道我在酒吧?"

万初空默了默:"有熟人也在,和我说了声。"

电话挂断以后，祁迹哆哆嗦嗦地把手机揣兜里，回到自己位置。苏巧巧趴在卡座昏昏欲睡，苏勉超一仰头问他："谁的电话？不会是万初空打来的吧？"

祁迹有些迷茫地眨了下眼："不是。"他也不知道自己为什么下意识说谎了。

苏勉超便笑嘻嘻地说："大明星最近很忙啊，这才对嘛，趁着有热度忙一忙，你也别太排斥这些，过了这阵公司迟早会让你和万初空解绑的。"

祁迹颇为郁闷地坐下来，喝掉杯里最后一点酒："不然你改行做经纪人吧，你怎么什么都清楚……"

"你别说，我还真想过，但是你兄弟我吧以前好歹也有过明星梦，真把一个人给捧红了，我心里也不是滋味，唯独你我是不嫉妒的，真的，我说真心话呢。"

祁迹闻言点点头，认真地道："你喝多了吧。"

苏勉超一边摇头一边抬起手，模样有一瞬认真，随即又醉倒下去："因为我是看着你一步步走过来的，我得收回以前说的那些浑话，祁迹，你很努力也很尊重舞台，你值得被更多人看见……"说着说着眼皮打架。

祁迹叹了口气："两个醉鬼，我要怎么给你们搬回去？"他正焦虑着，忽然有人在他身边停下："需要帮忙吗？"

祁迹抬起头看见陈胜航，瞬间明白万初空怎么会知道自己在这里。

话说怎么哪里都能碰到陈胜航？

说实话陈胜航也很想问，怎么每次自己出去玩都能碰到这伙人，今天好不容易不想玩了，来清吧听个小曲喝点小酒，屁股还没坐热，祁迹的发小就来了，紧接着祁迹也来了。

陈胜航帮忙叫了代驾，等待的过程中不由得问："你刚刚出去接万初空的电话？"他说着便忍不住打量祁迹的样子，外貌确实是让人赏心悦目的，放在娱乐圈里也是很亮眼的长相，只是性格有点软。但他从不知道万初空的择友标准是这种类型，这两个人能成为朋友，他是真的有点意外。

陈胜航挨着两个醉鬼坐下，只坐在边缘处："我和万初空也认识好几年了，他这个人吧……被他妈管得多了，难免有点小毛病，你多担待。"

祁迹听他话里的意思，缓慢眨了下眼睛："他跟你提到过我？"

陈胜航点点头："就前阵子的事。"

"那有没有说过我们……"祁迹见陈胜航颇了解的样子，忍不住多问了问。

陈胜航一愣，见祁迹一副欲言又止的模样，忙说："他没细说，放心好了，我嘴很严不会说出去的。"

祁迹"哦"了一声，不知道接下来该说什么。

万初空和陈胜航的关系很好，万初空和朋友提到了自己，那自己也应该算是他的朋友了吧。

祁迹还没琢磨完，另一边苏巧巧精准地一伸腿，把陈胜航从卡座边缘踢了下去。

祁迹连忙起身："……不好意思，你没事吧？"

回去的路上，祁迹一直在想这件事，到了家还不忘给万初空发消息说："我到家了。"

过了一会儿，万初空回复："好，那你早点休息，晚安。"

祁迹就这样纠结着入睡了，殊不知远在一千二百公里外的地方，万初空正在接受陈胜航的教育。

"我一说他在酒吧你下一秒连我消息都不回了，转头就给人家打电话，"陈胜航在电话里苦口婆心，"你不觉得自己很偏心吗？我可是和你认识更久，你偏心偏得太严重了吧！"

万初空不声不响，算是默认。

"你不是很抗拒伯母每天都给你打电话吗，轮到你自己怎么就不多想想？"

万初空若有所思地"嗯"了一声。

第二天，祁迹在经纪人那里收到一份综艺邀约，是预计来年开春才录制的节目。但这不是重点，重点是除了祁迹，他们表示已经和万初空洽谈成功。

03.

对面自然是有夸大其词的成分，但能说出万初空的名字，至少对方公司确实在考虑当中，要知道万初空从未在综艺节目里亮过相，这一次如果能邀请到他确实会成为节目一大看点。

"我之前说过了人家不会白白给你蹭热度。"何姐把提案摆在祁迹面前，"现在这不就等着你吗？他这两年除了拍戏就没干别的了，和你组团出现在综艺里，即便节目本身没梗不好笑，也会有人愿意买单的。"

祁迹从早上起来开始头脑就昏昏沉沉，现在更是无暇思考那么多。他没怎么在意经纪人说的话，吃了两片感冒药后再次投身到工作当中。任斯看出他不太舒服，让他休息的时候多坐一会儿，下午彩排也只走了一遍过场就让他歇下了。

晚上祁迹竟然直接发起烧，但表演已经开始，还是很重要的元旦晚会，临时下场是不可能了，他一旦缺席没人能填上他的位置，只能硬着头皮上。

祁迹为了让自己清醒一点，去卫生间冲了一把水，抬头时看镜子里的自己，虽然耳朵里还有嗡鸣声，心情却意外地平静下来。付霜一脸焦急地等在外面，他甚至有工夫扯着嘴角露出笑，脸蛋被烧得红扑扑，心脏的跳动也变缓了。

但是他想，应该不会比那个时候更糟了。

当初收到谩骂和威胁后，祁迹又因为舞台事故休息了半个月，那半个月里他无时无刻不在害怕，怕自己掉队，怕回去之后跟不上进度。医生说他的腰伤不能根治，极有可能反复，这对当时刚出道没多久的他来说，无异于是天塌了。

祁迹由于过度恐惧而对镜头产生不良反应，那段时间很不好过，但也挺过来了。公司对外只透露他因事故而暂停活动，腰伤只有圈子里很少一部分人知道。

付霜一直认为那里面有他的一份责任，祁迹很爱偷偷抵抗疼痛，不愿意把伤口展露给旁人看，腰疼到忍不住了就躲在练习室和卫生间里小声吸气，还特意把水龙头打开用流水声掩盖自己的呻吟，大家都默契地装作不知道，给他留下独处的空间。

如祁母所说，祁迹太倔强也太要强，表面看好似任人欺负宰割，实则坚定要做的事，无论别人如何说，他也一定要达到自我要求。

演出进行得很顺利，包括谢幕时鞠躬再起身，转身走下台，只是一下场祁迹便晕倒了。

现场手忙脚乱，付霜摸他的额头都烫手，瞬间连脸色都变了，眼泪一个劲地往下掉，只有双手还稳稳搀扶着人。付霜早不是三年前那个怯生生的小孩，现在一个人也敢和狂热粉丝对峙，但在哥哥面前他总也长不大。

救护车赶到事情便压不住了，半小时后热搜"噌噌噌"地往上升。直到凌晨，官方才给出回应声称祁迹只是发烧了，身体并无大碍，但微博底下骂声一片。

祁迹第二天在医院醒过来，烧已经退了，睁开眼看到的第一个人是夏伍。

夏伍见他醒了连忙按铃："他们本来也都在，但还有活动要跑没办法留下，付霜吵着要等你醒，结果被何姐揪着耳朵拎走了。"

他把水递给祁迹，祁迹支起身润了润嗓子。为了保护艺人隐私，祁迹住的是顶层高级病房，甚至还有独立的卫浴，只是放眼望去都是白色、白色，而后空荡荡。

"我没什么事，所以留下了。"夏伍补充道，对自己的境遇好像已经看开了，自从恋情曝光，自己的人气一落千丈，也不是没有怨过，但终究是要自己承担后果。反观祁迹，沾了万初空的光人气一路飙升，他有段时间确实无法接受这样的落差。

祁迹说："你不会一整晚都守在这里吧？赶快回去休息吧。"

"怎么可能，我也才刚到。"夏伍动了动嘴巴，更多的话说不出来了。护士进来给祁迹进行了简单的检查，确认他身体并无大碍，随时可以出院。

等护士走了，祁迹立刻抬头说："要不咱们现在走？"

夏伍一惊，连忙出手："你别，快老实躺着。"

祁迹被按回床上，肩背半靠在床头，他也只是随便说说，知道现在楼底下肯定有媒体蹲守，自己一时半会走不掉。

他躺了一会儿，见夏伍的视线一直落在自己身上，便也侧过头看夏伍。

夏伍立刻躲闪他的目光，祁迹的眼神并不可怕，相反清澈而温和，像一捧清凉的水，把他从头淋到尾，无法不清醒过来。

时间"嘀嗒嘀"地走过，祁迹快要合眼睡着，夏伍终于开口："哥，你也注意一下自己的身体吧，不要硬撑。"

他心里清楚自己没资格嫉妒祁迹。祁迹有多努力他们都看在眼里，不被人看好的那两年他也没有丝毫懈怠，令人惊叹于他旺盛的生命力。是祁迹自己每天不辞辛苦地浇灌那株绿芽，从而才得以开出繁盛的花。

果然，祁迹笑起来回应："好的，我会注意。"

夏伍说完那句话好似轻松不少，缓缓舒了一口气，站起身说："那我……"他话说到一半病房的门便被推开。

夏伍脸色一变，按理说这样的单间进门前都需要敲门示意，但他看见来人，神情随之松懈下来，再次朝着祁迹道："那我就先走了，哥你和前辈好好聊。"

夏伍走后还贴心地把门关了个严实。祁迹看着风尘仆仆赶来的万初空，他不光是身上带着寒气，连眉宇间都仿佛结了寒霜。

祁迹结结巴巴："你……怎么来了？"他暗暗唾弃自己的明知故问，却还是忍不住挪挪屁股，和墙壁贴紧一点。

"你说呢？"万初空连外套都顾不得脱下，快步走到他面前。祁迹脸色还很苍白，嘴唇颜色极淡。他目光一暗："才多久不见就把自己折腾成这样？"

祁迹不敢吭声。

"我听医生说你腰上还有旧伤。"万初空低下头，用手探了探祁迹的头，身上尚未驱散的凉意惹得他一哆嗦，"你是不是什么都不打算跟我说？"

祁迹口齿不清道："似突发状况……"

"生病了自己都没感觉，上台前就没有不舒服的地方？"万初空忍不住责怪他，"你很不在乎自己。"

"对不起，下次不会了。"祁迹立刻认错。

这里离万初空拍戏的地方很远，他恐怕得到消息的第一时间就赶了过来。祁迹想要伸手去拽万初空的衣角，什么意思都没有，就是想拉一拉拽一拽。

"下次还是会，你把自己看得太轻了。"

万初空仍旧很严肃，见祁迹直勾勾盯着自己的袖口看，还试图拽住他。

祁迹想再次说对不起，害得万初空为他担心，但是对方比他先说："如果我说你对我来讲很重要，你会不会珍惜自己一点？"

祁迹愣住。这好像比万初空说他们什么关系都没有冲击力更大，他整个人都蒙了，极其缓慢地眨了下眼睛，然后有眼泪从眼眶里涌出来，一股接着一股，接连不断地续上。

万初空连忙拿来纸巾给他擦眼泪，和之前两次不同，现在的祁迹的状态更像很久之前喝醉了，表情有点委屈又脆弱。

祁迹从万初空手里接过纸巾。他一直以为自己不可以说出内心的感受，不能说累，不能说疲惫，不能说他其实不想这么拼命，不想对着镜头永远是笑脸，自己深夜也会失眠，梦里腾空而坠，惊醒后蜷缩住身子让自己躲进被子里。

他一直想养一只猫却迟迟没有养，因为他连自己都照顾不好。很多时候他都不想再坚持，可是没人想知道他为什么要放弃，大家关注的只有结果，结果是他放弃了，那他也会不甘心。

万初空不懂如何安慰，只好一边为他递去纸巾一边讲："再哭下去我也要跟着哭了。"

祁迹哽咽："对，对不起……"

万初空微微蹙眉："不用道歉，只是下次身体不舒服记得第一时间说出来。"

祁迹试图停下抽噎，但完全控制不住，肩膀还是一抖一抖的。

万初空拿他没办法，继续道："我会担心。"

祁迹哭得更凶了。

"就是做错了。"祁迹对自己的"错误"不依不饶，"我想了很久才……才想好的，有些话我需要好好说出来。"

他一边掉眼泪一边讲话，让人忍不住觉得好笑。

"我真的想好了，不能世上所有便宜都被我占了。"所以经纪人问他礼物是谁送的时他没有搪塞。

"你是我很重要的朋友，不是随随便便拿来捆绑宣传炒作赚流量的工具人。"祁迹说。

万初空停下来，按在他肩膀的力道稍稍加大，语气郑重地问道："你说什么？再说一遍。"

祁迹尐兮兮补了后半句："我希望能和你做真正意义上的好朋友……不过这是我擅自决定的，你不需要……"

"我也是。"万初空等不到他半句话说完，"我也是一样的，你也是我无话不谈的好朋友。"

祁迹愣了下，随即笑起来。

这天上午他和万初空聊了很多，聊到自己的腰伤，说有时候还是会疼……还讲到别的事情，恨不得把以前的委屈都说尽了。

助理来办理出院手续，事先知道万初空也在，并没有表现出很惊讶的表情。他提醒祁迹就算是从侧门走也还是会碰到记者，到时候按照实际情况说就可以了，转到万初空的方向就有点欲言又止。

万初空说："需要我先走吗？"

祁迹摇头："不要，你是来探病的，我们一起走有什么不行？"

万初空心情愉快，表示可以让步："没事，我……"祁迹却坚决要和万初空一起出门。

出去后果然有记者上前，但毕竟不是什么大事件，没有夸张到围得水泄不通。

万初空是临时请假过来的，订了下午的航班赶回剧组，两个人只能在医院门口分开。

万初空朝他摆摆手，祁迹忽然张开双臂。

记者齐刷刷举起手中的相机。

元旦过去，新的一年开始，寒流未走，但春天很快就要到来。

画面定格在两人拥抱的这一刻。

04.

主题帖：祁迹、万初空，你俩进来一下。

【1楼】我不过就是工作了一下午没时间刷微博，你们怎么好得跟亲兄弟一样了？还看到有人到处祝你俩友谊长存，一看首页我还以为自己进了什么山寨，大哥二弟的称呼都整出来了，太土了，土得我受不了。

【2楼】哈哈哈哈哈哈哈哈哈哈哈哈哈哈！

【3楼】楼上笑太大声吵到我眼睛了。

【14楼】我也搞不懂，这算什么？梦想照进现实？

【15楼】这两人的粉丝还在吵架，两个人却当着媒体的面拥抱了，一副哥俩好的样子……世界好玄幻。

【25楼】微博都转疯了，虽然我对他俩不感兴趣，但还是要说一声真好。

【26楼】主要是画面氛围感很足，之前还有人说他俩配合公司炒作宣传，真要能做到这个份上也挺厉害了。

【27楼】我有幸目睹各大微博营销号互相攀比着发图，明明只是一个简单拥抱，他们什么角度都拍了，谁看了不说一声敬业。

【40楼】虽然娱乐圈虚伪的关系很多，表面兄弟也很多，但我看这两人真不像演出来的，祁迹生病了万初空连夜赶来探病。

【42楼】所以是真朋友，不是捆绑宣传？

【43楼】本来就是粉丝瞎传的……

【44楼】上热搜了。

【45楼】不要小瞧这一个简简单单的拥抱好吗？要知道一年前他们压根不认识对方啊！

【47楼】他们为什么拥抱？

【48楼】问就是因为关系好！

【49楼】怎么突然又认识了，不是说祁迹根本不了解万初空吗？之前还为综艺那个事在争论，现在怎么又转变风向……

【55楼】之前我一直觉得"睡6"有点躲着万初空的意思，今天这波操作又是怎么回事？我没搞懂。

【56楼】就是配合宣传的意思呗，属实有点用力过度了。

【57楼】本来他俩遮遮掩掩我还觉得可能是真的关系好，不想被媒体利用，现在这样反而觉得有点假了。

【61楼】我认为他俩就是关系比较好的朋友，最初火起来的那个论坛帖里详细分析过，他俩很多兴趣爱好是重合的，应该很能聊得来。再说有什么人会在得知对方住院以后，连夜赶回来探病的？祁迹一向很注意分寸，这一次在记者面前拥抱万初空，可能也是被对方感动到了。

【64楼】这么一说他俩关系真的好好，普通朋友真能做到这个地步吗？听说万初空请了一天的假，航班也是当天到当天回，看样子真的很忙，但都这么忙了也要过来亲自看一眼祁迹，确认他没事。

【67楼】最让我惊讶的还是"睡6"主动拥抱了空，明知道有很多人盯着他们、明知道摄像头在拍的情况下还是伸出手了。"睡6"一直是很小心谨慎的性格，说出的每句话都会斟酌，今天是真没考虑那么多。

【71楼】关系真有上面说得这么好吗？存疑。

【78楼】关系能不好吗？微博上那帮人都管他俩叫大哥和二弟了，妥妥的拜把子兄弟！

【79楼】不愿再笑，这帮女的到底怎么想的，这两人认识之前：一定从小就认识了。两人认识之后：一定私底下很熟。好不容易拍到拥抱了：一定是演的。好冰冷的文字，好冷血的网友。

"哥，说出来你可能不信。"付霜挪开摆在眼前的手机，跟祁迹讲道，"你和万初空拥抱的讨论度还没有谣传你恋情的讨论度高。"

距离祁迹发烧晕倒已经过去一周多，一周前付霜还紧张兮兮，唯恐祁迹哪里不舒服，连推门都要抢在祁迹前面帮着推开；一周后的现在，他又皮猴儿一般无法无天起来。

祁迹叹了口气，他是知道这回事的，还知道微博营销号拉他和很多女明星配对炒作，好像非要从中找出一个不可。然而祁迹压根没有恋爱可谈，这帮媒体在方向上就出了错。

　　事情发展到这一步是祁迹怎么都没想到的，然而更离谱的事情还在后面，公司本来还在考虑综艺邀约，现在却要祁迹立刻给出答复，说是趁热打铁。

　　傍晚时祁迹在电话里硬着头皮向万初空提了这件事，对面反过来问他："你不想和我一起参加节目？"

　　"不是，我是觉得你……你不是不上综艺的吗？"

　　"之前不想，现在可以了。"

　　万初空没说他经纪人才知道两人私下频繁联系的时候气得两眼翻白。他并不知道两个人关系不错，只晓得不能便宜全被对方公司占了，之前一直不接综艺类节目是考虑到万初空的不可控性，这一次难得万初空主动提出来，他认为可以一试。既然现在热度正高，那就顺水推舟一把。

　　万初空无所谓经纪人是什么想法，在他的世界里只有他想和不想两个选项。

　　祁迹大致明白了万初空的意思，但是说实话，很多时候他也根本猜不透万初空在想什么，万初空总是一会儿好猜一会儿不好猜。祁迹可以看到表层，更深的却看不透。

　　好在他向来心大，既然万初空不排斥，经纪人又在催促，他也没有什么不接下来的理由。

05.

　　二月初，网上放出一些万初空和祁迹可能会合作的消息，但大家大多是以为祁迹要去拍戏，到最后居然传成两人要饰演一对亲兄弟。

　　而Lullaby6新专辑的成绩终究还是没有打破往年的纪录，夏伍恋情曝光后团队运营也大不如前，再加上邱亦开了单人活动比团体活动还要多的先例。从年初开始，成员们各自的行程活动就比团体来得多，很多节目也不再请一整个团，而是看人气下菜碟。除夕前夜的晚会倒成了六个人难得的合体活动，寒暄一番后付霜又四处拉人和他一起打游戏，沉寂许久的微信群再度热闹起来。

　　祁迹到现在还没有新一年已经到来的感觉，过去的半年发生了太多事情，大家都有了许多变化，他自己恐怕是变化最大的那一个。在休息室待了一会儿，他就坐不住了，起身说要出去一趟。

　　祁迹不是第一次来这边演出，对后台已经很熟悉了，找休息室并不费力。他在最末尾的休息室停下来，门没有关严，隐约能听到对话声。他敲了敲门，里面的声音停了。

万初空说:"你可以出去了。"

陈胜航嘴角抽搐:"祁迹知道你这副嘴脸吗?"

他起身余光扫到桌上摆放的手机,屏幕的右上角已经磕碰出渔网似的纹路,还是动动嘴巴提醒道:"你怎样都好,伯母那边还是要……"

万初空朝他露出一个笑,并不接话。

陈胜航表情微妙起来,最后只留下三个字:"别发疯。"

门打开了,祁迹站在外面,陈胜航朝他问了声好。

祁迹连忙说:"上一次谢谢你帮忙,给你添麻烦了,不好意思。"

不等陈胜航回话,万初空插了一句:"什么上一次?你做了什么?"他的眼睛看向陈胜航。

陈胜航解释:"就是在酒吧他两个朋友喝多了,我帮忙搬上车。"

祁迹又说了一声"谢谢",万初空垂下眼看他:"你没跟我说过。"

万初空的睫毛很浓密,垂下看人时有点像在故意示弱。祁迹傻乎乎地说:"那天已经很晚了,而且……"

"而且?"

陈胜航见他们俩对话完全顾不上自己,识趣地移开步子走了,以免自己遭殃。

祁迹自然不能说是当晚苏巧巧的话令他有所疑虑,反正现在两个人已经说清楚了。

于是他赶紧道:"我们先进屋再说。"

万初空却不让步,还故意向前一步把他挤到门框边:"而且什么?"

祁迹只好胡乱找个理由:"而且我那天已经很累很困了,你忘了吗?我第二天就发烧了。"他的本意是让万初空不要追究这件事,却不想万初空更加在意起来。

"那么冷的天穿得又不多,还跑去外面打电话,当然会生病。"万初空语气稍微有点重。

祁迹抬起头看他。

万初空看到祁迹的眼睛,依旧澄澈清亮地映出自己的模样,微微抿了唇,把门推开道:"先进来吧。"

进屋后祁迹说:"和上次一样没有人。"

"这间休息室只有我和陈胜航两个人,他不在就没别人了。"

祁迹愣了愣:"为什么?"

万初空神色淡淡:"有钱。"

见万初空这种反应,祁迹立在原地不敢动了。

万初空在桌上摸到自己的手机,转过头看祁迹。

"我是不是打扰到你们讲话了?"祁迹犹豫一下问。

"没有。"万初空朝他招手,祁迹却不敢上前。

万初空主动走过去把他拉到自己面前,大概觉得这样还不够,又把手臂搭在他肩侧:"我没有和你生气,你能来我很高兴,只是我刚刚和我妈通过电话。"

祁迹似懂非懂:"吵架了吗?"他对万初空的家庭了解并不多。

"没有。"万初空缓了缓口气,缓缓捏住祁迹的肩膀,"我不想和她吵架。"

祁迹没听明白,想要侧头看看对方的表情。

"刚才本来打算去找你,结果你主动过来了。"

"我发过消息给你,你大概没看到。"祁迹回答。

"我看到了,但没来得及回。"万初空松开手,和他对视,回答道。

祁迹眨眨眼,有些不好意思,拐着弯地回应道:"你没回我消息,我就来找你了。"

万初空弯起嘴角:"七七也想我了。"

祁迹愣了一下,万初空最近出去拍戏,确实也很久没有见到自己捡的那只猫咪。

门外有人找万初空,但和上一次不一样,这回老远就听到声音。

"应山!哎,应……万初空人呢?"

祁迹略带诧异,只见万初空伸出手指轻轻抵在嘴唇上,示意他不要出声。

就这么静了片刻,祁迹忍不住开口:"你不出去迎一下吗?"

"没这个必要。"万初空淡淡道。

祁迹稍微有一点在意。那晚在后台,他分明听到有人叫万初空以前的名字,但万初空对此没有任何解释,事后也没有去找那个人。

零点一过,舞台中央撒满了彩带,祁迹和成员们站在一块,与万初空相隔甚远,好不容易从间隙中寻到对方的身影,对视一眼后在众人的欢呼声中迎来了除夕。

他们根本没有闲聊时间,刚刚碰面又要马上分开,祁迹有大半年没有回过家,早和家里人说好,过年这几天要回老家看一看。万初空的家庭构成较为复杂,不过祁迹猜测他也是要回家过年。

晚会结束后,祁迹本来还想找万初空说几句话,但对方不在休息室,问了陈胜航也不知道他去了哪儿,只得作罢。祁迹匆匆赶往机场,路上给万初空发了几条消息,但都没有得到回复。

祁家在镇上还挺有名的,以前是大家族出身,只是到了祁迹爷爷那一辈就没落了,只剩下一个四合院住着一大家子人。祁迹小时候也住在这里,他算是被爷爷奶奶养大的,五六岁才被父母带到城市里。

如今爷爷已经不在了,奶奶生着病,状况时好时坏,有时候连自己的孩子都认不出,全凭一口气吊着。家里有姑姑和祁母照看,大伯逢年过节回来一趟,一家人关系还算和睦。

祁迹下飞机后看到万初空回的消息，大致是说自己也到家了，让他路上小心，还问他什么时候回来。祁迹拦到一辆出租车，报了地址后低下头回："年初五就回去，你呢，休息到什么时候？"

祁迹他们那个镇子不算大，如今旅游业旺盛，镇上也拉横幅搞什么文明建设，然而结果可想而知，压根没几个游客来。祁迹如今的身价和往年不一样了，一下车看到镇子的路口新挂出来的横幅，只简单扫了一眼他就被狠狠震撼到，双脚仿佛被封印在原地不能动弹。

横幅上面赫然写着：喜迎 Lullaby 祁迹回家过年，你是全镇的骄傲！

不知道谁出的馊主意，Lullaby 后面还没有 6，祁迹头皮一阵发麻，恨不得立刻上前扯了那红底黄字异常醒目的横幅，但又怕被安保人员当众围堵，过年再上一个微博热搜。

他把自己裹得更紧，帽子严严实实扣在脑袋上，思索片刻还是偷偷拍了张照片，本意是想给万初空发过去看一看，结果手一抖发在了微信群里。

他刚想用冻僵的手点撤回，付霜已经回复："小六哥，你不只是镇上的骄傲，也是我们的骄傲！"

祁迹的手更僵了，点了几次都没按对地方，着实恼火了一下。

任斯发了一张竖大拇指的表情包。

接着林杉也发了一张。

夏伍也跟着发了一张。

祁迹干脆不撤回了，在群里问："你们怎么都这么有空？"

邱亦的表情包也发了出来。

祁迹不想理他们了。

任斯："回家了啊，没事干，睡了一上午，刚被我妈赶出厨房。"

付霜："在打游戏，一看是哥你发的消息立刻退出来看一眼啦，我是不是很给面子？"

祁迹咬牙切齿地回："我谢谢你！"

等终于到了家门口，见大门锁着，祁迹便按着门环叩了两下，没一会儿有人走来问："来了，谁呀？"

祁迹听出声音："是淮姐吗？我是祁迹。"

门里动静一顿，大门拉开的同时，便听女人扯着嗓子往屋里喊："舅妈！祁迹回来了！"

祁迹迅速顺着门缝钻进来，唯恐邻里探出头："姐，外面那个横幅是怎么回事啊？"

女人眨巴两下眼睛，似乎才想起来："是镇长出的主意，说要迎接你回来啊！你说你回来了也不提前说一声，我们好准备准备。"

"别别，千万别！"祁迹赶紧止住女人的话头，同时庆幸自己没有说什么时候会到，不然很可能要经历一场更加尴尬的迎接，"姑姑呢？"

祁迹的表姐大了祁迹两岁，如今已经结婚，看模样却比祁迹成熟不少。两个人的眉眼有几分像，都是标准的桃花眼。

"我妈打麻将去了。舅妈在屋里和姥姥说话呢，快进屋吧，这儿怪冷的。"

祁迹点点头，进了屋子和奶奶打招呼，奶奶似乎认出他了又似乎没有，祁母给他让出位置，让他坐一会儿。

"你爸跟你大伯出去买东西了，我估计挺晚才回来，你吃午饭没？"祁母问。

"吃了。"祁迹说，其实没有吃，只是刚下飞机，一路上没怎么睡踏实，没什么胃口。

祁母点点头，忽然抬手摸了把祁迹的脸："瘦了，又瘦了。"

祁迹笑了笑，祁母皱眉看他："就知道傻笑，多大的人了连自己都照顾不好，生病发烧都不知道。"

"我晓得。"祁迹忍不住用家乡话，抱住她肩膀晃了晃，说了几句好话。

上次他发烧晕倒的事情闹得挺大，祁母不放心想过去看他却被他制止了，祁迹再三保证今后会注意身体。他总是这么说，没一次不逞强，祁母拿他没办法。

回家后，祁母还是忍不住责怪，好在没有说很多，因为奶奶忽然让祁迹坐下，嘴里小声嘟囔："你挡着我看电视了。"

祁迹连忙让开，奶奶却还是说："坐下，快坐下。"

祁母干脆道："你坐着陪你奶奶看会儿电视吧，都大半年没回来看过了。我去找你姑姑去。"

祁迹没什么眼力见："你也去打麻将啊？"

祁母瞪了他一眼，嘴里嘀咕："我就去看一眼。"

祁迹笑起来："好，那你去吧。"

等祁母出去了，奶奶忽然转过头看祁迹："不要怪你妈啰唆，她也是为你好。"

祁迹一愣："奶奶？"

老太太却又扭过头认真看电视，祁迹等了一会儿没等到其他话，手机在口袋里振动一下，拿出来看是万初空回复了刚才那张图："不加前缀更好。"

祁迹反应过来，对方是说横幅上的团名。

祁迹："重点不是这个！"

万初空："那是什么？"

祁迹说不上来，只好回到之前的问题："你还没说你放假到什么时候。"

万初空："不确定。"

祁迹心想好吧，手上也打："好吧。"

他心里多多少少有点在意，旁边的奶奶忽然说话："小七又挨欺负啦？"

祁迹抬起头，见奶奶慈祥地看着他。

"你呀，性子太软了，哥哥姐姐欺负你，你就欺负回去嘛，不要怕被大人骂。"奶奶伸出手摸了摸祁迹的脑袋，下午的阳光正好，顺着窗子把老人银色的发丝染上一层金黄，"你爷爷向着他们，奶奶向着你。"

祁迹记得确实有那么一阵子，自己总是挨欺负，十分渴望能有个人为自己撑腰。那个时候爷爷还在，爷爷更喜欢比他大一些的哥哥姐姐，而奶奶常常会背着所有人偷偷塞一块糖给他。这个家里她不管事也说不上话，只能以那样的方式安慰祁迹。

后来祁迹一家搬出去住，祁迹到市里读书，在一堆同龄人里，他也是最安静的那一个。父母工作忙，他从小学开始就读寄宿学校，因此很渴望被年长的人关心和爱护，直到上初中这种想法才渐渐淡去，变成什么都可以自己来的性格，偏偏他还有点笨，总能把事情搞得很尴尬。

奶奶说："小七明年就要上一年级了。"

祁迹这才反应过来，奶奶并没有真正认出他。

过了一会儿淮姐迈步进来，朝祁迹笑了笑说："姥姥挺想你的，总是和我们讲小七、小七。"

祁迹知道这是客套话，近几年来亲戚们对他的态度都很好，祁迹有时候分不清这里面掺了几分真又有几分假，但是无所谓，他不是很在乎这些，闻言也跟着笑了笑，阳光斜斜照在他侧脸上，仿佛有光晕落在他的头顶。

淮姐愣了一下，随即说："都说当明星养人，这话真没错。"

她话音刚落，祁迹的手机就响起来，一看是万初空打来的，下意识起身了。

淮姐说："你去接电话吧，我看着姥姥。"

祁迹点点头朝外屋走去，接通电话后对面先说："怎么不回消息？"

祁迹说："在和家里人说话没看到。"

万初空不吭声。

祁迹又说："是真的，我奶奶和我讲话，她这一年身体都不太好，我又有好久没回来，已经认不出我了……"说着说着，忽然有点委屈。

"嗯，我知道。"万初空声音很轻地应道，"还以为你跟我生气了。"

祁迹说："生什么气？"

"不知道，就是你不理我，感觉你生气了。"

祁迹声音也不自觉放轻："可是之前一直是你不理我，昨天我去找你没找到人，发消息你也不回。"

"是有一点事情……"

"我问你你就说有事，到底是什么事不能说？"祁迹的语气稍稍重了点，倒不是生气，他向来好脾气。

另一边万初空沉默一下:"我妈的朋友是这次晚会的总策划,他找我有点事稍微聊了一下,等我回去想去找你的时候你已经走了。"

祁迹也学着万初空不吭声。

"你生气了。"万初空的声音低沉好听,"不气好不好?"

祁迹说:"我没有生气。"

万初空说:"韩叔找我是我妈有话要跟我说,她让我当晚就回家,本来我是打算和你一起过除夕的。"

祁迹张了张嘴巴,万初空继续说道:"怪我之前没和你说,还以为有时间碰头的。"

祁迹忽然不能理直气壮了,讷讷道:"这样啊。"

万初空学着他的语气:"是这样啊。"

祁迹说:"但是我今天给你发消息,你也没回我。"

万初空耐心地道:"今天家里来客人,我负责招待他们,手机放在房间里,看到立刻就回你了。"

祁迹道:"嗯,哦。"他已经不气了,不对,他压根没有生气!

"生气也没关系,但不要生闷气。"万初空在电话另一端说,"好吗?"

不等祁迹回答,他又说:"好的。"

祁迹哭笑不得:"这不是我答应的。"

"我替你答应了。"

两个人又聊了几句,电话挂断之后祁迹才看到万初空给自己发的消息。

万初空:"初七之前应该都没什么事,但是暂时回不去,等你回来我偷偷去找你。"

"猫变肥了。"

"你为什么不理我?"

"七七也不理我。"

祁迹翻到最后一条消息,仿佛能通过文字感受到对方浓浓的委屈,他嘴角止不住地上扬,回了一条:"你的粉丝知道你背地里这么幼稚吗?"

万初空很快回复:"只有你知道。"

06.

大年初二,一大家子人围坐在一起聊天,小一辈则在院子里到处跑。以往陈思颖最讨厌这种时候,既要和一年见不了一面的亲戚打招呼、赔笑脸,还要努力思考应该如何称呼对方。她见乔启锐虽然不是这帮小辈里年龄最大的,却是表现最成熟的,忍不住转移视线到自己另外一个舅舅身上。

万初空仿佛察觉到她的目光，停下交谈向她看了过来。

陈思颖被吓了一哆嗦，忍不住好好坐直，随手拿起桌上的薯片，塞到嘴里一片，又是似曾相识的刺激味道，她低头看了看包装袋，不出意料是芥末味。

过了一会儿，万初空走过来跟她说："你吃的是我的薯片。"

陈思颖怔住，下意识把手递过去，老老实实还给万初空："对不起，我没注意……"

万初空没有接，反而观察她几秒钟："你有点反常。"

陈思颖装傻道："嗯？有吗，哪里？"

万初空在她身边坐下，问她："怎么不和乔启锐他们一起玩？"

陈思颖道："……过了这个年我都成年了。"

万初空"嗯"了一声没有后话，陈思颖忍不住讲："在你眼里我跟他们是一个辈分的吗？"

"没有。"万初空出声，"乔启锐可是你舅舅。"

陈思颖被噎得没话说，抬头看男人的侧脸，万家人都生得很英气，连她自己也是一样。万初空恐怕是把这份基因继承得最好的一个人，陈思颖听自己妈妈讲过，万初空的生父同样长了一副好相貌，生得很高大，可惜是个人渣。

家里人很少提到万初空的生父，陈思颖也只听姥爷念叨过，当初要没发生那档子事，万初空的性格本不应该变成这样。

她从前对自己舅舅的过往没兴趣，也没有深入了解过"这样"具体是哪样。自那次与万初空聊过祁迹后，突然对曾经的事产生好奇。可惜父母都不愿意告诉她，以她还小为由让她少打听长辈的事。

这让本来只是好奇的陈思颖起了必须知道的心思，某天周末午后去拜访姥爷，拉着老人问起来。

外面小孩子还在玩闹，陈思颖说："舅舅，你小时候也和他们一样很闹腾吗？"

万初空看向寒冬天在院子里疯跑的几个小孩子："没有。"

陈思颖刚想呼出一口气，只听万初空说："我顶多就是爬爬树翻翻墙。"

陈思颖瞬间扭过头："你管这叫不闹腾？"

万初空又观察院外一阵："起码不会平地摔把衣服弄脏。"

陈思颖严重怀疑他是在嘲讽。

"怎么了？"

陈思颖抿了下唇："姥爷也说你小时候很活泼，经常抓虫子吓他们……"

"是吗？"万初空思索片刻，平静地说道，"过去太久，不太记得了。"

陈思颖不知道该看哪里了，把手机拿出来习惯性点开微博，而后猛地想起什么迅速转过头。

万初空不解："嗯？"

陈思颖道："祁迹都关注你了，你为什么不关注祁迹！"

万初空已经快把这件事忘了，当然也没办法跟外甥女讲祁迹的账号是由公司管理，只得说："忘了。"

陈思颖的表现很激烈："忘了？！"

万初空淡定："你是没听清吗，这么大声重复。"

陈思颖狐疑地看着他："那你现在记起来了。"言下之意，还不赶紧关注！

万初空停顿几秒："稍等，我去问问。"

这回换陈思颖不解，这种事有什么好问的，问谁？

随即她恍然大悟道："舅舅，你的账号是不是公司在管，平时不给你们用的？"

万初空点开对话框的手一顿，见外甥女一副"我都懂"的表情，张了张口把反驳的话压在舌底，转而变作一个"嗯"。

然后打字道："我关注你了？"

祁迹没有回复，恐怕也在应付自己老家的亲戚。

之前两个人聊天，祁迹还跟万初空诉苦，说他们镇长特意给他摆了一桌席，请了男女老少一大帮人吃饭，他坐在中心位置尴尬得恨不得钻到桌子底下。而且不知道是哪个缺德队友，把横幅照片发给了他们经纪人，他今天在官方微博看到那张图和评论里无数条"哈哈哈哈"，一头撞死的心都有了。

万初空安慰他："稳住，别死。"

祁迹回他："你这样让我更尴尬了！"

陈思颖还在旁边说话："嗯，我知道了，一定是你们公司有规定不能随便关注人，你才不关注祁迹的对不对？"

万初空问她："你这么在意干什么？"

陈思颖一时嘴快："当然在意啦，你不知道你不回关，我宝贝挨了多少骂，都在说他故意贴着你，蹭你热度……"

万初空打开微博，切换账号，在搜索栏输入祁迹的名字，点击关注。

整套流程仅用了半分钟不到，而后转过头对陈思颖说："那互相关注算什么？"

陈思颖无言且震撼，干巴巴开口："舅舅，你……"

到了吃饭时间，饭桌上几个小辈吃了几口就不消停，跑下桌就想去玩。陈思颖吃得差不多了，她妈便跟她讲："你要是不想在这儿待着，就去看着点弟弟妹妹，哦，还有你舅舅。"

陈思颖无奈点头,临走前最后看了万初空一眼,那人正在和她姥爷讲话,脸上是温和得体的笑容,微微低头侧耳倾听很有礼貌。

见陈思颖看自己,他再一次抬起眼。陈思颖赶忙转过身,心道舅舅未免太敏锐了。

客厅里一堆小孩咋呼,陈思颖头疼得厉害,拍了拍手说:"好了好了,都不要乱叫了,打扰大人聊天,姐姐给你们看点有趣的东西。"

其中一个小孩道:"不要!肯定又看姐姐喜欢的明星,我不看。"

陈思颖面露微笑,神情颇像万初空,残忍无情道:"反驳无效。"

电视上播放着Lullaby6的舞台表演,沙发上坐着几个不情愿的小孩。陈思颖有些走神,她见乔启锐在折薯片袋子,动动嘴巴出声问:"乔启锐,你喜欢你哥吗?"

乔启锐看了她一眼,小大人似的说:"你应该叫我舅舅,管我哥也应该叫舅舅。"

"知道啦。"陈思颖说,"那舅舅你的回答呢?"

"喜欢。"乔启锐用一种"你好莫名其妙"的眼神看她,"他是我哥啊。"

陈思颖点点头,咬咬唇继续问道:"你不……你不吃醋吗?你妈妈对你哥的关注更多一点。"

乔启锐更加莫名其妙,看着她说:"是我哥一直陪着我。"

陈思颖得到答案非但没有放松,反而更用力咬着自己的嘴唇:"抱歉,我……"

她不该问乔启锐这种问题,过完这个年他也只是个八岁的小孩,愧疚感几乎淹没了她。

"没事,我哥说了你比我们都小,我得让着你。"乔启锐说得头头是道,眼神却还是小孩子的眼神,忍不住偷偷看她一眼,"我哥很好的,他一直陪着我到现在,不然他早该走了。"

果然,陈思颖想到姥爷给她讲的那些事,姥爷和她说万初空以前不是这种性格的,他小时候也很调皮,仗着机灵会讲话没少惹事,但是大家都很喜欢他。

直到万灵离婚,为了追求自己的事业,她把孩子留给了男方。在父母离婚之前,万初空只接过一部戏,只凭那一部戏便被大众熟知,那之后就是无休止的被压榨。万初空还是应山的时候当过平面模特也拍过烂剧,他出名时和乔启锐一般大。

起初万灵每周会给他打一个电话,问问他近来的生活,后来工作越来越忙,变成每个月一通电话,通话的时间也越来越短。直到有一天,尚未长大的万初空主动给她打电话,向她求救,他说自己太累了,爸爸对他不好。万灵却只当他是在撒娇抱怨,觉得小孩子说话向来不知轻重,爱往夸张了说,所以她转头就告诉了万初空的父亲。

那之后万初空再也没有主动给她打过电话。

万初空上初中那年,万灵再婚了,两个人的交流便越发地少。起初万灵以为儿子是责怪自己另外寻求了一份爱情，她以为那是少年的叛逆期，是她对他关爱太少才导致的结果。

但后来这种情况越发严重，她想要给他打一通电话问候，万初空却总是挂断她的电话。

她的再婚对象最先察觉到不对劲，提议和她一起回国，孩子没有发生什么事情当然最好，还是要亲眼看一看才能安心。

结果可想而知，少年的寡言并不是针对她这个母亲，而是针对所有人。

"你舅舅他以前很爱笑也特别调皮，嘴又甜……"陈思颖见姥爷回忆时眯着眼，最后只留下悠长的叹息，"他被万灵接回家已经十几岁了，继父对他好，但那毕竟不是他真正的家。等我见到他的时候，他既懂礼貌又会笑，客套地管我叫'舅舅'。我心里一空，山儿以前不会这么老实，以前还扯过我的头发，我问他还记得吗，他却说是小时候不懂事太胡闹了。"

那个满是阳光照耀、屋子里却冷冰冰的午后，陈思颖听姥爷说起了许多，老一辈人最爱回忆也爱讲过去的事。

她好像知道万初空性格里的古怪是哪里来的了，他的童年是被打碎拼凑起来的，一半的甜和许多苦融在一起，他观察这个世界的角度和其他人不同，他不再相信任何人了，却唯独留出一道口想看着别人如何靠近。

陈思颖看着面前的乔启锐，仿佛看到许多年前的万初空。

大家都想留住乐观开朗的他，用尽了方法去挽留他，却忘了问他是否想要回到过去。

他们流露出怀念的目光时万初空在想什么？他就像小孩子一样较真，他观察他们，把自己放在旁观者的位置，稍有一点不对劲就失去兴趣。他的期待从来没得到过回应。

乔启锐说："哥本来一毕业就想搬出去住了，但是没有人照顾我，所以他留下来了。"

陈思颖想起姥爷说的话。

"山儿他啊，一直都是个很好的孩子。"

07.

祁迹："你是说微博吗，为什么突然又要关注我？"

倒酒的间隙，万初空看见祁迹发来的消息。

万初空："我们是互相关注。"

祁迹回了两个问号。

祁迹："我刚刚被镇长逮住去给人签名了！"

万初空打字:"大明星辛苦了。"

祁迹无言以对,一转头就是镇长那张喝酒喝出了高原红的脸。他们有求于祁迹,不敢劝他喝太多酒,反倒是把自己人给喝倒了。镇长想请祁迹帮忙拍个类似宣传片的视频。

祁迹说:"不好意思,这个需要我们公司同意……"

"你现在都是大明星了,这点事还不能做主?"镇长满身酒气,操着一口家乡话。

祁迹小声嘀咕:"我人都卖给公司了……您别起来了,我先问问我们经纪人,您坐!您坐!"

祁迹暗自抹了一把汗,先是给何姐发消息,又转回头问万初空:"你那边怎么样?"

万初空:"在吃饭,偷偷给你回消息"

祁迹:"那你先吃饭,晚点再聊。"

万初空被长辈灌了不少酒,好不容易从饭桌上下来,到客厅看到几个小孩被陈思颖按在沙发上苦兮兮地看祁迹他们团的演出回放,竟然也坐到一旁看起来。

陈思颖干巴巴叫了一声:"舅舅?"

万初空看了她一眼,自顾自拿起桌上的薯片,拆了两下没打开。

乔启锐说:"哥,袋子我给封上了。"

陈思颖觉得他是喝醉了,试探性问了一句:"舅舅你要不要回屋休息?"

万初空表现得很冷静,把薯片打开了却不吃,稳稳拿在手里,盯着电视看了一会儿冷不丁说了句:"他很亮眼也很优秀。"

陈思颖愣了愣,随即反应过来:"你说祁迹吗?是啊,就算他们团队现在变成这样,他的表现也从来没让我们失望过……不对,舅舅,你喝多了吧。"

"没有。"万初空大概觉得热,解开袖口的扣子,把袖子往上折了折。

陈思颖这才注意到他腕上的手表,还觉得奇怪,万初空以前从不戴表,除非参加一些商务活动赞助商要求。

她只好奇了那么两秒便把这件事略过去了,没想到万初空主动问她:"你想问我为什么戴表?"

陈思颖脑袋空白了一下,思索自己刚才难道把想法说出口了?

紧接着万初空说:"是祁迹送我的生日礼物。"

陈思颖不可思议地睁大眼睛。

万初空似乎对她的反应很满意,终于肯从袋子里拿出一片薯片吃。

"可是……不是……舅舅你!"

元旦当天正好是万初空的生日,巧就巧在那晚祁迹发烧晕倒被救护车送进医院了,热度完全压过了粉丝为万初空庆生的话题。两家粉丝早就看对方不顺眼,暗戳戳互相鄙视了很久,陈思颖的追星姐妹就参与进去了。只不过后来被媒体爆出两个人堪称名场面的拥抱图集后，争论的那一拨人暂时消停下来。

万初空用戴手表的那只手再次拿起一片薯片，还没等放进嘴里，外甥女便问："是你去探望祁迹的时候，祁迹送你的吗？"

万初空说："你猜。"

"我之前怎么没见你戴过？你要是戴了这块手表，网上肯定有人说啊！"

万初空点头："没见过是对的，我前天才开始戴。"

"为什么？"陈思颖忍不住问。

万初空没回答，一旁没看电视而在偷听两个人讲话的乔启锐开口了："哥说新年才能戴。"说完便被万初空按住脑袋，万初空对他说："你乖一点。"

陈思颖完全不能懂得一个二十七岁男人的心思，她以为只有眼前这几个沙发都坐不老实、叠在一起打架玩的小屁孩才会期待过年穿新衣服戴新首饰！

陈思颖深思了会儿，艰难问道："舅舅你原来这么想过生日吗？"

万初空看了她一眼："八岁以后就再没有过过。"

陈思颖本来想歪的心思瞬间收了回去。

万初空见状了然道："是家里有人跟你说了什么吗，说了我以前的事？"

陈思颖冷汗都要流下来了，过了几秒钟认命道："对不起舅舅……"

"为什么道歉？"万初空问。

陈思颖也不知道，她回答不上来，只能眼巴巴地瞅着万初空。

"我只是想要一个回答。"万初空说，"给不了我直说就好了。"

陈思颖不懂，当然这事放在其他任何一个脑回路正常的人身上，他们也不能懂。

到最后陈思颖都不知道祁迹的礼物对万初空来说意味着什么，她甚至不知道万初空到底喝没喝醉，抱着满肚子疑问被她妈拎了回去。

万初空喝了酒没法开车，和继父站在路边说话，旁边还跟着乔启锐。

乔启锐确实更黏着万初空。陈思颖以前还觉得奇怪，今天也算得到了答案，父母总是不在身边陪伴，年幼的孩子当然会找与自己血缘最亲近的人依赖，那是多贴心的保姆都代替不了的。

万灵把车开过来，万初空和乔启锐坐在后座上，万灵说："你们父子俩都喝得醉醺醺的，小心教坏锐锐。"

继父好脾气地笑笑："过年大家聚在一起开心嘛。"

万初空低头刚把手机锁屏打开，万灵在前面说："锐锐，你看看你哥是不是睡过去了，怎么一声不吭？"

不等乔启锐说，万初空先开口："没有。"

万灵道："今天你喝太多了，回去就早点歇了吧。"

"嗯。"万初空直接收了手机闭目养神。

一进门，屋里三只猫"喵喵"叫唤着扑过来，七七先是蹭着万灵的腿绕了一圈，而后颠颠地跑到万初空面前。

男人站在玄关看它很久，久到猫都坚持不下去要跑了，他才开口："是肥了。"

"喵。"

"不然改个名字吧，叫胖胖还是肥肥？"

小猫咪可听不懂这些。

过了一会儿，乔启锐从卫生间出来看他哥还站在门口，吓了一跳，问："哥，你不回屋吗？"

"这就回。"万初空应了一声，往二楼走去，洗澡时稍微清醒了一点，今天被灌得实在太多了。

而祁迹那边也刚刚忙完，送走了热情的镇长才有空看一眼手机上的消息。

何姐："只是拍段视频说几句话是可以的，露脸时长不要超过一分半钟吧。"

何姐："万初空在微博上关注你你知道吗？是你让人家关注的？"

何姐："人呢，怎么不回话？"

何姐："算了，正好综艺那边可以借这次宣传一下，你不用管了。"

祁迹还没从镇长亲切的乡音中缓过劲来，已然跳入另外一个大坑。他还以为万初空只是问一问，没想到已经关注了！

也就是说在他陪着镇长看大妈们载歌载舞热情表演的同时，那档综艺节目不但悄悄开了官博，拼了五位嘉宾的剪影在上面，而且还很神秘地发了文案：猜猜我是谁？

底下评论十分不给面子地回：你的关注数是6，其中一个是新浪助手，那另外五个人是谁呢？真的是很难猜到耶。

祁迹刚想上小号看看情况，手机忽然来电话，接通了却没有声音。

"喂？在吗？怎么不讲话？"他听到对面的呼吸声。

"嗯，在，你为什么不讲话？"万初空回他，声音有些恹恹的。

祁迹顾不得网上关注的事："你喝醉了吗？"

万初空说："没有。"

祁迹道："醉酒的人都不会说自己喝多了。"

"那我喝醉了。"万初空的声音里隐隐带笑。

祁迹坐回床上："那你到底是醉了没？"

"不知道，要你亲眼看看才行。"万初空随意道。

万初空没想到电话突然被挂断了，几秒钟后是祁迹发来的视频通话。

万初空接起来，屋子里只开了一盏台灯，灯光昏暗。

"你喝了多少？"祁迹问。

"忘记了。"万初空把手机放在腿上，低头对着手机。

祁迹说："肯定很多吧，你微信开了美颜功能都没发现，要不要关了啊？"

万初空这才看了眼视频小框里的自己，默默把美颜功能关掉。

"你头发还没干，要吹干才能睡。"祁迹提醒道。

"好。"

"那现在就去吹？"祁迹跟他商量。

"好。"万初空应着却迟迟不动身。

"那你怎么不动？"

"再等等。"

"这有什么好等的？"

祁迹见万初空醉酒后有点呆呆的，忍俊不禁："嗯……喀，你快去吹头发。"

万初空笑起来，一笑又不呆了，眼底的郁色被柔和，彻底诠释了什么叫只要人长得好看，就可以为所欲为，也可以无所谓摄像头的角度。

"你家里人都怎么叫你？"万初空把头发吹干后问。

祁迹眼神落到镜头外，装傻道："就是叫名字啊，你家里人都怎么叫你？"

万初空静静看着他，几秒钟后回答："山儿。"

祁迹愣了下："是你以前的名字。"

"嗯。"

"我可以这么叫你吗？"

"为什么不可以？"

祁迹思索一下："因为你已经改名了啊，现在的名字也很好听，就是不知道该怎么叫……"

"为什么不知道怎么叫？"

祁迹一顿，偷摸看他一眼："那叫万哥？"

万初空顿住，他问"为什么"的多数情况下都有点恶作剧心态，知道不会有人一直回答他。但是祁迹会，而且每次都能把他说到无言以对。

祁迹连忙打岔："啊，那个你是不是应该休息了，时间不早了你又喝那么多酒……"

"想和你说会儿话。"

祁迹安静下来，点点头说："那好，你躺下我也躺下，我们聊聊天。"

聊到差不多困倦以后，他挣扎着抬起眼皮问："你想听我叫你吗？"

"叫什么，叫……"

万初空还没说完，祁迹打断他："山儿啊。"

万初空看着屏幕那端的祁迹。

"祁迹。"

祁迹应了一声，经过一天的折腾已经很困了，但还是努力听着万初空讲话，磨蹭枕头的"沙沙"声传过来。

"叫我什么？"

祁迹轻轻嘟囔了句，闭着眼似乎在思考，随即脑袋缩进被子里闷闷且小声地叫了声"哥"，又迅速在后面补了句："晚安！"

万初空差一点忘记，那天的超市里是祁迹先上前跟他打招呼，对他说："好巧，你也住在这边。"

08.

主题帖：《春日》宣布节目人员了？！

【1楼】青蕉台这次是想搞个大的？这什么阵容，影帝房东旭，主持一姐任莹玥，还有祁迹和万初空，之前不是传他俩要演电视剧吗？原来是要一起上综艺，怪不得两人突然互相关注了……还有一个叫石夏蕊的我不认识，查了一下去年有部小火的电视剧，居然是和万初空拍的，她还是女团出身，今年才二十二岁，比祁迹还要小 。

【10楼】万初空怎么参加综艺了？

【13楼】当然是为了赚钱有粉丝啊，不然呢，去做慈善吗？

【15楼】……一看就是捆绑炒作。

【17楼】和谁炒作，石夏蕊还是祁迹？

【18楼】对噢，差点忘记这两人还有过交集……

【19楼】有交集但不多，这两人的公司是竞争关系，不可能真让他们有点什么的。

【21楼】我印象里房东旭已经很久没露面了，这次怎么会答应节目组邀约？

【26楼】房东旭这几年都没什么动静和水花，大概是意识到自己不火了来找找存在感？

【27楼】楼上认真的吗？真当影帝就是个称号，随便叫叫的？人家拿奖的时候你还在玩泥巴。

【28楼】他和万初空应该很熟，不知道这么多年过去还有联系吗？

【29楼】这两人认识？

【30楼】楼上是认真提问的吗？

【32楼】原来《蝉时》已经是"时代的眼泪"了。

【33楼】热知识：房东旭是因为《蝉时》拿的最佳男主角，万初空最早出名也是因为这部戏。

【41楼】房东旭多大年纪了？参加综艺还能跑能跳吗？

【42楼】你的关注点好奇特，《春日花园》应该是节奏比较慢的综艺吧，就是大家坐在一块聊聊天，偶尔做做任务这种，据说会有飞行嘉宾。

【51楼】光是祁迹和万初空的配置就很有趣了。虽然我之前频繁在首页看到他俩有点烦，但很好奇他俩究竟熟悉到什么程度，有没有网上传得那么邪乎。

【52楼】他俩关系应该不错的，从去年被拍到开始。

【53楼】关系好会在综艺宣传期才互相关注？

【54楼】私底下关系好根本不在意网上如何好吧，倒不如说网上的互动的朋友才很虚假。

【55楼】嗯嗯，所以祁迹和万初空到底关系好不好呢？本来两人的微博没相互关注，现在相互关注了，意思是本来关系好，现在关系不好了？

【56楼】我就随口一说，倒也不必这么举一反三……

【59楼】什么时候播？等不及了，明天行不行？

【60楼】所以还没开始拍。

【61楼】什么时候能播出？啊啊啊，很急，急着看。

【62楼】据说要等天气暖起来，起码三月才开拍，等节目播出就要五六月了。

回老家的这几天，祁迹充分体验到了什么叫作"脚趾抓地"的尴尬。首先他面临的是镇长非常有目的性的热情招待，其次是不知哪里来的叔叔婶婶，扬言要为他介绍对象。

祁迹当然不可能答应，被挤在角落里看起来弱小无助又可怜，还是淮姐救他于水火之中。在多方骚扰之下，祁迹成功做到了闭门不出，窝在家里打手机游戏以及和万初空语音闲聊。

再次摁掉一通未知来电，淮姐从外面回来，笑着朝他说："外面又有人吵着见你呢。"

祁迹赶紧摇头："姐，你千万别放人进来。"

淮姐不怎么关注明星，不了解这里面的弯弯绕绕，只是点头："再怎么说都是些不认识的人，你放心，不会让她们进来的。"

晚上祁迹跟万初空打电话，外屋奶奶忽然喊他的小名，一连叫了许多声，祁迹以为有什么急事，一句话都顾不得说，连忙放下手机出了屋子。

奶奶见到他以后平静下来，说："帮我拿一下遥控器。"

祁迹把茶几上的遥控器递到奶奶跟前，奶奶打量他片刻："小七呢，是不是又躲到哪里哭去啦？"

"没有，他好好在这儿呢。"祁迹陪奶奶坐了一会儿，回房间后本想回个电话跟万初空解释一下，拿起手机发现对方压根没有挂断。

祁迹说："喂，还在吗？刚刚奶奶叫我……"

"听到了。"万初空说，"奶奶叫你小七。"

"你听到了啊……"祁迹嘟囔着提醒道，"那是我奶奶。"

"那我应该叫什么？"

祁迹思索两秒，想不到了。紧接着他便听到万初空说："小七。"

祁迹抿了抿唇，在床上无声翻滚一圈："你不能……家里只有奶奶会这么叫我。"

"我为什么不能？"

祁迹认真想了想："好吧，你可以。"

万初空又叫了一遍，祁迹应了一声。

当晚万初空再次发微博，还是只有一段简短文字：七七胖了。

配图是脚下蹲坐的猫咪。

大家纷纷猜测他的意思，有人说他就是来炫耀自己有猫的；另一方则说他在暗指自己胖了。而万初空的想法很简单——今天心情不错，随手拍了张照片，而祁迹也说猫胖了，发一下证明是真的。

万初空看着脚下的猫咪："七七。"

"喵。"

万初空抬手伸手摸了摸它的尾巴："名字还能继续用，开心吗？"

猫咪歪歪脑袋，还是听不懂人类说的话。

那天之后万初空直接改口叫祁迹的小名，并且越叫越顺，乃至于祁迹在机场听到"七"这个字都下意识转头寻找。

粉丝问他在找什么，祁迹摇摇头，眼睛还是忍不住往别处瞟，最后确认到一条小柯基身上。

粉丝调侃他："你不是喜欢猫吗？怎么又对着狗狗心动啦？"

祁迹自然不能说原本他是和万初空约好要在机场碰面，没想到航班却被人提前暴露了，看到粉丝围上来的那一刻，他人都是蒙的。他还有半天假期，公司都不知道他回来，也没有派人来接。好在知道这次行程的人不多，只有代拍一个劲地对着他的脸拍个不停。

祁迹熟练地压低帽檐拽了拽口罩，把自己遮得只露出一双眼，出了机场站在过道又有些惆怅。

他还不知道要怎么和万初空联系，有辆商务车突然鸣了喇叭，祁迹一开始没注意，听到喇叭响到第二声他才转头，看到驾驶位那道熟悉的人影，瞬间恍然大悟。

那人正是万初空许久没露面的助理。

助理下车接过祁迹手中的行李："哥你直接上去就行，行李我来放。"

祁迹拉开后车门，里面空无一人，他愣了一下，迟疑半秒才抬腿上车，一转头便与坐在最里面的万初空打了个照面。

祁迹顿住，而万初空非常淡定地看着他。

车门关闭以后，杂音全部消失了。两个人面对面坐着，仿佛回到第一次碰面，彼此都有点拘束的时候。

祁迹回想了一下，可能当时拘束的只有自己。

"我以为……"

"你……"

两个人同时开口又同时停下，最后是万初空先说："我以为你会坐到前面。"

祁迹不太理解："我才要问你为什么要坐那么远？"

万初空道："不是你说在镜头前要保持距离的吗？"

祁迹没想到他还记得这一茬："已经不用那样了。"

万初空完全没听他说，自顾自道："我是不是很听话？"

祁迹一歪头，他刚才是说话了没错吧？他还想再重复一遍，助理正好放完行李开门上车，只得先默默闭上嘴巴。

过了一会儿，车子启动，他忍不住坐到万初空一侧："其实你不躲也没关系，就算被拍到也只是……"

他话还没说完，万初空说："不行。"

祁迹知道他在捉弄自己，只好木讷点点头："好的，如果你这么坚持的话。"

助理在前面开车，两个人坐在最后面，祁迹本来坐得好好的，万初空忽然把手搭在他肩膀上。

祁迹看向他，眼神表示出困惑。

"在家有好好吃饭？"万初空十分闲适地开口。

祁迹点点头，一说到这个眼睛亮起来："我爸做饭很好吃。"

万初空点点头，恶作剧似的戳了戳他的胳膊。

祁迹惊了一下，万初空把旁边的帽子拿起来给他戴上，继而转头看向前面。

助理在后视镜里与万初空对视。

他老板真的不是一般的幼稚！

09.

下车以后，祁迹去接助理递来的行李，说了声"谢谢"，但手还没碰到行李箱的拉杆就被万初空抢先接了过去。

祁迹把口罩堆到下巴下，今天什么造型都没做，头发被帽子压住遮盖眼睫，眨眼间发丝也跟着颤，显得年纪更小。"我自己来就行。"

万初空却一转手，身体挡在他面前："顺手的事。"

助理尽职尽责地站在一旁，等到万初空的一句"你可以回去了"，立刻脚底抹油消失了。

祁迹干巴巴道："他一定觉得咱俩都有病。"

万初空神色如常："他不敢。"

刚刚在车上那么一闹，祁迹身体热了不少，进了电梯立刻摘掉帽子揉揉头发甩脑袋，见万初空盯着自己，便仰起头问："你看什么？"

本来是想噎对方一下，万初空却回答："你确实长胖了点。"

祁迹默默把口罩拉上去，只露一双眼睛。

万初空低头凑近些，他立刻手指上方："有摄像头，你要注意点。"

万初空一顿，分外刻意地问："你以为我要做什么？"

祁迹恨不得把口罩拉到眼睛上方，把整张脸都遮住。在万初空的注视下，他生硬地转移话题："对了，你前几天发的微博，怎么能直接说七七胖了？小公猫也是有尊严的。"

万初空似乎成功被转移注意力，思索一番后，在电梯门打开的那一刻开口："绝育的也有吗？"

祁迹一踉跄，扭头幽幽地道："七七肯定挠过你很多次吧？"

"有。"万初空大方地点头承认。

刚一进门，他便挽起袖子伸到祁迹面前，祁迹注意他手腕上戴的表是自己送的那一块。

"猫挠的。"万初空说。

祁迹愣了下，他今天没戴隐形眼镜，不仔细看根本看不到万初空手臂上那几道浅到几乎看不见的抓痕。

祁迹犹豫一下，昧着良心讲："看上去还……还挺疼的。"

"是很疼。"万初空说。

祁迹对此无话可说。

祁迹收拾东西很迅速,先把生活用品摆回原位,接着把几件衣服扔进洗衣机,顺便戴上眼镜。万初空帮他重新铺了床单和被罩,祁迹本来还想搭一把手,没想到万初空手脚这么利索。

"你怎么这么熟练?"祁迹问。

万初空回答:"我高中一个人在外面住,大学才搬回去和家里人住在一起。"

祁迹点点头,一双眼仍然望向他。

万初空侧过头,朝他招招手:"干吗这么看我?"

"你好像什么都会做,我上学时也有很长一段时间是独自住,但还是笨手笨脚。"祁迹一边走过去一边由衷感慨。

"那要和我做邻居吗?"

祁迹呆住,傻眼的样子让人觉得有点好笑。

"开玩笑的。"万初空把被子叠好,一条腿半支在床沿,"我们要保持距离。"

"你不用一直提……"

"我说得不对?"万初空转过身来,"旁人不必知道我们关系好到什么程度。"

祁迹表示怀疑,从之前万初空做出的种种行动来看,他不会是擅长隐藏的性格。而且如果是朋友,如果是真的好朋友,自然不会被那些质疑和谣言所干扰。

他们就是关系很好。

第八章
公费度假开心吗？

01.01　　　　　　　　　　12.04

01.

年后的日子似乎过得特别快，转眼就到了三月中旬，团综录制的间隔期越来越长，偶尔缺一个人少两个人都是正常现象，连祁迹都因为档期问题缺席过。

这一次好不容易凑齐了六个人，结果邱亦中途又有其他事情要先走。祁迹当时没有在场，事后听付霜说经纪人和邱亦当面起了争执，邱亦的态度很坚决，到最后何姐都没能把人留住。

元旦之后夏伍好像也想开了，不再背地里默默抽烟消愁，而是改为光明正大地抽，到底还是被媒体拍到了。他甚至有心情把报道转到群里，特此说明："我这是在吸烟区抽的烟，绝对不是什么公共场所。"

任斯转头向坐在对面的夏伍说："这话你应该跟何姐说。"

夏伍耸耸肩摇摇头，看模样有些无所谓了："算了。"

他见祁迹看着他，又摆摆手："真的没关系，抽烟被报道出去也不是什么大事。"

大家多少知道夏伍现在的心态，不好再多说什么。

晚上录制结束，夏伍一个人坐在客厅里，也没开电视，祁迹下楼来接水，夏伍朝他打了声招呼。

祁迹看了他一眼，接完水又看了一眼，转身要上楼梯再想看一眼，夏伍率先开口："哥，你有话就说，咱俩聊会儿天也行。"

祁迹走到沙发边坐下，其实没想好要说什么。

夏伍说："我其实有点累了。"

祁迹道："……那你回屋歇歇？"

夏伍无奈，转而问："哥，你都不会累吗？"

祁迹把水杯放到桌子上，点点头："会啊，累了就歇一歇。"

夏伍问："那要是一直都提不起劲呢？"

祁迹想了想："我之前一直很害怕停下，停下好像就意味着我不会再前进了……"

夏伍忽然意识到对面的人不是听不懂他的话，祁迹懂得可能比他更加深刻，毕竟他的低谷持续的时间比自己更长。

"其实不是的，我当然可以停下，在任何我想要停下的时候，生活的全部又不是只有这一件事……但停下来也不是我真正想要的，我并不会因为放弃而感到开心，感到松一口气，所以我才选择继续。"祁迹回答，话说得并不严肃，只是用平常的语气，"我知道不止这一个选择，但我想要这么选择。"

夏伍点点头，释怀地笑起来："我猜你也会这么说。"

共同相处的这三年虽然没能成为无话不说的朋友，但也绝不会变作敌对关系。夏伍很清楚自己没有祁迹那股拼劲，不是所有人都能像他那样顽固又倔强地朝一个方向前进。

祁迹回到楼上，发现林杉居然在外面，夏伍已经回了自己房间，林杉转过头说："你不该和他那么说的，他不是你，很有可能会放弃。"

祁迹不解道："一个人的想法会那么轻易被左右吗？他在问我之前心里肯定就已经有答案了啊。"

林杉愣了下，而后失笑："对，你说得对……你一点都不傻，这次是我傻了。"

"嗯？"祁迹道，"我本来就不傻啊！"

祁迹早就想反击了，抓住这次机会开口道："你不要光说我，我这几天发现你不管说什么话，目光常常是看向队长的。"

林杉一顿，眼睛不弯了，连笑容都浅了几分。

祁迹底气不足道："你和队长闹矛盾了？"

林杉咧开嘴："没有啊，就是发生一点小口角，已经说清楚了。"

祁迹没得到想要的反应还有些失望。

"你和万初空最近很好吧？"林杉反过来问，"接下来还要一起录节目，大家都是人精，你小心一点，别什么话都和他说。"

祁迹说："该说的我和他已经说清楚了。"

林杉颇为意外。

"……大概吧。"祁迹又不肯定道。

林杉刚要开口说话，身后的门忽然打开了，这下不只两个人被吓一跳，付霜从里面走出来也吓了一跳。

"你俩不睡觉在走廊干吗呢？"付霜走到两个人中间狐疑地看了看，"难道是背着我偷偷聊八卦？"

林杉微笑："傻。"

付霜一瞪眼睛："你怎么骂人！"他说着，手就拍了过去。

祁迹只好短暂担当队长的职责，出面调解："好了好了，你们两个有话好好说，不要打架……"

付霜告状："他先骂我！"

林杉淡定："他先动手。"

祁迹头都大了，好在林杉率先退后一步转身回了屋，留下他和付霜两个人面面相觑。祁迹问他："你出来做什么？"

"哦哦，差点忘了，给你们发消息你们都不回。"付霜掏出手机，祁迹还以为他是想给自己看什么，只听付霜冷不丁一句，"玩游戏吗？"

祁迹抬起头真诚道："我觉得……"

"嗯？"

"林杉骂得也没错。"

第二天从那栋拍摄团综、三年一直都没有变样的复式别墅里出来时，祁迹下意识转身看了看。他出门是早上六点半，天还是冷的，哈一口气还会起白雾。因为几个人的行程不一样，都去往不同的地方，凌晨四点林杉就先一步离开了，他是第二个走的人，接下来成员们都会陆陆续续从这栋房子里离开。

他看房子的全貌忽然感到一阵陌生，好像很久没有仔细看过这栋楼了，最近一阵更是匆匆来匆匆去，也不知道有没有可能见到这栋复式别墅重新装修，公司每年都说要重整，结果每年都保持原样。

早上八点，祁迹抵达机场，大厅已经围了很多人，他办好手续转头找工作人员，有几个女孩朝他喊："祁迹你等一下！"

祁迹疑问："我等什么？"

女孩一副生怕说错话的样子，小心翼翼地问："你不知道吗？"

"什么？"他刚问完，工作人员寻过来手掩在他耳边说，"万初空和你一个航班，一会儿碰到记得打招呼。"

祁迹眨眨眼睛："你确定？"

可能是他问得太过认真，工作人员被问蒙了，也跟着不确定起来："我确定？"

祁迹把震惊吞进肚子里，转头看看周围一圈人，怎么好像所有人都知道只有他自己不清楚的样子？可是昨天两个人聊天，万初空什么都没跟他说过啊！

祁迹来得有点早，还没有到检票时间，坐在休息的座位上都感到不踏实，想拿手机又怕被别人拍到。

这次录制综艺，公司订的是经济舱的机票，祁迹问都没问，到最后还是何姐忍不住问："你对这个安排都没什么意见吗？"

祁迹愣了下，终于紧张问道："这得报销吧？"

"当我没说过。"

等大厅开始广播，他迟疑一下站起身看工作人员，工作人员说："先进去吧……"

祁迹点点头朝检票口走去，刚排队一会儿，忽然听到外面一阵骚动，忍不住回头望了望，自然是什么都看不到。

进了候机室跟进来的人就少了许多，祁迹略微放轻松一些，开始频频看向检票口。

"祁迹你在看什么？"有粉丝问。

祁迹想都没想："万初空真和我一个航班吗？"

粉丝没想到他问得这么直白："对啊，你不知道吗？你们不是要录一个节目？"

有人出声反驳："没规定非要知道吧……"

祁迹意识到自己不该直接问，闭上嘴巴不说话了，好在没过一会儿，检票口果真出现了万初空的身影。祁迹还是第一次见到万初空的经纪人，男人个头有点矮还有点发胖，后面跟着一个月未见的助理。

祁迹下意识撇开头不与助理对视，他心虚得很。

男经纪人艰难跟上万初空的步伐："记住我在车上说的话没？"

万初空道："忘了。"

祁迹的位置很好找，万初空直直走过去，走到祁迹面前，在众目睽睽之下伸出手，竟是低头礼貌地道："你好。"

祁迹整个人静默，而后也伸出手："……你好。"然后两个人友好地握了握手。

这件事当天在网络上被粉丝热议，祁迹都不知道万初空和自己一个航班，见了面都很拘谨，连对视都没有……

02.

主题帖：谁能告诉我祁迹和万初空怎么了？

【1楼】先说好我不是他俩的粉丝，只是想问这两人在耍什么把戏！我十分

震惊！（视频链接）他俩年初还一副哥俩好的样子，怎么现在又装不熟了，我不懂。

【2楼】我也不懂，听到万初空那句"你好"，我的表情和祁迹一样蒙。

【9楼】不是说他俩私底下闹矛盾闹挺凶的吗？还能维持面子打个招呼算不错了。

【10楼】听谁说的，给我也听听。

【13楼】不要在这里乱带节奏哈，很明显万初空就是故意那么说的，关系不好不会这么开玩笑。

【14楼】真的是玩笑吗？开玩笑也要看对方觉得好不好笑吧，我看祁迹全程都很尴尬，万初空在他旁边坐下以后，他都不敢看一眼，真的把人吓到了。请问祁迹是哪里得罪到了大明星吗？大明星上来就摆这么大架子。

【19楼】不是说万初空的助理身后就跟着摄影师吗？而且现场的人也说在里面有看到机位，明显是节目组故意安排的。

【22楼】这都还没到地方就开始拍了吗？

【23楼】《春日》的导演是曾仁，他风格还不够明显吗？他很爱玩这种即兴桥段，很多明星都被整过。

【29楼】祁迹又不是第一次参加综艺了，打个招呼都不行？这都会被人吓到，多金贵啊，既然玩不起就不要参加。

【34楼】这个视频看一次笑一次，尤其是祁迹在完全不知情的情况下真的跟万初空握手问好了。

【35楼】我看祁迹就差脱口而出：你失忆了吗？

【36楼】只有祁迹一个人受伤的世界达成了。

【47楼】不熟就是不熟，为什么要说是装的？关系真的好就不会没脑子地在那么多记者面前拥抱了，某人当着那么多人的面拥抱，当然不可能被推开啦，毕竟不是谁都像他那样。

【48楼】哇，指向性这么明显的吗？

【52楼】是谁在采访里主动提祁迹，我不说；是谁横跨半场观众席位只为找祁迹说一句话，我不说；是谁主动让助理开车去机场接祁迹，我也不说。非要论脸皮，谁能比得过某人啊。

【53楼】虽然句句诛心，但我还是要说，你们不要再吵了啦！节目还没开始录就搞这么难看，真的没必要。

【69楼】你们都不要欺负"7宝"啦！摄影师都跟着，明显是在录制节目，谁都不和他说一声，还合伙骗他，我们宝贝好可怜。

【74楼】你们是怎么做到在一栋楼里各聊各的？

【75楼】噗，真的耶，好厉害。

【89楼】（视频链接）新的视频。

【90楼】这又是谁录的啊，没被骂够吗？都跟到候机室了，还敢放出来？

【91楼】这应该是个小号，连头像都没有，一看就是专门为了发这种视频开的，找不到源头的，现在这个视频已经被营销号转了，没地方说理去。

【92楼】这是打招呼的后半段吧？上一个视频39秒，这个视频16秒，好短。

【93楼】应该是录了完整的，但只截了两个片段放上来。

【94楼】我有预感完整版会在各大代拍的朋友圈出现。

【95楼】祁迹要把我笑死了，后几秒一直偷偷扫旁边的万初空，被大家围观又不好意思开口，我看他那个样子真的很像下一秒就去扯万初空袖子问一句：咱俩真不认识吗？

【99楼】他和万初空对比真的感觉他很瘦小，明明他也不矮啊。

【156楼】已经有完整版了，后面两个人搭上话了，应该是录制没错了，我朋友圈里的代拍说他俩一上飞机就有人给升舱了。

【157楼】我就说万初空怎么前一天飞华都，明明没有工作，是节目组安排的吧。

【158楼】千里迢迢赶过来就是为了配合节目组搞这一出，他好闲。

【160楼】根本没人发现他俩假装不熟连一分钟都没到吗？这两人是不是有点太沉不住气了？

万初空在祁迹旁边坐下后，祁迹几次欲言又止，他转头时又碰巧在助理身后扫到了摄像机。

祁迹无话可说，他刚刚因为心虚没有仔细看，完全没想过节目组会一声不响地拍摄起来。但碍于旁边还有其他人，他不敢直接问万初空，只能偷偷瞄对方几眼。

瞄到万初空微微弯起的嘴角，立刻意识到自己的猜想没有错，万初空肯定一早就知道了，怪不得昨天没给他打电话，只是发消息，一定是在飞机上！

祁迹还在分析，万初空忽然凑过来，和方才工作人员一样把手掩在他耳边轻声说："是他们让我不要提前跟你说。"

祁迹扭过头直愣愣看着他："哦……行。"

"'哦，行'是什么意思？"万初空问他。

"就是我知道了。"祁迹说，"是在拍摄对吧，你吓我一跳。"

如果提前告诉他，他大概会更尴尬。在机场佯装偶遇什么的，虽然之前在综艺里也会有，但让他和万初空演这么一出，想想还是很想逃离这种情况。

万初空笑起来，第二遍强调："他们不让我跟你说。"

祁迹说："那他们真坏。"

检票后上了廊桥，前后都是工作人员，万初空侧身问他："生气了？"

祁迹说："没有啊，我在想经济舱是不是也是节目组安排的……"

万初空说："是。"

祁迹只是随口一说，闻言抬头看万初空，眼神里充满了"还有什么是我不知道的"控诉。

万初空弯起眼睛，笑容异常有魅力，低声道："早就安排好了，我们坐一起。"

他话音刚落，身后响起咳嗽声。祁迹转过身，发现万初空的经纪人跟在两个人身后。

万初空礼貌地问道："你嗓子不舒服吗？"

经纪人说："还行吧，你记不记得我在车上说过……"

他话没说完，万初空回他一句"那就好"便直接转回头了，根本没听他讲。

祁迹有点好奇经纪人和万初空说了什么，成功入座后特意左右转转，确定没有摄像以后才问："你经纪人跟你说了什么？"

万初空思索一番，在那套啰唆的叮咛中提炼出八个字："好好工作，不要'作妖'。"

祁迹眨眨眼，伸手竖了个大拇指，十分认可。

万初空将他的手按下去，无比认真地看着祁迹："真的没生气吗？我没提前和你说要来。"

"没有，不就是为了拍我的反应……"祁迹安抚到一半，忽然变聪明，"那打招呼也是他们安排的吗？"

万初空低头轻轻叩自己手机的边缘，在那道裂缝上反复敲打："我就知道，果然还是生气了。"

"我没啊，但是打招呼……"

"他们本来安排我和房叔见面，我说和你更聊得来。"

"谢谢，所以打招呼……"

"想和你一起坐飞机。"

祁迹停顿片刻，而后得出结论："打招呼是你临时起意的吧。"

万初空抬眼看他，深棕的瞳仁神采奕奕："不是说不生气吗？"

祁迹刚想说什么，空姐走过来打断了两人。等人走了，祁迹侧过头去，万初空反而转开视线看着已经熄屏的手机，像做错事自罚。

祁迹很是无辜："我确实没生气啊……"他说着悄悄拽了拽万初空的衣角。

飞机起飞后，祁迹注意到舱内有对情侣频繁看向他们。

他刚想开口，余光就扫到万初空屏幕上是自己的机场图："你……也不用在飞机上刷微博。"

"为什么？我特意买了Wi-Fi（无线局域网）。"祁迹无话可说。

过了一会儿，那对情侣终于动了，男人走到万初空面前表示自己老婆喜欢他，想要个签名。

"我们刚结婚不久，这次是出来度蜜月，没想到能碰到您，她胆子小不敢过来说……"

祁迹看向座位上的女生，女生果然一张脸涨得通红。

万初空表示没问题，身后就坐着经纪人，经纪人闻言默默递过来一支笔。

从祁迹这个角度看万初空的侧脸非常帅气，下颌角分明，眉峰转折恰到好处，低头签名时神情漠然，甚至能品出几分冷峻。

趁着万初空签名，男人忽然小声问："你是祁迹吗？"

这下不只祁迹抬起头，连万初空都抬起头。

男方笑了笑："我媳妇说你是，她也很喜欢你。"

祁迹看向坐在后面的工作人员，工作人员摆了摆手。他转回头："我手边没有照片，没办法签名……"男人表示理解。

"签在我旁边。"万初空在海报上指了个位置。

祁迹愣了愣："不太好吧。"

万初空问男人："你介意吗？"

男人当然表示不介意。

"你介意吗？"万初空扭头问祁迹。

经纪人忍不住插嘴："你记不记得我在车上……"

"和影迷友好交流也不行吗？"

这一次祁迹没有问工作人员，直接在海报上签了名，对方感谢之后便坐回去了。

03.

下飞机后节目组先安排两人入住酒店，说是其他嘉宾还没到，第二天统一到拍摄地点。

祁迹看房间的布置就知道这一晚估计是睡不好，肯定是有什么任务要完成。工作人员交代完离开没多久，祁迹房间的门被敲响了，他打开发现万初空站在外面。

万初空说:"你好。"

祁迹回:"你好。"

"不请我进去坐坐吗?"万初空半倚在门框。

祁迹对此已经有经验:"可是我们没这么熟吧?"

万初空笑起来,四处瞧了瞧问:"这是在拍吗?"

祁迹点头:"在拍。"

考虑到这是万初空的综艺首秀,祁迹前一天晚上给他列了非常多注意事项。当时万初空在飞机上一边回祁迹的消息,一边接受座位旁边经纪人的唠叨,收到的叮嘱都是双份的。

万初空又侧身往他房间里看。

祁迹退后一步让出道:"房间都一样的,只是有摄像……你房间里没有吗?"

"有。"万初空回答。

"那你还要进来吗?"祁迹问。

万初空说:"如果你邀请我的话。"

祁迹连忙摆手:"已经不早了,你还是早点睡吧,我估计睡不……"他话音未落,走廊里传来其他人的说话声音。

"哈喽啊,是万初空吗?老远就看到你了!"远处传来爽朗的女声,带着东北腔。

祁迹探出头去,女人惊喜道:"哎呀,祁迹也在!"

"玥姐。"祁迹开口打招呼,在之前的综艺里,他就和任莹玥有过接触。

女人长相不算特别漂亮,深棕色的头发有一些弧度,长度堪堪到肩膀,脸上有些肉感,眉毛和眼睛一起弯起来显得喜人:"真好啊,两个大帅哥都到了。"

万初空微微颔首叫了声"玥姐",任莹玥笑着说:"你们有没有看见其他人?"

祁迹摇摇头:"我们俩刚到……"

"你俩一起来的?"任莹玥看着两个人笑眯眯的。

祁迹回道:"不是节目组安排的吗?都没提前通知,吓了我一跳。"

"啊,被整了?"任莹玥了然道,"我人就在商都,开车就到地方了,那我估计小夏和你们房影帝要一块来了。"

三个人简单聊了几句就各自回房间了,房里有摄像,祁迹没办法给万初空发消息,洗漱过后就睡了。半夜听到敲门声祁迹自觉睁开眼,但为了节目效果还是装作半梦半醒地去开门。

门外站着万初空。

祁迹这一回是真的蒙了:"怎么了吗?"

万初空侧头看了眼自己房间:"我房间有人,来你这里躲躲。"

祁迹满脑子问号，但看到万初空身后跟着摄影师就明白是在录制，忍不住问万初空："……是有鬼吗？"

万初空挑眉。

"我的意思是……这是密室逃脱吗？为什么要躲着人，咱们应该是个田园综艺吧？"祁迹不太肯定地问道。

万初空说："石夏蕊在我房间。"

祁迹更是满脑袋问号，但身体还是很诚实地往后退让万初空进来。

十分钟前。

万初空房间的门被敲响，还没打开门便听到声音："请问里面有人吗？"

万初空道："有。"

门外石夏蕊的表情分外复杂，要说现在娱乐圈里她最不想碰到的人，那肯定是万初空。只能说造化弄人，当初她追求了他一段时间，被不留情面地拒绝了，而且是以无比荒唐的理由。她心底是有气的，但这份来之不易的综艺资源她又不可能轻易放弃。

门打开了，时隔一年再次见到万初空真人，脸和身材都是她喜欢的那一款，但他的性格真是让人不敢恭维。她硬着头皮问："那个前辈，我能进你房间躲一下吗？"说着特意扬了扬手里的任务卡。

"可以。"万初空想也不想说道。

石夏蕊有些惊讶，随即意识到这是在录制，万初空自然不能把本性暴露出来，瞬间安心了不少。可她刚进到屋子里，万初空就迈出去，关门前还蛮贴心地说了一句："那我也去躲一躲。"

石夏蕊内心充满了无语。

"是有什么任务要完成吗？"祁迹转头问进了自己房间的万初空，刚问完节目组就通知他任务失败了。

祁迹道："到底什么任务啊！"

"不能让他进你房间，你们昨天才见过。"导演组说。

祁迹表情里写满了茫然："啊？"

导演组一脸无辜："就是想让大家先熟悉一下彼此，按照任务卡上的台词叫人起床，昨天已经见过面的人不能算，我们也没想到万老师连任务卡都没拿到就来找你了。"

"凌晨五点把人叫起来就为了打个招呼？"祁迹倒是了解综艺套路，虽然离谱但只要有人喜欢看就好，"那我任务失败了要怎样？"

"剩下两个房间都要你敲门叫人起床。"

祁迹无话可说，万初空出声："要我和你一起吗？"

祁迹木着一张脸，万初空还以为他会拒绝。

"当然要，是你先敲我的门才失败的……"祁迹嘟囔道。

万初空笑起来，走到他身边说："好。"

任莹玥的脾气很好，被叫醒了还给两个人飞吻，问："我们现在就出发吗？我还得化个妆。"

"不着急的姐，我就是得把台词说一下。"祁迹也是第一次没和团队成员一起参加综艺，团体一起时人太多了，他并不显眼。

来到房东旭的房间门口他有些紧张，里面的人是大前辈，人家是否会发脾气暂且不论，光是任务卡上的台词就够祁迹犹豫怎么开口。

万初空抬手拍拍他的背，祁迹转过头的工夫，他的手已经凑到门前敲了敲。

祁迹瞪大眼睛看他，万初空低声道："我来说。"

"不行吧，是我的任务失败了。"祁迹刚说完门就打开了，没想到房东旭已经穿戴齐整，看到两个人便笑了笑。

"山儿。"他先叫了一声，看上去挺高兴的，而后转头看万初空旁边，"你是祁迹对吧？"

祁迹张了张嘴巴，硬是憋出一句："老师，我想进你屋子歇歇脚可以吗？"

房东旭愣了下，随即笑道："可以啊，我正要去跑步，你俩都进来，咱们聊聊天也行。"

节目组这才出来说任务完成。祁迹松了一口气，肩膀忽然被人拍了拍，一抬头是万初空。

过一会儿趁着没人注意，祁迹小声道："在拍。"

万初空回他："鼓励一下也不行？"

综艺第一期一共录制了两天三夜，他们在酒店待的时间并不长，开车两个多小时到一处很偏僻的村庄里。三月还非常冷，出门都要裹得厚一些，基本都是男士出去采购，祁迹和万初空是跑腿的标配。

任莹玥还调侃两个人："你俩关系这么好，怎么做什么事都一起啊？"

当时祁迹在吃麻薯，噎得说不出话，万初空给他递了杯水，转头问道："玥姐你要和我出门吗？"

"那还是算了，太冷了，你俩去吧。"任莹玥笑笑，这个话题就算过去了。

后来闲聊中得知万初空和房东旭一直都有联系，前段时间还见过面，房东旭说："你弟弟和我那个小外孙玩得挺好的。"

万初空说："他从来没和我说过。"

"是吗？"房东旭狐疑道，"是你自己不记得吧，我外孙他们一家就住你那个小区。"

万初空提醒道："叔，小心别暴露地址。"

房东旭摆摆手："不会，不会。"

相处的这几天，祁迹发现房东旭本人非常和善，很好说话，几乎和家里老人没什么区别，只有讨论到戏剧时会严肃起来，拉着万初空一聊就是两三个小时。

祁迹和石夏蕊的年龄相仿，又曾经一起上过综艺，女生碰到问题经常会找他。相比之下除了第一晚在酒店，石夏蕊就没怎么和万初空互动过，节目组有意给两个人制造说话机会，都被万初空轻描淡写揭过去了。

到最后导演组的人都忍不住问两个人是有什么矛盾吗，而万初空回答没有。

事实也正是如此，单独几次聊天他都用很平常的语气，没有故意刻薄，是石夏蕊不太愿意和他接触。

这场的飞行嘉宾是一位小有名气的歌手，来的那天晚上跟祁迹一起合作了一首唱跳歌曲。一曲过后就变成大家上台表演节目，有人让万初空也来一段，祁迹坐得最近说了句："唱歌吧。"

万初空默默看他："你确定？"

祁迹眨眨眼，尿尿地说："我确定吗我不确定……"

万初空直接上台："我唱首歌吧，祁迹让我唱的。"

祁迹在台下摆手："算了算了。"

"不行，你说话要算数。"万初空盯着他。

任莹玥笑道："祁迹说话算数，为什么要你上去唱啊？"

万初空一首歌过后，任莹玥改口道："祁迹，下次不许乱说话了，你的说话算数是对我们所有人的惩罚。"

录制结束后，两个人各自忙各自的工作，很少有空闲，见面只能等录制综艺的那几天。

五月末《春日花园》的预告播出，片段里有万初空问祁迹："那他们叫我前辈，你怎么不叫？"

祁迹无法反驳，半晌叫了一声："前辈……"

画面一转市集上，祁迹跟在万初空后面："哥，等一下我。"

接连几幕过后，巨大的"春日花园"logo浮现，背景音是万初空那句"你好"。

"……你好。"

当晚论坛有一个帖子盖了几百层楼，只重复一句话：和朋友公费度假开心吗？

04.

综艺正式播出以后，祁迹和万初空两人的热度又翻了一番，还恰巧赶上万初空去年拍的那部电影宣发。万初空明明是配角，风头却比主演的还大，宣传期常常被问到和祁迹相关的问题，其中问得最多的就是两个人到底是如何认识的。

"朋友聚会上经人介绍认识的。"

万初空的回答平平无奇，并不能满足各大媒体的八卦之心，而且问的次数一多就会被工作人员以"专注影片本身"为由给挡回来。

这帮人自然不能善罢甘休，转而集中火力到祁迹身上，可他说一万次都只有那一个答案，两个人就是在聚会上偶然碰到的。

虽然过程曲折复杂，但他真的没说谎啊！

不知道第几次回答这个问题，祁迹脸上的笑容都僵了。

"那祁迹你见过万初空家的猫吗？"最角落里的记者忽然问道。

"啊？"祁迹一下被问住了。

那名女记者明显做足了功课，连忙挤到前面来："你之前说过自己喜欢猫，万初空家里养了猫你肯定知道吧？"

祁迹点点头，举起手比了个"1"："看到过一只。"

记者眼睛都亮了："哪只？"

"嗯……黑白色的那只。"祁迹说。

"那你是去过他家了吗？另外两只怎么没看到？"记者继续发问。

"他的微博上不是发过猫猫的照片吗？"祁迹巧妙答道。

他其实也想问，万初空家里明明一只猫都没有养，为什么采访的时候会说自己养猫了。

晚些时候两个人碰面，祁迹想起来就问了万初空这个问题。

"今天活动上有记者问我见没见过你家的猫……"

他刚开了个头，万初空就接道："我在网上看到那段后台采访了。"

祁迹对此不知道是该表现出惊讶还是习以为常，万初空继续道："你粉丝说你叫'猫猫'的样子很可爱。"

祁迹分外理智道："在她们眼里我做什么都可爱。爱是盲目的！"

万初空盯着他的脸认真端详一番，笑了起来。

祁迹缓了缓，问："猫不是都养在你妈妈家里吗，为什么采访的时候你要说家里有猫？"

"因为不想让人知道我是一个人住。"

祁迹不理解："可就算有了猫，你还是一个人住啊。"

万初空暗示道："也可以不是。"

祁迹知道万初空一直都有找合租室友的想法，毕竟一个人住一间大房子久了难免会孤独。

　　而相比起祁迹家，万初空的住所确实更隐蔽一些。

　　"也不是不能考虑一下。"于是他这样回答。

　　这两个月以来组合成员几乎很少碰面，祁迹在一次红毯活动上见到邱亦，两个人简单聊了两句，毕竟是队友，说话方面没太多忌讳。邱亦说他："你还和以前一样。"

　　"这是夸我还是骂我？"祁迹问。

　　邱亦稍作思考："都有。"

　　祁迹道："……我谢谢你。"

　　"不客气，你保持原样就好。"邱亦难得朝他笑了笑，而后挥手告别。

　　祁迹看着队友的背影，忽然觉得邱亦变得有些陌生，转念一想对方也还年轻，有变化是正常的，没有变化才奇怪。

　　日子转瞬即逝，转眼又到了录制综艺的时候。

　　节目录制到第四期，大家都已经很熟悉了，祁迹进了屋，任莹玥朝他扬扬下颌："来了啊，万初空也刚来，接了个电话就上楼去了。"

　　祁迹点点头，录制还没正式开始，摄影大哥没有跟上来，他独自上楼，刚到拐角处就碰到往下走的万初空。还没等他说话，万初空拉着他的胳膊，把他拉上了台阶。

　　祁迹瞬间睁大眼睛，万初空垂眼看他，鸦黑的睫羽挡住眼底情绪，他的瞳色是很深的棕，颜色浓郁。

　　"有摄像头在拍。"祁迹小声说。

　　万初空耸了耸肩膀："我特意看了，拍不到。"

　　"祁迹。"楼下传来女生的声音。

　　祁迹吓了一跳，转头看到石夏蕊站在楼梯上。

　　"我在，怎么了？"祁迹问道。

　　石夏蕊来回看了看两人："万哥也在啊！"

　　万初空抬眼看她，神色淡淡："嗯，有什么事吗？"

　　石夏蕊勉强笑了笑："没什么，我没找到工作人员，想让祁迹帮忙搬下行李。"

　　万初空盯着她看了几秒钟，绕过祁迹往楼下走："行李在哪里？我帮你搬。"

　　石夏蕊愣了下，连忙侧开身："还是不麻烦……"

　　"不用吗？"万初空立刻停下，看向她的神情很平常，他多数情况下并不冷漠，反而很好说话。

　　但石夏蕊觉得自己要是点头，对方真的会转身就走，只能改口："那就麻烦了。"

"不麻烦。"

万初空把行李拿上阁楼，祁迹让开一条道。

这时候他已经注意到摄影在跟拍了。

晚上吃过饭闲聊，任莹玥忽然问："祁迹你和万初空到底怎么认识的？"

两个人都不愿再回答这个问题，互相看了眼对方，祁迹说："姐，你别装了，你肯定在网上都看到了。"

任莹玥笑起来："哎呀，我想听点不一样的。"

万初空接话："我俩初中就认识了。"祁迹可太熟悉这个开场白了。

任莹玥诧然："真的假的？"

祁迹道："假的！当然是假的！"

任莹玥咯咯笑："我就说不可能嘛，要不你俩藏得也太深了。"

"我们藏什么了？"万初空整个人略显慵懒地靠在座椅上，两条长腿在桌下微屈。

任莹玥耸耸肩："你俩经常背着我们说悄悄话，观众都看到了，后期特意放大标注了好几次，本来麦不摘还能听个声，万初空你太贼了，还教祁迹怎么避开麦讲话。"

"过奖了。"万初空谦虚道，转头看祁迹，"你不和玥姐说说我俩怎么认识的吗？"

"都说过很多次了啊。"

万初空认同地点点头，转头就道："其实我俩是网上认识的网友。"

第二天一早大家被节目组派发任务，两两一组拿着有限的人民币去超市购物。

祁迹和石夏蕊被分到一组，石夏蕊忽然说："我昨天起夜，看到万哥一个人在外面坐着，吓了我一跳。"

祁迹瞬间抬起头，万初空只道："屋里太热了，我去客厅透透气。"

"房间里空调坏了吗？"

"没有。"

"那为什么不开？"祁迹问。

万初空声音放轻："忘记了。"

"这种事也会忘吗？"祁迹看着他。

万初空熟练地关掉耳麦，凑到祁迹耳边："等回来跟你说。"

祁迹点点脑袋："好吧。"

任莹玥转头喊他俩："后面那两个！禁止说悄悄话，非要说就给我也听听！"

05.

"你会做饭吗?"超市里石夏蕊问一旁目不转睛盯着一个萝卜看的祁迹。

祁迹回过神:"会做一点简单的……"

石夏蕊呼出一口气:"那就好,我是真的不会。"

"我做饭也没有……也没有玥姐好吃。"祁迹本想拿万初空来比较,话到嘴边又改口了,节目里万初空并没有做过饭。

石夏蕊点点头:"那要买萝卜吗?"

"嗯?"祁迹确认了一遍购物清单,"上面没写,好像不需要吧?"

"那你怎么一直盯着看?"石夏蕊笑着问他一句。

录制中走神实在不应该,但是万初空方才的话令祁迹有些在意。

拐角处忽然出现一名跟拍摄影,祁迹低头没有看到,石夏蕊眼睛望过去,万初空正好在货架边露出身形。

万初空开口:"小……"

祁迹抬起头,万初空停顿一下,道:"你们钱还有剩的吗?玥姐让我跟你们借点。"

祁迹说:"不够啊,都不够。"随即转头看自己的跟拍摄影,"肯定是有任务吧,不可能让我们这么轻易就买到食材。"

石夏蕊在一旁插话:"祁迹你也太实诚了,咱们现在是对手,不用告诉万哥这么多。"

万初空重复那两个字:"对手?"

祁迹点点头:"知道了,那咱们还是分开走吧。"说着朝万初空挥挥手。

"哥,拜拜,回头见。"

万初空只能看着他们离开。

从超市的蔬果区离开后,祁迹又觉得自己有点幼稚,但是会有这种行为也不能全怪他,要怪就怪万初空,自己都是跟他学的!

祁迹和石夏蕊费劲完成任务后拿到另外一笔现金,两个人商量用剩下的钱打出租车回去。

路上石夏蕊忽然问他:"你觉得万哥好说话吗?"

祁迹略带诧异地看向她,她拍了拍自己的嘴巴:"我说错话了,你和他关系最要好,和他当然有话聊。"

"你觉得他不好说话吗?"祁迹问道。

石夏蕊摆了摆手:"没有没有,我没那个意思,你别误会,万哥人挺温柔的。我俩一起拍过戏嘛,虽然在片场也没见过几次,但大家对他印象都很好,人帅演技又好,我就是不自觉有点怕他,毕竟演戏方面我还是个新人,他已经那么厉害了。"

祁迹点了点头，等着下文。

石夏蕊说："你跟他最熟，就想听听你中肯的评价。"

"他有些时候确实不太好说话吧……"祁迹说着，没看到石夏蕊变化的神情，继而又道，"有点像小孩子，很多事会跟人逆着来，顺着他一点就好了。"

石夏蕊的神色变化只维持了那么几秒钟，很快恢复过来："原来是这样……"

晚上节目组要求大家一起做饭，厨房里塞不下那么多人，万初空拽着祁迹到后院洗菜。

"我和你不是一组。"祁迹说。

"我知道，是对手。"万初空仍是拽着他，"各洗各的。"

两个人过去了，跟拍摄影刚走没几步，万初空率先关门把人隔开了。

祁迹愣住："这是干吗？"

万初空看了他一眼又把门打开，神色略带歉意地对着摄影说："抱歉，我忘记了。"

祁迹忍不住退后一步，尽管这一整天万初空都配合录制，笑容从没有间断过，可他就是在其中品出不妙来。

果然两个人刚弯身洗菜没一会儿，万初空忽然说："电话是家里人打来的。"

祁迹没想到他会忽然说这个，手在水里泡着忘记拿出来："……你麦开着。"

"我知道。"万初空抬眼，"这有什么不能说的？"

祁迹木着脑袋点点头，心里怪害怕的。他忍了一会儿还是忍不住："半夜打电话，是家里出什么事了吗？"

"没什么大事，让我节目录完回去一趟。"万初空把水沥干，又拿走祁迹手里那一盆，"你录完是直接回去还是有其他事情？回去的话正好我们顺路，可以一起。"

祁迹眼巴巴地看着他把自己的活儿也干完了："……你不要暴露地址。"

万初空故意用一种很深沉的腔调："不会，不会。"

祁迹道："我要跟房叔打报告，说你学他说话。"

万初空微笑："那你去说。"

祁迹说不过他，选择放弃。

结束了一天的录制，终于不用被镜头拍摄，祁迹洗完澡打开手机，把消息栏一连串的未接电话和未读消息一键清除后，点开微信看到万初空发的消息。

万初空："来我房间。"

祁迹回复："不能在微信上直接说吗？"大家的房间都离得很近，再加上走廊里有摄像头，总能拍到他们进出。

万初空:"这样说不清楚,那我去找你。"

祁迹最终还是打开门,来到万初空房间门前,门没有关,他一推就开了。他走进去反手把门锁上,万初空也刚刚洗过澡,头发半湿的状态坐在床边,见他进来便站起身。

屋内只开了一盏台灯,两个人对视,祁迹首先败下阵来:"是有什么事要和我说?"

万初空看着他,认认真真地汇报:"昨晚没有任何事发生,我只是去客厅接了个电话。"

祁迹已经不在意这个了,随口道:"那么晚了是你妈妈打过来的吗?"

"她一直这样。"

这点祁迹无法反驳,有一次两个人看电影看到剧情关键处,万初空的母亲打来电话,万初空整个人的情绪都变得很低。最后还是祁迹把影片暂停劝他快点接,这么晚说不定他妈妈有什么要紧事。

万初空接了电话聊了没两句就挂了。

祁迹问他:"怎么了?"

万初空黑着一张脸:"她说乔启锐明天不愿意上学。"

祁迹说:"可明天是周六吧?"

"对,我也是这么跟她说的。"

万初空颇为郁闷,问:"不信我吗?"

"没有,只是希望有些事你能和我说一说。"祁迹的脾气向来很好,轻易不会生气。

"不想让你跟着一起烦心。"万初空说着又问,"今天和石夏蕊一起做任务开心吗?"

"什么?"祁迹一时没反应过来,"工作而已,有什么开心不开心的。"

万初空挑眉:"哦?"

祁迹连忙说:"她今天还和我聊到你了……"

"聊什么?"

祁迹想到那些夸赞的话,忽然不太情愿说了,轻轻推了推他,不好意思地说:"我得回去啦。"

"嗯。"万初空低声应道。

这一次他可以清晰看到万初空眼底的深邃,仿佛光照不到。祁迹读不懂,因此神色还是懵懵懂懂。

与此同时,万初空的手机在桌上亮起来,经纪人接连发来两条消息:"那篇报道暂时压下去了。"

"但视频来源还没查到。"

主题帖:《春日花园》6月29日的直播。

【1楼】如题目所示。

【2楼】还有一个小时才播，发贴是不是太早了？

【3楼】超级期待！

【4楼】那来回顾一下节目的一二期？

【9楼】第三期还没播，我已经爱上这个综艺了。

【12楼】酒店那段笑死我，人家女生刚进门，万初空就说他也去躲一躲，转头去找祁迹。

【13楼】石夏蕊：我也是蛮无语的。

【21楼】第一期飞行嘉宾是陈华，我还蛮喜欢他的歌。

【22楼】陈华见到谁都叫前辈，管祁迹和石夏蕊也叫前辈，还蛮搞笑的。

【23楼】之后就有了预告里万初空那句经典的"他们都叫我前辈，你怎么不叫"。

【24楼】祁迹的反应也很好笑，感觉心里一定在吐槽什么，最后还是不情不愿地叫了，万葵娱乐真的好好教过他们表情管理吗？

【30楼】我很好奇祁迹私底下管万初空叫啥，节目里他管万初空叫哥，叫得有点不自然。

【31楼】有吗？不是很平常吗？连任莹玥有时候开玩笑都管万初空叫万哥。

【32楼】说不好，形容不出来，感觉就是不常叫。

【33楼】私底下可能直接叫名字吧。

【42楼】弱弱问一句，这楼是只能讨论祁迹和万初空吗？

【43楼】不是，随便，只是这两个人比较火而已。

【61楼】没人觉得石夏蕊和谁都很配吗？

【62楼】有吗？没有感觉哎。

【63楼】没有。

【111楼】石夏蕊好惨一美女。

【112楼】她惨不惨我不知道，她经纪公司挺恶心的我倒是知道。

【113楼】展开说说？

【114楼】炒作和泼脏水都很有一套，和万初空的公司算对家。

【120楼】别吵了，开播了。

……

【521楼】祁迹和万初空怎么有这么多悄悄话，有什么是我这个尊贵的电视VIP（贵宾）用户不能听的？有种别闭麦！

06.

第二天一早洗漱过后与大家碰面，石夏蕊问他："祁迹你化妆了？"

祁迹摇摇头说："还没来得及……"他把手按在脖子一侧。

石夏蕊问："那是不是上火了啊？"

"……好像是有点上火。"他歪头用力搓了搓脖子。

石夏蕊问："屋里有那么热吗？"

万初空不知何时走到祁迹身后，从冰箱里拿出牛奶，十分自然地贴到他脸上。

祁迹整个人好似分成两半，一半还在不自在，另一半已经下意识道："大早上就喝凉的吗？"

万初空闻言把牛奶拿开放回原位，甚是配合："那不喝了。"

任莹玥撑着下巴看了他们一会儿，转头跟房东旭说："最近天气确实热，晚上还是少盖点厚被子免得上火了……"

众人吃过早餐以后去户外拍摄，新来的助理趁机把手机递给祁迹，说是刚才一直在响，怕有什么重要的事。

祁迹点开随意看了一眼，又把屏幕锁上了："忘记设置静音了，只要不是有备注的电话就不用管。"万初空在不远处等他，他把手机交回助理后小跑两步跟上去。

"怎么了？"万初空问。

"没什么。"祁迹习惯性说道，走了没两步发现旁边没有声响，转头注意到万初空的神色，立刻改口解释，"之前跟你说过的，有很多陌生号码打进来……等忙完这阵我应该要换手机号的。"

"换了不是更麻烦吗？"万初空问。

"但是不换也很麻烦。"这种事情不止祁迹一个人遇到，明星几乎是没有隐私可言的。

万初空点点头，祁迹以为这件事就翻篇了，结果下午休息时他的手机一直在振，连任莹玥都注意到了，问他是不是有什么急事，祁迹摆手说没有。过了一会儿他刚从洗手间出来，新来的助理就满脸无助与焦急地朝他说："万老师把你手机拿走了！"

祁迹几乎能想象到万初空管助理要手机时理直气壮的态度。助理也很蒙，他听其他同事说过两个人关系匪浅，稀里糊涂就给出去了，事后才反应过来，看模样挺害怕挨训的。

祁迹问："那他人呢？"

助理指了个方向，祁迹过去时万初空已经结束通话。他把手机还给祁迹，问："这种事你们公司不管吗？"

"微博上发过公示，说了也没用，该打还是会继续打，你说话有人回？"祁迹好奇道。

万初空"嗯"了一声，祁迹翻了翻通话记录，顺手拉黑了几个号码，语气随意道："都说了什么啊？"

"就是告诉她们不要再打了。"

"说了也是白说，这次接了下次会更加……"

他话没说完，万初空提醒他道："小七。"

"嗯？"祁迹抬起头，私下里万初空常常这么叫他。

他在镜头前一般会敬业地保持笑脸，镜头拍不到的地方就无所谓了，嘴巴半张开呆呆地看着万初空，等他下一句话。

万初空低头靠近他耳边："在拍。"

祁迹先是退后一步，用眼神确认万初空不是在骗他，实在看不透才转开头，结果在草丛里发现了跟拍摄影。

"……为什么他要蹲在这里？！"祁迹既惊恐又不解。

"他可能是在找合适的拍摄角度吧。"万初空随口道。

祁迹还是不能理解："现在不是休息时间吗？"

万初空笑而不语，抬手拍了拍他的脑袋："走了，这边蚊虫多，再有人打电话不要接了，你直接拉黑吧。"

祁迹无奈，只能祈祷后期不会用这段素材。自从上了这档综艺，他无时无刻不在丢人，虽然节目效果很好，但他也是要面子的，现在网上好多人都给他起一些不太聪明的外号！

走出那条窄巷，祁迹发现万初空还在看自己，他欲言又止两次，想要提醒对方摄像大哥不是个摆设。

"都这样了也不生气吗？"万初空忽然问他。

"困扰是有一点，生气倒不至于。"祁迹看得很开，做偶像这一行，信息是最容易被泄露出去的，有些人可能就是以骚扰别人为乐吧，"毕竟我又不认识这些人，没必要为了根本不在意的人生气。"

万初空说："那如果是在意的人惹你生气呢？"

"那要分是什么事情吧。"祁迹狐疑地看他，"你为什么突然……"

"那就还是会生气。"万初空得出结论。

祁迹听不懂了："没有生气啊，我现在没有生气。"

"不过你没经过我同意，擅自拿了我的手机我会生气。"祁迹话锋一转，半真半假道。

"对不起。"万初空立刻认错。

祁迹耸耸肩膀，本来就只是说说，他这个人活得太简单了，根本没什么秘密："那这次就算了。"

万初空点头："下次跟你申请。"

祁迹道:"……申请我也不会同意!"

他们在同一个地方连着拍了整整两期的内容,结束录制以后,祁迹飞往华都,万初空回了乔家一趟。不久后电影首映,万初空作为主演人员跟着剧组一起做宣传。

因为万初空的档期调不开,缺席了一期节目录制。

第四期节目播出时,祁迹他们一行人正在拍摄第六期,当天晚上祁迹没有拿到手机,错过了网上热传的一段视频,是超市里他和石夏蕊站在一堆大白萝卜前,他十分专注地盯着萝卜,万初空出现都没发现,反而是石夏蕊抬起头,两个人视线对上。

万初空张口说了一个很模糊的音,因为是以"x"开头,后期特意配上字母效果,在"夏蕊"两个字上面打了个很大的问号。

祁迹知道这件事已经是节目录制结束以后,许久未见的发小苏勉超联系他,说要见上一面,并且热心地给他发了这个视频。

苏勉超:"正好趁这个机会你俩拆伙吧。"

祁迹满脑袋问号地点开视频又满脑袋问号地退出来。

祁迹:"为什么?"

苏勉超:"以你俩现在的人气,完全没有蹭'互联网挚友'的热度捆绑炒作的必要了!"

祁迹眨眨眼,打字道:"可是我们两个没有在假装朋友炒作啊。"

苏勉超:"什么?"

这回轮到祁迹给他惊吓。

祁迹:"我俩真的是朋友啊。"

苏勉超订了一家酒店的包厢,见到捂得严实的祁迹,下一秒钟就把他拉进屋子然后锁好门。

祁迹还有闲心问:"只有咱俩吗?我以为你会叫上苏巧巧。"

苏勉超盯他半晌,抬手说:"我吃块口香糖你不介意吧?"

祁迹摇头,苏勉超一边打开包装一边问:"你和万初空……你们……"

祁迹自动接道:"很早前就成为朋友了。"

苏勉超再次抬手:"这事我怎么不知道!"

"我以为这是默认的……"祁迹缩了缩脖子。

07.

苏勉超看着桌前坐姿端正的祁迹,脑袋一阵阵地疼。想当初他只是为了让自家兄弟能够迅速火起来，捆绑炒作是最快最有效的方法，按照祁迹的实力，只要他把握住机会，就能被更多人发现、关注。没想到祁迹是个争气的，知名度是提高了，脑子也给赔进去了！

这买卖不划算啊！

"你和他才认识多长时间，就和他称兄道弟了？"

不等祁迹回答，苏勉超又说："我和你认识的时间，可比他长多了！况且他现在和石夏蕊关系不清不楚的，搞不好又是公司操作……"

他话还没说完，祁迹小小"啊"了一声，苏勉超好似看到了希望，但刚燃起的小火苗随着祁迹的回答瞬间熄灭了。

祁迹说："如果你是指那个视频，我看过了，他其实是在叫我。"

苏勉超并不相信："你连名字都改了？"

"不是，那个是家里人的叫法，叫的是我小名。"祁迹解释。

苏勉超两只手撑着膝盖，颇为认真地问："你还有小名？我怎么都不知道！"

祁迹张了张嘴巴："这是最重要的吗？"

"你真知道万初空是什么样的人吗？别你自己一头热地把人当朋友，结果人家只是利用你，你还替他数钱。"苏勉超十分不放心地说道。

"不会的，我们彼此都把话说得很清楚了。"祁迹立刻回应，"还有……"

"还有？"苏勉超提高音量。

祁迹分外真诚地说道："谢谢你。"

苏勉超不自在道："谢我什么？"

"谢谢你关心啊。"祁迹说，"放心好了，我有分寸的。谁对我好，谁是真朋友，我还是能分辨的。"

祁迹并没有苏勉超想象中那么脆弱，他不仅能照顾好自己，也挺会关心周围人的。

只是事情发展成这样，苏勉超总觉得有自己的一份责任。他很清楚祁迹是怎样的人，既然他说两人是认真地做朋友，那么祁迹一定是很认真在经营这段友谊，至于万初空是怎么看祁迹的，他心里却没底。

苏勉超给自己倒了一杯酒又给祁迹倒了一杯，一顿饭吃完，他有些微醺，开口说："我跟你说实话，今天叫你出来本来是想捎带着提醒你离万初空远点，结果你微信上突然给我来这么一出，我都不知道该怎么说了。"

"说什么？"祁迹没有醉，只是脸有些红，"你想说什么直接说就行了。"

苏勉超又仰头喝了一杯，借着酒劲："具体的我也不清楚，只是听说他最近风头太盛，有人想整他，圈子里有些传言你知道吗？你肯定不知道，你这人什么都不关注。"

"大家在传什么？"祁迹问。

苏勉超却摆摆手："万初空这个人我和他接触不多，和他接触过的人都说他人不错，但是很难捉摸，看上去跟谁都聊得来，实际上跟谁都不交心。陈胜航和他是大学同学，两家是世交，可能了解还多一点……祁迹，你别怪兄弟我说话难听，他家里什么个情况，你应该也知道，你们能不能长久相处下去暂且不提，就是眼下这些事你都不知道，他是一句都没跟你提过吗？"

祁迹抿了下嘴巴，小声说："我回去问……"

苏勉超叹了口气："以防万一我多嘴问一句，你和他有没有发生过争执、有动过手吗？"

祁迹愣了下而后摇摇头。

"我要听实话。"苏勉超说。

"真的没有，倒不如说他很害怕我会生他的气。"

苏勉超确定他不是在说谎："那就好，总之你注意一下，我是不太赞成你们两个来往太密切。

"祁迹，你和他根本不是一类人。"

从酒店出来，暖乎乎的热风把脸颊温度吹得更高，祁迹上了车才看到手机上很多未接来电，除了陌生号码，有两通是万初空打来的。他没有立刻打回去，而是拿着手机发了会儿呆，半路上才把电话拨过去。

那边很快接通，问他在做什么。

祁迹突发奇想："你猜猜看？"

万初空道："你之前说过要和朋友出去吃饭。"

"是这样吗？我都忘了。"祁迹笑了笑，车窗映出他的侧脸，发丝微微下垂，"你对我的行程真的很了解。"

万初空声音放轻："你的心情不好？"

"没有，只是觉得有点不公平，你知道这么多我的信息，我好像都不太清楚你在做什么，你们公司都不发行程表的。"祁迹低下头，模样还是乖巧的。

"我可以跟你汇报。"万初空说。

祁迹抬头望向车窗外："好啊。"紧接着下一句，"那你有没有什么事瞒着我？"

万初空那边停顿一下："你是不是听到有人说了什么？"

"没有。"祁迹在车窗上悄悄点了下手指，撒谎像吹泡泡一样，轻易就被戳破。

"什么都不要信，我会处理好的。"万初空说。

"不能和我说吗？"

万初空静了两秒钟，又重复："我会处理好的。"

"好的。"祁迹回答。

"生气了？"

"没有。"

"不要生气。"

"没有生气。"

"也不要说谎。"万初空说,"说谎鼻子会变长。"

"可是你也在和我撒谎。"祁迹不满道,他会不满就证明他没有真的在生气。

他的底线在哪里,说实话祁迹自己都不是很清楚。他最没有脾气了,万初空就是仗着这一点一直欺负他。

电话那端万初空温声道:"很快就能解决,解决了我再跟你讲好不好?"

"我如果说不好呢?"祁迹有点生气了。

"小七。"万初空的声音低沉,仍然很有耐心。

祁迹安静了两秒钟:"那在你告诉我发生什么事之前,都不能这么叫我了。"

电话挂断以后,陈胜航朝他伸出手来,万初空冷静过后瞥了他一眼:"你没有备用手机吗?"

"这话应该我问你,报废了那么多部手机也不知道留个备用?我能借给你用已经不错了。"陈胜航看着万初空把手机卡拆出来,将手机递给他,"都说了肯定没事,人家也要有私人空间,打不通非要这么干等着,也只有祁迹受得了你。"

他话说完,万初空看他的眼神变都没变,他却先认怂了:"当我什么都没说,好吧?"

酒店大堂里开着空调,陈胜航觉得有些冷,见万初空站起身,他问:"哎,你去哪儿?伯母可让我跟你一起行动。"

"去买手机。"

陈胜航无语:"你倒是控制下你的脾气。"

万初空头也不回:"我控制了。"

"行。"陈胜航点点头,"也对,不然遭殃的就不只是手机了。"

万初空现在显然没心情理他。陈胜航认命地跟上去,还是忍不住问:"你是不准备跟他说吗?他迟早会知道的。"

万初空已经走出旋转门,夜晚的灯光依旧明亮,映在那双深棕色的瞳仁里,叫人看不懂情绪。

"我不会让他知道的。"

08.

七月份天气闷热、太阳毒辣,祁迹担心被晒伤,在外都穿连帽的防晒服,一旁的工作人员给他打着伞,何姐走过来问他在做什么,祁迹抬头顺手把手机收起来,回了句没干什么。

"没什么事就不要总是盯着手机看,这里多少双眼睛看着你呢。"

何姐简单说了两句,这一次外景拍摄选在了海边,以往他都是跟团体一起,偶尔才会拍一组单人照,然后只选其中一张放进杂志里。而这一次全程都是祁迹一个人,身边少了付霜的八卦和任斯的絮叨,但他逐渐也习惯了这样的日子。

往年这个时候他们都在筹备新歌,排练和上各种声乐课、形体课,而今年大家都在各忙各的,相聚的时间甚少,唯一能知道彼此消息的地方就是朋友圈和微信群。付霜年纪轻,每天芝麻大点小事都要分享,任斯最近沉迷做菜,也经常发到朋友圈,祁迹每次都能看到林杉在底下评论。

比如任斯发红烧茄子,林杉评论说茄子黑了;任斯发糖醋鱼,林杉评论说鱼可不长这个样;任斯发今天太忙没做菜,林杉评论说任斯"终于放弃杀人了"。

任斯忍无可忍回复他:那你也没少吃!!

紧接着付霜很是天真地询问队长是不是和林杉合租了。

很快这一整条动态便消失在了朋友圈,付霜十分没有眼力见地跑到群里问:"队长,你们在合租吗?带我一个,我一个人住好无聊。"

林杉:"你想得倒挺美。"

付霜:"我和队长说话又没和你说,队长,你快把他赶出去和我一块住!"

林杉:"他住的是我家,你问问他能我把赶去哪里。"

之后林杉发的两条消息都被撤回了。

任斯:"只是暂住,等过几天安定下来我就搬出去了。"

林杉:",,。。。"

付霜:"你脸撞在手机键盘上了?"

夏伍:"我猜他俩应该在一块,队长在旁边让林杉撤回的消息。"

祁迹目睹了全程,知道大家过得都还算不错,偶尔在群里能够闲聊几句。除了邱亦,他好像人间蒸发一样,哪里都寻不到人,只有在网络上还看得见他的踪影。何姐之前还会抱怨发火,现在好像也习惯了。

拍摄继续,祁迹脱掉防晒服十分想揉一把头发,但是不可以,造型师会杀了他,他忍不住叹了一口气。

别人的生活怎样他也无暇关注了,自从那晚和万初空生气后,两个人每次通电话的气氛都怪怪的。没人再提起那件事,可分明两个人都记着。

他刚刚刷手机看到网上的视频爆料,视频有一分半钟,他完完整整看了两遍。近日来有许多这种爆料帖,言语间透露自己是某剧组内部人员,用词含糊地指出他们剧组里有演员私底下耍大牌,对工作人员很凶,这位演员也并不是屏幕上表现出的那副温润有礼的模样,还常常偷看剧组内长相漂亮的女演员,有意递电话号码给对方。

万能的网友们很快就分析出是哪一部剧,并且把目标锁定在万初空身上。结合万初空在综艺里几次和石夏蕊单独说话,石夏蕊都是回避的态度,以及他帮忙搬石夏蕊的行李、在超市语气亲昵地管人叫"夏蕊",网友们几乎可以肯定匿名帖里说的人就是他。

虽然有综艺和电影的两重加成,万初空的人气一路高涨,但互联网最不缺的就是优秀人士,大家更喜欢吃瓜看戏,尤其是这些优秀人士翻车的戏码,网友们很喜欢看到。

一时间各大微博营销号纷纷出现,把压根没有证据的事说得头头是道,好像他们亲眼见过似的,微博下的评论更是阴阳怪气:

- 我说石夏蕊怎么那么怕他,原来问题出在这儿。
- 美女人美心善,还好心提醒"睡6",可惜"睡6"不领情。
- 他在剧组里是不是也动手打过人啊?看着就一副凶相,怪不得整天带笑,不笑真的很吓人。

祁迹看第一遍视频时还在疑问怎么这都有人信,第二遍就淡定下来。像这样奇奇怪怪的传言有很多,前阵子他频繁被陌生号码骚扰,报给公司后,公司在微博贴出了公示,坚决抵制这类侵犯隐私的行为,然而有一个账号跳出来说:是不是你自己的手机号祁迹你自己心里清楚,别在这里装可怜了!

这条评论结果自然是被网友们批评了,闹到最后在评论区里丢下一句"他就是个撒谎精,手机号是他故意泄漏出来的,根本不是他自己的"然后注销了账号。

就是这么一段离谱的发言都有人信,网上还有人说祁迹这招高啊,故意把假的手机号传播出去,只要有人打进来那必定是居心不良,就可以谴责对方,顺带还能诉说下委屈,让粉丝心疼,心机实在深。

祁迹当时心里只有一个念头:到底是谁脑子不清楚,总不能是我吧?

他现在不再抗拒看到别人对自己的评价,反正好坏都不能左右他。

发布谣言是不需要支付任何费用的,只要有嘴有手可以打字就行,至于澄清要花费的时间和精力,那是澄清者的事,大家信与不信则是另外一回事。

拍摄结束以后,祁迹回到酒店,以前他都是和队友一块住,现在一个人住一个大的单间,没有电视声,也没有其他人的说话声,周围寂静得要命。

过了一会儿,他翻身趴在床上,看到微博小号上有人发"万初空和祁迹相识一周年快乐"。

真的有很多人热衷于推导他们到底是什么时候认识的,分析来分析去最终把日期确定在七月份。

实际上比这还要早。

祁迹把脑袋轻轻靠在手机上，他们认识、成为朋友也有一年多了。原来才一年，真的不够了解对方……好像也不是，只是他不了解万初空而已，万初空可是时时刻刻都掌握着他的行程！

他正在想，万初空的电话正好打过来。

电话接通，祁迹没有说话，对面也没有，沉默了一会儿后他闹别扭似的说："你不说话我就挂了。"

"别挂。"万初空终于出声，"拍摄结束了？"

"没，还差一场，摄像师说……"

"摄像师说什么？"

"我不想告诉你。"祁迹说。

万初空顿了下："为什么？"

"因为你也什么都不告诉我。"

"我上午工作就结束了，网上那些你看到了吗？"

"嗯。"

"别信。"

"我当然不会信……"祁迹有些气馁，到底该如何生气，他还没想好。

万初空又问："你觉得我凶吗？"

"你凶。"对面没声了。

过了一会儿，万初空轻声说："我不凶。"

祁迹侧躺在床上："我知道那些都是胡说的。"

"我不喜欢石夏蕊，也没有经常看她。"

"我知道。"

"在剧组也没有看其他人，没给过别人号码。"

"好，我知道了。"

"你不耐烦了。"万初空的声音不太稳，似乎还在路上。

"我没……这些我都知道，你不是那样的人，我只是，嗯，你不用管我。我没有不耐烦，在听你说话呢。"

"好，那一会儿我再打过来，很快。"万初空说着挂断了电话。

两分钟后电话果然重新打过来，祁迹接通，对面说："祁迹你房间号是多少？我找不到了。"

祁迹愣了下，连忙爬起来去开门，不远处万初空站在那里。

"你疯了？"祁迹脱口而出。

万初空听见声音，转过头快步走过来，迅速带上门。

"你怎么来了？"祁迹还在诧异。

万初空却不回答他的问题，只是说："我不凶。"

祁迹本来僵住的身子放松下来："嗯，你不凶，刚刚是我说错话了。"

　　主题帖：到底是谁在说这两人不熟？

　【1楼】《春日》最新一期预告大家看了吗？没看的赶紧去看，我不相信看了的人还能说出两人不熟这种话。

　【2楼】还没看，是三分多钟的那个吗？

　【3楼】是的，快去看，万初空管祁迹助理要手机的动作未免太自然了。

　【4楼】而且还管祁迹叫"小七"哎，从来没听过的称呼！

　【5楼】肯定是很熟悉的人才会这么叫，搞不懂网上一天到晚说他俩不熟的人怎么想的，这么多事实摆在眼前看不见吗？

　【12楼】什么啊！人还在上课看不了视频，你们在说什么啊，不要打哑谜！

　【15楼】就是谜题解开了，上一期万初空叫的根本不是"夏蕊"，他叫的是祁迹的小名。

　【17楼】预告信息量还蛮大的。

　【21楼】开头就是万初空忽然朝摄影走过去，还跟他招手，摄影人都傻了，跟着他一块去找祁迹的助理要手机……过程真的非常诡异。除了万初空，大家都挺蒙的。然后他们去了人少的地方，这时候祁迹手机响了，万初空接通后直接开了免提，很有礼貌地说了一声"喂，你好"。直到这里我都不知道他想干什么，觉得哪怕是朋友这样的行为也有点过了，一句话都没和祁迹讲直接就把手机拿走了，还擅自接他的电话。

　　直到电话那头说："你是谁？祁迹呢？"

　　我才觉得事情不对头，果然，万初空特意对着镜头讲话："别再打过来了，不觉得这样会造成别人困扰吗？"

　　他说话一点不客气，摄影立刻反应过来，还找了巨显腿长的角度拍他。这里插一句，万初空身材比例绝了，沉下脸认真说话的样子好帅。

　　电话那边就骂脏话，被模糊处理掉了，对方一直问"你谁啊你谁啊"。

　　万初空问她怎么知道的电话号码，还说别再打过来了不然会报警（我听到这句以后忍不住笑了，别的明星不一定，但他是真的会报警），对面说你管得着吗？说完就给挂了。

祁迹过来之后，万初空问一句他答一句，还没意识到自己被拍了，傻乎乎的什么都说。

之后，万初空为了提醒祁迹，叫了他一声"小七"。

大致就是这样吧，还是建议各位去看看视频完整版。

【29楼】有谁和我一样那句"小七"循环听了好多遍，真的好温和啊！我不明白怎么会有人说他凶。

【31楼】感觉万初空是故意接的电话。

【32楼】肯定是啊，他还特意让摄影来拍，还开了免提。老实说明星被狂热粉丝骚扰这种事多了去了，公司除了口头警告什么都做不了，也不管用。万初空这招好狠，起码让人知道祁迹确实被骚扰了，也算警告他们吧。

【45楼】还是想说有些别有用心的人，你们算盘打错了，万初空人品怎样，大家有目共睹，真当随便什么人就能爆料了？劝你们收一收那些龌龊心思！

【52楼】之前不是还有人说祁迹撒谎，手机号根本不是他自己的？我有一个猜测。

【53楼】不用猜测，是事实！那个在微博上跳脚的人就是当天接万初空电话的人吧。

【54楼】哈哈哈哈哈怎么会不气死这人，打扰别人正常生活还有理了？

【55楼】那要在此澄清一下：手机号是祁迹的，但接电话的确实不是祁迹本人，是万哥！

【56楼】万哥威武！

09.

万初空来得太过突然，根本没给祁迹反应的时间，他一身风尘仆仆地和祁迹说："我们一起聊聊天。"

祁迹感到意外："你是准备告诉我发生了什么事？"

万初空的目光定格在他身上："今天七七被乔启锐带去打疫苗了。"

祁迹一听他岔开话题，态度瞬间冷淡下来："天色不早了，明天还有工作……"

万初空盯他半晌："你要赶我走吗？"

祁迹抿住唇。两人真正交心后他发现万初空真的很像小孩子，屏幕上那么成熟稳重的一个人，背地里却幼稚得不行。见万初空很执拗的样子，他只好暂时放下隔阂。

"那你要不要先去洗把脸，清醒一下？"他看着万初空的神色，"感觉你很疲惫。"

万初空这才满意，进入卫生间前还问祁迹："我出来以后你还在这里吧。"

"我还能去哪里？这是我的房间。"

万初空又迈出一步，手抵着门框低下头："这可说不准。"

祁迹无奈叹了口气："我哪里都不去。"

"而且，"他抬起眼，"我还有事情要问你。"

万初空的眼睫垂下去，浓密而乌黑地落在眼下一片阴影。

祁迹算不清楚这里面有几分演的成分。他抿了下唇，一双眼向上看人，他不是不懂这些，舞台上想要抓人眼球，任何一个细微的表情都要在私下里练习成百上千遍。扮可怜他也会，只是多数情况下他是真的可怜："既然你都来找我了，那就聊聊吧。"

卫生间的门关上，祁迹坐回床上，柔软轻薄的被子贴着肌肤，他却觉得怎么坐都不自在。

本来还要和万初空生气，但是一见到人就气不起来了。万初空做事好像从来不计后果，祁迹要考虑再三才能做的事，只要他想就会立刻去做。网上那些负面评价，祁迹相信万初空也不是很在意，但唯独对着自己做了解释。

祁迹仰躺在床上，手机忽然振动个不停，直到它不振了，祁迹才慢吞吞拿起手机。

苏勉超："万初空是不是去找你了？"

"他被拍到去了鸿笙酒店，那不是你今天住的地方吗？"

"今天去那里拍摄的都有谁？"

祁迹看到第二句就迅速蹭了起来，打字回道："只有我啊。"

苏勉超："那就是碰巧了，苏巧巧跟我说她那部剧的女主角也入住了鸿笙。"

祁迹："所以？"

苏勉超："所以你的好兄弟现在被怀疑跟那位女明星私会。"

祁迹："……"

苏勉超也很无奈："他现在和你在一块？"

与此同时卫生间的门打开了，万初空没有擦脸，下颌还往下滴着水，径直站在门口。

祁迹来不及回复，万初空问："在和谁聊天？"

祁迹觉得趁此机会两个人一定要说清楚，干脆扣下手机，大着胆子："我不告诉你。"

万初空朝他走过来，站到祁迹面前。

祁迹有点发怵，还是鼓起勇气："除非你告诉我最近到底怎么了，怎么这么多有关你的新闻，你是摊上什么事了吗？"他问得很认真，一整句话讲出来却有点搞笑。

万初空伸出手向后顺了顺头发，语气没什么起伏："真的没什么事，就是你网上看到的那些，我会解决的。你在和谁聊天？"

祁迹仔细盯着他的脸看，想从他的神态中看出端倪，但真的应了苏巧巧那句话，这帮演员都太会演戏，尤其是万初空这种，他根本读不出对方心底的真实想法。

最终祁迹放弃，开口说："你来这边被娱乐记者拍到了，说你和女明星私会。"

万初空看起来毫不在意，甚至问："有说哪个女明星吗？"

祁迹犹豫了一下，说出名字。

"可我只想跟你见面。"万初空说。

祁迹还想解释，万初空却说："好了，没关系。不用管它，我之后会处理，你刚是在和谁聊天？"

"这不重要！"

"这对我来说很重要。"

祁迹问："为什么？"

"因为我想知道，除了我，你还有关系更要好的人吗？"万初空凑过来，眉目深邃而立体。

祁迹只好坦白："是我发小。"

"名字。"

祁迹道："……我跟你说过，你倒是记住啊，是苏勉超。"

"我知道他，只是想听你亲口说出。"万初空说着坐在祁迹身旁。

"我说完了，该你了。"祁迹说着看向万初空。

万初空张了张口："想看看刚打完疫苗的七七吗？"

祁迹沉默一下，道："我没有你那么好的演技，如果你不愿意说，我真的不知道该怎么让你开口了。"

令人窒息的氛围在蔓延，最终祁迹说："算了。"

"已经很晚了，明天还有活动要跑，我想早点休息了。"言下之意是让万初空回自己的房间。

万初空猛地抬起头，神情有所闪动，似乎有那么一瞬间能让人窥到他真实的情感。

祁迹真的没有发脾气，只是有些无力。即使两个人是朋友，也并不是所有事情都可以共享，他以前也习惯性地说过很多谎，有些话是真的说不出口，可能时间再长一点就好了。

"对了，我其实不喜欢吃芥末味的薯片。"祁迹忽然想起来，"这个要跟你说明。"

这一次万初空没有再执着，反而拍了拍祁迹的肩："那你好好休息，我回房间了。"

"……嗯。"

"晚安。"

万初空说完话没有走，祁迹等了一会儿见他还是不走："还有什么事？"

万初空说:"因为我犯了错,所以连晚安都没有了吗?"

他一句话把祁迹的怒火浇灭了一半,主要还是他的眼神看上去太暗淡了,祁迹又心软:"……晚安。"

万初空好似满足了,对着祁迹笑了笑。

等万初空走了,祁迹打开手机发现苏勉超在那之后又给他发了消息。

苏勉超:"你人呢?怎么不回话?"

"你多长点心眼好不好,别被人骗了还帮人数钱!"

第二天一早祁迹醒过来,发现网上的风波已经平息了,原因是万初空的工作室发了一张行程图,变相解释了万初空出现在鸿笙酒店是工作安排。

可惜网友们不信,纷纷评论:"这种理由谁能信啊,洗不白了就破罐子破摔?"

第九章
伟大的友谊感天动地

01.

  网上关于万初空的舆论还在持续发酵，但因为全部是些没有实际证据的传言，团队方也没办法针对性地做出澄清。

  而且相比起需要粉丝支持的偶像，演员更多是拿作品说话，会去影院支持作品的人不一定全都上网看八卦，但团队要是在这时跳出来，澄清一些本来就没发生的事，势必会吸引更多人注意。说不定这就是从中搞鬼的人最乐意看到的情景，因此只能暂时搁置。

  至于祁迹和万初空，自那晚酒店过后彼此之间的气氛就变得更加古怪了，电话只聊简短几句。万初空那边也很忙的样子，很多事情祁迹都是看新闻才知道，比如万初空频繁出入住所，被媒体怀疑是金屋藏娇。

  然而万初空回去的地方根本不是自己家，这一点祁迹再清楚不过，因为拍到的建筑他十分熟悉，分明就是他所住的小区那一片。万初空回的是他母亲家。

  这几天万初空一直在跟他说自己的工作行程，祁迹却闭口不谈自己这边的情况了，万初空也没有追问，偶尔问一两句碰了钉子就不问了，他很乖很配合很听话，完全没有之前对着经纪人的叛逆行径。或者说他本来就很清楚，祁迹一直知道万初空对他的行程很了解，聊天时试探性问一句，会发现对方全都知道。

  上一次录制团综天气还很冷，这一次重聚就到了夏天。夏伍前段时间去海边度假了，化妆师看到他，整个人都惊了，捧着脸尖叫："你这皮肤怎么粗糙成这样！"

  夏伍闻言露出一个非常阳光的笑容，脸黝黑牙齿锃亮。祁迹感觉化妆师随时随地都要晕倒，连忙伸出手扶了一把，化妆老师重振精神，吹响紧急补救的号角。

夏伍已经很久都没有参加活动了，这段时间去度假，他的精神状态有了一个质的提升，不像之前那么郁郁寡欢了，大概看开了许多事。

团队六个人，唯独缺席了邱亦，没人再去问他是否会来，大家心底都有一个答案，但谁都没有明说，照样练歌排舞，闲下来聊聊最近发生的趣事。

以往最喜欢起哄架秧子的付霜，这回终于有了点眼力见，没在祁迹面前提万初空。

圈子里发生什么事他们的嗅觉比谁都灵，在场只有林杉知道他们是真的关系要好，另外几个人只晓得两个人关系不错，但具体好成什么样，除了当事人谁都不清楚。这个圈子里的"好友"太多了，镜头前勾肩搭背亲亲密密，私底下互看不顺眼的人多了去了。

就连前些天的采访，主持人都巧妙地避开了与万初空有关的话题，不等祁迹感慨这份贴心，主持人下一句就是："Lullaby6很久没有合体啦，这次难得大家聚在一块，虽然少了邱亦……"

她刚起个头，祁迹就觉得不妙，果然女主持紧接着笑眯眯道："现在网上都在传你们快要解散了，对此你们是什么看法呢？"

几个人面面相觑，最终任斯和祁迹站出来打圆场把这个话题含糊过去了。

下了台何姐直接告诉祁迹："最近不要主动提万初空，能避开的我尽量帮你避开了，但不能确保事事顺利，你自己机灵一点。"

祁迹才知道这段时间之所以没人跟他说起万初空，完全是经纪人在采访开始前就打点过了。

他问："为什么？"

"为什么你心里不清楚吗？他最近在圈里的风评可不算好。"何姐看向他，她本身就比他们大了许多岁，又是从出道就一路跟着他们的人，不免拿出长辈姿态，"和他关系好的又不是我，他是什么样的人你自己不清楚吗？有点自己的判断力。"

祁迹刚想开口，何姐又说："后天去录制综艺，我没办法跟着去，到时我会让跟着你的助理特别注意一下。"

祁迹问："注意什么？"

"不要明知故问。"

祁迹想要反驳，可万初空确实什么都不肯跟他讲，他一拳打在棉花上，棉花还反过来把他包裹住，他上哪儿说理去。

这天练习室里付霜忽然问他："哥，你说我们不会真的解散吧？"

祁迹那句"不会"卡在嗓子眼说不上来，实际上他们走到这一步和解散没什么区别了，只有一些晚会、典礼上临时合体一下又各自奔波。

任斯之前一直开玩笑说这个团要完蛋了，连林杉后来都跟着学舌，但真的考虑起这件事又觉得离他们特别遥远。

最后祁迹只能说:"你不要成天想这些有的没的,舞蹈老师说你退步了很多,让你抓紧训练你有没有听到啊?"

付霜立刻苦着一张脸:"我本来底子就差,这两个月一直在教学员 rap(说唱歌曲),舞蹈动作都快忘光了。"

他这当然是夸张说法,大家一起训练那么久,该刻苦的地方并没有人会含糊。队内付霜的人气是除了邱亦以外最高的,前两个月参加了一档说唱节目,他在队内是老幺,但在这个节目里已经是别人的老师了。

"那就抓紧练。"祁迹看到摆在地板上的手机闪烁起来,碰巧付霜也看到了,目光瞬间变得小心翼翼起来。

"小六哥,你还和万初空有联系啊……"

祁迹缓了一下道:"他不是那样的人。"而后起身去外面接电话。

手机那端静了很久,祁迹低头看着自己脚下:"不说话我会挂断的。"

万初空开口:"想听听你的声音。"

"那你现在听到了。"

"嗯。"万初空轻轻应了一声。

祁迹问:"还有其他的事情吗?"

万初空说:"我现在在家里。"

"好的。"祁迹没问他究竟在哪个家,他的想法就是既然万初空什么都不肯告诉他,那他什么都不问就好了,看谁耗得过谁!

他并不是一无所知,圈子里关于万初空的流言越来越多,他当然也听到一些风声,只是那些都不是他亲眼见到的万初空会做出来的事。他们没有真切了解过这个人,却要用批判的眼光看这个人,觉得他的善是应该的,恶却要被无限放大。

可祁迹心里清楚是一回事,万初空对他有所隐瞒是另外一回事。既然成为朋友,祁迹就不会因为一些别扭放弃这段友谊,但如果万初空不主动向他解释,那他也不要问好了。

憋死他!

电话挂断以后,万初空对主动贴到脚边的猫咪无动于衷,一直盯着已经暗了的手机屏幕看,直到猫咪扬起头"喵喵"叫了一声。

万灵从洗手间出来,抹了一把脸上的水珠,指尖还微微颤抖着,似乎被气得不轻。

万初空坐在沙发上侧过头看她,目光没一丝起伏。

万灵深呼一口气:"你还要坚持吗?我早就说过了,你只要回来继续演戏、继续出现在屏幕上,迟早有一天会被人把过去的事挖得一干二净!你韩叔做这一行多少年了,他说的话你都没听进去,非要……"

"我回来之前就做好准备了。"万初空回答她。

万灵却不停摇头："你根本没考虑清楚，我当初就不该答应你，这段时间我不会允许你再露面，让那些记者通通都给我走！"

她说完摔门出去，过了一会儿乔启锐从房间里出来："哥。"

万初空抬起头，看向阁楼上站着的弟弟。

乔启锐扶着栏杆往下看，他哥和妈妈的关系永远这么僵硬，大多数时间里都是妈妈声嘶力竭，哥在一旁沉默不语，唯有一点两个人表现得如出一辙，那就是谁都不肯低头。

"乔启锐，"万初空对他讲，"你乖一点。"

演出进行得还算顺利，祁迹带着满身热意与成员们朝台下鞠躬致意。他从舞台上走下来，抬手摘麦时隐隐听到工作人员细碎的讨论声。

"……是真的吗，那就是真有暴力倾向？"

祁迹走路的步子一顿，林杉从后面提醒他："哥，往前走别停下，后面还有人。"

祁迹低下头，汗水砸在地板上，喘息声在耳边放大无数倍。为什么不肯和他说呢？哪怕解释一句都好。

传言像滚雪球一样越滚越大，有人说亲眼看到万初空在片场故意将手机扔出，手机摔得四分五裂，这点很多剧组人员都能证明。

祁迹不是没有注意过万初空的手机，上面有一些如同蜘蛛网一样的裂痕。他之前以为只要他肯等，万初空就会告诉他，就像两个人最初认识时那样，万初空会主动跟他讲。

但是他最终什么都没等到，等来的只有疯传的谣言。

然而他还没能纠结完这个事，第二天更加紧迫的事情发生了。

邱亦凌晨发布博文，宣布和万葵娱乐解约，双方正在走法律程序。

成员们之前接受采访时说的话仿佛打脸一般。

问起组合是否要解散，微博营销号们就重点剪辑祁迹那句一听就驴唇不对马嘴的回应："大家相处都挺好的。"然后写上标题"邱亦解约，队内和睦存疑"。

祁迹也不明白，为什么受伤的总是他！！

02.

邱亦解约的事情迅速登上微博热搜第一。

因为这件事，几个人的活动都往后推了，公司的意思是让他们面对媒体如实回应，确实不知道邱亦在和公司打官司。可换句话说，万葵娱乐一早就在处理这件事，却什么都没跟他们透露，甚至在前些天的采访中允许他们自由发挥，回答了许多和组合有关的问题。稍微动脑筋想一下就能明白是故意安排这么一出，为的就是应付眼下这种状况，越是危急时刻越要体现"团魂"，而不团结的那个势必要被群起攻之。

可邱亦的粉丝也不是吃白饭的，借此话题列举了邱亦这三年来的辉煌成绩，拿公司待遇问题说事。至于他和队友关系怎样——他们巴不得邱亦和这几个人老死不相往来，把以往的一些视频截图添油加醋地贴出来，扬言"哥哥独自美丽是最好的结果"。

实际上从今年年初开始，Lullaby6 的去留问题就在网上吵得沸沸扬扬，万葵娱乐旗下的组合最终的宿命皆是名存实亡。说组合解散吧，谁也没有正式提到过，但组合成员各干各的，连一点互动都没有；可真要宣布组合解散，挨骂的还是公司，怎么着都不行，那就干脆拖着吧。

本来以为 Lullaby6 到最后也会是这样一个结果，但是现在邱亦解约了，众人好像走向另外一个分岔口。万葵娱乐内部紧急召开会议。

然而当天中午，互联网上再一次变天，邱亦解约的热搜被挤到了第二位。

热搜第一俨然变成"万初空校园霸凌"。

这一个月以来有关万初空的各种传言终于在这一时刻爆发了出来。

起初是一个粉丝数只有几万的营销号跳出来，说他收到粉丝发来的一份视频，看过以后觉得把它发出来极有可能账号就没了，但从道德层面讲，他认为有必要把这件事揭露出来，希望大家给他一点时间考虑。

本来这条微博发出去评论数连一百都没有，但紧接着这个营销号发了一条长达一分钟的视频，视频是用手机拍的，画质不清晰，画面也抖动摇晃得厉害。

视频开头是一间教室，但肯定不是国内的教室，周围人讲的都是英语。伴随一声惊呼，画面一点点向前，越过人群挤进去，视频里出现万初空尚且青涩的脸庞。他的长相太有辨识度，即便隔着一段距离也还是能让人一眼认出，况且视频里只有他一个亚洲人，一头黑发很是显眼。镜头里他弯腰拖拽着瘫坐在地上的学生的领子，拳头半举在空中，指骨上的鲜血刺人眼目，紧接着画面暗下去，几秒的黑屏，结束。

十五分钟后视频突破万转。

"祁迹？祁迹！"有人在喊祁迹，祁迹回过神，何姐皱眉看着他，"你走神了。"

"抱歉。"祁迹深吸一口气，伸手按了按额头。

何姐看了他两秒移开目光："……总之被问到解散的事不要给肯定回答，最好能含糊带过去。"

林杉率先应了一声"好"，其余几个人跟着附和。出了会议室的门，祁迹像是还在做梦一样，感觉今天发生的所有事都没一个落脚点，他也跟着飘忽起来。

公司借此机会要给他们安排一场小型的告别会，本来一拖再拖的解散成了真，接下来矛头势必会指向邱亦，所有事情都被安排好了，他们也被安排好了。

"祁迹，你留一下。"何姐在身后叫住他。

祁迹转过头，从女人的目光中就能猜测到她大致想和自己说什么。

"现在也不指望你立刻跟万初空撇清关系，要是被记者问到……算了，看你这个样子也是真的不知道，这么多事赶在一块了，你该怎么说不用我教你了吧？"

祁迹张了张口，发现自己说不出一句话。再次出门后发现付霜正靠着墙壁等他，抬起头看到他时表情一变再变，仿佛又回到三年前，神情略显无措地叫道："哥。"

祁迹深呼一口气，走过去拍了下他的背："走吧，你舞都没练好，最后一场演出怎么也要好好跳吧。"付霜很久后才闷闷地"嗯"了一声。

祁迹以为他会偷偷哭，转过头发现并没有。人终究是在成长的，不管和三年前多么相似，也绝对不会与三年前一模一样了。

这句话同样送给祁迹自己。

综艺停录是情理之中的事，祁迹这边走不开，万初空又出了那种新闻，嘉宾一下少了两个人，暂停录制都是小事，更多人嚷嚷着要节目组换人。

校园霸凌算得上社会新闻，只不过地点在国外，又是十年前的事，真相到底是什么实在很难讲清楚。可万初空确确实实拽着那名同级生的衣领，况且他手上沾着的可是血，大家有眼睛都能看得见。

大部分人都不觉得他能洗白，前不久就开始传他有暴力倾向，剧组人员还能证明他的手机上不停出现裂纹，一同录制综艺的石夏蕊又那么怕他，下午接受记者采访还声称与万初空不熟，不清楚他的为人，而且万初空的性格确实有点古怪。一时间舆论统统往一边倒，都在让万初空滚出娱乐圈。

祁迹他们既要应付媒体又要排练节目，一整天都在连轴转，不仅断了一下午的网，而且练舞练到很晚。

发生这种事情他没有立刻给万初空打电话确认，因为那个视频太过没头没尾了，起因没有结果没有，只有中间经过被记录出来，还不一定是完整的。这种操作很常见，网友是最容易被煽动情绪的，节奏一旦带起来，后续除非有非常有力的证据，不然情形很难逆转。

他刚打开手机，看到上面十几通未接电话愣了愣，回拨过去电话却变成无法接通。祁迹想了下，最终还是妥协，转手给苏勉超打了个电话，准备问他有没有陈胜航的电话。

这个节骨眼上陈胜航压根没心思出去喝酒，电话挂断三通，对方依旧坚持不懈，最终接起来发现对面是祁迹。

祁迹到达约定地点时已经很晚了，帽子摘下来难掩脸上的疲态，陈胜航看到他，后知后觉对方那边也出了不小的事。

"他电话打不通……"

"我们联系不到他……"

双方话一出口，皆停了下来。祁迹坐下来，陈胜航看着他，和上一次见面没什么区别，眼神依旧清澈，除了头发有一点凌乱。

陈胜航换了个坐姿："你电话里说有些事想找我谈……是什么事？"

不等祁迹回答，他又说："你是想问那段视频是怎么回事？"

祁迹却摇摇头："问他到底是怎么回事，他什么都不肯跟我讲，尤其最近……"

陈胜航忍不住问："你不在意那个视频吗？"

"在意啊。"祁迹坦言。

陈胜航沉默一会儿，最终叹口气，挠挠后颈："其实这种事不该由我来说，但确实应该告诉你才对……"他多少清楚万初空的顾虑，但祁迹有知道的权利，也有选择的权利，更何况祁迹的眼神一如既往地清澈而坚定。

陈胜航呼出一口气，决定把这件事说完自己就逃回本家去，以免万初空知道了追杀他。

"许多事我也不太清楚，只是听说他高中的时候出过事，所以伯母才会管他管得很严，那个视频里面你看到的……他手上的血，不出意外应该是他自己的。"

他说着抬眼去看祁迹的神色："我和他大学时参加同一个话剧社，他底子很好，很受老师喜欢。但是这种剧团都有竞争的，他又是个亚裔，太亮眼总是会被不怀好意的人盯住……他是真的很会打架，比他更高更壮的人都打不过他，但是他打起架来不要命，一般自己伤得更重。"说到这里陈胜航斟酌语句，"他可能有一些无意识的自毁倾向……但也只是以前！这都过去很久了，他自控力还是很强的。

"而他之所以会这样，我们怀疑是因为万初空的生父之前经常打他。"

陈胜航还在说着什么，但祁迹脑子里已经一片混乱，这和他之前猜测的完全不一样，他得到了万初空对他隐瞒的答案，然而他却没有轻松的感觉，一颗心反而更加揪起来。

03.

万初空的手机一直打不通，发生这种事团队本应该第一时间做出回应，但他工作室那边却一直没有动静。

网友们冷静过后也发觉事情不对劲，视频被掐头去尾放出来，连霸凌的原因都没给明，却一直有人带节奏，说就算不是霸凌，那也是打架滋事，足以证明万初空本人有很严重的暴力倾向。

这场讨论一直持续到隔日，第二天上午九点左右，Lullaby6成员祁迹回避了记者提到的有关于组合解散的问题，被问到对关于万初空的流言怎么看，他回应："我联系不到他，如果能有人联系到他，麻烦跟我说一下吧。"

连媒体记者都愣住了，他们的话筒尴尬地举在半空中，下一秒却被祁迹主动握在手里。

"我没理由相信谣言，我相信他。"

祁迹的公开表态令网络一下炸开了锅，因为是直播形式，传播速度很快，经纪人当场喊了停止拍摄，但已经没人在意邱亦解约是不是由于团队理念不合了。

粉丝已经控不住这段采访下的评论，许多声音冒出来：

"'睡6'疯了？"

"怀疑他在替邱亦吸引火力。"

"拜托他发疯也不要连累其他人好不好……没看到付小霜脸色都变了吗？心疼死！"

"这是要和万初空一起完蛋的节奏？"

因为祁迹忽然之间的发言，网络上的风向稍微有所转变。随后影帝房东旭也在被问到万初空的为人时，皱着眉蛮严肃地强调："山儿不会做那样的事！他小时候过得很苦，能走到今天这步实属不易，我不管胡乱造谣的人是谁，在我这里他一直是个踏踏实实的好孩子。"

紧跟着一同录制综艺的任莹玥也表示祁迹和万初空对长辈都很有礼貌，两个人私底下脾气都很好，大家相处起来和和睦睦，绝没有人有耍大牌的行为。

相比起房东旭，她的回答更加圆滑，并没有对事件本身发表看法，只说了自己对两个人的印象。

不过网上还是有很多人责怪祁迹，觉得他应该在事情水落石出之后再发声，为此有人直接在微博上点他的名，质问他是不是人火了就飘了，脑子也跟着坏掉了，什么话都敢说，以前的分寸感都去哪儿了。

眼看这样的说法越来越多，微博上一个用户名是一串数字的账号，发了一段长文字，配图是海报上两个人的签名。

本来不想发出来的，但因为两个人都是很好很温柔的人，不想他们被议论太多。有网友说万初空会无缘无故去打人我是不信的，更没必要去指责祁迹的做法，毕竟我们不是和他们朝夕相处的人，他们彼此才是。

二月末我和老公蜜月旅行，碰巧跟前往拍摄地的祁迹和万初空一个航班，我胆子比较小，老公帮我上前要的签名。因为只有一张海报，万初空给我签了以后，本来没指望祁迹也能签，是万初空说可以签在他旁边，祁迹就给签了。我能理解大家迫切想要知道真相的心情，但也请给他们多一点时间。

他们真的都是非常好的人。

评论（213条）：

· ……不知道说什么好了，既然都藏了这么久那就干脆不要发出来，是嫌事不够多吗？

· 建议删掉吧，这种时期不要让人抓住话柄。

· 给我气笑了。

……

然而这些事祁迹一概不知，被何姐教训一通后，小心翼翼地再次表示他已经订了今晚的机票，有很重要的事情要回家一趟。

何姐沉默两秒："我之前为什么会觉得你既好说话又好欺负呢？"

祁迹战战兢兢猜测道："可能因为我面善？"

何姐板着一张脸，最终挥了挥手放他走了。她早该知道表面看着逆来顺受的人，实际上心里最有主意，要不是有明确的目标，他也不能一路摸黑走到现在。

而祁迹之所以要回家一趟，还是因为昨晚与陈胜航告别前，对方说万初空现在最有可能会回乔家。

"你也知道那些媒体报道最喜欢揭人伤疤，寻着这根线恐怕能挖到更多事。伯母一直反对他回娱乐圈拍戏，现在视频一出更加不能同意他干这行了，万初空又肯定不会答应，说不定还是要回去跟伯母谈一谈……你也不要怪他瞒着你，这种事任谁也没办法开口说，他很在意你。"

陈胜航最后还是为万初空说了两句好话，虽然他认为万初空的顾虑完全是多余的，但男人的思维一直很奇怪，这次也算是他失去了以往的判断能力。

祁迹回复他："这两件事不能混在一起，你放心好了，等见到他人我会跟他讲清楚的。"

陈胜航再次肯定祁迹完全没有表面那么好说话，难怪万初空会在对方面前服软。

等祁迹按照陈胜航给的地址到达乔家时，天色已经非常暗淡了。别墅区寂静一片，街道两旁树影斑驳映在地面，繁密茂盛的枝丫被风一吹，哗啦啦的声响扰得人心烦乱。祁迹深呼一口气按下门铃，没一会儿里面走出一个女人把大门打开。

借着路灯暗淡的光，他看清来人是一年前见过一面的保姆，保姆还认得他，在祁迹开口说自己是来找万初空时，摇摇头告诉他万初空并不在家。

"那他大概什么时候会回来？"祁迹还不肯死心，继续追问。

保姆面露难色，还没答话，里面的门再一次被打开，这一回玄关处站着一个头发披肩的女人。

因为离得远，祁迹并不能很真切地看清楚，眯了眯眼才模糊从女人的眉眼间看到些许和万初空相似的神韵。他恍惚了下。他和万初空已经很久没见面了，冷战期间他们都没有好好说过话。

女人的旁边忽然冒出一个脑袋，从缝隙里挤出来，直直奔向他："哥哥，你怎么来了！"

祁迹看清来人是万初空的弟弟，掩下心底的情绪，重新露出笑容弯下腰跟他打声招呼，乔启锐却凑到他耳边小声说："哥哥你怎么来了？我哥不是去找你了吗？"

祁迹猛地起身像是在跟他确认什么似的，朝他眨了眨眼睛，乔启锐也看着他眨眼，两个人像对暗号一般互相看了一会儿后，祁迹连招呼都来不及打，匆匆告辞了。

祁迹走后，万灵问和保姆一块进屋的乔启锐："那人是谁？"

"是我哥的朋友。"乔启锐想了想，又补充道，"好朋友。"

祁迹来到自己家门前，此前的跑动令心跳声在耳边放大数倍，他忐忑地期待接下来即将发生的一切事情，连转动门把的动作都不由自主放轻了。尽管他对开门之后的场景一无所知，或许万初空根本没来这里，他要面对的不过就是一间空荡荡的屋子。

为此他特意查看了鞋柜——之前为万初空准备的那双小鸭子拖鞋不见了。祁迹脑子忽然乱起来，一面混乱着一面挪步到客厅。

整间屋子里都没有灯光，客厅也昏暗一片，月光照在莹白的瓷砖上，对比之下月光都暗淡了。他的视线从茶几上越过去，万初空坐在沙发上低着头不知在看什么，窗外那点暗淡的光仿佛把男人割裂成两半，却不能驱散他情绪上的黯然。

祁迹缓了缓呼吸，开口："你这样真的很吓人。"

万初空听到声音猛地抬起头，目光怔怔地望过去，神情像是不可思议般。祁迹这才发现他手里拿着那块自己送给他的手表，他刚刚低头也是在看那块表。

万初空看上去很想要立刻起身，但又想到什么，把手用力按在膝盖上，将自己牢牢固在原地，只有目光紧紧追随他。

祁迹没有开灯，一直站在那里，和万初空保持一段距离。

"你怎么没经过我允许就擅自进我家？"他问。

万初空怔了怔，随即犯了错一样轻声道歉："抱歉。"

"没关系，钥匙是我给你的，就是为了让你随时可以来。"祁迹又改口，声音也跟着放轻，"但是我打你的电话你为什么不接？"

月光落在万初空脸上，将下颌分明的棱角一并柔和，他看上去竟有几分委屈："手机坏了。"

"又摔坏了？"祁迹问。

万初空没有出声，过了一会儿才道："我给你打过电话，打了很多通你都没有接。"

"我当时没看到，后面打就再也打不通了……"祁迹这才主动走过去，"什么都不让我知道，却又必须知道我的所有事情，这样是不是太不公平了？"

万初空的目光始终定在他身上，却迟迟不敢靠近。

短暂的沉默过后，万初空说："我以为你看了那段视频不想理我……"

"是你先不理我，不和我好好说话的，还要我到处找你！"祁迹忍耐了很久，听陈胜航说那些事时没哭，面对记者采访时还能冷静给出回应，现在却不想忍了，鼻尖发酸眼眶发热，不出几秒钟眼泪便往下落个不停。

万初空瞬间慌神，给自己定下的规矩也不管不顾地打破，伸手试图去擦他的眼泪，一开口声音沙哑："小七，我错了。"

祁迹下意识别开头，眼泪便顺着下颌落下去："现在道歉也没有用，我生气了。"

万初空一只手僵在半空中，声音又轻一个度："嗯，生我的气吧。"

祁迹发泄了一会儿情绪，察觉到万初空是真的不敢碰他，忍不住又说："你都不安慰我吗？"

万初空向他确认道："……我可以吗？"

"有什么不可以的？"祁迹不明白。

万初空目光深深看着他："不会怕我吗？"

04.

起初他把他所有恶趣味的一面都展现给祁迹看，问祁迹是否知道他，在网络上看没看到他的过去，甚至在双方还没有多熟悉的情况下提出要去祁迹家拜访。

而祁迹都一一应下来。

一开始万初空只当他没脾气又不会拒绝人，私心里也想保护一下他。偶尔把自己性格里古怪的一部分展露给祁迹看，故意让对方露出惊慌失措的神情，可事情发展的结果总是祁迹好脾气地包容他，让他变得更加渴望被理解。

而越是接触越会发现祁迹并不需要被谁保护,他有自己的执拗与坚持,只有他自己能把自己留下。意识到这一点,万初空忽然想将他暗淡无光的过往掩埋,最好永远不要让祁迹发现。

"不会怕我吗?"

昏暗一片的客厅里,万初空抬手递去纸巾,让祁迹擦去脸上的眼泪,他又把人弄哭了,迄今为止他没有一件事做好,简直要疯掉。

祁迹一双眼还泛红,闻言摇了摇头,还没等开口说话,万初空已经低下头。

"我以为要等事情结束才能跟你见面。"万初空的声音低下去,那么低沉,仿佛呼吸的每一下都有重量。

祁迹说:"我昨天去找过陈胜航,他和我说了你家的一些事……"

万初空怔了下,但很快就示好一般地说道:"我什么都会说,你不要离开好不好?"

祁迹回应道:"如果我想要离开,今天就不会这么匆忙回来了。"

"我们从头开始说吧,我都会告诉你。"

"陈胜航都告诉你什么了,他说应绍军会打我?那他只说对了一半……"

"我也会还手。"万初空说着抬手掩住祁迹的眼睛,不让祁迹看自己,黑暗里他的声音更加清晰,"当初我母亲之所以能那么轻易要回我的抚养权,就是因为他没有紧咬着不松口,因为那个时候他已经打不过我了,他害怕我。"

万初空差不多已经忘记那段日子了。

父亲爱赌博,赌输了就喝酒,喝醉了就打他。但他并不是会老老实实挨揍的性格,记忆里自己每一次反抗时,亲生父亲的脸上总是带着醉酒后不正常的红晕,好像随时随地就会死掉一样。

"好啊,打得好!"他第一次还手时男人一边鼓掌一边哈哈大笑,"这样咱俩就扯平了,谁也不欠谁!"

因此初中有很长一段时间里,他们彼此都带着伤。应绍军一直向他强调,自己虽然打了他,但是万初空还手了,事情一旦闹大吃亏的不一定是谁。

"反正当明星的不是我。"他说这话时还在喝酒,平日里没有苛刻对待万初空,只是偶尔推搡他一下踢他两脚,像摆弄一个物件,非要招惹一番才罢休。

十四岁是万初空一个很重要的转折期,少年在外面拍戏时和武术老师学了一点拳脚,应绍军常年喝酒的身体早就不行了,他打不过万初空,万初空下手又特别狠。他开始害怕了,怕自己的儿子。甚至有一阵子,他打不过万初空,就锁上房门,不让他进家门……

阁楼里有月光斜斜倾洒进来,台灯的暖色灯光下,万灵独自一人坐在书房里,没一会儿门被推开，戴着眼镜、两鬓斑白的儒雅男人在她面前放下一杯热水："自从回国后你就这么敏感，当初也是为了儿子回来的，现在怎么就变成这样了？"

万灵掩住额头，长长叹出一口气，气息都止不住地颤抖："那帮记者什么事干不出来，万一当年那些事被扒出来……他又……"

男人不赞同地按住她的肩膀："他那时候还没成年，眼下已经十年过去了。"

万灵有些怔愣，十年好像一眨眼间。她总觉得儿子还没长大，还在那一方小小的房间里，如果自己不看好他，就会永远失去他。

最初万初空和他们一同到国外时并没有和他们一起住。发生了那种事，万灵对儿子有很大的愧疚感，凡事对他百依百顺，不想在家住就算了，不想住宿当然也可以，就在离学校近的地方租个房子。

当时她给他打电话，他永远都是拒接，继父打的电话，万初空看心情，偶尔会接通。万灵一直不敢打扰儿子，她知道万初空实际上不想看到她，每个月回家一趟和他们的交流也很少。

这样的日子一直持续到万初空上高二，有天学校忽然让她去一趟，她刚进校长室的门就看到万初空嘴角的瘀青和手指上沾染的鲜血。见她来时他还有点惊讶，随即又是漠然的神情。

这件事最终被万灵以极其强硬的手段和态度解决了。

万灵解决完这件事，转头去万初空的出租房找他，神色不解而痛苦地问他出了这种事，为什么不早点告诉她。

万初空回答："我自己会解决，我不是解决了吗？"

他太年轻了，他刚刚十七岁，他对她有恨也是正常。可是当阳光正好洒在窗台上，万初空倚靠在窗边向下望时，万灵的心跳声忽然猛地放大数倍。

那一刻她心里只有一个念头——如果她不牢牢看紧他，她终将会失去他。

这或许是长久以来的顺遂生活要她付出的代价。

因此当万初空提出想要继续进修表演时，本来极其不想他再踏入这行的万灵，趁此机会给了交换条件。

"好，但是我要你搬回家住，并且今后我打的每通电话都要接。"万初空答应了。

万灵总是在想方设法留住他，总觉得自己这个儿子会在某天悄声无息地死去，而事实上万初空的大学生活很丰富，在剧团里的表现尤其优异，想要回国发展完全可以。可是万灵很害怕，国内的媒体会怎么对万初空进行报道，谣言总是比真相更加吸引人的眼球。

他们会一遍遍地去揭他的伤疤，把批判的眼光对准他。他今后走的每一步路都在别人的注视下，那许许多多形状扭曲的嘴巴，最擅长把一个人凭空捏造成另外一副模样。

她怕万初空的眼底再次变得沉寂，她永远忘不了那双眼睛里没有光，落在窗外的神情冷漠至极，是对他人冷漠，对自己也冷漠。

　　回国后的每一天她都在害怕，要一遍遍反复确认儿子的近况。她已经老了，就算头发染成棕色还是会有银丝冒出来，十年前她不能接受变成那样的万初空，十年后更不能接受万初空变回那个样子。

　　但就像爱人所说，那是十年前的事情了。

　　万初空如今二十七岁，他还活着，甚至今天主动回来找她聊了这件事。万灵好像才意识到自己的衰老，她不理解万初空的坚持，面对那些堵到家门外的记者，一直很愤怒。

　　万初空却和她说："我会解决的。"

　　万灵忍不住刺他："你要怎么解决？"

　　"你知道事情的真相。"万初空心平气和与她交谈，给她一个安心的眼神，再次强调，"我会召开记者会，亲自去澄清。"

　　万灵忽然无话可说，这和十年前截然不同，她不得不承认自己已经掌控不住儿子了。

　　万初空走后，万灵在沙发上坐了很久，直到猫咪跑过来蹭她的脚，她才终于把挺得笔直的脊背弯下去。

　　"我还以为发生这种事能让他趁早看清演艺圈。"台灯橙红的光下，女人脸上的细纹清晰可见，她把水杯捧到自己手里，转头看了爱人一眼。爱人朝她摇摇头："儿子有自由选择的权利，你不能强迫他选他不想选的。"

　　万灵闭上眼睛："算了，我也没办法把他怎样，明天一早我去联系韩裘，这件事总要有个结果，不能一直这么持续下去。这帮记者既然这么想要真相，我就给他们真相。"

　　"……视频是真的，不过是对方先动的手，我只不过是自卫反击。"万初空对于自己高中生活已经很模糊了，努力回忆着，倒是大学里许多事都记得，"因为这件事我妈很怕我出事，所以电话会打得很频繁……有时候我控制不住脾气手机就会遭殃，后来就养成习惯了。"万初空说到最后声音低下去，"没有暴力，是我故意的。"

　　祁迹安抚性地拍了拍万初空的背："为什么故意？"

　　"……发泄一下。"

　　万初空一直都像小孩子，经历那么多事以后依旧保留一部分本性。万灵给他太多喘不过气的压迫感，他需要把情绪抒发出去。

　　万初空见他不回自己还以为他介意，立刻说："以后不会了。"他抬起头，鸦黑的睫毛下深棕的瞳仁盯着他。

　　"我会变好的。"他向祁迹承诺，以前无所谓的事现在变得有所谓了。

祁迹把手放在他的肩上:"我不明白,你为什么会觉得我听了这些事会怕你?"

"我怕吓到你。"

"是不是因为听了别人的话,你也觉得自己有问题?"

万初空的动作一僵,随即讨好似的看向祁迹。

祁迹的眼神仍旧澄澈而有光泽:"我记得你跟我说过,'不要太在意别人的话',这句话你也该对自己说。"

万初空和祁迹第一次谈心,是那日在休息室里,他说:"你与其在意他们说的话,还不如多在意在意身边的人。"

他从来都不擅长安慰人,而那天却用这句话打消了祁迹的顾虑。

05.

"你的朋友不喜欢我。"两个人彻底谈开以后,万初空向祁迹告状。

"你是说苏勉超吗?"祁迹正直道。

万初空控诉:"所有人都在劝你离我远一点。"

"没有吧,他只是担心我……嗯,好吧,因为他们都不太了解你。"

万初空抬起头看他:"你就这么承认了?"

祁迹挠了挠脸颊:"好像确实是这么回事。"

见万初空的情绪低落下去,他迅速补救:"我知道外界有很多声音,但我相信我用眼睛看到的,"祁迹说得一本正经,"我保持我最初的看法,你是个好人。"

"好人?"万初空朝他确认道,"我们认识这么久,在你心里我就只是个好人吗?"

祁迹自动忽略后面的问题:"是你以前说让我不要改变对你的看法……"

万初空当然知道,不过就是逗逗祁迹,他目光专注看着眼前的人。在没有联系的这两天里,他假设了许多场景,之所以迟迟没有换新手机,也是怕打开后看到祁迹压根没有联系他。

那他会哭的,他真的会。

万初空说:"你还说不喜欢吃芥末的薯片。"

祁迹一蒙:"我确实不喜欢吃啊。"

万初空垂下眼,眼睫又盖下一片委屈的阴影:"我以为你故意说给我听的,不愿意和我交流下去。"

"原来你会想这么多吗?"祁迹止不住惊讶,"是芥末味的薯片我吃不惯,没有其他意思。"

万初空不解地问:"那我们第二次见面时你说你喜欢?"

"因为解释起来很麻烦。"祁迹说,"但是现在我知道了,有些事必须说明白才不会引起误会。"

万初空继续盯着他,忽然说:"网上那些人说我们能遇见是他们的幸运。"

祁迹道:"……你不要听他们胡说,他们什么都说得出口的!"

"他们说得也没错。"万初空勾起嘴角轻笑道,"最起码那天能去聚会遇到你,是我的幸运。"

万初空不否认自己性格里的缺陷,这一点在无数人的态度下得以证实,无论是家人还是朋友。如果他想藏自然是可以藏好,但有很多时候他故意放大这部分,为的就是欣赏旁人错愕的神情。尽管这种新鲜感只维持很短的时间,但是没关系,反正他的耐心也有限。

祁迹却是个例外,他永远情绪稳定,全然包容着他的恶劣。

万初空抓不住他的情绪,于是只能不停地试探、不停地问:我们成为朋友,那是不是最要好的那一种?

问到最后只剩下唯一一个问题了,他真正想问祁迹的是,你可不可以一直陪在我身边?

尽管我很糟糕。

隔天一早,网络上关于万初空的"霸凌事件"终于出现转机。

万灵一改之前避而不见的态度,主动约见了记者,并解释了事情的来龙去脉。她强调万初空完全是出于正当防卫,十年前的监控录像和自己儿子的验伤证明她都有保存,可以无条件提供给媒体,只求还原事情的真相。

而万初空本人也出面做出回应,面对媒体和记者,他给出了一份逻辑清晰、条理清楚的答卷。

很快后续的相关报道就出来了,国内对于这种事一向敏感,本来还有一些质疑声,过了没多久也凭空消失了,评论里一片表示心疼的声音。

"记者是韩叔找的人吧?报道也是他联系媒体那边写出来的,不然不能这么快。"陈胜航一边翻阅手机一边啧啧出声,"这个评论区也太夸张了,伯母这次做得有点狠啊,是见不得别人说你一点不好。"

万初空没想到万灵会帮忙解决这件事,本来团队出了几项应对措施,最后都没来得及用上。他们这边唯一缺少的就是视频证据,万灵能留到现在也是很厉害。

"不过你那个验伤证明就有点太扯了。"陈胜航抬起头,脸上还带着笑,"不是你自己搞成那样的吗?"

万初空一点都不心虚地回看他:"你和祁迹都说了什么?我们要不要好好谈一谈?"

陈胜航脸上的笑容一僵，径直别开头去："要我说就是你想得太多，人家采访里都说了相信你，你还要怎样？"

"之前说我控制欲太强会吓到他的人是你，现在说我想太多的也是你，什么话都被你说了。"万初空冷冷斜了他一眼。

陈胜航不敢说话了。

他一直低头看手机，陈胜航问他看什么，万初空回他："在和祁迹聊天。"

陈胜航朝天翻了个白眼。

万初空把视频转发给祁迹，眼睛里带着明显的笑意，看样子心情很好，没有和陈胜航计较。

那段监控视频最终还是被放出来了，从而更有力地证明了是对面先挑衅，言语间的辱骂很难听，只不过对方没想到万初空有武术功底，动手了却没打得过。

这份澄清一出，粉丝们立刻开始在各个地方发长微博，连带之前几个合作过的剧组，也有演员和工作人员站出来说万初空平日里待人很有礼貌，相信他的人品，至于说他有暴力倾向更是无稽之谈，要是真的动手，这件事肯定会被第一时间曝出来，不可能到现在还没有真正的证据证明。这样的声音一多，此前不敢出来站队的人也纷纷露头。

本来这件事如果是万初空出手，到这里就该结束了，然而万灵却不能轻易放过背后的始作俑者，查来查去最后查到石夏蕊所在的经纪公司。按照陈胜航的话说，伯母这么护犊子一个人，接下来对面的日子不会好过了。

石夏蕊最近掉了不少资源，但是《春日花园》已经拍了六期，不会无缘无故换人，这非但并不能让她松口气，反而更加提心吊胆。

因为万初空之前很少提到家里人，外界一直猜测他家庭不和睦，尤其是母亲再婚，他还有个同母异父的弟弟，指不定早就和家里断了往来。然而事实却截然相反，万灵极其看重自己这个大儿子，这就苦了下面搞小动作的这帮人。

起初经纪公司不过是想借刑侦剧的热度炒作一下两个人的绯闻，没想到万初空那边完全不配合，公司一直对此颇有微词。而且两家同为影视大公司，本来就是竞争关系，暗地里早就撕破脸，压根就没想着能和平相处，后续综艺里两人好不容易有个热门话题还迅速被万初空"打脸"了。

万初空风头太盛，所谓枪打出头鸟，石夏蕊又配合公司配合得太卖力，本来应该没她什么事，也没人知道她私下里要过万初空的手机号，被对方拒绝过。但她在镜头前多嘴说了两句，现在反而成了把柄，让人很难不怀疑她的意图。

网友们对于此类反转事件，向来是变脸变得最快的，今天能叫你美女，明天也能说你恶毒！

祁迹结束训练后看到万初空发来的消息："（视频链接）你好关心我。"

他还在疑惑万初空何出此言，点开视频发现居然还是粉丝的剪辑视频，屏幕短暂地黑过后，响起声音："我联系不到他，如果有人能联系到他，麻烦跟我说一下吧。"

BGM（背景音乐）开始播放——"我没理由相信谣言，我相信他。"

祁迹内心大喊救命，他又想逃离地球了！

06.

事情水落石出以后，综艺自然要照常录制。在录制之前，网络上的风向已经发生了翻天覆地的变化，媒体更是把万初空夸得天花乱坠。这中间还发生了一点小插曲，那就是万灵把当初匿名投稿一些不实消息的人和帮忙散播谣言的微博营销号统统给告了。

节目录制前一天晚上，没有万初空出场的第六期预告终于在青蕉台得以播放。

原来拖延不播，也因为其中有一个环节，嘉宾们乔装打扮，集体去影院支持了万初空正在上映的电影。影片宣传时说这部电影是轻喜剧，但看过的人都说不是喜剧，不过丝毫不影响一路飙升的票房和评分。万初空在里面饰演的男配是一个曾经红极一时的偶像，过气后转行当了演员，最后的结局很令人唏嘘，成为本片唯一一个自杀死去的人。

祁迹看到最后是哭着出电影院的，一直向众人强调自己眼窝浅，容易掉眼泪。任莹玥还在调侃："那你觉得你哥演得好不好？"

祁迹不住点头，看任莹玥拿手机作势要拍他，连忙伸手拦住，泪眼婆娑道："姐，你不能发给他。"

任莹玥哈哈大笑："我真的很期待这期播出后万初空的反应。"

此时满屏弹幕都是：我也很期待。

祁迹无法形容自己的感受，毕竟他不是演员，没办法用专业的眼光看待，只是觉得万初空演得好，尤其最后那个忽然平静下来的眼神，他看到后整颗心都跟着悬起来。明明知道只是在电影里，这个配角最终的宿命就是死亡，但他还是被深深震撼了，仿佛回到很久很久以前，发小拉他逃课去影院看《蝉时》。情绪在那一刻仿佛是相通的，不管是认识万初空以前，还是认识他之后，万初空都是个很好的演员。

一旁的房东旭也丝毫不吝啬夸奖，非常客观地给出了评价，俨然一副老父亲的欣慰模样。

预告一经放出，转发瞬间破千。

热门第一条评论依旧是："我没理由相信谣言，我相信他。"

继"大家都很好"之后，祁迹又对这句话产生极大的恐惧。大家有话好好说，不要动不动就发这句文字，他真的会想逃！

万初空却对这句话情有独钟，陆陆续续给他发了不同版本的剪辑视频。

祁迹后来连点都不点开了，偶尔会忘记回万初空的消息，隔一会儿万初空会对自己进行反思："下次不发了，我偷偷看。"

祁迹迅速回复："你不许看！"

这次综艺录制，现场的气氛格外微妙。

因为石夏蕊公开说过万初空的性格古怪，节目组居然很损地让他们开起茶话会，主题就是回应网络上那些有关于自己的负面评价。这期还另外请到两位飞行嘉宾，是某热播电视剧的主演，其中一位正是之前被传与万初空酒店私会的女演员。

开头第一个问题是问房东旭，如何看待网上渐渐有很多人都不知道你是谁这件事。

房东旭笑了笑，很豁达的样子："一个时代已经过去了，自然会有下一批人出现在公众视野里，这不算负面评价，这很正常。"

"我觉得经典不会被遗忘，肯定有人会记得的。"任莹玥道，"只不过这一群人不怎么上网了。"

"那就还是老了。"

任莹玥耸耸肩："人都会老嘛，也都有过年轻的时候。"

问到万初空，问题果然是：有观众反映屏幕上的你和综艺里的你有一定的反差，这种反差能否被定义为表里不一？哪一个才是真实的你？

"有吗？我还以为是一样的。"就在众人以为万初空会巧妙回避掉这个问题时，他又说，"不过我私底下确实对熟人更放得开。"

他说完看向祁迹："你觉得我表里不一吗？"

祁迹指了指自己，向他确认道："你问我？"万初空点头，目光看向他。

"表里不一一定是个贬义词吗？"祁迹问，"因为他有些地方就是和实际上看到的不一样，可那些不一样正是他的特色，哪一个都是真实的他自己。"

祁迹说完又觉得自己说得太模糊，很容易引起别人的误会，连忙补救道："生活中和舞台上肯定是不一样的，但是……"

"能明白你的意思，就是说表里不一没什么不好，其实我们每个人都这样，好的一面自然想展示给所有人，真实的那面或许不那么完美，但也一定有吸引到别人的地方。"任莹玥把话圆了回来，"那祁迹，在你眼里万初空是什么样子？"

祁迹静了静，脑子里搜刮了一堆夸人的词，却觉得哪一样都不准确，最后幽幽道："是个好人。"

众人安静。

他看到众人的神情发生变化，还想再补救，万初空突然问："那会觉得我怪吗？"

祁迹摇摇头，万初空立刻面向镜头："小七说我不怪。"

众人再次安静。光是祁迹一个人觉得有什么用，要大家觉得才行啊！

但万初空看上去根本没有要为自己辩解的意思，貌似心情还很好。

之后节目组给祁迹的问题是：很多人认为你性格太软太好说话有假装的成分，是真的吗？

祁迹自然是否认了："性格软不软我不太清楚，好说话这点我承认。但是我也有我自己的坚持，会有底线。"

祁迹说完这段，万初空忽然把身子侧过来问他："真是这样吗？"

祁迹迟疑一下，点了点头。

"那怎么还是被欺负？"万初空问。

祁迹也同样看着他，眼神仿佛都在控诉，会欺负他的人不就在这里坐着吗！

"有些人是看不惯别人的善良，他们用最大的恶意揣测别人，自己本身就不怀好意。"任莹玥适时打断两个人的交流，转身问万初空，"你觉得呢？"

万初空这才收回视线，垂眼思考片刻："我有点好奇题目里的'很多人'都是些什么人，反正我觉得都不是什么好人。"

镜头外生怕他语出惊人的经纪人拍了拍胸脯，这种程度还好还好。

任莹玥笑眯眯道："那你觉得什么样才算好人？"

万初空立刻接道："小七刚刚说我就是好人。"说完还朝祁迹看过去，就差问一句"我说得没错吧"。

任莹玥先是稳重地点点头，而后把脸别到另外一处去偷偷闷笑，笑够了再转回头跟房东旭说："他们俩完全就还是小孩子。"

因为有其他两位飞行嘉宾在场，石夏蕊还没有那么尴尬，这场茶话会实际上就是为了让他们澄清各种流言准备的。女演员被问到那晚酒店事件时，还一脸苦恼道："我和万哥根本不住同一层，我可打听过的，他和祁迹才在同一层！"

"实际上我也是去找他的。"万初空冷不丁开口，镜头拍不到的地方经纪人抱住脑袋。

紧接着万初空说："我有事才去找祁迹的。"

众人好奇地问："什么事？"

万初空道："找他教我唱歌。"

任莹玥说："万哥，你知道你的冷笑话有时候真的让人笑不出来吗？"

万初空微微歪了下头，明知故问道："是吗？"

等晚上嘉宾走了，房子里只剩下他们五个人，石夏蕊还在给自己做心理准备，谁知道万初空根本没注意她，只在她闭目深呼吸的时候开口跟她讲了一句话。

"麻烦让让。"他说。

石夏蕊一脸尴尬地让开路。

万初空径直往客厅走，实际他并不记仇，最起码对于他不在意的人，根本不会在乎对方到底做了什么。

当晚第六期节目正式播出，任莹玥特意开了电视让万初空看，祁迹缩在角落里不愿面对，直到万初空伸手轻戳他的胳膊，他才视死如归地抬起头，却看到万初空脸上温柔的笑意。

"还没好好说过谢谢，这段时间你辛苦了。"他说。

主题帖："我没理由相信谣言，我相信他"懂的人点进来！

【1楼】别逼我哭出声来！你们怎么这么好啊，"呜呜呜"，我哭得像喑鸣的绿皮火车，全寝室的人都以为我马上就要开了。本来"7"为万初空说话的时候我还觉得他有点太冲动了，后面发生的一系列事，我都觉得特别不真实，尤其是万初空危机解除之后，《春日》第六期我就差点跟着祁迹一块哭出来，今天第七期一播我整个人都傻了。

【2楼】我贫瘠的大脑里只剩下几个字——他们关系好好。

【3楼】现在只想要当初骂他们的人出来道歉。

【4楼】我当时看第六期时只有一个想法：他哭了哎他哭了，光看个电影就哭了，朋友受那么大委屈，他不得哭死。

【12楼】但还是要说万初空讲冷笑话的表情很认真，让人完全听不出是笑话。

【13楼】也可能真的去请教祁迹如何唱歌了。

【14楼】住口！

【16L】"是个好人。"

【17楼】"空子"，为什么被发"好人卡"你会这么开心啊。

【18楼】他说"小七说我不怪"的时候，看起来真的"是个好人"。

【20楼】有谁统计过他这期叫了多少句"小七"？

【27楼】太多次了，数不过来。

【32楼】本来在此之前，我一直认为是万初空更关照"7宝"一点的。无论是万初空帮他骂狂热粉，还是在镜头前故意接听狂热粉的电话，甚至有很多次都是他主动提的"7宝"，后来"7宝"晕倒进医院，也是他二话不说连夜坐飞机回来只为了见"7宝"一面。

但是我好像忘了医院外那个拥抱是"7宝"主动给的。第六期录制时万初空还没有出事，电影我也去看了，不得不说结局真的很让人揪心，他本身泪点就很低一边哭一边讲他哥演得很好,真的让人看着好笑又心酸。

尤其后面还出了那种事,他顶着压力,在事情解决前就表明自己的态度。是我之前想错了,他其实一直都很勇敢。

【33楼】这波是互相救赎啊!

【36楼】32楼好会讲,我是真的眼眶一热,他们对彼此都太真诚了!

【40楼】任莹玥拉着他俩看第六期节目,我本来以为万初空会调侃一下祁迹,我还兴致勃勃等着笑,事实证明我好肤浅。万初空压根没有,他跟祁迹说"谢谢",说"你辛苦了",我的眼泪一下就涌上来了。

【42楼】不相信他们关系好的可以出去了!他们两个真的都太好了呜呜。

07.

综艺录制结束后,祁迹又迅速赶回去和队员们一起训练,日子仿佛回到了组合还没分散活动的时候,大家还是和以前一样同吃同住。

但练习室再也凑不齐六个人了,邱亦宣布解约后再没在公司出现过,成员们也有各自行程,偶尔会缺席排演。他们都认清了这一现实,只是六个人的微信群还没有散,里面没有人说话,连付霜都不再分享游戏链接。

祁迹和万初空分开后,依旧保持密切联系,经过"视频事件"的反转,大家对两个人的关系又有了更多的认识,且一致认为伟大的友谊感天动地,不是谁都可以轻易撼动的!

连付霜都不敢乱喊了,规规矩矩叫万初空的名字,不然就是叫前辈。

祁迹对这个现象也很头痛。

公司里最近签了一批新的练习生,他们年纪轻,一个个脸庞稚嫩且青涩,眼里充满着对新环境的期待与好奇,平日里在走廊上遇见,都会九十度鞠躬,声音洪亮地叫一声"前辈好"。每次祁迹一条腿已经迈上台阶的一半了,闻言又收回来,朝这帮活力四射的练习生点点头。

付霜有天问:"咱们刚来公司的时候也是这样吗?"

任斯想了想,回道:"没有这帮新人胆子大、会说话。"

付霜"哎"一声,说:"老了。"

屋子里余下三个人面色各异地看向他。

付霜立刻坐直身,重新说:"我是说心态老了。"

林杉嗤笑一声:"当了导师的人就是不一样,都能感慨人生了。"

付霜一挑眉:"你什么意思?"作势要站起来。

任斯瞬间按住林杉的肩膀，把头扭向付霜："行了，都消停一点，你俩要是敢在这儿吵，休怪我手下不……"他话还没说完，林杉又呛了付霜一句。

夏伍刚从外面回来，就看到付霜和林杉一边一个蹲在门口不吭声。他刚想问两个人在干什么，就听任斯笑眯眯道："回来啦，坐啊，别在那儿站着了。"

夏伍不敢问了。

祁迹又是目睹全过程的那个人。

每年这个时候公司都会来一批新人，新鲜的血液永不会断，能留下的人却寥寥无几。这些人无论什么原因来到娱乐公司当练习生，最初的时候眼睛里都是有光彩的，或许也会在挥汗如雨后，躺在只有一个人的练习室里畅想出道以后的日子。

只是随着时间的推移，每个人的心境和待遇都会发生不同的变化，再回头看以前的自己不知是否还保持着初心。

组合要解散的事情，祁迹后来也跟万初空提到过，虽然是迟早的事，但是为了解散特别准备告别会，还是会有种不真实感。

邱亦解约与万初空的事情发生在同一天，因为后者的冲击力更大，他们组合受到的非议实际减少了许多，但仍有人在网上进行了一番分析。

从今年起，Lullaby6六个人的合体次数十根手指数得过来，各项资源也是按照人气分配，邱亦作为常年人气第一的存在，超过了第二名的付霜一大截，确实没必要在组合里耗下去，他与万葵娱乐解约是早晚的事情，又或许早有打算。至于所谓的队友关系不和睦，纯粹是一个借口，在网友舆论里对双方都有利。

公司特别为他们准备告别会也是想告诉众人，组合关系很和睦，只是迫于种种压力解散了，至于压力是什么，他们不明说，粉丝自然会找到发泄口；而邱亦那边列举了公司长期的待遇问题，这种情况下的不和睦，粉丝自会将其归类为被队员排挤。反正双方的粉丝各持己见，在网上讨论得不亦乐乎。

当然也有爱好和平的人认为，Lullaby6解散是最好的结果，至少曾经一起短暂发光过，之后还可以继续朝各自的道路前行。

祁迹说不上自己是什么感觉，付霜无数次在他耳边念叨："这就解散了，真的解散了，咱们团就这么完蛋了？"搞得他都有点不确定了。

尽管从邱亦爆出解约的那一刻起，就有人猜测他们会解散，但是当Lullaby6的官方微博真正发布那张写有告别演唱会时间的长图时，网上还是一下炸开锅。

甚至连万初空都打视频电话询问他要不要紧。

祁迹说："没什么要紧的……你这是下工了吗？"

有人从万初空旁边过去，男人让开一步，视频画面晃了一下又重新清晰："还没有，你确定没有问题？"

"能有什么问题，不是一早就跟你说过的事吗？"祁迹朝镜头笑一笑，而后说，"何姐给了我们一人好几张票，你那天要是没事……"

他话还没说完，万初空抢先道："我会去。"祁迹再次笑了笑，这次是真的心情不错。

最近万初空进组拍戏，常常到了深夜才有时间和他说一两句话，还会主动向祁迹汇报自己的行程。实际上两个人谈开之后，祁迹就不太在意这个事了，是万初空自己非要坚持，而且看上去乐意至极。

万灵近来给他打电话的次数变少了，自从视频事件落下帷幕，她才真正意识到自己的儿子长大了，十年前的事无法再伤害到他，哪怕是过往全被扒出来，他也有所准备。万初空不是什么易碎品，也不需要她的保护。谣言不会因为他退出娱乐圈就散去，只要有人在的地方就必定会有声音，那些扭曲歪斜的嘴巴永不会停止谈论某件事。

不知道是不是祁迹的错觉，他发现万初空越来越少地在他面前摆出游刃有余的态度，敞开心扉的结果就是变本加厉的幼稚行为。他还是会关注祁迹的动向，时不时说一些冷笑话，生日送给他的那块手表他也一直戴着，前几天终于逮到机会在采访时跟记者说，是祁迹送给他的。

苏勉超像有什么执念似的，竟然还时刻关注着两个人的动态，当晚便给祁迹发消息说："咱们魔怔了。"

祁迹的朋友不多，苏勉超和苏巧巧都是认识了很久、人品能信得过的人，两个人先后都知道了他和万初空的关系。

苏巧巧当时一副震惊得不得了的样子，反复确认："你俩真的关系那么好啊，我以为是配合公司……"

祁迹对她这副不敢相信的样子也是很摸不到头脑："你之前明明还发文章给我看，现在我承认怎么反而不相信了？"

"那不一样啊！"苏巧巧放大音量，见有人看她，连忙又缩回来，只是还是不相信，追问，"那你实话告诉我，你俩是不是这种情况——明明你们以前是最最要好的朋友，彼此的第一位，却因为重重原因决裂了？"

祁迹越听越不对劲："这又是什么设定？"

苏巧巧回给他一个"你很懂"的眼神："是现实向。"

祁迹哽住。

几个人从会所出来，万初空的车停在外面等祁迹。

苏巧巧看清从驾驶位走下来的人，张了张嘴巴，最终不得不信，扭过头艰难问祁迹："你俩不怕被拍到吗？"

"因为住在一个小区，一起回去还挺正常的？"祁迹不太确定地说道，之前在综艺里万初空故意这么说，导致很多人误以为他们真的住同一个地方，其实主要还是他们同进同出次数太多了，娱乐记者都懒得盯他们。

"也对，都是兄弟，回家顺路接一下也很正常。"

万初空走过来，祁迹又说了两句，便朝两个人挥挥手："那我就先回去了。"

万初空拿着车钥匙，抬头看台阶上站着的两个人，他先朝苏巧巧点了下头，随即看向苏勉超，看了一会儿，直到祁迹拽了拽他的袖口，他才说："那我们先走了，谢谢。"

苏勉超问："什么？"万初空在谢他什么！

等到了车上，祁迹问："你是故意那么说的吗？"

万初空很镇静地问："为什么这么觉得？"

祁迹仔细看他一会儿，转过脑袋："你就是故意的，不要这么小心眼，他当时就是担心我。"

"小七觉得我小心眼吗？"万初空问。

祁迹忽略这个问题，继续道："那可说不准，毕竟你事事都要过问，却从来不主动讲你自己的事情。"

万初空静下来："以后都不会了，我错了。"

"真的觉得自己错了吗？"祁迹能明白万初空性格里的执拗从何而来，家庭因素带给他极大的不稳定性，可能永远改变不了，但是这都没关系，很多事情只要讲清楚就好了，沟通很重要。他不希望像之前那样："如果再发生网上那种谣言，我希望你跟我说清楚。"

"好。"万初空乖乖应下。

过了一会儿，他忽然说："那如果我想去你家，要不要提前说？"

"可以。"过了一会儿，祁迹眨了眨眼，说，"我答应了。"

夜色浓郁而深邃，浓稠的墨蓝色天空与宽阔的道路相连接，万初空把车子停在路边，两个人相视而笑。

08.

华都最热的一个月，体育馆前热浪奔涌，许多粉丝早早就来到场馆外分发应援物，布置场地。

陈胜航戴着棒球帽热得恨不得吐舌头，拿着不知道是谁的应援蒲扇狂扇风，第三次质问万初空:"我为什么要跟你来这种地方?"

"请你来看演出,你又不花钱,你有什么不乐意?"万初空正在翻看刚才粉丝发的条幅,上面印着浅金色发系的祁迹,脑袋上还给他配了猫耳朵特效。

"你没和祁迹说过你要来吗?"咖啡厅里围了一圈小姑娘,陈胜航懒得和他计较,压低声音问。

"他知道我会来。"万初空又翻到一张粉紫色头发的。

"那我们就不能先进体育馆吗?"陈胜航被热得一脸烦躁。

万初空抬起头往旁边瞧去,陈胜航恼火道:"别看了,能领的都领了,你别告诉我你出现在这里就是为了领祁迹的应援?"

万初空轻描淡写:"不然呢?"

"你知不知道咱俩很显眼,说不准就被认出来了!"

陈胜航说完就见万初空拿手机翻了翻,过了一会儿说:"已经被认出来了。"

陈胜航凑过去看了一眼,差点晕过去:"你经纪人知道你小号都关注了什么吗?"

"这是私人生活,他管不到。"

"那他知道你今天来看演唱会吗?"

"他知道。"

"他怎么说?"

万初空思索片刻:"他放弃和我说话了。"

陈胜航能从这四个字中深刻体会到,作为万初空经纪人的辛酸。

8月19日。

某论坛主题帖:刚才万初空迎面朝我走来,找我要了祁迹的应援物……

【1楼】先说明一下我不是他俩任何一个人的粉丝,朋友是团粉,忙不过来叫我来帮忙而已。怎么形容呢,我的心情还蛮复杂的。他俩很多事我都听说过,但我不追星,麻烦不要各家粉丝给我宣传,谢谢。

万初空本人是真的帅,比屏幕上更帅,很高,声音也好听,是那种很有磁性的嗓音,他和网上故意压低声音说话的那批人绝对不一样,我形容不出来,反正听着蛮舒服的。他身上还有股很干净的味道,但应该不是香水。

而且华都39℃的高温下,我的刘海都湿得一缕一缕了,他整个人清清爽爽出现在我面前的时候,我自惭形秽啊。关键他只戴了一顶鸭舌帽,我又不高,一抬头就能看见全脸,对视第一秒我就认出来了,该说不说他鼻梁那颗痣真好看,我当时脑子比较乱,关注点有点奇怪。本来到这里,都是一场美好的相遇,直到他开口跟我说:"请问这个怎么领?"

我才发现他惦记的是我手上的条幅，哈哈，还别说他真的很有礼貌。而且他指名要祁迹的。我当时完全蒙了，直接把手幅都递给他了。

他这个人好令人出其不意，和在综艺里一样令人出其不意。他只挑了祁迹单人的手幅，其他的都还我了。他这样明目张胆的"唯粉"，我朋友见了一定会打他的，我朋友可是个"团粉"！

然后他临走前还跟我说了声"谢谢"，真的很有礼貌！我到现在还没缓过劲，当时也没认出他了，他后面和一个个子也很高的男的站在一起，我觉得有点眼熟，但是想不起来是谁了。

【2楼】哇！

【11楼】是陈胜航吧？超话里有人说了。

【12楼】"空子"其实是喜剧演员吧，他怎么做什么事都像一本正经地搞笑？

【15楼】心动和心死，中间只隔了一个手幅的距离。

【24楼】他后面还领了蒲扇，好多粉丝都看到了，但是没人敢上去说话，他和陈胜航生活中都好高好有气场，老实说我有点害怕。

【30楼】万初空不是和陈胜航一起来的吗？怎么没人说他俩？他俩才算得上是真正的好兄弟啊。

【32楼】很久以前就讨论过了，他俩杵在那儿最有可能的是现场打一架。

晚上八点整，体育馆内人声嘈杂，很快场内灯光暗了下去，灯牌在一片黑暗中尤其明亮。

再一次检查设备无碍后，成员们陆续登台。祁迹上台前偷偷看过万初空的位置，他和朋友一起坐在前排，不知道是谁还非常热心地给他准备了灯牌。

灯光重新亮起的那一刻，世间一切声音仿佛都静止了。

直到任斯开口："谢谢大家来现场，参加我们最后一场演唱会。"

欢呼和叫喊声重新回到耳边，祁迹朝台下看去，无数的光影闪烁落入眼底，聚光灯所在的地方，正是舞台正中央。最终他看向万初空所在的位置，随成员们一起深深鞠了一躬。

接下来的两个半小时里，除却一些和粉丝的互动环节，全部是以唱跳为主，这场告别会他们也准备了许久，不想落幕时太过狼狈。

成员们都邀请了自己的朋友来，当镜头扫到万初空，台下又是一片尖叫。

祁迹正在调整自己的耳麦，呼吸间都有汗水顺着脸颊滑落，听到尖叫声茫然地转头看向大屏幕，随即笑起来，按住自己的麦克风："谢谢你们能来。"

万初空举起手中的应援棒跟着晃了晃，旁边是陈胜航和苏巧巧，苏勉超家里有事没能过来。苏巧巧上次喝醉踢了陈胜航一脚，对此隐约还有点印象，终于也体会到祁迹那种无处遁形的尴尬，全程不敢和陈胜航对视。陈胜航倒是饶有兴趣地抱着手臂看她，开头第一句："这位美女有点眼熟啊。"

苏巧巧道："那应该是眼熟的，我们演过一部戏。"

这回换陈胜航尴尬了。

网上一些营销号发了粉丝录制的现场视频，有人说Lullaby6最后一场演唱会没有邱亦不完整。

远在C市的邱亦坐在休息室的沙发上，把视频点开完完整整看了一遍。

他们之间并没有什么太大的矛盾，只是人会走散的，在时间的长河里有自己的选择。往前三年的记忆不作假，但他们只在对方的生命里短暂留下一个三年，接下来还有很多的三年等着他们去经历。

邱亦还很年轻，他以前不明白祁迹为什么能够一成不变，向往的事情一直没变，追逐的东西也没有变。放眼望去大家都在变，他也在变，想要更大的舞台、更广阔的天地，渐渐地不再满足于此，不再因热爱而前行。他有一段时间甚至在纠结，某天忽然不纠结了。

此前在红毯活动上碰面，他跟祁迹说："你还是和以前一样。"这没什么不好，每个人都有不同的选择，可以一成不变也能野心勃勃。

"你保持原样就好。"这其实是句祝福。邱亦那天难得笑了，和祁迹挥手告别，在对方转身时才轻轻叫了一声"哥"。

刚出道时互相扶持走过的记忆还存在着，但也仅仅如此了。

我们都要奔向各自不同的选择。

最后一首歌曲结束，大家都大汗淋漓，鞠躬时祁迹听到旁边付霜的抽泣声，伸手按了按少年的脑袋，结果付霜哭得更凶了。

虽然队长总是开玩笑说这个团要完蛋了，今年没有出新专辑也很能说明问题，但大家都没什么分离的实感，即便有一两个月不见，见面时的寒暄还是照样熟稔。群名一直没改，依旧是"少说话才能少挨骂"，这一年的成长是终于不站在一起挨骂了，虽然单独行动后各自挨骂也不少。

这次真的要说再见了。往后名字前面不用加前缀，介绍时不用说我来自Lullaby6。他们到这里就结束了。

大概是被现场气氛所感染，任斯的声音也变得哽咽，他再次说："谢谢大家来参加我们最后一次演唱会。"

最后是大家齐声："我们是Lullaby6。"

8月20日，凌晨。

主题帖：压根没追过"瞌睡团"，我今晚却哭得像条狗。

【1楼】谁懂啊，我真的受不了这种！尤其"睡2"哭得那么惨，大家多多少少都有点伤感，我一个没绷住也跟着哭了。不过他最后那个大转盘似的拥抱是怎么回事？把我搞蒙了。

【2楼】分别总是伤感的。

【3楼】付霜这两年肉眼可见地长大了，还以为终于长成酷哥了，结果到了最后还是哭得最凶的那一个。

【4楼】到最后他们还是介绍自己是Lullaby6，明明就少了一个人……

【5楼】够了够了不要再说了，到头来受伤的只有我！

【6楼】虽然付霜哭得很惨很可怜，我也跟着哭了，但是楼主说的问题我也注意到了，他们鞠躬起身之后，付霜是不是想抱祁迹来着，忽然一百八十度大转弯，跑去抱夏伍了，我看到这里真的又哭又笑，鼻涕泡都出来了。

【7楼】有吗？我都没注意，光顾着难过了。

【8楼】请看动图。

【9楼】点开之前我不知道有这么好笑。这是在干什么，胳膊都伸出去了，结果突然顿住，抢了一圈手臂，还差点扇到站在旁边的队长！还是林杉拽了一把任斯，任斯才免遭付霜毒手。

【11楼】笑死我了，笑死我了。

【12楼】伤感气氛全无。

【13楼】真的有点好笑。

【14楼】哈哈哈哈哈哈哈好烦啊，本来我眼泪都到眼眶了，看完视频都哭不出来了。

【15楼】这楼怎么回事，不许笑！都给我哭！

演唱会结束后的庆功宴上，大家都喝了不少酒，付霜哭得稀里哗啦，见谁都要抱住胳膊号一番。

"你小心说的这些话被录下来。"任斯刚说完，转头就看到林杉举着手机给付霜录像。他头疼地给了林杉的后脑勺一下："你就别添乱了！"

林杉按下暂停录制，保存后笑眯眯地把手机收起来。

付霜这时从桌子上抬起头，四处看了看："小六哥呢？"

任斯也发现少了两个人："祁迹和夏伍去哪儿了？"

"夏伍出去抽烟了，祁迹说是去上厕所了。"林杉说着往另外一桌看去，随即眯起眼，转回头道:"可能一会儿就回来吧。"

祁迹从洗手间出来,看到万初空站在洗漱池的台阶下低头看手机,眨了眨眼睛开口:"你也上厕所?"

万初空闻言抬起头,把手机收回裤子口袋:"我来找你。"

他说着迈步上了台阶要去拉祁迹,却被祁迹躲开了,认认真真跟他讲:"你等等。"

万初空点点头,看着祁迹压了一泵的洗手液揉揉搓搓半天,仔细到指节和指甲缝,直到手上起了许许多多泡沫,才打开水龙头冲水。

万初空全程一句话没说,很耐心地站在一旁等。

庆功宴的上半场一直是领导发言,他们在台下听,他和万初空坐在两个相隔很远的桌上,那桌是专门为成员的朋友准备的。而他们坐在主桌,无一例外都被敬了不少酒。

这种场合下不得不喝,祁迹本来是想借着上厕所的名义,顺带躲一会儿,结果刚出来透口气头就晕得不行。

"洗好了吗?"万初空问他。

祁迹把两只手一并抬起来,展示给万初空看:"还有水。"那模样有点像小猫作揖,他本人没察觉,只有他对面的人看得出。

万初空从旁边的手纸盒里抽出一张吸水纸,祁迹伸出手接过,仔细擦拭手上的水渍。

另一边众人喝酒喝得热火朝天,等到终于有人想起来:"祁迹和万初空呢?"

苏巧巧这时接话道:"祁迹喝醉了,万哥刚刚去看了,他们两个一路的,可能先送他回去了。"

陈胜航转头看向苏巧巧,苏巧巧一脸无辜。

好在没过一会儿,两个人相继回来,再有人想灌祁迹酒,都被万初空拦下来了。

有人调侃:"这不行吧,你怎么能替祁迹喝酒?"

万初空完全不惧:"他喝多了刚刚哭过,情绪还不是很稳定,祁迹之前帮过我那么大的忙,我代他喝酒不过分。"

众人都知道万初空指的哪件事,大部分人都能理解,看祁迹的眼睛确实很红,被人一瞧整张脸都烧起来,也不敢再劝。

散场时好些个明星无法避免地被娱乐记者拍到,当晚有关于祁迹的报道上写着:Lullaby6解散,祁迹伤心过度,醉酒失态。配图是他一只手臂搭在万初空肩上,万初空半撑着祁迹,带着他上自己的商务车。

·他怎么喝醉之后上的是万初空的车?

·不要大惊小怪,他俩住一个小区,搭个顺风车而已。

- 好兄弟搭个顺风车怎么了？
- 不要过度反应，祁迹已经这么难过了，咱们应该更关注他的心情啊！

当晚在外等候的助理一副司空见惯的样子。车门关闭，车子启动后，祁迹靠到万初空肩膀上熟睡。助理还大着胆子看了眼后视镜，忽然觉得自己老板也没有坑蒙拐骗，最起码他对祁迹确实很好，被枕着肩膀就一动不动了。

助理正在心里美化老板，万初空忽然从后面出声："好看吗？"

助理还没说话，万初空又说："不许看，再看你下车吧。"

助理心想：嗯，没变，还是熟悉的神经质，让他莫名有点怀念。

09.

金秋十月，树上叶子还没开始枯萎泛黄，陈思颖就率先枯萎了。

自从 Lullaby6 解散，祁迹除了在综艺里固定露面，就没什么其他动静，而《春日花园》上周也宣布第一季正式收官。眼看其他成员相继赶活动，祁迹仿佛定格在解散那一天，他们这帮粉丝只能干着急。

好在这样的日子在国庆快结束时熬到了头，祁迹有半个月没更新微博动态，这天终于上线发布一条概念 MV。但因为之前没有任何预热，很多人都一脸蒙地点开，又充满敬意地看到视频结束。

陈思颖在看的过程中，猜到这是一支宣传曲，能看出下了很多功夫和心思，祁迹的舞台表现力一直很好，舞蹈能力没的挑，精心编排过的曲风也很适合他。

她刚刚看到一半，一起追星的姐妹就发消息："啊啊啊要发的是单曲还是专辑？"

"不管是什么，崽崽好好看！"

"但是废物公司能不能多给他点曝光啊！"

陈思颖很难不赞同，一手在桌子底下偷偷回复消息，一手拿着筷子。

"颖颖，要吃饭就好好吃，不要捣鼓你那个手机了。"

陈思颖吓得手一抖，抬头迎上她妈责备的目光，下意识转头看坐在自己对面的舅舅。

万初空也低着头。陈思颖眨眨眼，嘴巴半张开，一点都不想知道舅舅在干什么，可实际上她聪明的大脑已经自己转动起来——他一定是在看祁迹刚发布的试听视频！

过了大概十秒钟，万初空抬起头，目光精准地转向她："看我干什么？吃饭。"

陈思颖忍不住说："舅舅，你在看什么？"

万初空道："你在看什么我就在看什么。"

陈思颖没想到她舅舅这样明目张胆，扫了一圈桌上的人，大家都像没听到，还其乐融融吃着饭。她心里嘀咕一句差别对待，吃完饭下桌又被她妈安排看孩子。

陈思颖刚迈步走进客厅，感觉到身后有人，一转身看到万初空跟在她身后。

"我吃完了，过会儿还要开车不能喝酒。"万初空随口解释道。

陈思颖点点头，指了指客厅里的小萝卜头们："那你是来看他们的？"

万初空否认："我过来歇歇。"

陈思颖突然不想理他了。

孩子都由保姆看着，陈思颖顶多是让他们不那么闹腾。乔启锐已然一副小大人的模样，组织着手底下的"小弟们"，几个孩子还算安静。

两个人一个坐在沙发上，一个坐在椅子上，陈思颖把新鲜出炉的视频投屏到电视上，万初空当作没察觉，低头拿着手机回消息。陈思颖等了一会儿，问："你又在和祁迹聊天吗？"

"嗯。"万初空应了一声，后面没话了。

陈思颖忍了又忍，最终还是讲："他最近还好吗？"

万初空道："嗯。"

"这个你看了吗？"陈思颖指了指电视。

"看了很多版本。"万初空这才话多一点，"他很用心在做这件事。"

陈思颖挠了挠脸颊："因为综艺结束后祁迹一直没什么动静，所以我就在想……"

"知道，你不是还旁敲侧击问过我吗？"万初空轻易看穿她的小心思，"那是他自己的人生，他会比你们更加重视。"陈思颖张了张嘴巴，说不出辩驳的话。

"我不清楚你在担心什么，担心他对自己不负责吗？"万初空回完消息看向她，陈思颖忽然紧张起来，说到底万初空是长辈，她是小辈，很多时候他只是不和她计较，说话怎么舒服就怎么来，可万初空一旦严肃起来，陈思颖还是会怕。

就像现在他说："至于下一步要怎么走，他当然有自己的考虑，换一种说法，他的年纪比你大，身后也有专业团队。陈思颖，你对你未来的规划清楚吗？"

陈思颖被堵得说不出话，却觉得不能这样比较。

"我当然是希望他能更好，付霜已经当上节目导师了，祁迹还是……"

"那是别人的选择，不是他的。"万初空倒是不介意在这方面多说一点，"他知道自己喜欢什么，想要追求什么，为达成这个目标而努力，你有没有想过你希望的那些可能不是他想要的？"

最后陈思颖只能说："……我们站的角度不一样。"

"当然不一样。"万初空歪了歪头，理所应当道，"我们关系更近，我更了解他，这有什么好说的？"陈思颖一口血闷在喉咙里。

"站在粉丝的角度讲，我们都希望他能更好。"

"什么是更好？"

陈思颖也不清楚，别人有的祁迹都有算不算更好？但是每个人的追求不一样。她想到祁迹在舞台上闪闪发光的样子，现在他这么精心准备一首单曲或者一张专辑，也是想今后能有作品站在舞台上。关于这点，她确实没什么好指摘的。

最后她坦诚地点头："我也不清楚，好像是我错了，对不起，之后不会再发消息打扰舅舅了。"

"没关系。"万初空低头看了下手机，"可以打扰，我偶尔也会打扰你。"

原来你也知道啊！在陈思颖看来这和炫耀没什么区别。她忍着没有吐槽，继而又问："舅舅你拍戏都没有什么想法吗，不想拿奖之类的？"

"想。"万初空坦言，而后转折，"自然要拿。"

这般肯定的语气多少有些自负，但之前上映的电影陈思颖和朋友去看了，无法否认万初空在演戏上的天赋。即便知道他现实里是怎样的一个人，在影院观影时还是没有出戏就足以证明他的实力。

她忽然瘫坐在靠椅上，仰头看着天花板。关于未来的规划，她真的没有仔细想过，或者偶尔冒出一个模糊的想法又飘忽不定，能坚持自己的目标一路走到黑的人真的很了不起。

也因此她才会一直喜欢祁迹，追星就是追着一道光，追别人的坚定不移，如果他能追得上，那么站在台下的自己也会很开心。

临走前陈思颖还纳闷万初空要去哪里，因为上一次聚会是在姥爷家，这一次就是在乔家。往常这个时候，万灵是一定会把儿子留下来的，今天却只是问下一次什么时候回来。

"过些天我想把七七接到我那边去。"万初空说。

万灵愣了愣，扭头去寻猫。七七因为有客人来，早早躲进柜子底下不肯出来。她什么都没找到，又转头问："你知道怎么养猫吗？"

"已经提前做好功课了。"万初空向母亲询问，"可以吗？"

万灵的神色复杂几分，而后别开头去："可以，有什么不可以？是你捡的猫就应该你养。"

万初空点点头，又说："下个月如果工作不忙，我会带乔启锐出去玩。"

万灵终于再次看向他，万初空比她高出太多，她需要仰起头看他，看着那张与自己有几分相像的脸，想起有许许多多人都夸万初空的长相，夸他如何如何优秀，连旧日老友都劝她不要浪费万初空的天赋。

最终她叹口气，妥协道："好，你记得回来就行。"她永远都不能认可万初空的想法，不明白留在娱乐圈有什么好，但是和解并不是最重要的一环。

放手才是，她意识到自己再也抓不住他了。迫于无奈也好，心甘情愿也罢，最终她选择解开自己长久以来对儿子的禁锢，还给他自由。

万初空和陈家人一道出来，陈思颖走在最前面，忽然注意到不远处的一抹人影。那是个死角，两边都是墙壁，视线范围很窄，她之所以会注意是因为那人虽然穿着款式简单的卫衣，身材比例却极好，特别是两条腿笔直又修长，戴着顶黑色帽子，双手插在卫衣相通的口袋里。

陈思颖起初还在怀疑，脚步都不由得放慢了，结果万初空超过她，叫了一声"祁迹"。

祁迹从角落里抬起头，陈思颖后退一步踩到她爸昨晚精心擦亮的皮鞋上。

"不是说了让你在家等我吗？"万初空说着话，走过去接过祁迹递来的车钥匙。

"反正我也没什么事，就出来走走。"祁迹四处看了看，眼神飘忽，一看就是在说谎。

万初空也不拆穿他，等陈思颖走过来，才开口介绍："这是我外甥女。"

祁迹的注意力瞬间集中到男人身后，看到后面一大堆人，瞬间蔫了，下意识往万初空身后躲了躲，抬手压了下帽檐，脸上不忘挂上职业笑容："外甥女好。"

那一瞬间陈思颖脑子里闪过无数念头——这么近距离见他还是第一次，皮肤好好，脸好小，之前签售会都没这么近过，原来有这么高吗？他和舅舅站在一起完全不显个子，但是为什么管她叫外甥女，是不是搞错了？但他这样迷迷糊糊好可爱！还有她舅的车钥匙为什么在祁迹手里？可是他对着她笑了，眼睫毛好长，皮肤好白，日常居然会戴眼镜啊，戴眼镜也很好看……

经过一系列头脑风暴后，陈思颖优雅笑道："你好。"

万初空微微挑眉，陈思颖保持微笑，心里却一阵恐慌，生怕万初空现场揭穿她虚假且做作的面孔。

好在男人没有。他转头和祁迹说："以前跟你说过，她很喜欢你。"

祁迹自然记得，试探着伸出手："非常感谢你能喜欢我。"

手刚伸一半被万初空按下去了："没必要这样，她说过应该跟偶像保持一定距离。"

祁迹愣了愣，"噢"了一声把手放下了。

陈思颖嘴角抽搐，很难不怀疑舅舅是故意的，但她还想再争取一下："握一下手还是可以……"

"快走吧。"万初空打断她，"姐姐姐夫都在等你呢。"

陈思颖看了眼已经走远的父母，知道今天这个手一定是握不成了，分外幽怨地看向万初空，一堆腹诽不能说出口。

"你没什么想和祁迹说吗？"

陈思颖还在幻想，万初空突然开口，她回过神看了眼男人，恍然大悟，转头对祁迹说："试听曲我循环听过了，很喜欢，会继续支持你的。"

祁迹还持续刚才的怔愣，听到这句再次笑起来，这一回是很放松的笑。

等女孩走后，万初空问祁迹："还担心吗？"

"嗯？"祁迹回过神，抬头看万初空，"很明显吗？其实我一直没敢登微博看反馈。"

"发布之后你就不停和我聊天，不是紧张是什么？那么心神不宁很不正常。"万初空说着抬手摘下他的帽子，祁迹的头发短了点，做了新的造型，看上去清清爽爽。

祁迹不太好意思地摸摸后颈："是会有点害怕……"

"不用担心，总有人会喜欢的。"万初空说。

祁迹点点头："我知道啊，再不济还有你嘛。"

"什么叫再不济？"万初空不满，把帽子遮到祁迹面前。

祁迹仰起头，眼神分外真诚地说："还有你支持我，这对我来说也足够了。"

当天祁迹的 MV 反响很好，万初空作为视频刚一发布就转发的人，评论区的人纷纷询问："哥，万哥，空哥哥，你听完了吗就转发？可不许闭着眼睛夸啊。"

万初空难得回复其中一条："我听过很多个版本了。"

陈思颖的追星姐妹发消息表示："他是不是故意在炫耀？还是我的错觉？"

陈思颖同仇敌忾："别怀疑，他就是！"

第十章
我已经找到了

01.01 ━━━━━━━●━━━ 12.04

01.

明明已经到了十月中旬,气温却迟迟没有降下来,街道两边的树木还郁郁葱葱,院子内阳光充足,斜照在推拉门外的木质地板上。

此刻祁迹正襟危坐,面对映出自己模样的液晶电视,身子僵硬得不知该怎么摆才好。

脚下的布偶猫仰着小脸朝他"喵喵"叫了两声,一双蓝眼睛漂亮极了,毛发也蓬松柔软,让人忍不住想去摸它,暹罗则站在猫爬架上居高临下看着他,只有那只胆子小的奶牛猫不知所终。

万初空在一楼四处找了找,哪里都没找到,再走进客厅时看见祁迹仍坐得笔直。

"你放轻松些。"万初空开口,"这个时间家里没有人回来。"

祁迹迅速转过头:"你能保证吗?"

万初空把手里的葡萄汁递到祁迹面前:"来人了又怎样?"

祁迹接过那杯还有点冰的饮料,在两人之间来回指了指:"那你要怎么和家里人介绍我?"

万初空道:"优质男团偶像。"

紧接着万初空又说:"要是这样不行,可以换个版本。"

"什么?"

万初空张口就来:"说我关注你很多年了,从初中到现在。"

祁迹说:"不用了!"

万初空轻笑一声，伸手拍了拍祁迹的肩："你担心过头了，不要多想。"

"不过……"他话锋一转，"马上就要中午了，阿姨该接乔启锐回家了。"

祁迹一双眼瞪圆："那七七找到了吗？"

"没有，不知道跑哪里去了。"万初空往旁边看看，"可能是太久没见你，认不出来了，它很怕生。"

祁迹犹豫一下："那怎么办？"

"等一会儿说不定自己就出来了。"

"可是一会儿你家人不就回来了吗？"

"我弟弟你又不是没见过。"

祁迹苦恼道："可是还有阿姨……"

"你们也见过。"万初空说。

祁迹无法反驳，那天他来乔家也是保姆传的话。

尽管这里离自己家一点都不远，但祁迹却从未真正进来过，今天是第一次。万初空似乎也不喜欢来，除了必要时或者答应来陪弟弟，都不会出现在这里。

"你妈妈会不会突然回来？"祁迹还是不放心。

万初空问："你害怕她？你们见过吗？"

"那天来找你，匆匆见了一面，但是没有打招呼，没打招呼是不是不礼貌？"祁迹一边说，一边想象一会儿女人回来看到他的场景，生动形象地演绎了女人冷着脸让他离万初空远点、别带坏她儿子的场面。

"没事，她对除我之外的人都很温柔。"万初空说。

祁迹终于停止脑内的连续剧，抬眼看他。一起合租生活的这段时间里，他差不多摸清了万初空的秉性，祁迹属于什么都能接受，没有特别喜欢也没特别讨厌的东西，万初空则是喜恶分明，挑最为突出的两点说，食物方面他喜欢喝牛奶，不喜欢吃苹果。

冰箱里会备很多袋牛奶，每天早起晚睡都会喝；水果的话，苹果买了会洗好给祁迹吃，自己却不动，祁迹问起来他就说不想吃。

有天被问到是不是讨厌吃苹果，万初空回答："只是不喜欢。"

"那和讨厌有什么区别？"祁迹不懂。

万初空似乎在心里做了一番挣扎，最终妥协，低下头说："那就吃一口。"

祁迹把拿在手里的苹果稍稍后移："不喜欢吃就算了，不要勉强自己，吃其他水果也是一样的。"

但是万初空见祁迹躲开就不乐意了，非要吃到祁迹手里的那个苹果。

最终祁迹给他吃了，他又控诉不好吃。祁迹真的搞不懂！

但是喜欢喝牛奶这点又很可爱，偶尔休假，早上起来会看到万初空咬着已经空了的牛奶盒，站在厨房做早餐。祁迹走过去伸出手，他便松口，盒子自动落在祁迹手里。

万初空好像一直这么奇怪，但是奇怪也不要紧，就像两个人第二次见面买的那包芥末味的薯片，一开始尝味道确实很怪，但是吃习惯后也会喜欢。

祁迹给他吃过的布丁、喝过的白葡萄汁，他全部都记得，然后再一一买给他。那点隐秘的、笨拙的对待在乎的人的方式，需要长时间的相处后才能察觉。

祁迹拿起茶几上的果汁喝了一口，万初空又去楼上找猫了，他进了卧室，非常有耐心地叫着"七七"，在角落里停下一会儿又弓身去找。

万初空从房间里出来，祁迹仰起头看楼上："找到了吗？"

"没有。"万初空有些无奈，拍了拍裤子上的灰。

祁迹忽然觉得他拍灰的动作很帅气，万初空漫不经心做什么事的时候会令人特别欣赏。

弟弟放学回家后看到祁迹，迅速叫道："哥哥。"

万初空在一旁提醒："乔启锐，家里来客人了，你乖一点。"

乔启锐眼睛滴溜溜转了转，朝向祁迹："哥哥，你以后要常来啊。"

祁迹被小朋友的热情搞得晕头转向，差点就当场答应。还是万初空在身后戳他，他才没有立刻点头。

乔启锐有些遗憾。

阿姨做好午饭，三个人在桌上一起吃，祁迹观察了好一阵，发现万初空总会在管不住乔启锐时说出那句"你乖一点"。用更通俗的中文翻译过来，大概意思是——你听话一点，不要闹。

"你不太会哄小孩。"饭后餐厅里只剩他们两个人，祁迹小声跟万初空讲。

"我本来就不会，不知道他为什么那么喜欢黏着我。"

万初空以前也说过差不多的话，祁迹一下就被唤醒记忆，学着小朋友的语气笑眯眯回答："因为小朋友喜欢哥哥啊。"

过了一会儿，祁迹在客厅抚摸布偶猫。

万初空靠着一边门框抱臂看他："你更喜欢那只吗？七七看见会伤心的。"

"七七都不认识我了。"祁迹捏了捏猫咪软软的爪垫，整个人也跟着变柔软，而后转头说，"等把七七接回去，我也会好好对它的，外面的小野猫只是一时的。"被当作小野猫的布偶猫配合地叫了一声。

万初空走过去，顺着猫咪的下颌摸了摸，听到一声"喵呜"的回应，低头时眼睛里含笑，对着小猫说："你乖一点。"

最终两个人是在乔启锐的房间里找到的七七，小猫窝在阳台边睡得香甜。

祁迹还有些担忧："它会不会更喜欢这里？换一个陌生环境能适应吗？"

"它在哪里都睡得这么死。"万初空毫不留情道，"之前也接到家里住过一阵。"

祁迹想起来了。

一个月后，国家金凤电影节，万初空凭借《热烈绽放》里萧放一角拿下最佳男配角奖项。

收到许许多多祝贺的隔天，万初空就去乔家接乔启锐了，之前说好要带弟弟出去玩，他从不失约。祁迹也跟着，路上脑中一直放着连续剧续集，女人指着他说："说吧，要多少钱才能让你们断了交情！"

万初空完全不知道祁迹的脑袋瓜里都想些什么，只知道他愣神，嘴巴还半张着，忍不住去拍拍他，提醒："口水要流出来了。"祁迹真的擦了擦，引来万初空的笑声。

直到下车万初空都没停下，祁迹很怕被乔家人看到，"哎哎"了两声，求饶道："你别笑啦。"

万灵就抱着猫站在院子里，自然是看到他们了，也看到把自己儿子逗得那么开心的祁迹。

她把猫放下，朝屋里说："锐锐，收拾一下去找你哥吧，他们来接你了。"

02.

祁迹没想到能在采访间碰到自己的初中同学，女人一头干练的短发，鼻梁上架着一副金丝眼镜，正拿着采访大纲与人核对，见祁迹看过来，还抬手示意了一下。

等造型师打理好祁迹的头发离开，女人便踩着高跟鞋朝他走过来，上来说的第一句话就令祁迹心颤。

初中同学说："终于让我逮到你了。"

祁迹一时不知该说什么，女人笑了笑，摄影还没准备到位，她先和祁迹寒暄了几句。

两人有许多年未见，最近一次联系还是一年多以前，初中同学秉承着媒体人的八卦精神，问他和万初空到底有没有捆绑炒作。

那个时候祁迹和万初空确实没什么联系，然而今时不同往日，两个人虽然关系要好，但都希望大众能更关注他们自身的作品。好在访谈内容都是事先沟通好的，过程中对方并没有问到超纲问题。

祁迹再一次被问到家中是否养猫，摇摇头还没等开口，女人笑盈盈看着他："但是我看你身上好多猫毛，都没打理干净。"祁迹缓慢眨了一下眼，卡壳了。

女人则不带一丝停顿地继续："看得出你是真的很喜欢猫，平时没少去猫咖吧？正好我们部门也养了一只橘猫，你看到过吗？"

祁迹确实看到那只猫了，来时看见它很乖地窝在工位上睡觉，他没去打扰。

他点点头，女人继续微笑："那你一定是抱过了。"紧接着不等祁迹说话，就把话题重新带到祁迹新发布的单曲上。这次专访的主要目的也是宣传新歌。

采访结束后，女人留下来和祁迹短暂聊了会儿天。其实通过彼此的朋友圈也能看出对方最近在忙什么，学生时代仿佛是很遥远的事情，大家都在为各自的生活而努力。

"你身上真的有猫毛。"女人忽然冷不丁说道。

祁迹正在喝水润嗓，闻言呛了一下。

"哎，不要紧张，谁知道你在哪儿沾上的。"女人似乎只是随口说一句，很快转到其他话题，"感觉你和初中一个样，一点都没变。"

祁迹不解："之前同学聚会又不是没见过……有变化啊，个子长高了。"他挑了最朴实且直观的一点说。

"我不是指这个。"女人左右看看他，摸着下颌，"都是大明星了，怎么一点架子都没有，看着还是原来那样。"

祁迹立刻抬手表示："千万不要捧杀我！"

女人笑开了："我说得又没错，各大排行榜上不都能见到你的名字？"

最近祁迹参加了一档打歌节目，目前录制两期，成绩确实名列前茅。祁迹却还是不能适应熟人的夸赞，脑袋连着摇了几下，耳朵也跟着红了。

转眼到了十二月，细心的网友又发现祁迹的生日结束后，他在很多活动上都开始佩戴耳钉，而且正是去年被热议的那一款。

主持人当然不能放过这个机会，在直播时特意问了耳钉是谁送的礼物。相比起去年的拘束，祁迹已经很擅长应付这种场合，只见他抬眼，语气分外自然："是上次生日万初空送给我的。"

过年的那段时间祁迹一直在忙，终于等到空闲下来想要回老家看一看时已经是年后了。

这一次他不是自己一个人回，他们坐了好久的飞机，又辗转坐上汽车，捂得严严实实最终还是被人认出来了。

祁迹等着旁边的人签名，开口说："都是因为你太高太显眼了。"

"怪我？"万初空问他，顺便把口罩重新戴好。

"我上次回来都没被发现。"祁迹着重强调，很骄傲的样子。

万初空看了眼他的打扮，穿得里三层外三层，确实很难被认出来，于是他说："怪我。"

在去往镇子的路上，祁迹突然向万初空确认："你做好心理准备了吗？"

万初空点点头，以为他指的是要见到祁迹的家里人。等到了镇子的路口，万初空终于明白祁迹在跟自己确认什么——只见墙上红底黄字的横幅上赫然写着："欢迎祁迹、万初空莅临坞镇！"

万初空轻呼一口气，白雾缭绕在眼前，转头看祁迹。祁迹同他对视，面上可怜兮兮："你说你准备好了的。"

"嗯……没事，走吧。"万初空抬手拍了拍祁迹的脑袋，和一同前来的助理说，"你能去把它摘了吗？"

助理为难道："老板，别为难我，我只是个生活助理，不会飞檐走壁。"

万初空略带失望："是吗？"

助理道："……是的。"他不明白万初空究竟把他当成什么！

直到男人的下一句："但我看你装聋作哑挺在行的。"

助理面上微笑，内心腹诽：还不是被你强行逼迫的！

到了祁迹家，万初空受到了热烈欢迎，家里人都一致表示很喜欢看他演的戏。年后祁迹的父母都不在老家，淮姐和淮姐的母亲倒是在，非常热情地给两个人接风洗尘。

镇上的街坊邻里都是自来熟，才不管你在屏幕上演过什么、拿过什么奖，来了之后一律热情款待。

万初空一时间不知所措，被一堆大爷大妈围住，频频看向祁迹，向他投来求救的目光。

祁迹还是第一次看到他这样狼狈，忍不住坐在旁边看戏，还拿起了一把瓜子。

第二天一早，祁迹还在睡梦中，忽然听到奶奶的声音，一直叫他的小名。他连忙爬起来去看，奶奶坐在客厅沙发上，叫着"小七、小七呢"。

"奶奶我在，您是又找不到遥控器了吗？"祁迹从茶几上拿起电视遥控器，这个时间大家还在睡。

就在这时万初空房间的门开了，他已经穿戴整齐，头发没抹发胶，柔顺地垂了下来，看上去小了好几岁。

"你要去晨跑吗？"祁迹知道万初空一直有这个习惯，却不明白对方哪里来那么多精力。

万初空点头："一起去？"

祁迹正犹豫着，忽然听到身后奶奶问："小七是不是挨欺负了？"

祁迹转过头，把遥控器放到老人手边："奶奶，我就在这儿呢。"

奶奶好像认出他了，又觉得和记忆里不一样，在她的印象里，祁迹应该比这更小一点、再小一点。于是她自顾自继续说："小七是不是哭了？"

祁迹摇摇头，在沙发边坐下："没有，我没哭。"

"他被欺负了总是躲起来一个人哭，今后可怎么办啊。"奶奶忧愁地叹口气，清晨的阳光顺着窄窄的两扇窗洒进来，灿烂的金黄色铺散开，她盯着那片光影出神，"以后谁来照顾他呢，他这么容易被欺负可不行……要是和家人朋友一起生活，谁能让他不受委屈啊。"

祁迹怔愣，没想到得病的奶奶会说出这番话。

下一秒钟，肩膀被一只手扶住，他抬起头看到万初空，男人眼底的深色在阳光照耀下稍稍变得浅了，变成了很温暖的铜棕色，他忽然觉得肩膀那份重量沉甸甸的。

祁迹从很小的时候就开始期盼有个人能关心自己，自己也可以任性一点，可他一直是做出让步的那个人。后来他长大开始独自生活，好像也就不需要谁来关心了，他自己一个人也能过得很好。

当他不再期盼来自别人的关心时，遇到了万初空。于是满心的委屈和难过落了地，有人愿意接住他的情绪。虽然两个人没有任何血缘，也不存在什么亲属关系，却可以相互依靠的挚友，这何其不易。

清晨的阳光大片大片洒进窄窄的窗，祁迹沐浴在阳光之中，发丝染上灿烂的颜色。他还是没出息地掉下眼泪，握住老人苍老干枯的手掌，回应道："奶奶，我已经找到了。"

三年后。

祁迹很久没见到付霜，两个人的活动都排得满，连在公司里碰面都少。这次一起出席一个活动，已经长大的付霜还是咋咋呼呼，活动结束后迅速来找祁迹说话。

"哥！好久不见！"付霜笑容满面，"这不就巧了，我前天还碰到任哥和林杉了！"

祁迹点头询问："队长他们还好吗？"他没敢说前阵子也碰到邱亦了，付霜此前一直对邱亦的行为很不满。

"看起来还不错。"付霜皱眉琢磨了一下，而后提醒道，"不过，哥，你的称呼是不是得改改了？"

祁迹"啊"了一声："叫顺口了不好意思，的确不该叫队长了……"因为是和熟人碰面，他很难保持警惕，看向付霜，再次笑了笑说，"你现在也不叫我小六哥了。"

付霜连忙摆手："不能这么叫，当时年纪小真的干了很多蠢事，对不起哥……"

"没关系啊。"祁迹眨眨眼，不明白付霜为什么这么紧张。

"真的不能！"付霜坚决道，"是我以前太不懂事了。"

祁迹被吓了一跳，只好说："好的，那就不叫……其实叫什么都可以，我都不介意。"

付霜又笑起来，说："哥，你还是和以前一样。"

祁迹忍不住道："前些天见邱亦他也是这么说，所以到底是哪里一样？"

付霜仔细想了想："我也说不上来，但是能看到你一直没变，真好。"

夏伍从去年起就淡出娱乐圈了，听说好像是回老家开店了，日子过得也不错。三年的时间里，大家都变成熟很多，也都有了不同的选择。

临别前付霜再次朝他挥手说："哥，下次再聊！"

祁迹点头，与他作别："好，下次再见。"

而后他们一个向左一个向右，朝着各自不同的方向走去。

停车场内，万初空正站在车外翻看手机，保存了几张活动图后，祁迹姗姗来迟。

"怎么这么久？"万初空问。

"碰到付霜了，和他多聊了几句。"祁迹回答。

万初空微微挑眉："和他有什么好聊的？"

祁迹视线下滑，落在他手里的手机上："你不都看到了，还要问我？"

万初空微微低头，道："我也想和小七好好聊聊。"

他们也有很久没见了，万初空这次拍戏去了深山老林，信号还特别不好，联系的次数并不多，他们都有很多话想和对方聊。

祁迹眨了眨眼，配合地说："好啊。"

【正文完】

番外一
养猫日常

01.01 —————————●————— 12.04

把七七接回家的第二天，祁迹就碰到了一个严峻的问题——猫咪好像不认得他了。它只跟万初空亲近，只要他一靠近就会立刻警惕地起身一点点往后退，最终躲进电视柜下面。

他断断续续尝试了一周后还是没能顺利和七七亲近起来，祁迹不免有些气馁。万初空说这种事不能着急要慢慢来，并且和他讲："是你每周回来的次数太少了。"

祁迹半信半疑："是这样吗？"

万初空点头。

祁迹又说："可之前七七在你妈妈家，你也没有经常回去啊。"

万初空坦然道："因为猫是我捡的。"

祁迹觉得有一定的道理，却忘了两个人初次见面时万初空手臂上还带着猫抓出来的伤，相比之下，七七只是躲着他，没抓他已经非常仁慈了。

又是一个平静安宁的夜晚，祁迹再次试图靠近猫咪失败，两条腿跪在地板上，半个身子靠着沙发，万初空试图把人拽上来，却被祁迹阻止了。

"就让我这么待一会儿吧。"祁迹说着往上拱了拱，给自己找了个舒适的位置趴着，脸颊一侧被沙发挤压得有些肉感。

万初空看了他一会儿，想了想起身把七七叫了出来，猫咪三步并两步贴着男人的裤腿跟着他来到沙发前。万初空一坐下，它就自动跳进男人怀里，叼走男人手上的冻干零食，吃完后又找了个合适的姿势窝起来。

祁迹望眼欲穿，但还是那么趴着一动不动，生怕自己把猫吓跑。

万初空将猫抱进怀里，来到祁迹身边。祁迹这才把身子挺直了，见七七挣扎了两下便说："还是算了吧，它就是和我不熟……"

万初空坐下来拍了拍自己旁边位置："你坐过来。"

祁迹磨蹭了一下还是坐过去了，猫咪被万初空稳稳抱在怀里，一连"喵"了好几声，最终安静下来，用那双黄澄澄的眼睛打量着祁迹。

祁迹不晓得它有没有认出自己，这一周他只来这边住了两次。他抬手试图摸一摸猫咪，见猫咪耳朵往后垂，瞬间成了飞机耳，还是一副与自己不熟的样子。

万初空见状向他靠了过来，两个人的手臂贴在一块，肩并着肩。

由于这一步的挪动，猫咪的前爪踏在祁迹身上，它开始低下头嗅爪下这个"陌生人"。

"它在闻你。"万初空说。

"我知道。"祁迹回答。

下一秒钟万初空去拿了猫条回来，抓住祁迹的手，把食物递到七七面前。猫咪首先警惕地看看又嗅嗅，确定是自己熟悉的气味才慢慢上前舔舐。

祁迹有些意外："这样就行了吗？"

万初空道："离开我就不行了。"

这晚过去后，七七竟然真的不再躲祁迹了，不过看样子还是和万初空更亲近一点，平日里它更喜欢往万初空怀里钻。

"因为平时都是我喂猫。"万初空回答，"还是你来的次数太少了。"

祁迹瞪大眼睛："我来的次数够多了。"

"是吗？"万初空明知故问。

"……"祁迹转了转眼睛，把猫咪的饭盆往自动饮水机旁边推了推，"我们非要这样蹲着讲话吗？"

万初空单膝点了下地："是你一直蹲在这里我才过来看看。"

祁迹转过头刚想说点什么，一旁的猫咪颠颠跑了过来，在两个人的注视下吃了几口猫粮，而后绕过祁迹，往万初空身上蹭。

"它都不来蹭我。"祁迹伸手圈了下猫尾巴，惨兮兮地控诉。

万初空轻轻推了下猫的脑袋，七七毫不在意地又蹭回来。

万初空抬起头："你羡慕吗？"

祁迹无语，这个时候应该回答什么？

祁迹迟疑道："我羡慕。"

万初空闻言把他拉起来，握住对方的手腕："那我也蹭蹭你。"

祁迹被逗笑了。

一个月过去，七七明显与祁迹混熟了，会在祁迹还睡觉时偷偷钻进被窝。

因为万初空是不允许它上床的，只有祁迹会在它的卖萌攻势下妥协，所以它认准了，只钻祁迹的被窝。

而每次祁迹都试图说服自己，只让猫咪在自己房间睡一会儿，结果却让它待在屋子里一整晚，偶尔半夜猫想出去，还要迷迷糊糊爬起来给它开门。

祁迹容易心软，猫咪就是吃准了这一点。

这天亦是如此，见门没有关严，猫咪进来正打算悄无声息地钻进被子里，却听到身后另一人的声音。

"七七。"万初空说。

猫咪瞬间扭过身子，与男人对上眼。

"下去。"万初空倚靠着门框，开口命令道。

祁迹被吵醒，抬起头看到一人一猫吓了一跳。

"……现在才几点？"他迷迷糊糊爬起来询问。

"早上七点过五分，我刚跑完步回来。你又让猫上床？"

祁迹一副被抓包的心虚表情："没有啊，是门没关严。"

"不是你故意给它留门的吗？"

见谎言被戳穿，祁迹干脆被子一蒙，装死。

"到时候满床都是猫毛。"

"……也没那么夸张吧，我会搞好卫生的。"祁迹没忍住，还是出声。

"你太惯着你弟弟了。"

祁迹闻言把脑袋露出来，一脸疑惑："我弟弟？"

万初空点点头，指了指猫咪："七七，"又指了指祁迹，"小七。"

祁迹无语："你幼不幼稚？七七在看。"

"不让它看吗？"万初空微微歪了下头，"可是它好像很好奇我们在争辩什么。"

"喵——"，它拖长声音撒娇。

万初空弯起嘴角："别吵，一会儿就把你的毛都剃光。"

虽然知道男人是在开玩笑，但祁迹还是把眼睛睁大了。

那天之后七七更黏着祁迹了，走到哪里跟到哪里，直到进房间这一步被万初空残忍地用腿拦下来。

"你不能进。"万初空教育它。

"喵？"猫咪装傻，半个身子都搭在万初空的腿上。

万初空道:"不能进就是不能进。"
"喵。"
这声叫唤成功引起了祁迹的注意,猫看着祁迹,祁迹看着万初空:"不然就让它进去待一会儿吧,我保证会把床单收拾干净,不会有一根猫毛!"
万初空说:"到时候又沾一身猫毛,你要怎么说?"
祁迹卡住。
万初空挑眉,还是把腿放下,把猫放进去了,却不放祁迹进去。两个人在外面说了些别的,猫咪在床上来回走了两圈,又在撒娇了,试图通过这种方式讨要更多好处。
祁迹虽然脾气很好很容易心软,但在一些原则问题上不会退半步,比如每天罐头和猫条的分量,它就算再卖萌,祁迹也不会多给。
万初空虽然看着很凶很冷酷,但只要祁迹一开口求情,他就没什么原则。
所以它只要牢牢拴住祁迹的心就好啦。
七七是只聪明小猫!

番外二
综艺观察合集

2月14日。

主题帖：《春日花园》专场，盘点综艺里那些温馨场面。

【1楼】以往分析指路：（网页链接）前七期的经典场面比较多，第八期之后多是一些零零碎碎的场景拼凑，最近又有人挑拨离间，开这个帖子也是想侧面印证一下两个人的关系很要好。

比如万初空每天早上起来都会喝一杯牛奶，后面入冬了，从冰箱里拿出的牛奶很冰，祁迹应该是注意到这点，后面几期都会主动帮他热牛奶。（当然也会给其他人准备，我们"7宝"很贴心！）

十一期里祁迹起晚了，可能把这个事忘记了。注意这里需要注意！万初空把牛奶从冰箱里拿出来后没喝！他放在了桌子上！

祁迹看到了还抬头看了他一眼，然后把牛奶拿起来看了看，迟疑两秒才去热，那个迷糊的神态也很有意思，最后热完了是万初空去拿的。

第九期两个人被分到一队做任务，因为卡片只能看一次，祁迹一直在努力记任务卡上的信息，空子就在后面默默看着。

祁迹掰着手指嘀咕要去哪里、要买什么东西，结果在规定的记忆时间结束后就把第一个任务点给忘了，之后他迅速回头看万初空。

空子也很给力地一下就说出了准确的地点，两个人后面全程都是祁迹记错、万初空纠正，祁迹努力回想失败、万初空给他找补。也不能说祁迹很笨，最起码中间那段记得很牢，只是那么短的时间内速记确实有难度。我看过"7宝"以往的一些综艺，他更倾向于一点一点慢慢记下来，然后记得非常牢，过去很久都还有印象。

让我惊叹的是万哥的记忆力，一般人能做到这个程度吗？他全程没有一个地方说错，节目组列了那么长的内容，肯定是想制造一些节目效果，结果万初空都记得。

两个人也是最先完成任务的，还击掌鼓励了对方，真的好可爱，"7宝"先伸出一只手，万初空看他，他又把另一只手也伸出来。

第十期万初空亲自下厨做饭，完完全全是居家好男人啊，但不知道有没有人注意，祁迹的那碗馄饨里是一开始就加了香菜的，当然这也不能说明什么，可是后面玥姐特意问了一句有没有香菜，万初空把放香菜的碟子端上来说："我怕有人不吃就没放。"

那你怎么知道祁迹吃香菜啊！我特意看了好几遍，真的没有问祁迹就直接给他放了，当然也可以说祁迹本身就不挑，但是其他人的碗里都没放。

然后就是最后一期里非常经典的，万初空不在场，工作人员说要回去了，祁迹脱口而出"那我哥哥呢"，任莹玥在一旁接话"丢不了他的"，东北人的倒装句永远这么好笑。

我当时看到这块一边笑一边在沙发上翻滚。

回去以后任莹玥立马跟万初空说："你弟找你呢。"

讲真的，《春日》开播前微博营销号画的那个饼，说他俩要演兄弟，真的可以试试。不过祁迹应该不会拍戏，好遗憾，他俩真的很适合当兄弟。

任莹玥说完之后，大家仔细看，后面有一个飞速逃窜的影儿（视频链接），在1分32秒那里，人跑得太快了，我都截不到图。

没错，是祁迹。他好容易尴尬，一尴尬就脸红，怪不得大家都那么喜欢逗他。

收官时他们对着工作人员鞠躬说"辛苦了"，又一起抬头对视，怎么说，很像兄弟拜把子。

我把《春日》看了不下五遍，觉得这两个人好神奇，从最开始大家给两个人编造的人设，实际他们完全不熟悉，到两人认识，再到综艺里看到两人的互动，他们每一次都给人完全不同的感觉，但不变的是都很有氛围，好喜欢他们两个人在一块的那种氛围，即使不做什么特别的事，也能吸引人。

【2楼】热乎的"沙发"坐一坐。

【3楼】楼主好认真，上一个帖子也看了，都写得很长。

【4楼】他们是真的关系很好！我看谁还敢质疑！

【5楼】当初到底是谁写的那个论坛帖子，怎么能这么牛，这属于预言家

了吧。

【6楼】那个帖子还在的,想看可以去看看,"盖楼"盖了50多页了。

【7楼】我每次看"7"热牛奶,万初空坐在座位上乖乖等的时候,我都觉得自己的心要化了,好喜欢这种日常又温馨的兄友弟恭画面。

【12楼】他俩还能一起录个综艺吗?感觉好有趣,真的求求了。

【13楼】他俩在综艺里相处很自然,一点都不突兀,让人看得很舒服。

【16楼】喜欢笨蛋"7宝",犯迷糊的时候好可爱,想摸摸。

【41楼】最近两个人都没什么动静了,感觉很久没有碰面了。

【42楼】楼上说笑的吧,空生日那天不是有人说看到两人一起吃饭了?也就才过去一个月而已。

【45楼】无图无证据。

【46楼】劝你们不要太贪心!

儿童节这天微博和朋友圈晒出了各种有趣的图片和文字,可惜万初空和祁迹两个人身处异地,忙完各自的工作已经将近凌晨,祁迹刚刚洗漱完就接到万初空的视频电话。

"节日快乐。"万初空在视频那端讲道。

祁迹坐到床上揉了揉自己已经差不多干透的头发:"'六一'快乐,你在做什么?"

"和你打视频。"万初空回道,能看到他那边暖橙色微微暗淡的灯光。

祁迹眨眨眼:"我不是这个意思,打视频之前你在做什么?"

"想着给你打视频。"

祁迹笑起来,听到万初空说:"七七想你都想瘦了。"

"是吗?"祁迹露出抱歉的神色,"我明天才能回去。"

万初空"嗯"了一声,看着屏幕里尽量把手机与自己持平的祁迹。

"七七呢?"祁迹问。

万初空转头看了一眼:"应该在客厅睡觉,门关着,你要看一看它吗?"

"那你是怎么看出它想我了?"

"猜的。"

祁迹习以为常地点点头:"我猜也是。"

紧接着镜头翻转,客厅里黑白色相间的猫咪正睡得香甜,几秒后又变回万初空的脸。

祁迹说:"儿童节快乐啊。"

"刚刚已经说过了。"万初空眼底带着笑意。

"还想再说一遍。"祁迹已经把被子盖上,倚靠着床头,"毕竟是这么重要的节日呢!"

"哦?是吗?"

祁迹的眼睛滴溜溜转，语气带着调侃："儿童节哎，哥哥今年八岁了？"

万初空道："可别忘了，你始终要比我小两岁。"祁迹无法辩驳。

"小七今年六岁了？再有一年就要去上小学了，到时千万不要哭鼻子。"

祁迹下意识反驳："我才不会。"

糟了！中了万初空的计谋！

万初空果然笑出声，祁迹被对方感染到，终是没憋住笑。

这晚没有糖果和玩具，仅是两个人隔空相聚，荒唐的事变有趣，只等天亮之后再次见面。

番外三
温馨舒坦的夜晚

六月中旬，雨一连下了好些天，天色阴沉沉的，像是压在头顶，让人心情都跟着烦闷起来。

万初空出了机场坐上公司准备的车，经纪人紧随其后，车门关闭之后便开始念叨。万初空今天一整天的行程都是满的，即便是人已经回到华都也没有能歇息的时刻，而他和祁迹已经有一个多月没见面。

因为两个人都很忙，七七又被寄养回乔家，看乔启锐发的视频，竟然能打得过那只暹罗了。弟弟的本意是要告状，万初空却对自家的猫崽子进行了一番夸赞。

前几日的访谈中主持人把五年前的问题翻出来又问了一遍，万初空的答案变都没变，经纪人提醒他这么说不行，只好又重新录了一遍。

五年前他说家里养猫，确实是养了，但是养在乔家不是他自己家，平时打游戏看动画，也都是陪着乔启锐。除了演戏，万初空对大部分事情都提不起兴趣，直到有了祁迹这个朋友。

这次采访他还是回答家里养了猫，这一次是真的养了，把好好的奶牛猫养得过于圆润，打游戏看动漫也不是乱说，祁迹喜欢的东西他都想陪着试一试，哪怕游戏打得并不好，动漫也看不太明白，只会指着里面的人物精准认出："这是你'女神'？"

本来只是想重温一下的祁迹沉默几秒："你怎么还记得？"

当初那些有真有假的话到了后来都成了真，万初空很满意目前的生活状态。

去拍摄场地的路上，空中开始飘起毛毛雨，天又黑了一个度。

"最近总是下雨啊。"助理在副驾驶位感慨一句,等到了地方雨已经下得非常大,还好这次是在室内拍照。

杂志拍摄告一段落,雨还是一直下,空气中有一股泥土潮湿的味道,没有任何风吹,一到外面感觉更加闷热了。

万初空还是如往常一样说话谈笑,一切照常进行,只有进入车厢内才把神情收敛,露出疲态。一直到凌晨应酬结束回到住所,车开了一路,他都没有说话,助理看出他心情不太好,但具体为什么却不得而知。雨刷在车窗上时不时摇摆,雨点还在不停下落。这场雨下得太久,搅得人心烦乱。

开门后屋子里一片昏暗,睡在客厅的猫咪抖了抖毛站起身,盯着玄关处的人影看了一会儿,确定是万初空以后又蜷缩身子躺了回去。

万初空伸手按了按鼻梁,换好鞋子,声音尽可能放轻。他和祁迹说今天可能回不来,此刻祁迹已经在睡梦中。

前几天祁迹把七七从乔家接回来,短短五分钟内给万初空发了十条消息,内容大致如下:

"你妈妈回来了!她怎么回来了!"

"你不是说这个时间她不会在家吗?"

万初空也没想到那个时候万灵会在家,好在万灵知道祁迹是万初空的朋友,还叫保姆拿了一些宠物零食给祁迹带着,顺便问了儿子的近况。

祁迹出了乔家,给他打电话时声音都在抖,万初空不免失笑:"你这么怕她吗?"

"还,还好,就是没准备好。"祁迹强调,咽咽口水,好像不那么怕了,冷静下来和万初空说,"七七现在比koko体格都大,它是该减肥了。"

万初空极其不负责任地为七七辩护:"暹罗是短毛,显瘦。"

"不要为它找借口了……真的很重,两只我都抱过了。"

"你又抱别的猫。"

"七七都不介意,你介意什么?"

"那回去我也要抱。"

祁迹含糊应了一句,问他拍戏什么时候结束,万初空说还要补拍几个镜头,本以为会很快,结果硬生生拖到现在。

万初空换好衣服洗漱过后,刚要把卫生间的灯关掉,转头看到祁迹的房门打开,他迷迷糊糊坐在床上,整个人呈现放空状态。

"我吵到你了?"万初空问他。

祁迹扭过头，神色里还带着倦意："没有……我以为你今天不回来了。"

万初空放轻声音："继续睡吧。"

"不是很困了。"祁迹说着显而易见的谎言，但是万初空没有戳穿。

"你吃过饭了吗？"祁迹起身，低头找自己的小鸭子拖鞋，猫咪不知何时绕进了他的房间，在他脚边蹭了又蹭。

"还没。"

连续几天的雨搅得人心烦乱，本以为回到华都会好一些，结果哪里都在下雨。他稍稍有些焦躁，但看到祁迹起身打开厨房的灯，一瞬间暖光照进了眼底。

"你喝酒了吗？"祁迹问。

"没有。"万初空回应着，也跟进了厨房，看着祁迹起锅倒水。

祁迹若有所思："你没喝醉吗？"

"没有。"万初空仍然耐心回答，垂下眼，鸦黑的睫毛挡住眼里的光，"你在确认什么？"

祁迹一本正经："你要是喝醉了，我可以再给你做一碗醒酒汤，我最近刚学会的。"

万初空勾起唇角："真的没有，但下次我想喝。"

祁迹点头应下："好啊。"回答完自己先笑起来。

把面条煮好捞出来，两个人一起坐到餐桌前。

即便是夜里，祁迹的眼睛也依旧明亮，半趴在对面桌上询问："心情不好吗？"

万初空静了一下，手上的筷子也跟着顿住。

"最近一直下雨，又不能回家，情绪有点乱。"他坦言。

祁迹点点头，配合道："因为现在是梅雨季。"

"重点是不能回家。"万初空就知道他要给自己解释，在热腾腾的雾气下摆出一个可怜的表情来，"难道这个家不欢迎我吗？"

"当然欢迎啊，所以才起床给你煮面条。"祁迹的笑容让人感觉暖暖的，一脸无辜地看着万初空说，"你怎么不吃？是不是骗我的，已经在外面吃过饭了？"

"是吃过了。"万初空坦白，"但没吃多少，你知道，是应酬。"

祁迹点点头，又伸手把碗推了推："那你快点趁热吃吧。"

万初空看着祁迹，轻轻"嗯"了一声。

外面还在下雨，但是闷热的、令人透不过气的氛围已经被隔绝在外，只余下温热的雾气以及舒缓的氛围。

吃过面之后，万初空去厨房刷碗，祁迹并没有回去睡觉，而是坐在一边安静等待着。

以前万初空不明白祁迹为什么永远可以自愈，好像什么都不能伤害到他，对身边的所有人和事都无可无不可。

可是祁迹主动注意到他，成为他的挚友，让他失控的情绪得以平复，拥有了前所未有的踏实感。

这是他们成为朋友的第三年，今后也有无数这样温馨舒坦的瞬间。

番外四

任哥

01.01　　　　　　　　　　12.04

　　林杉对任斯的初印象实在模糊。
　　彼时他们都是万葵娱乐的练习生，在一个舞蹈教室练舞，一个表演课上学习，却从没被分在一个组、说过一句话。
　　娱乐公司的练习生太多了，无数追梦的少年聚在一起，个个样貌姣好，明争暗斗，每个人都对彼此有天生的敌意，好像下一秒对方就会挤掉自己的出道位，成为屏幕上粉丝追逐的对象。
　　林杉很早就入行了，跳舞是从小开始学的，最开始签约的公司并不是万葵，后来出道了，还被粉丝挖出许多小时候的"黑历史"。
　　任斯和他不同，他是在学校里被星探挖掘出来的，进入公司时已经是大学生。
　　一个滥好人——那是林杉对任斯的第一个明确印象，在两个人见过那么多次面以后，他终于给这人下了一个定论，而后冷眼旁观。
　　不是所有人都能坚持到最后，也不是所有人都能出道。任斯这样半路出家，又过于热心肠的人，迟早会栽跟头，遭人暗算，也会心灰意冷。要么成长，要么离开。
　　这是林杉对当时的任斯所下的结论。
　　结果任斯不但坚持到了最后，还成了最有希望出道的那个人。

　　Lullaby6成立之前，公司从他们这帮练习生中挑选出了十个人，没有告诉他们确切的出道消息，也没有告诉他们最终会是几人出道，大家聚在一起，相处的时间自然而然地加倍。

他终于能和任斯说上一些话，一些无用、客套的官方话。

真正的转折点是公司冷不丁地宣布了出道名单，六个人被两两分组分配了宿舍，他和任斯住在一个房间。

任斯每天早上六点起床，晚上十二点睡觉。起初林杉还以为是巧合，两个人住过一段时间后，他发现这就是任斯的生物钟，日日如此，日日遵循。

能到达目前的位置，还被指定作为队长，任斯确实十分有能力，之前或许是自己小看了他。林杉是这么想的，脸上便浮现出笑意，眼眉弯着，狐狸一般狡黠："队长。"

"什么事？"

任斯刚从练习室回来冲了个凉，发间湿漉漉的，脖子上挂着条毛巾，一边揉头发一边应道。

"明天你叫我起床吧，我也想早起。"他一边说一边观察任斯的神情，无趣的是没有他预料中的迟疑，对方甚至很是高兴："好啊，以后每天六点我都叫你起床。"

突然就有点后悔，但林杉还是佯装笑意地点了头，直到第二天赖床被任斯掀了被子硬叫起来，他头脑昏沉地洗漱叠被。

在坚持了一星期后，林杉终于心服口服，向任斯求饶，要他放自己一马。

任斯问他："你确定吗？是你先来求我的。"

那根本算不上求吧，但看着任斯一脸认真的模样，林杉调侃的话语被哽在嘴边，脸上的笑意也渐淡。

任斯未免太较真了。他忽然很想问对方是从来没有为此吃过亏吗。在作为练习生的日日夜夜里，他又叫过谁起床，被谁拒绝，到头来这样吃力不讨好的事情，还要被他人埋怨。

于是他直言："是啊，但我现在不想了。"

任斯点点头："行，我知道了。"

任斯说他知道了，自此之后再也没叫过林杉起床，连在团综里都没有，他会叫醒其他成员，唯独忽略林杉。

林杉这才发现他们的队长如此记仇，而且是这样悄声无息地记得点滴。

任斯依旧会照顾每个人，尽职尽责地带领整个团队。他的好可以给出去，也随时可以收回来，他并不抱怨什么。

林杉认为这一点很有趣，当时他还没有想到自己会为此吃瘪。

林杉从小就在这个圈子里，见过的人、事、物太多了，他表面一副放荡不羁、什么都随意的模样，也是不愿把真面目袒露之后自己受到伤害以及他人的嘲讽。

比起他人，他更爱惜自己，所以他自知比不过祁迹。

祁迹永远赤诚，任斯除了特别照顾年龄最小的付霜，其次就是祁迹，再然后才是他。

好像无论什么他都排在第三名，连人气也如此。林杉这样自嘲，却还是跟在任斯身后像条大尾巴。

任斯一转头，他便露出满不在乎的笑容，微微低下头去叫一声"队长"。

不知从何时起，他喜欢跟在任期的身后，看他气急败坏又不得不照顾关心自己的模样。

一同出道的第四年，队内迎来翻天覆地的变化，连任斯的心思也变得难以揣测。以前他总是以团队为先，后面竟然也有几次请假，不见踪影。

林杉问过原因，任斯每次都搪塞过去。

"我以为凭我们的关系，你可以跟我说。"

"我们是什么关系？"任斯有些好笑地反问。

林杉静下来，一改往日玩笑的态度，一脸认真地询问："我们不是队友，不是朋友吗？"

这回换任斯没话说，最终只是叹了口气，看他一眼，嘟囔："没什么好说的……"

明明是任斯的年纪比较大，也一直是他管着他们五个，可他一小声说话，一别别扭扭，林杉就觉得自己应该包容他。毕竟以前的几年一直是任斯在包容自己，包容满是尖刺、不肯服软的自己。

因此林杉愿意向任斯示弱，愿意听任斯的话。因为林杉见过天还未亮时努力练习舞蹈动作的任斯，听过他声带嘶哑还在尝试发出的气音，也知道他为何如此。

任斯在被公司挖来之前从没经过系统的训练，虽然唱歌好听，但到底比不过人气第一的邱亦，跳舞就更不必说，他要付出比旁人更多的努力，来弥补那十几年的落差，尽量做到不出错，尽力做到优秀。

林杉见过被同期练习生故意孤立的任斯，见过依旧咬牙坚持训练的任斯，知道他仍对未来抱有积极的态度。

直到邱亦频繁离队，任斯终于在林杉的半逼迫下说出实情。

"我跟你们的目标不一样……我是为了还家里的债才来当练习生的。"任斯说，"如果当初我没能成功出道，可能就回老家打工了吧。"

林杉皱眉看着他："你以为这事有谁不知道？你一出道不就被扒出来了吗？"

任斯叹了口气，语气里带着明显的挫败："知道是一回事，我自己说出来是另外一回事。"

他之所以那么拼命，那么努力，不是为了追逐梦想，而是为了生活。别人在逐梦，他仅仅是想要活着。

"网上只说对了一部分。"任斯烦恼地揉了揉头发，林杉也抬手，被任斯瞪了回去，"哎，我跟你说什么啊，你……"

林杉一把握住他的手腕，阻止他的退却："要是把我当朋友，就和我说。"

"……远不止网上传的那些数，这几年我一直在往家里寄钱，可那儿就像个无底洞。"任斯别开脸，嘲讽道，"现在我都要不知道住哪儿了。"

"和我一起住。"

任斯先是一愣，随即失笑："我开玩笑的，还没到那个地步……只是眼下这个团也坚持不了多久，邱亦迟早会退的，我也该为未来做打算。"

林杉想也不想道："我们可以组两个人的团体，我和你。"

任斯眨了眨眼睛："你知道公司不可能允许的对吧？"

"嗯。"林杉应声，"我随便说说的。"

任斯一脸无语。

"所以你搬来和我住。"林杉说，"在你的债务还清之前，可以一直住在我家，这是我家的钥匙。"

"哎，不是……"任斯想要拒绝，却被林杉往手里强硬塞进一把钥匙。

"是我想要你去住，队长，我们以前也是一个宿舍，住在一间房，以后哪怕这个团真的解散了，我们还可以继续做室友。"

任斯是个滥好人。只要有人需要他，他觉得自己被需要，就会随叫随到。林杉知道这一点，也抓住了这一点，成功把对方留了下来。

"你从来没讲过，你家有这么大。"任斯搬进来的第一天，面对高达三层的海景房很是手足无措。

林杉说："我们做了这么多年的队友，队长你真的一点都不了解我。"

任斯皱眉，又嘟嘟囔囔："我知道你妈妈以前是国际舞团的领舞，父亲是钢琴家……"

林杉出自书香门第，小时候母亲本来打算培养他做自己的继承人，却因为他先天条件不够好，只能退而求其次，让他进入娱乐圈。本来一开始父亲不支持，林杉也是吃尽了苦头才终于成功出道。

林杉笑了笑，伸出手邀请任斯："欢迎队长，以后这里也是你的家。"

任斯直接绕过他："少给我整这些有的没的，我睡在哪里啊？先说好，我只是借住，到时候会自己走的……"

"就在我卧室旁边。"林杉也不恼，跟在任斯身后。

"以后你叫我起床。"

任斯闻言转过头，一脸古怪，憋了一会儿道："你说过不需要我叫你的。"

"现在需要了，你不愿意吗？嫌麻烦？"

"当然不是……哎，谁让我寄人篱下呢，知道了，我会叫你的。"任斯不情不愿地道。

林杉笑起来,再次露出狐狸一样的表情。

两年后。

付霜在秀场碰到任斯和林杉,立刻满面笑容地迎上去:"任哥!"

林杉在旁边挑眉:"我呢?"

付霜直接越过了他:"任哥!"

任斯也很意外,连忙和曾经的队内老幺拥抱了一下。

两个人闲谈了几句,付霜还是那副没心没肺的模样,开口便问:"任哥,你还和这家伙住在一块啊?"

任斯已经把家里的债务还清了,本可以搬出去住。

任斯点点头:"方便一点。"

付霜傻乎乎点点头。

待付霜走后,林杉攀比地叫道:"任哥。"

任斯一脸无语,用手肘撞了下他:"你够了啊。"

番外五
如果他们在初中遇见

下课铃准时响起来,有人早就收拾好书包,在第一时间冲了出去。祁迹还坐在自己的座位上,慢条斯理地装课本。

老师管不了那帮皮猴子一样的学生,对祁迹这种懂事听话的小孩尤其偏爱,走过去问他需不需要帮忙。

祁迹反而不好意思起来,连忙摆手说:"谢谢老师,不用了,我只是脚崴了,过几天就好了。"

他说谎了,去医院检查时医生明明说要他静养一个月,还说伤筋动骨一百天,短时间内最好不要做任何剧烈运动,其中自然也包括练舞。

祁迹当然不甘心。连舞蹈老师都说他资质平平,欠缺悟性,这叫他怎么能甘心,更是加大了训练强度,结果就是——负荷太重,一不小心伤了筋骨。

本就落下的进度眼看是跟不上了,还要和舞蹈教室请一个月的假。

和他从小一起长大的苏勉超用一种羡慕的语气说:"真好啊,你可以休息这么久,只剩下我一人苦苦煎熬。"

祁迹没说什么,只是笑笑。

苏勉超立刻揽过他的肩膀说:"哎,你就是想太多,老师说你不行你就真不行啦?你现在才多大啊,前途一片光明!"

祁迹老老实实回答:"我十四了。"

祁迹今年十四岁,在第六中学上初二;而苏勉超家里有钱,父母把他送去了私立学校。两个人过着截然不同的生活，因为舞蹈结缘，尽管苏勉超没有坚持多久就跑去学吉他，却依旧和祁迹保持着联系。

"我是觉得你有天赋。"苏勉超是这么说，"没准往后能成为大明星，我必须现在就和你搞好关系。"

祁迹："……"他想不通自己发小的脑回路，只能尬笑着回应一个"好"字。他从不认为自己特殊，也不觉得自己能成为什么大明星，而说到明星……他们学校就有一个。

祁迹从未真正见过那个人，却在经过学校的公告栏时见了那人无数次，甚至看过对方演的电影，在电影院哭得稀里哗啦。

照片上的少年留着不符合校规的发型，眼神凌厉而深邃，透露出一股不符合同龄人的沉稳，样貌确实是精致英俊，不然不会有那么多女孩驻足感叹。

可惜他常常请假，只有同班的人见过他。听说他每一次返校，教室门口都被围得水泄不通，不少学生想要和他近距离接触。

祁迹认为那样的人才是做明星的料，足够好看、足够冷酷，还足够沉稳。而他只在第一点上勉强沾边，却在校规之下不得不把自己的头发剪短，成了班上脑袋最圆的存在。

学校公告栏的照片下面写着少年的名字——应山，祁迹也停下来认真看过那么一次。

他现在脚瘸了，只能慢悠悠地上下楼梯，日常出行很不方便。

遇见应山，就是在那种时候。

那日，他一改往常的上楼路线，走了高年级常走的外层楼梯，上到第二层时遇见了应山。

一开始祁迹还没反应过来，但学校里能把头发留到这种长度的男生实在少见，他忍不住回了头，结果受伤的那只脚没能抬到足够的高度，在对方侧身避开他时，磕在了台阶上。

祁迹吃痛"哎哟"一声，应山停了下来。

他们本不该在这个楼梯上遇见，如果他那天没有图省事，如果他没有偷偷看那么一眼……

就不会出现现在这样尴尬的局面！

应山看着弓着身子、双手支在台阶上直抽冷气的祁迹，语气认真地询问："你碰瓷吗？"

祁迹把头埋得很低，出声道："你别管我啦，你走你的吧！"

应山起初确实没打算和这人周旋，但祁迹这样说，他反而不走了，侧头观察一番，无奈祁迹把脑袋埋得实在深，他只能看到对方圆滚滚的脑袋。

好圆的脑袋。

"脚崴了？"少年的声音已经经过变声期，低沉而好听。

好丢脸啊！

"和你没关系……"祁迹一手扶着墙，慢吞吞起身，"我是说不是你造成的，我本来脚就崴了。"

"我又不傻，当然知道。"对面说话很直白，甚至没有搀扶祁迹的意思，抱臂看着他起来。

祁迹抬头的瞬间露出一张天真无害的脸，连眼睛都是水灵晶亮的。

应山看着那张脸，眼神淡漠地移开："别跟着我。"

祁迹愣了下，下意识指了指楼梯上方："我是要回教室。"

"知道，所以别跟着我。"

寻常人或许会恼羞对方的自我意识过剩，祁迹却不是寻常人。他猜测当明星其实很累人，一举一动都要被众人观察着，当即点点头，保证道："嗯！我不会的！"

他说话的语气太过于铿锵有力，对方一时间都没有反应过来。

万初空几秒过后才迟疑道："那就好……你自己能上去吗？"

祁迹坚定："没有问题！"

那是两个人第一次对话。

后来祁迹的脚伤好了，又回到舞蹈教室练舞，每天往返于学校和少年宫之间，日子过得充实又忙碌，很快就忘了两个人的那次尴尬相遇。

第二次见到应山，是日落黄昏时，他从少年宫出来。

这一天提早下课，老师还是对他进行了严厉的批评，祁迹有些茫然，是不是自己真的不适合跳舞。走出电梯的那一刻，他正对上应山那双深沉阴郁的眼。

实在不符合当下这个年龄的眼神，那么压抑，眼中浓厚的情感好似勒得祁迹都要喘不过气。

鬼使神差，他伸出一只手："嗨。"

少年抬起眼，那眼神分明是在说"你是谁"。

祁迹尴尬地收回手，讪讪地低头想要走过去了，对方却拦住他："圆脑袋？"

祁迹睁大眼睛，谁？是在叫他吗？好冒犯的称呼！

应山像是确认了，神情终于有所缓和，或许是祁迹一惊一乍的反应，把什么都写在脸上的神情令他放松警惕，对方像猫儿一样敏感，又比他矮了小半个脑袋，还算没那么惹人厌。

"你在这儿做什么？"他难得主动问话。

"上课。"祁迹老老实实回答，还沉浸在方才那个称呼中。

等了一会儿，发现对方没有要走的意思，但也没有话要讲。

祁迹迟钝地补充道："上舞蹈课。"

应山这才点头，一挥手算作告别。

祁迹傻乎乎转头问："那你呢？"

"拍照。"他干脆利落地甩出两个字就按下了关门键，祁迹听到身后有人在喊着什么，也被无情地关在门外。

祁迹转回身发现是一位个子不高的成年人，那人气喘吁吁地骂了句什么，走过来按下了电梯键。

后来隔了很久祁迹才知道，那是万初空也就是应山当时的经纪人。

两个人第三次见面，是应山主动打招呼的。

祁迹和苏勉超相约在少年宫对面的快餐店碰面，他穿着短袖短裤，一边喝可乐一边写习题，手上还不由自主地做着舞蹈动作。

忽然有人出现在他旁边，他一抬头，少年戴着帽子，穿着长袖，浑身上下捂得严严实实。

祁迹吓得浑身一哆嗦，应山觉得那反应很好玩，抬起帽子又摘下口罩，露出那张完美脸蛋。

"是我。"

祁迹眨巴眨巴眼睛。"啊。"他干巴巴应了一声，见对方还没有动作，可怜兮兮把自己的薯条往前推了推，"你吃？"

"我不吃。"少年回应道，又靠近了一些。

祁迹想了想，觉得对方应该是想坐下，于是便给应山挪了地方，两个人并排坐在一条长椅上。

"你又来拍照吗？"祁迹询问。

"不是。"应山回答，用一种近似玩笑的语气说，"我被赶出来了，一整夜没回去，只有这里24小时开着，我来睡觉的。"

祁迹睁大眼睛："真的吗？"

应山打量他的神情："我开玩笑的。"

祁迹想了想，还是拿出手机点了个汉堡，前台叫到号码时，他轻轻戳了戳少年的胳膊："你能去帮我拿一下吗？"

应山看着他，就在祁迹以为对方不会答应的时候，他起身了。

他去前台的工夫，苏勉超也赶到了，坐在祁迹对面，大大咧咧地说："快快，好兄弟，给我抄抄你的数学！"

应山回来时，苏勉超正在掏自己的文具盒，一抬头看到那张脸，文具盒应声落地，里面的笔也哗啦啦全部落了出来。

应山像是没看到一样，稳稳坐在祁迹旁边，把汉堡递给他。

祁迹说："这是给你买的。"

应山愣了下，抿唇道："我不吃。"

祁迹又"啊"了一声，和之前的含义不同，掺杂了一点遗憾又失落。

刚想拿过去，对方又收回手。

"给我就是我的了。"应山说。

对面的苏勉超目瞪口呆，祁迹却笑起来点点头。

"不是，你们什么时候认识的？"苏勉超终于问出口。

实际上两个人并不算熟悉，第一次相遇又那么尴尬，祁迹抢白道："我在学校公告栏上见过他！"

苏勉超道："……谁问你这个了啊？"他扭头看向应山，虽然他和祁迹不在一个学校，但应山的大名还是听说过的。

少年没有开口的意思。

苏勉超胡乱猜测："你不会和学校里那帮女生一样追星吧？我记起来了，你好像很喜欢《蝉时》那部电影……"

祁迹想要阻止已经来不及了，只得连连摆手："不是，不是！"

应山看着两个人生龙活虎的模样，忽然觉得无趣，起身道："那就不打扰你们了。"

说完不等祁迹开口，迅速消失在快餐店门外。

那之后过了很久，久到天空开始下雪，祁迹过了十五岁生日。

在学校的走廊上，祁迹听到低低的说话声，好奇地想要走过去查看，却被身后一只手拉住。他转过身看到应山站在角落里，眼睛下面是很浓重的青黑色，气色也不是很好。

"你怎么在这里？"祁迹下意识降低了说话的音量。

"看不出来吗？我在躲人。"应山用那种理所应当的语气，祁迹便明了，刚才听到的说话声，大概是追着应山的女孩子们。

"学校不会管吗？"

少年看了他一眼："管，但是显然没什么效果。"

祁迹半张开口，说不出什么话。

对方瞥了眼他胸前的胸卡："你叫祁迹？还以为你是初一的，原来已经初二了。"

祁迹这才想到，对方根本不知道自己的名字，最后只能干巴巴地"嗯"一声。

"现在不是在上课吗，你怎么在这里四处乱逛？"

祁迹心虚道："我们在上体育课。"

"你逃课？"

"没有啊，我下课后才回来的……想找个地方练舞，操场上人太多了。"

应山从头到尾打量祁迹："之前那次脚伤也是因为练舞吗？"

祁迹没想到对方会想到那里去，但还是点点头。

"你很喜欢跳舞？"

祁迹犹豫了，最终诚实回答："我不知道，我只是……有些不甘心。"

听到这个答案，应山略感惊讶。

待外面的讨论声渐远，应山和祁迹去了他常常去的空教室。

"我们老师人很好，我特别申请用这间教室，她也批准了。"祁迹的眼睛亮晶晶的。应山四处打量着说："也没什么不好批准的，本来就是报废了，然后被用来堆杂物的房间。"

祁迹也不觉得受打击，还给对方搬来椅子坐。

"你一直这样热情吗？"应山随口问了一句，"还是说……你真的是我的影迷？"

这句话从一个还未成年的少年口中说出来实在太奇怪了，然而应山漫不经心的态度和神情都令这件事多了几分可信度。

"我是很喜欢你演的那部电影。"祁迹实话实说，"除此之外就对你没什么了解了。"

气氛有那么几秒的沉默，祁迹赶紧补救："你演技很好，我看得很感动！"

"是吗？"应山坐下来看着祁迹，"你不是要练舞吗？开始吧。"

祁迹一时不知该说什么。对哦，他都让对方坐下来，那必然会被看着。

祁迹虽然面对陌生人比较胆怯，但并不会怯场，学舞蹈也有很久了，平日里被老师盯着已经习惯。

在没有任何配乐的情况下跳舞，还是需要很强信念感的。一曲过后，祁迹才想起来不好意思，应山看了看时间："这不是跳得很好吗，刚刚干吗这样畏畏缩缩？还以为你是瞎跳着玩玩的。"

祁迹眨巴眨巴眼睛："这是夸奖吗？"

少年抬眼，勾出一个不大有诚意的笑："不客气。"

"我得走了。"他说。

"回去上课吗？"

对方扯开嘴角，露出一丝嘲讽的笑："不，是去工作。"

祁迹点点头，应山看着他："再见。"

祁迹再次点头，对方却没有走。祁迹想了想，猜测他或许在等自己的回复，于是开口："……再见。"

午后的阳光并不充足，透过窗子，透过纷乱的杂物，在他们之间分割出一条境界清晰的光线。

那之后他们再也没见过面。

寒假结束，应山再也没有来过学校。

听说他的父亲把他当作赚钱工具，一直压榨他，而且还动用过暴力，经纪人也不是什么好人，帮忙隐瞒。少年的母亲还有继父已经把牵扯到这件事的人都告上法庭，势必要追责到底。

应山也改名换姓，到了国外生活。从此再无应山这个人。

而他和祁迹，两个人只是在学校的走廊上擦肩而过，因为祁迹一个错误的判断，一声"哎哟"，牵扯出了后续的几次碰面。

可他们注定要错过，少年要自己摆脱枷锁，他也要自己走出困境。

即便是被老师否定，祁迹还是不甘心，还是在努力，偶尔也会想起那个满是灰尘、逼仄而杂乱的空教室，少年对自己的一句夸赞，随即又将之抛到脑后，继续挥洒汗水。

应山以万初空的名字重回娱乐圈所接受的第一次采访，有记者询问他对这次的回归是否有信心。

万初空面上笑意满满地答道："这是当然。"

说出这句话时，他脑海里也闪现出多年前的那个午后，阳光并不充足，少年的舞步干净有力……只是眨眼间，他又敬业而客套地回答记者的下一个问题。

祁迹以男团身份出道的第三年，互联网上某论坛的一篇帖子迅速火了起来。

队内的老幺把链接分享在他们的六人群里，祁迹随意点进去，看到万初空的名字，愣了好久才抬起头对着自己的队友说："我真的认识他，我们初中在一个学校……见过几次面也聊过天。"

其他人不想搭话了。

只有付霜弹跳起来："天哪！缘分啊！不过小六哥，你们两家粉丝好像吵起来了。"

祁迹道："什么？"

另一边，陈胜航贱兮兮地问万初空："你最近有没有看到什么关于你的新消息？"

万初空淡定回道："你是说那个想要我和祁迹认识一下的帖子？"

陈胜航没想到他会这样直白，反倒觉得没那么有趣了。

"我们确实认识。"而接下来，万初空微笑道，"再了解一下也未尝不可。"

陈胜航哽住。

在苏勉超硬拉祁迹过去的聚会上，万初空也出现在了现场。

苏勉超看热闹不嫌事大："哎，这不是你少年时期的偶像吗？赶紧去打个招呼啊！"

祁迹试图挣扎："都过去这么久了，他肯定不记得我了！"结果他还是被缺德的发小拉到了对方面前。

  而万初空看到祁迹的第一句话是："头发养长了。"

  祁迹不解："嗯？"

  万初空道："不是圆脑袋了。"

  祁迹：你礼貌吗？

  万初空勾起嘴角，眼底的笑意明显，伸出手："好久不见。"

  祁迹一愣，随即反应过来，扬起笑脸，回握住那只手。

  "……好久不见。"

【全文完】

图书在版编目（CIP）数据

严禁造谣 / 春意夏著.
—武汉：长江出版社，2024.1
ISBN 978-7-5492-9135-9

Ⅰ.①严… Ⅱ.①春… Ⅲ.①长篇小说—中国—当代 Ⅳ.①I247.5

中国国家版本馆 CIP 数据核字（2023）第 180935 号

严禁造谣
YANJIN ZAOYAO
春意夏 著

出　　版	长江出版社 （武汉市解放大道 1863 号）
选题策划	林　璧
市场发行	长江出版社发行部
网　　址	http://www.cjpress.cn
责任编辑	李剑月
特约编辑	林　璧
印　　刷	三河市嘉科万达彩色印刷有限公司
版　　次	2024 年 1 月第 1 版
印　　次	2024 年 1 月第 1 次印刷
开　　本	700mm × 1000mm 1/16
印　　张	20.5
字　　数	438 千字
书　　号	ISBN 978-7-5492-9135-9
定　　价	49.80 元

版权所有，侵权必究。如有质量问题，请与本社联系退换。
电话：027-82926557（总编室）027-82926806（市场营销部）